# DAVID F. ROSS

# SCHOTTEN ROCK

## Aufstieg und Fall der Miraculous Vespas

Roman

Aus dem schottischen Englisch
von Daniel Müller

Wilhelm Heyne Verlag
München

Die Originalausgabe erschien unter dem Titel THE RISE AND FALL
OF THE MIRACULOUS VESPAS bei Orenda Books, London

Sollte diese Publikation Links auf Webseiten Dritter enthalten,
so übernehmen wir für deren Inhalte keine Haftung, da wir uns diese nicht
zu eigen machen, sondern lediglich auf deren Stand zum Zeitpunkt
der Erstveröffentlichung verweisen.

Unter www.heyne-hardcore.de finden Sie das komplette Hardcore-Programm,
den monatlichen Newsletter sowie alles rund um das Hardcore-Universum.

Weitere News unter www.heyne-hardcore.de/facebook

Verlagsgruppe Random House FSC® N001967

Copyright (c) 2016 by David F. Ross
Copyright (c) 2018 der deutschsprachigen Ausgabe
by Wilhelm Heyne Verlag, München,
in der Verlagsgruppe Random House GmbH,
Neumarkter Str. 28, 81673 München
Redaktion: Thomas Brill
Umschlaggestaltung: Nele Schütz Design
unter Verwendung von Motiven von Shutterstuck/dpaint
Satz: Satzwerk Huber, Germering
Druck und Bindung: CPI books GmbH, Leck
Printed in the Czech Republic

ISBN: 978-3-453-27115-9

www.heyne-hardcore.de

*Für Bobby,*
*der den Samen pflanzte,*
*ohne es zu wissen.*

# VORBEMERKUNG DES AUTORS

*Schottenrock* ist eine Parallelgeschichte zu *Schottendisco*. Obwohl beide nicht direkt miteinander verbunden sind, gibt es gemeinsame Figuren und Schauplätze. Die Geschichte, die Sie gleich lesen werden, mag unglaublich klingen. Ich würde sie wohl selbst nicht für wahr halten, wenn ich nicht das meiste davon mit eigenen Augen gesehen hätte. Deshalb möchte ich Sie bitten, Ihren natürlichen Zynismus und die berechtigte Skepsis beiseitezuschieben und anzuerkennen, dass selbst in der kulturellen Einöde des vom Thatcherismus gebeutelten Ayrshire der 1980er-Jahre die Träume von Jugendlichen wahr werden konnten. *Teenage dreams, so hard to beat ...*

Die erste Person, der Sie nach diesem Prolog begegnen werden, ist Max Mojo, der am Anfang dieser bemerkenswerten Odyssee noch Dale Wishart heißt. Zu Beginn unserer Geschichte liegt er im Krankenhaus, dem Anschein nach Opfer eines wieder aufflackernden Bandenkrieges zwischen drei Gangstersyndikaten in Ayrshire.

Im Laufe der Erzählung werden viele schillernde Charaktere auftauchen und sich mit jeder Buchseite tiefer in Ihre Fantasie vorarbeiten. Mir, Ihrem Erzähler und Fremdenführer, obliegt es, sie Ihnen vorzustellen. Damit Sie, geneigter Leser, dieser weit verzweigten Fabel mit der nötigen gedanklichen

Klarheit folgen können, werde ich kurz die Beziehungen der Figuren untereinander sowie ihren Rang auf der von Polizeichef Don McAllister geführten Liste der »Most Wanted Troublemakers in Ayrshire« erläutern. Im Jahr 1982 – das Jahr, in dem unsere Geschichte beginnt – gibt es drei dominierende »Familien« in Ayrshire, die alle sehr schwer für ihren unehrlichen Lebensunterhalt arbeiten.

In Crosshouse, im Westen von Kilmarnock, herrschen die Wisharts. Als Geldwäscher widmen sich die Wisharts einem Zweig der organisierten Wirtschaftskriminalität, der sie auf der Abschussliste der örtlichen Polizei unterhalb ihrer unmittelbaren Konkurrenten landen lässt. Angeführt werden sie von James Wishart, allgemein als »Washer« bekannt. Washer ist der Vater von Dale Wishart, der allerdings als Frontmann einer jungen Nachwuchsband namens The Vespas nicht aktiv in das Familienunternehmen eingebunden ist. Washers Neffe Gerry Ghee ist gleichzeitig seine rechte Hand. Der Dritte in der Hierarchie ist offiziell Benny Donald, dessen jüngste Ausflüge in die berüchtigte Drogenszene von Glasgow dem Familienoberhaupt allerdings reichlich Sorgen bereiten. Washers bester Freund ist Frankie Fusi – bekannt als Flatpack Frankie. Die beiden sind wie Brüder, was auf ihre gemeinsame Armeezeit in Malaysia zurückgeht. Frankie Fusi arbeitet exklusiv als Washers Mann für besondere Aufträge, ist jedoch kein Vollmitglied der »Familie«.

In Galston, im Osten von Kilmarnock, kontrollieren die Quinns den Laden, eine aus Birmingham zugezogene Roma-Familie, die vor allem im Security- und Schutzgeld-Business aktiv ist und die Geschäfte in Galston gewaltsam von ihren Vorgängern, den im Glasgower East End ansässigen McLartys, übernommen hat. Als Obermacker der Familie fungiert Nobby

Quinn, der eigentliche Kopf des Unternehmens ist jedoch Magdalena, seine allseits gefürchtete Ehefrau. Die erforderliche Muskelkraft liefern ihre Söhne, von denen es aber zu viele gibt, um sie hier alle aufzuzählen. Im Endeffekt müssen Sie sich nur mit einem beschäftigen: Rocco.

Damit kommen wir zu Fat Franny Duncan, von dem Sie vielleicht schon gehört haben. Fat Frannys Terrain ist Onthank im Nordwesten von Kilmarnock. Seine Truppe ist in einer Vielzahl von Geschäftsbereichen aktiv, von Wucherkrediten bis zur Eventgestaltung ist alles dabei. Die vormals unangefochtene Position des Fatman als Don McAllisters *Public Enemy Number One* ist aber möglicherweise gefährdet. Fat Frannys oberster Handlanger Robert »Hobnail« Dale zweifelt nämlich mit jedem Tag mehr an seinem Chef, was sich nicht gerade positiv auf seine Loyalität auswirkt. Des Brick, Fat Frannys Berater und Hobnails Schwager, ist mit den Gedanken ständig woanders, und Wullie Blair – auch bekannt als Wullie der Maler – arbeitet nebenbei schwarz für Mickey »Doc« Martin, einen Einzelgänger unter Fat Frannys Konkurrenten. Um den Verlust seiner Macht aufzuhalten, hat Fat Franny einen Mann namens Terry Connolly an Bord geholt, der die Eiscremewagen managen soll. Wie Sie bald erfahren werden, ist Terry allerdings eine weitere Figur mit Verbindungen zu den McLartys.

Dies also sind die drei Pfeiler des kriminellen Kartells, das seit dem Rückzug der McLartys in den Norden durch die Drohkulisse der gegenseitig zugesicherten Zerstörung einen fragilen Frieden gewahrt hat. Dieser Frieden, lieber Leser, wird zu Ihrer Unterhaltung in Kürze erschüttert, während gleichzeitig der Einfluss der McLartys wieder ans Licht drängt ... und eine in einem lokalen Gemeindesaal probende

Nachwuchsband die schlafwandelnde Gemeinde mit ihren illusionären Hoffnungen und Träumen vom großen Rock'n'Roll-Erfolg wachrüttelt. Aber zu deren Aufstieg und Fall kommen wir zu gegebener Zeit.

Derweil ist, wie Wullie (der Shakespeare, nicht der Maler) vielleicht sagen würde, alles bisher Geschehene nur ein Vorspiel.

DFR

»Beim Rock'n'Roll geht es nicht unbedingt um eine Band. Oder einen Sänger. Oder einen Song. Es geht um den Versuch, unsterblich zu werden.«

Malcolm McLaren

# 24. SEPTEMBER 2014

Am ersten Weihnachtstag 1995 traten die Miraculous Vespas in einer Sonderausgabe von *Top of the Pops* auf. Nach mehr als zehn Jahren in der musikalischen Versenkung schoss ein Remix ihrer ersten Single »It's a Miracle (Thank You)« wieder in die britischen Top Five, und ihre lange vergessene LP *The Rise of the Miraculous Vespas* wurde als eines der besten britischen Debütalben aller Zeiten gefeiert. Dennoch war es in erster Linie ihr TV-Auftritt an jenem Weihnachtstag, mit dem sie in die Musikgeschichte eingingen. Schockierend wie das Fernsehinterview der Sex Pistols mit Bill Grundy und legendär wie Nirvanas berühmter Live-Gig in *The Word* auf Channel 4. Anstatt ihren Hit vor einem Publikum von 26 Millionen Zuschauern live zu präsentieren, stöpselte Leadsänger Grant Delgado seine Gitarre aus, streifte sein Hemd ab und klebte sich mit Gaffa-Tape erst selbst und dann seinen Bandkollegen den Mund zu ... eine Aktion, die nicht nur als der ultimative Karrieresuizid, sondern auch als eine der kontroversesten je inszenierten Performances angesehen wurde. Dreißig Jahre nachdem die legendäre Single erstmals auf Platz eins der Charts stand, dokumentiert jetzt ein neuer Film des umstrittenen Managers der Band, Max Mojo, die unglaubliche Geschichte vom Aufstieg und Fall der Miraculous Vespas.

Mr. Mojo, es ist mir ein Vergnügen, Sie kennenzulernen ...

*Max, Norma ... du kannst mich Max nennen, Süße.*

Ah, okay. Danke, Max ... danke, dass du dich zu diesem Interview bereit erklärt hast. Ich fühle mich sehr geehrt, die Einzige zu sein, der du Rede und Antwort stehst.

*Ich mag deine Sachen, Mädchen. Ich kenn dich ja aus* The Tube. *Die Sendung war zwar der letzte Dreck, aber du warst toll.*

Das ist sehr nett. Danke.

*Wette, du wusstest nich, dass die Miraculous Vespas sogar mal für diese Kackshow gebucht waren. Dritte Staffel, erste Folge.*

Wirklich? Nein, das wusste ich nicht.

*Am verfickten 5. Oktober 1984. Das Datum is mir ins Gehirn gebrannt, als hätte es Inkstain Ingram höchstpersönlich dort eintätowiert.*

Inkstain *wer bitte?* Das war ein paar Jahre vor meinem Einstieg bei der Sendung.

*Egal. Ingram is sowieso schon Wurmfutter, wie die meisten von damals. Die Absage von* The Tube *war wahrscheinlich der Moment, an dem ich definitiv wusste, dass ich die Kiste an die Wand gefahren hatte. Rückblickend kann ich nur drüber lachen. Wir wurden in dem Line-up durch Culture Club ersetzt! Wenn das keine Ironie des Schicksals is, was? Die haben da »War Song« gespielt, diese elende Schrottnummer, und hinterher wurde dieser Boy-George-Vogel nach der beschissenen Entführung gefragt. Und der verdammte Wichser hat's nich mal dementiert. Hat uns nochmal 'ne Menge Ärger extra eingebracht, das Arschloch.*

Wegen dem Prozess, meinst du?

*Nee, das war's nich. Die Verhaftungen und der Prozess, das kam alles später, aber an dem Punkt hab ich geschnallt, dass es mit Grant keinen Weg zurück mehr geben würde. Wegen dem ganzen Mist in den Zeitungen waren* The Miraculous Vespas *'n verdammter Witz geworden. 'Ne Newcomer-One-Hit-Wonder-Band, finanziert von Gangstern und Flachwichsern. Das Traurige war, die Band hätte magisch sein können*

*... das haben inzwischen ja auch alle kapiert. Beschissenerweise 'n paar Jahre zu spät.*

Eins nach dem anderen, Max, wenn du nichts dagegen hast. Können wir ganz zum Anfang der Geschichte zurückkehren? Dein Film beginnt mit einer seltsamen psychedelischen Sequenz. War das eine Vision, die du hattest ... oder eine Art Halluzination? Könntest du bitte über Dale Wishart sprechen und uns erklären, wie es zu dieser Transformation kam?

*Hmmm ... also, ich bin diesen beschissenen Hügel hoch ... den Mount in Onthank, weißte? Keine Ahnung übrigens, wie ich in dem Drecksloch gelandet bin, aber egal. Jedenfalls schlepp ich ein paar verwichste Kanthölzer durch die Gegend, zusammengenagelte Bretter, verstehste? Und ich reiß mir einen verfickten Splitter nach dem anderen ein, und es tut höllisch weh. Ich also den Onthank Drive hoch, und am Straßenrand stehen alle möglichen Krawallbrüder und beschmeißen mich mit irgendwelchem Zeug. Meine Birne war am Platzen, sag ich dir ... die fiesesten Kopfschmerzen, die ich je hatte.*

*Jedenfalls teilt sich plötzlich die Menge wie für 'ne Oranier-Parade, und durch die Lücke kommt so 'n alter Knacker auf mich zugaloppiert ... und zwar auf dem Rücken von dem größten verfickten Schäferhund, den ich je gesehen hab. Das Vieh hatte sogar 'nen Sattel, als wär's 'n verdammter 3:1-Favorit beim beschissenen Grand National oder irgendwas.*

*Ich hab echt die Hosen voll, aber ich kann die Kanthölzer nich weglegen, weil irgendein Wichser mir die Teile an die Hände genagelt hat. Keine Ahnung, was der Scheiß sollte, aber egal. Der alte Knacker springt von dem Köter und sagt: »Sitz, Sheba!« Ich hab erst verstanden: »Schlitz Sheba!« Genau das hätt ich mir nämlich gewünscht, dass irgendjemand dieser Fellkugel die beschissene Kehle aufschlitzt, aber Fehlanzeige. Jedenfalls quatscht der mich an ... also der olle Methusalem, nich der Köter:*

»Du vergeudest dein Talent«, sagt der Alte und erklärt mir, dass er Manny heißt . . . Manny Wise.

»Woher willst du das Scheiße nochmal wissen?«, blaff ich ihn an . . . voll auf Krawall aus, verstehste?

»Ich weiß mehr, als du denkst, Junge. Ich kenn deinen Vater . . . und ich kann auch in die Zukunft sehen. In deine Zukunft.«

Ich lach mir einen ab, weil jeder Penner in Ayrshire Washer Wishart kennt – obwohl viele von denen ihn wohl lieber nich kennen würden. Und gerade, als ich dem Alten das sage, pinkelt mir seine beschissene Riesentöle ans Bein.

»Verdammte Scheiße!«, brüll ich, und das Viech knurrt mich so fies an, dass ich mir wünsche, ich hätt die Fresse gehalten. »Hör zu, alter Mann . . .«, sag ich zu ihm, ». . . ich soll das Holz hier den Berg hochschleppen. Da oben wartet 'n Haufen Leute drauf . . . außerdem fängt's gleich an zu pissen. Also wenn du nich mit anpacken willst, zieh Leine und lass mich meine Arbeit machen, klar?«

Und dann sagt er was, das mich trifft wie 'n Blitz und am ganzen Körper zittern lässt.

»Du bist zu was Großem geboren, mein Sohn. Erinnerste dich noch an den Aufsatz, den du in der Siebten geschrieben hast? Wo du ein Superheld warst . . . Max Mojo? Und für den du 'nen Preis gewonnen hast?«

»Woher verdammt nochmal weißte das?« Und ich bin voll durch'n Wind – All Shook Up, verstehste? Wie Elvis. Ich guck ihn mir genauer an, direkt ins Gesicht, und zerbrech mir die Rübe, wo ich ihn schon mal gesehen hab. Und dann dämmert's mir . . . es is der beschissene Opa von diesem Dale Wishart, also Washers Vater. Ich kenn ihn bloß von Fotos, weil, pass auf . . . der Opa is nämlich im selben Jahr gestorben, in dem Dale geboren wurde. Irgendwann in den beschissenen Sechzigern!

*Jedenfalls kriech ich mittlerweile voll aufm Zahnfleisch, und meine Hände tun scheiße weh von den Nägeln. Aber was dann kommt, haut mich um ...*

*»Du bist 'n Anführer, Junge. Also führe. Mach's richtig. Befrei dich von deinem alten Ich. Dale Wishart? Was fürn Arschlochname is das denn bitte schön, Junge? Klingt wie 'ne beschissene Teppichfabrik. Übernimm die Kontrolle. Schluss mit dem Rumgehampel vorne auf der Bühne, wo du eh nur aussiehst wie 'n verdammtes Mädchen. Kein Wunder, dass der Rest der Band dir die Fresse poliert hat. Führe, du kleiner Scheißer, führe ... dann warten unermessliche Reichtümer auf dich.«*

*Und plötzlich macht alles Sinn. Ich bin Max. Ich muss diesen Wichser von Dale aufwecken. Die Kontrolle übernehmen, genau wie der Alte es mir erklärt hat. Ich hab schon viel zu lange gepennt. Ich muss alles umkrempeln! Führen ... wie der Alte gesagt hat. Wenn ich das hinbekomme ... also dann ... wird's ...*

# TEIL 1

## I HOPE TO GOD
## YOU'RE NOT AS DUMB
## AS YOU MAKE OUT

# KAPITEL 1

## 7. Juni 1982

»Miraculous.«

»Hä? Was meinst du?« Das unerwartete Flüstern der bandagierten Gestalt in dem Bett vor ihm war so leise, dass Bobby Cassidy sich nicht sicher war, ob er überhaupt etwas gehört hatte. Er beugte sich vor, sorgfältig darauf bedacht, keinen der zahlreichen Schläuche herauszureißen, da Dale Wishart andernfalls vielleicht *nie wieder* sprechen würde. »Dale. Was hast du gesagt, Mann?« Keine Reaktion. Bobby saß seit einer guten Viertelstunde am Bett des bewusstlosen jungen Mannes und nahm nun an, dass seine gelangweilte Fantasie ihm einen Streich gespielt hatte und er im sonderbaren Rhythmus der Piepstöne und Atemgeräusche etwas gehört hatte, was gar nicht da war.

Bobby war in die Intensivstation des Crosshouse Hospital am westlichen Stadtrand von Kilmarnock gekommen, um Dale Wishart zu besuchen. Zuerst hatte er sich vergewissert, dass keiner von Dales durchgedrehten und größtenteils gemeingefährlichen Angehörigen anwesend war. Seine Befürchtungen erwiesen sich jedoch als überflüssig, es war niemand da. Dales Zustand schien nicht mehr kritisch zu sein. Am Vormittag war er von der Intensivstation verlegt worden, da

Tests ergeben hatten, dass er keine bleibenden Hirnschäden davontragen würde. Die Liste seiner Verletzungen las sich trotzdem beeindruckend: gebrochene Rippen, zertrümmerte Augenhöhle, Fraktur des Schlüsselbeins und ein verdrehter Hoden, was so schmerzhaft klang, dass es einem die Tränen in die Augen trieb. Zwei Abende zuvor hatte man die örtliche Nachwuchsband, deren Frontmann Dale war, in einem Hagel von Bierflaschen von der Bühne getrieben. Es war der Auftakt zu einer Massenschlägerei gewesen, bei der der Auftrittsort, die Henderson Church Hall, praktisch komplett demoliert wurde. Bobby war kein enger Freund von Dale, doch die beiden Achtzehnjährigen teilten ein paar gemeinsame Erfahrungen und die Liebe für dieselben musikalischen Einflüsse.

Dale setzte diese Leidenschaft mit den Vespas um, seiner Mod-beeinflussten Band, Bobby mittels einer mobilen Disco namens Heatwave, mit der er die Vespas schon mehrfach bei deren Konzerten unterstützt hatte. Auch vorgestern war es wieder so weit gewesen, doch Bobby hatte die DJ-Pflichten – zum Glück, wie sich später herausstellte – seinem besten Freund und Disco-Partner Joey Miller überlassen. Aber nun war er hier im Krankenhaus, denn er fühlte sich verpflichtet, nach dem übel zugerichteten Sänger zu sehen. Dale Wishart hatte Bobby im Vorfeld des Gigs in der Henderson Church Hall – der offensichtlich nur ein Vorwand war, um Geld für Dales Gangstervater Washer Wishart zu machen – mit der Bitte angerufen, die Band an diesem Abend als DJ zu supporten. Der Gig selbst war als Wohltätigkeitsveranstaltung deklariert worden, weshalb Bobby auch keine Gage kassieren sollte.

Von der Intensivstation schickte man Bobby zur allgemeinmedizinischen Station im dritten Stock und führte ihn dort in ein Sechs-Bett-Zimmer. Dales Anblick war ein Schock für ihn. Zahlreiche Infusionsschläuche und Kabel waren an den Körper des immer noch bewusstlosen Sängers der Vespas angeschlossen, der dadurch aussah wie der Sechs-Millionen-Dollar-Mann in seiner Aufladestation. Vor dem Besuch bei Dale hatte Bobby im Zimmer seines Kollegen Hamish May vorbeigeschaut, der wegen Unterkühlung ein Stockwerk höher lag. Hamish war ebenfalls Opfer von Gewalt im Zusammenhang mit Heatwave geworden, erklärte die Angelegenheit später allerdings mit einer zerfahrenen Geschichte, die ziemlich wahnhaft klang: Schmuggler hätten ihn entführt, gefesselt und in einem Ruderboot aufs offene Meer geschickt, damit russische Seeleute ihn dort auflesen konnten. Ungeachtet des tatsächlichen Ablaufs eine ganz und gar unschöne Begebenheit, ohne Frage, wobei sich Hamish inzwischen zumindest wieder auf dem Weg zu körperlicher, wenn auch nicht geistiger Genesung befand.

Dale hingegen sah aus, als wäre er von einem dieser bescheuerten amerikanischen Monstertrucks, mit Reifen so groß wie ein Fertighaus in Altonhill, überrollt worden. Seine Brust war nackt, und beim Anblick der Landkarte aus Platzwunden, Striemen und momentan noch gelblichen Blutergüssen, die man mit brutaler Gewalt auf die Leinwand seiner Haut gezeichnet hatte, verzog Bobby das Gesicht. Aber immerhin, bis auf die beiden perfekt geformten Veilchen, die sich bereits dunkelviolett verfärbten, schien Dales blasses Gesicht unverletzt. Bobby kicherte leise bei dem Gedanken, dass Dale mit dem beigefarbenen Kopfverband, der sein Haar komplett verdeckte, ein wenig wie Telly Savalas als Kojak aussah. Fehlte eigentlich nur noch die FBI-Sonnenbrille und der Kojak-Standardspruch »Who loves ya, Baby?«.

Dale Wishart war ein anständiger Kerl, einer der ewigen Optimisten des Lebens. *Manchmal sogar zu nett*, dachte Bobby. Nichts von dem bescheuerten »Weißt du denn nicht, wer ich bin?«-Gehabe, das man vom Sohn eines Unterweltbosses normalerweise erwartete. Vielmehr schienen Dale die Geschäfte seiner Familie regelrecht peinlich zu sein, und auch wenn es viele einleuchtende Gründe gab, die dagegensprachen, mochte ihn fast jeder. Außer, wie deutlich geworden war, seine Bandkollegen bei den Vespas. Die Vespas waren ohne Frage Dales Band, doch in letzter Zeit hatte Steven Dent – Dales Sandkastenkumpel – Führungsansprüche angemeldet. Das führte zu einem Riss in der Combo, was die zwei verbleibenden Mitglieder zwang, sich auf eine der beiden Seiten zu schlagen. Jamie und Andy Ferguson waren allerdings Brüder und stimmten im Streitfall unweigerlich blockweise ab. Zuvor hatte Dale es immer tunlichst vermieden, Geschwister in der Band zu haben. Das hatte weder bei den Kinks noch bei den Everly Brothers funktioniert, so seine Begründung, und für die Vespas funktionierte es eigentlich auch nicht. Der Abend in der Henderson Church war im Grunde eine Art Abschiedsgig gewesen, als Konsequenz zahlreicher Streitereien hatte man sich vor dem Auftritt verbittert auf eine Trennung geeinigt. Die Ferguson-Brüder waren von Natur aus schüchtern und mieden in der Regel jede Konfrontation, sodass die jüngsten Banddiskussionen immer auf die Frage hinausliefen, mit welcher der beiden dominanteren Persönlichkeiten sie es halten wollten. Am Abend in der Henderson Church war für Joey Miller deutlich geworden, auf wessen Seite die Fergusons tatsächlich standen. Joey hatte es zwar nicht mit eigenen Augen gesehen, aber Malky MacKay – Heatwaves Security-Mann für den Abend – hatte

Joey glaubwürdig berichtet, dass Dale nicht wegen eines Gewaltausbruchs des verstimmten Publikums im Krankenhaus lag, sondern weil ihn seine drei Bandkollegen dorthin geprügelt hatten. Nachdem Dale von Steven Dents geschwungenem Bass gefällt worden war, hatten die drei ihrem Frontmann die Scheiße aus dem Leib geprügelt und seinen Synthesizer in Brand gesetzt. Danach waren sie von der Bühne und durch den hinteren Notausgang des Kirchensaals geflüchtet und entkamen so knapp der Polizei, die bei ihrem Eintreffen alle verbliebenen Anwesenden einkassierte.

»Musikalische Differenzen«, meinte der mundfaule Malky ohne erkennbare Ironie zu dem Zerwürfnis.

»Wenn Washer mit den Typen durch is, werden ihre beschissenen Arme und Beine so krumm und schief von ihren Körpern abstehen wie 'n paar durchgebrochene Zahnstocher«, lautete Joeys prosaisches Resümee.

* * *

»Hast'n da, mein Junge?« Bobby drehte den Kopf und sah im Nebenbett einen zahnlosen alten Mann, der grotesk grinsend mit zitterndem Finger auf Bobbys Safeway-Tüte zeigte.

»Lucozade«, sagte Bobby. »Koffeinhaltiges Erfrischungsgetränk. Hilft ja angeblich bei der Genesung ... aber da bräuchte der Kollege hier wahrscheinlich 'ne ganze Kiste von dem Zeug.«

»Dann gib's mir.« Bobby sah den Alten an. Seine gelbliche Haut war praktisch durchsichtig, seine Visage von spinnennetzartigen roten Äderchen überzogen, die einen Kranz um seine rote Knollennase bildeten. An beiden Seiten seines Gesichts hingen Schläuche, deren Enden in seinen

Nasenlöchern steckten. Ein weiterer, dickerer Schlauch führte unter die blassblaue Decke. Bobby beobachtete, wie die trübe goldgelbe Flüssigkeit darin in einen Beutel sickerte, der an den Metallrahmen des Bettes geklebt war. Der Beutel sah aus, als würde er ein Pint Newcastle Brown Ale enthalten. Bei dem Alten hingegen schien es eher so, als hätte er regelmäßig *zehn* Pints Newcastle Brown Ale intus. Bobby schätzte den Mann auf etwa fünfzig, auch wenn er gute zwanzig Jahre älter aussah.

»Is aber kein Fusel«, sagte Bobby.

»Weiß ich doch, Junge, bin ja kein Vollidiot«, flüsterte der Alte. Bobby stand auf und ging zum Fußende des Bettes. Er warf einen Blick auf das Klemmbrett, als würde er dort nach einer ärztlichen Diagnose suchen, und blickte dann auf den Namen ganz oben.

»*Manny*, richtig?«, fragte er.

»Aye, mein Junge, Manfred heiß ich ... aber so nennt mich keiner. Is 'n echt bescheuerter Name.« Bobby lachte. »Die geben mir hier drin nix zu trinken ... außer beschissenes Wasser. Man könnte denken, ich wär 'ne gottverdammte Topfpflanze.« Manny seufzte so schwer, wie sein flacher Atem es erlaubte. »Und nix durch'n Mund ... was nützt einem das als Alki, hä?«

»Tut mir leid«, sagte Bobby.

»Muss es nich ... gib mir einfach den Saft.«

»Ja. Klar. Hier. Aber Sie müssen ihn verstecken. Sonst finden ihn die Schwestern.«

»Mach dir darüber mal keinen Kopp, mein Junge«, sagte Manny. »Den hab ich bis heut Abend weggesoffen.« Bobby lachte noch einmal. »Dein Kumpel kommt wieder in Ordnung. Hab die Ärzte reden hören. Irgendjemand hat ihn

verprügelt, und so gut wie Montgomery Clift wird er wahrscheinlich nie wieder aussehen ...«, Old Manny machte eine Pause und keuchte schwer nach der Anstrengung der wenigen Sätze, »... aber du musst dir keine Sorgen machen.« Bobby brachte es nicht übers Herz, dem Alten zu erklären, dass Dale nicht sein Kumpel war und er sich auch keine besonders großen Sorgen um dessen langfristige Gesundheit machte.
»Hab seit heut Morgen mit ihm geredet ... um ihn aus seinem Tiefschlaf zu holen, verstehste?«

»Nett von Ihnen. Ich bin sicher, er wird das zu schätzen wissen, wenn er erst mal wieder aufm Damm is«, sagte Bobby und schaute auf die Uhr.

»Vorhin waren drei alte Frauen hier. Haben kein Wort gesagt. Waren sich wahrscheinlich zu fein, mit 'nem Säufer wie mir zu reden. Haben einfach den Vorhang in der Mitte zugezogen, die blöden Kühe.«

»Ich muss jetzt los, Meister«, sagte Bobby. Krankenhäuser waren ihm unheimlich, und in diesem hielt er sich nun schon drei Mal länger auf als geplant. »Hoffentlich sind Sie bald wieder auf den Beinen, Sir.«

»Kannste vergessen, mein Junge. Ich komm hier nich mehr raus«, sagte Manny mit einem trockenen, zahnlosen Lächeln. »Endstation, verstehste? Aber pass du bloß auf, dass dein Kumpel sich aus dem ganzen Ärger raushält ... so wie ich's ihm erklärt hab.«

»Wir sehen uns, Manny«, sagte Bobby und entfernte sich langsam von Dales Bett.

»Nee, tun wir nich«, sagte Manny und hob seine zittrige Hand zu einem Abschiedswinken.

Bobby brauchte frische Luft. Er konnte nicht verstehen, warum es auf Krankenstationen immer so warm sein musste. *Auf diese Weise vermehren sich die scheiß Bakterien doch so massenhaft wie die schottischen Assis, die sich jeden Sommer in Benidorm dumm und dämlich vögeln?* Bei diesen Temperaturen schwitzte einfach jeder, ganz besonders Bobby. Er ging den Flur runter. Von den Wänden blätterte die Farbe ab, die Neonlichter über ihm flackerten nervös, und von der abgehängten Decke baumelten aus zahlreichen Löchern Kabel und Drähte herunter. *Mein Gott, warum müssen Krankenhäuser immer so scheiß deprimierend sein?,* fragte er sich.

$$* \quad * \quad *$$

*Nee, Norma, an diesem Punkt der Geschichte war ich bloß 'ne Stimme in dem zertrümmerten Schädel von dem Wichser. Ich wusste, er konnt mich hören, aber er war zu fertig, um zu kapieren, was los war. Er liegt also im Koma, und ich brüll in dem kleinen Scheißer vor mich hin.*

*»Wach auf, du blöder Idiot! Hör zu, ich lieg hier nich länger rum. Ich hab 'ne verdammte Bestimmung zu erfüllen ... und dummerweise brauch ich dafür dieses Wrack, das du deinen Körper nennst. Auf mich wartet die Unsterblichkeit, Mann. Ich sag nur Bruce Springsteen, verstehste?*

*Also los, heb deinen fetten Arsch an, du fauler Sack ... sonst setzt's nochmal Prügel – dieses Mal von innen.«*

*Hat aber offenbar geklappt. Der kleine Ginger-Wichser is jedenfalls aufgewacht.*

# KAPITEL 2

## 20. Juni 1982

Grant Dale drehte das Radio lauter. Das Runterzählen der Charts war nach wie vor ein fester Termin für ihn, und er versuchte, sich sonntags immer die kompletten Top 40 anzuhören, mit dem Höhepunkt der Nummer eins um fünf vor sieben. Es war allerdings schon eine ganze Weile her, dass eine seiner Lieblingsplatten die Spitze der Charts erreicht hatte. Das Jahr hatte vielversprechend begonnen, als Human League die britische Musiklandschaft mit ihrem »Don't You Want Me« dominierten. Grant hatte regelmäßig Fantasien über einen New-Romantic-Dreier mit den beiden Human-League-Ladys, Joanne und Suzanne, bei dem das andere Bandmitglied, *der Wichser mit dem überhängenden Scheitel*, allerdings zugucken musste. Der Look der Kerle, die allesamt aussahen wie reiche Londoner Schwuchteln, war die einzige Kehrseite an der New-Romantic-Welle. In Onthank reichte es schon aus, im Boots dabei erwischt zu werden, wie man sich Rimmel-Kosmetika kaufte, um als Typ derbe auf die Fresse zu bekommen.

Auch die Kraftwerk-Nummer »The Model« hatte Grant geliebt. Er besaß die 7-Inch- und die 12-Inch-Version des Songs, fand die £3.99 für die LP allerdings ein bisschen happig.

Kraftwerk sahen cool aus, ein bisschen zu cool vielleicht. Ihr Look – diese Mischung aus Schaufensterpuppen und Geheimdienstaufzug – eignete sich ebenfalls bestens, eine amtliche Abreibung zu kassieren, wenngleich aus vollkommen anderen Gründen.

Ein weiterer Favorit von Grant waren Japan – auch wenn er sich gut genug auskannte, um zu wissen, dass die Typen, ähnlich wie viele andere Acts im aktuellen Pop-Business, bloß Möchtegern-Bowie-Imitatoren waren. Immerhin war der Frontmann von Japan ein verdammt gut aussehender Kerl, der auch manchmal Gitarre spielte, anstatt ausschließlich auf Synthie-Sound zu setzen. Grant hatte sich die Haare wachsen lassen, sie gebleicht und nach dem Vorbild des Japan-Sängers David Sylvian zu einem Feather Cut geschnitten. Sein Dad – allgemein unter dem Namen Hobnail bekannt – hasste die neue Frisur natürlich, doch weil der Alte vor Kurzem abgetaucht war, hatte sich zumindest dieser Ärger erledigt.

Es war Hobnails permanentes Generve gewesen, das Dale bewogen hatte, zu Hause auszuziehen und sich als Handlanger für Fat Franny Duncan zu verdingen, einen örtlichen Kredithai und ausgemachten Spinner, für den auch sein Vater arbeitete. Der Königsweg, um es seinem alten Herrn einmal richtig heimzuzahlen, das wusste Dale, wäre sein fester Einstieg in Fat Frannys Bruderschaft. In Wahrheit jedoch war Grant weder motiviert noch angsteinflößend genug für den Job. Irgendwelchen Rentnern zu drohen, sie mit kochendem Wasser zu verbrühen, nur weil sie dem Halsabschneider des Viertels einen Zehner schuldeten, schien ihm dann doch eine reichlich überspannte Maßnahme, selbst für ein Komplettarschloch wie Fat Franny Duncan. Grant würde nie bei

*Mastermind* gewinnen, doch er war schlau genug, um zu erkennen, wohin der Weg führte, den sein Vater in der Jugend eingeschlagen hatte, und für sich selbst einen anderen zu wählen. Und so war er zur Freude seiner Mutter wieder zu Hause eingezogen. Unterm Strich war er nur zwei Wochen weg gewesen – einen Tag weniger als sein abgetauchter Vater –, aber Senga Dale hatte die Rückkehr des verlorenen Sohns trotzdem wie ein Fest gefeiert, das gute Porzellan ausgepackt und ein Rinderfilet gekauft, während Dale seine sonntägliche Routine wieder aufnahm und in der Badewanne Radio hörte.

»... und jetzt eine neue Nummer eins, die bestverkaufte Single in Großbritannien ... es ist Captain Sensible mit ›Happy Talk‹.«

*Scheiße, schlimmer hätt's kaum kommen können,* dachte Grant. Captain Sensible war auf Platz eins, und Irene Cara lungerte an der Schwelle der Top 3 herum wie der gottverdammte Kinderfänger aus *Tschitti Tschitti Bäng Bäng,* um noch mehr Kids per Gehirnwäsche zu ihrem obskuren Kult zu bekehren. Ihr nervender Song, die Nummer aus *Fame,* war auf Platz vier eingestiegen. Grant Dale war überzeugt, dass er etwas Besseres zustande bringen könnte, wenn man ihm nur eine kleine Chance geben würde.

## 23. Juni 1982

»Aye, ich versteh schon, was du sagst ... klar und deutlich. Bist ja nich zu überhörn!«

»Das hab ich nich gesagt. Das hab ich auch nich gemeint!«

»Scheiße, Mann, hör auf, mir Wörter in den Mund zu legen.
Du hast ja keine Ahnung, was du da verlangst. Es is nich so
leicht, wie es sich bei dir anhört.«

»Nee ... isses verdammt nochmal nich!«

»Na, lass es mich so sagen, im Moment gibt's keine *Band*.
Es gibt keine Instrumente, weil die alle verschwunden sind.
Es gibt keine Songs, kein Geld und ehrlich gesagt auch keine
Inspiration. Das braucht man aber alles, wenn man 'ne Band
gründen will. Ich sollte es verdammt nochmal wissen, ich
hab's schließlich lange genug versucht.«

»Aye? Wie denn?«

»*Max Mojo*? Echt jetzt? Das klingt wie der Name von diesem Typen in dem grün-weißen Superheldenkostüm, der den
kleinen Kindern über die beschissene Straße hilft!«

»Aber jeder Wichser da draußen wird sich vor Lachen bepissen, Mann.«

»Aye. *Aye*, hab ich gesagt.«

»Wo? Das kleine Büro in der John Dickie Street? Für das
Molly die Grundsteuer zahlt?«

»Gut. Bestens. Ich mach's später, Mann. Und jetzt gib einfach mal Ruhe, ja? In meinem Kopf dreht sich alles.«

\* \* \*

Molly Wishart hörte ihren Sohn von der Küche aus. Anfangs
nahm sie an, er würde mit jemandem telefonieren, doch als
sie näher kam, um zu lauschen, merkte sie, dass er nicht im
Flur war, wo sich das Telefon befand, sondern im Wohnzimmer. Molly spähte durch einen Spalt zwischen Tür und Rahmen und sah Dale auf und ab laufen. Sie hatte die Haustür
nicht zufallen hören und – auch wenn sie nicht das ganze

Zimmer einsehen konnte – vermutete deshalb, dass außer ihrem Sohn sonst niemand anwesend war.

»Herrgott, Junge, das ist ja die reinste Festbeleuchtung hier! Mach das große Licht aus ... alle können reingucken.«

»Was?! Weil ich *ein* beschissenes Licht angemacht hab?«

»Hey, pass auf, mit wem du redest!« Die Ärzte hatten Molly Wishart vor Stimmungsschwankungen als häufige Folge von schweren Gehirnerschütterungen gewarnt, doch in den zwei Wochen seit Dales Entlassung aus dem Krankenhaus hatte sie beobachtet, dass seine Ausbrüche an Regelmäßigkeit und Intensität zunahmen. Molly hatte den Spezialisten danach gefragt und für ihren Sohn Termine für weitere neurologische Tests gemacht, doch angesichts seiner offensichtlichen und bemerkenswert raschen körperlichen Genesung hatten die Entscheidungsträger in den Büros des Nationalen Gesundheitsdienstes in puncto Dringlichkeit scheinbar einen Gang runtergeschaltet.

Nachdem durch diverse Untersuchungen drogenbedingte Psychoseformen und andere psychische Erkrankungen ausgeschlossen werden konnten, hatte ein pakistanischer Arzt schließlich eine schizoaffektive Störung diagnostiziert, sich jedoch nicht auf die Prügelei in der Henderson Church als direkte Ursache für selbige festgelegt. Seine Kollegen schlugen beiläufig vor, auf die durch den veränderten Bewusstseinszustand bedingten Fantasien des jungen Mannes einzugehen und den bizarren Forderungen bezüglich seiner neuen Persönlichkeit nachzugeben. Molly und Washer wurde zwar gesagt, dass Wahnvorstellungen und Halluzinationen die klassischen Symptome dieser Art von Psychose seien. Vor dem zusammenhanglosen und mit Flüchen gespickten Redeschwall ihres Sohns hatte sie jedoch niemand gewarnt.

Irgendwann in den folgenden Tagen wurde Dale Wishart per Willenserklärung offiziell zu *Max Mojo*. Darauf angesprochen, behauptete das nunmehr als Max bekannte Individuum, seine Mutter habe sich lediglich eingebildet, dass er Selbstgespräche führen würde, und deutete schäbigerweise sogar an, dass man diesbezüglich *ihre* geistigen Fähigkeiten in Zweifel ziehen könnte. Gleichzeitig war sein linkes Auge mittlerweile vollkommen außer Kontrolle geraten und zuckte und flatterte in einem fort, wenn er diese Phasen des inneren Konflikts durchlebte. Molly war inzwischen zu der Überzeugung gelangt, dass das vormals unbeschwerte Gemüt ihres Sohnes zu verschwinden drohte und er langsam, aber sicher von einer dunklen und bösen Macht vereinnahmt wurde.

»Jetzt red doch nich so 'nen Scheiß, Mum. Dein Gelaber hört sich an wie die verkackte Handlung von *Das Imperium schlägt zurück*«, hatte er zu ihr gesagt. Aber das Fluchen allein reichte als Beleg für eine signifikante Persönlichkeitsveränderung. Der vormals als Dale bekannte Teenager hätte nie so mit seiner Mutter – oder mit irgendeiner anderen Frau – gesprochen. Diesen durchaus positiven Charakterzug hatte er von seinem Vater geerbt, der, ungeachtet seiner Fehler in anderen Bereichen, Frauen nie derart respektlos behandelt hatte, wie es unter den männlichen Vertretern der Arbeiterschicht seiner Generation Sitte war.

Max Mojos Auge hörte auf zu zucken. Er setzte sich. Sein ganzer Körper schien sich zu entspannen, als seine Mutter vor ihm stand.

»Und wann ist nochmal das Bewerbungsgespräch?«, fragte sie ihn.

»Freitag.«

»Morgen, meinst du?«

»Aye. Mensch ... ich hab die Tage nich so im Blick, Mum.«

»Dann sieh zu, dass du heute Abend früh schlafen gehst und deine Zeugnisse bereitlegst, ja? Das ist 'n guter Job unten im Gartencenter. Reichlich frische Luft ... schöne Blumen, um die du dich kümmern kannst. Das wird dich beruhigen, Junge.«

»Aye, Mum. Mach ich. Keine Sorge.« Max für seinen Teil machte sich auch keine Sorgen, was vor allem daran lag, dass er nicht die geringste Absicht hatte, zu diesem Bewerbungsgespräch zu erscheinen.

# KAPITEL 3

## 24. Juni 1982

»Verdammte Drecksscheiße!« Washer Wishart war aus dem Volvo gestiegen und direkt in eine Schlammpfütze getreten. Kein guter Auftakt für eine Zusammenkunft, die mit Sicherheit schwierig und konfliktreich verlaufen würde. »Wie kann man nur so leben, Scheiße nochmal?«, sagte er und ließ den Blick über das Ödland schweifen, das die Quinns, die Gastgeber dieses Gipfeltreffens, ihr Zuhause nannten. Er wischte sich den wässrigen Film brauner Kacke von den Schuhen und nahm kopfschüttelnd das erbärmliche Panorama in Augenschein: umherstreunende, von Räude geplagte Enten, Schweine und Kaninchen; vier klapprige Wohnwagen, drei davon ohne Räder und auf Ziegelsteinen aufgebockt; ein Haufen vor sich hin rostender Waschmaschinen und Kühlschränke – alles überdeckt von einer dicken Schicht schlammiger Gülle. Selbst die Hühner staksten so vorsichtig durch die Gegend, als würden sie über ein Minenfeld laufen. Es sah aus wie eine Szene aus *Farm der Tiere*, gemalt von Hieronymus Bosch.

»Dreckszigeuner!«, schimpfte Benny Donald in einem arschkriecherischen Versuch, Kapital aus Washers mieser Laune zu schlagen. Washer jedoch reagierte nicht. Benny war nach wie vor eine Persona non grata wegen seiner Rolle bei den Ereignissen, die Washer Wishart überhaupt erst genötigt hatten, in diesem gottverlassenen Dreckloch in Galston zu erscheinen. Washer stapfte zu einem Schuppen mit offenem Tor, in dem sich die anderen bereits versammelt hatten. Benny tappte mit gesenktem Haupt hinterher.

Nobby Quinn, der in Birmingham geborene Roma-Patriarch, fuhr sich mit nikotinfleckigen Fingern durch seinen dünnen, bereits leicht ergrauten Bart. Seine dominante Frau Magdalena stand hinter ihm, als würde sie ihn von dort steuern. Drei ihrer muskelbepackten und tätowierten Söhne saßen auf Heuballen und wirkten dabei wie gelangweilte Versionen von David Essex in *Stardust*. Das waren die Quinns, die herrschende Familie im östlich von Kilmarnock gelegenen Galston, und das war ihre Scholle.

Genau genommen war es auch ihr Fauxpas gewesen, der dieses Treffen überhaupt erst notwendig gemacht hatte. Zehn Tage zuvor hatte ein wütender Mob mit Vertretern der Quinns als Rädelsführer während eines vorgeblichen Benefizkonzerts der Lokalband The Vespas die Henderson Church Hall in Kilmarnock auseinandergenommen. Der Grund dafür war unklar geblieben, bis Fat Franny Duncan unter sanftem Druck zugegeben hatte, die Quinns für die Aufwiegelung des Publikums und den anschließenden Krawall bezahlt zu haben. Die Fat-Franny-Fraktion – Bob »Hobnail« Dale, Des Brick, Wullie der Maler und der Fatman selbst – saß dem großen Tor am nächsten. Zufällig und ohne Vorsatz, doch für Washer Wishart sah es aus, als hätten sie sich für einen schnellen Abgang gewappnet. Washer grinste bei dem Gedanken, dass ein Hefeteig schneller ging als Fat Franny.

Der dritte Pfeiler der Gangstertroika von Ayrshire, und aktuell das Opfer, war Washer Wisharts Truppe aus Crosshouse.

Sie waren zu dritt erschienen. Der alte Washer, wie immer im Anzug und geschäftsmäßig; Frankie Fusi, der legendäre Mann für besondere Aufträge, hager, dunkelhaarig und mit glimmendem Blick; und Benny Donald, augenscheinlich Ersatzmann für Washers *Consigliere*, seinen dreißigjährigen Neffen Gerry Ghee. Gerry hatte sich am Morgen krankgemeldet. In Anbetracht der Bedeutung des anstehenden Treffens war das Washer zwar ein wenig verdächtig vorgekommen, doch er hatte nicht weiter nachgefragt. Andernfalls hätte Gerry nämlich zugeben müssen, dass er sich einem operativen Eingriff zum Zwecke der Sterilisation unterziehen wollte – und das musste nun wirklich nicht alle Welt wissen.

Einberufen hatten das Treffen die Quinns, auf Drängen von Don McAllister. Weil ein neuer Bandenkrieg das Letzte war, was er gebrauchen konnte, hatte McAllister rasch gehandelt und zudem die regionale Autorität Mickey »Doc« Martin zur Teilnahme beschwatzt, um einen unabhängigen Zeugen vor Ort zu haben.

Das Treffen der mächtigsten nicht gewählten Männer in East Ayrshire fand also in einem von Dung verdreckten Kuhstall statt. Washer war alles andere als beeindruckt, aber in Roma-Land herrschten nun mal Roma-Sitten ...

»Vielen Dank an die Quinns, dass sie als Gastgeber dieses Notfall-Gipfeltreffen ermöglichen.« Die Runde quittierte Doc Martins Eröffnung der Sitzung mit halbherzigem Applaus. Eigentlich war nicht vorgesehen, dass Doc den Vorsitz führte, doch es sah so aus, als müsste er es tun. Die Unergründlichkeit der Wisharts, die Wortkargheit der Quinns und die offensichtliche Entschlossenheit von Fat Frannys Truppe, sich nicht selbst zu belasten, ließen ihm keine andere Wahl. Das Treffen hätte schon vor einer halben Stunde beginnen sollen, doch sämtliche Anwesenden drückten sich um das anstehende Thema und debattierten stattdessen ausführlich über die Sondermeldung der Morgennachrichten. Eigentlich hatte allein Washer Wishart angesichts seiner Auslandseinsätze mit der Armee ein nachvollziehbares Interesse am Falklandkrieg und der Nachricht über dessen Beendigung. Die anderen hätte das Thema einen feuchten Kehricht interessieren können, aber die Hartnäckigkeit, mit der sie ihren gestelzten Smalltalk so lange wie möglich ausdehnten, war ein deutliches Anzeichen dafür, dass die bevorstehende Diskussion möglicherweise nicht so konstruktiv und abschließend verlaufen würde, wie Don McAllister gehofft hatte. Angesichts der Ablenkungs- und Ausweichmanöver der Runde kam Doc Martin direkt zur Sache.

»*Notfall* deshalb, weil sehr wahrscheinlich niemand von euch einen Rückfall in die McLarty-Ära riskieren will, oder?« Doc wartete auf eine Antwort. Kopfschütteln in der Runde. Das genügte ihm. »Also, Washer is Unrecht widerfahren, da sind wir uns doch einig, richtig?« Keine Reaktion. Doc schrieb das der »komplizierten« Formulierung zu. Die Anwesenden zählten ganz offensichtlich nicht zu den hellsten Leuchten im Lampenladen. »Was ich damit meine, is: Die Wisharts waren die Opfer in diesem bedauerlichen Schlamassel. Stimmen mir da alle zu? Das Ganze is jedoch ohne bösartige Absicht geschehen.« Die versammelten Anführer musterten sich argwöhnisch. »Jetzt hört mal zu, Leute. Wir sind hier doch nich bei *Die durch die Hölle gehen* oder irgend so einem Scheiß. Niemandem wird in den Kopf geschossen. Gebt einfach den Fehler zu, entschuldigt euch, dann können wir zur Kompensation kommen.« Man hörte Füße scharren und ein theatralisches Husten von Magdalena Quinn. Doc Martin wurde langsam sauer. »Scheiße, Franny, ich würd sagen, jetzt bist du dran.«

»Ähm ... ich bin bereit ... ähm, zuzugeben, dass ich die beiden Heatwave-Schwuchteln kastrieren lassen wollte.« Fat Franny räusperte sich. »Dafür hab ich Nobby hier um ... ähm, *Unterstützung* gebeten. Aber wie Doc schon gesagt hat, gab's 'nen bedauerlichen Kommunikationsfehler ...« Fat Franny sah Hobnail an. »... und deswegen wurden falsche Anweisungen weitergegeben.« Dann wandte er sich an Washer Wishart. »Und das tut mir leid, Washer. Solange die Strafe gerecht is, geb ich gern den Löwenanteil.« Fat Franny bewahrte in seinem Haustresor ein ordentliches Sümmchen auf, und auch wenn es ihm widerstrebte, Washer Wishart das Geld zu geben, war die Sicherung des gegenwärtigen Friedens diesen Preis wert. Allerdings nur, wenn es im Rahmen blieb, klar. Dafür würde er Hobnails monatlichen Anteil für einige Zeit kürzen.

»Gut«, sagte Doc Martin. »Nobby? Möchtest du dem noch was hinzufügen?« Nobby Quinn schüttelte den Kopf. Aber seine allseits gefürchtete Frau ergriff das Wort.

»Washer, das mit deim Jung tut uns leid, aber das war'n wir nisch. Wir hab'n ihn nisch angerührt.« Magdalenas breiter Birmingham-Akzent schwebte durch den testosteronerfüllten Schuppen und wurde von den anderen wie ein Furz in einem Fahrstuhl aufgenommen. »Aber um den Frieden zu wahr'n, tun wir 'türlich auch was zahl'n.«

»Vielen Dank, Mrs. Quinn«, sagte Doc. »Also, wenn du einverstanden bist, Washer, arbeite ich eine Gesamtlösung aus und geb dir Bescheid, wenn alle zugestimmt haben.« Washer gab nickend sein Einverständnis. Er hatte dieses kurze Gipfeltreffen hinter sich gebracht, ohne ein Wort zu sagen. Es war klar, dass er die ausgehandelten Wiedergutmachungszahlungen akzeptieren würde. Aber er würde es mit reichlich Zähneknirschen tun, damit die anderen schön nervös blieben und die wahre Geschichte des Abends in der Henderson Church ans Licht kommen konnte. Und die Wahrheit würde herauskommen, dafür würde er sorgen. Derweil, so hoffte er, würde er mit den Zahlungen hoffentlich das Drogenschlamassel in Glasgow regeln können, in das Benny Donald die Familie hineingezogen hatte.

»So, Leute, könntet ihr uns jetzt 'ne Minute allein lassen? Ich würd eure Bosse gern kurz vertraulich sprechen.« Doc Martins Bitte überraschte die Anwesenden. Hatten sie nicht gerade eine Lösung ausgearbeitet?

✳  ✳  ✳

Die Chefs schickten ihre Untergebenen zum Warten nach draußen.

»Im Hof gibbet Kanincheneintopf für alle, die woll'n tun.« Und mit dieser kulinarischen Drohung der Roma-Furie Magdalena endete der Hauptteil des Gipfeltreffens der Gangstertroika von East Ayrshire. Ohne Blutvergießen. Des Brick wusste, dass Fat Franny darauf gehofft hatte, mit Doc Martin unter vier Augen über ein Engagement als Haus-DJ in dessen demnächst eröffnendem Nachtclub Metropolis sprechen zu können. Die Andeutung, dass Doc diesen Gig statt an Fat Franny an Bobby Cassidy und dessen Kumpel Joey Miller von Heatwave geben könnte, war der Auslöser für die Strafaktion in der Henderson Church gewesen. Doch es kam nicht zu diesem Vieraugengespräch, denn nach der zwanzigminütigen Privatunterhaltung der Bosse war Doc Martin als Erster gegangen, und zwar zackig. Er hatte weit Besseres zu tun, als seine Pläne für das Metropolis mit irgendwelchen Lakaien zu diskutieren, und in die Nähe des dampfenden Ölfasses mit Magdalenas gehäuteten Kaninchen würde ihn auch nichts und niemand bringen – außer vielleicht ein glühender Feuerhaken in seinem Arsch, hineingeschoben von Satan höchstpersönlich.

»Und worum ging's da jetzt noch?«, fragte Des erwartungsvoll.

»Ähm ... nix Wichtiges. Nur um die ... ähm, Zahlungsmethode. Für die Kompensation.« Fat Franny schien mit den Gedanken woanders. Des entschied, nicht weiter nachzufragen. Die Rückfahrt in dem braunen Rover nach Onthank verlief schweigend.

# KAPITEL 4

### 5. Juli 1982
### 00:34 Uhr

Detective Inspector Charlie Lawson hatte es vorgezogen, allein zu Senga Dale zu fahren. Sein Boss, Detective Chief Superintendent Don McAllister, hatte ihm zwar empfohlen, eine dieser jungen Polizistinnen mitzunehmen, aber Charlie wollte nicht, dass ihm bei seinem Auftrag irgendjemand in die Quere kam. Die jungen Dinger im Polizeirevier von Kilmarnock konnten bei derart schwierigen Hausbesuchen sehr nützlich sein, keine Frage, aber Don McAllister hatte ausdrücklich einen diskreten Umgang mit der Situation angemahnt. Zudem war es schon nach Mitternacht, und Charlie konnte gerade wirklich keine *Juliet Bravo* gebrauchen, die erst mal ein Tässchen Tee zur Beruhigung der Gemüter aufsetzen und die Angelegenheit unnötig in die Länge ziehen würde.

Er trat an die grüne Tür heran und klopfte. Und auch wenn er sich stets bemühte und allerlei Techniken ausprobierte – Charlie Lawsons Türklopfen klang eindeutig wie das eines Bullen. Während er darauf wartete, dass sich die Bewohner des Hauses regten, dachte er darüber nach, wie oft wohl schon ein Klopfen zu nachtschlafender Zeit dafür gesorgt hatte, dass die Nachbarn schneller auf den Beinen waren als die Person, mit der die Polizei eigentlich sprechen wollte. Man konnte förmlich seine Uhr danach stellen. Auch dieses Mal war es nicht anders: In den Fenstern der Reihenhäuser links und rechts gingen die Lichter an, hinter der grünen Tür von Senga Dale aber blieb es dunkel. Kurz darauf wackelten bei den Nachbarn die Gardinen. Charlie Lawson war zwar in Zivil erschienen, sowohl was seine Kleidung als auch was die Auswahl des Fahrzeugs betraf, doch den Zaungästen war wahrscheinlich trotzdem sehr schnell klar, dass da ein Bulle vor der Tür stand.

Eigentlich wollte er nicht noch einmal klopfen. Gerade als er dachte, es ließe sich nicht vermeiden, ging das Licht in einem der oberen Zimmer an, und er hörte Schritte auf der Treppe in der Wohnung. Kurz darauf öffnete sich die Tür. *Keine Riegel, keine Türketten*, registrierte Charlie.

»Hallo, mein Junge«, sagte er zu dem zerzausten Teenager, der ihn mit verschlafenen Augen anstarrte. »Ist deine Mum zu Hause? Ich müsste mal mit ihr sprechen.«

»Scheiße, Mann, is drei Uhr nachts! Hat das nich Zeit?«, krächzte Grant Dale.

»Nee, hat's nich. Und nee, *isses nich.*« Grant machte ein verdutztes Gesicht, oder besser: ein noch verdutzteres als zuvor. »Ich meine, drei Uhr nachts *isses nich.*« Charlie stieg auf der Eingangstreppe eine Stufe höher. »Also, kann ich jetzt reinkommen? Ist wichtig. Geh und hol besser deine Mum.«

»Schon da«, rief eine Stimme aus dem Hintergrund die Treppe hinunter. »Lass ihn rein, Junge.« Grant Dale trat zur Seite. Nachdem Charlie Lawson sich an ihm vorbeigeschoben hatte, steckte Grant den Kopf zur Tür hinaus.

»Verpiss dich, du neugierige alte Schachtel!«, zischte er in Richtung der alten Mrs. Trodden, der Nachbarin der Dales, die Stellung auf ihrer Eingangstreppe bezogen hatte, um ja kein Detail zu verpassen.

Die drei zogen vom kleinen Flur in das Wohnzimmer um. Niemand setzte sich. *Rein, ein paar allgemeine Angaben, Beileidsbekundung und wieder raus.* Charlie Lawson rief sich die Anweisungen seines Chefs ins Gedächtnis.

»Mrs. Dale, in einem Gebäude im Stadtzentrum hat es einen Brand gegeben, bei dem wir einen Leichnam gefunden haben. Es tut mir leid, Ihnen das mitteilen zu müssen, aber momentan gehen wir davon aus, dass es sich bei dem Toten um Ihren Ehemann Robert Dale handelt.« Sengas Lippen zitterten kurz, aber sie nahm sich zusammen. *Zeig keine Gefühle, niemandem gegenüber.* Ihr Sohn riss die Augen auf und musste schlucken, aber auch seine Miene war kurz darauf wieder ausdruckslos und kalt. Beide blieben stehen. Charlie war erleichtert. Nachtschichten waren eine fiese Kiste. Kamen dann noch Hausbesuche wie dieser dazu, wurde es richtig finster. Angesichts der Reaktion der Angehörigen war Charlie aber recht zuversichtlich, in weniger als einer halben Stunde wieder an seinem Schreibtisch zu sitzen. »Bisher haben die Untersuchungen nichts Ungewöhnliches ergeben, sodass wir von einem tragischen Unfall ausgehen«, schloss er seine Erklärung ab.

»Aye ... tragisch. Verfickt tragisch«, sagte Senga sarkastisch.

»Haben Sie Informationen im Zusammenhang mit diesem Ereignis, die uns weiterhelfen könnten?«, fragte Charlie.

»Nee«, sagte Senga. »Bob und ich ... wir haben getrennt gelebt.«

»Getrennt?!«, stieß ein überraschter Grant hervor. Bisher hatte er angenommen, sein Vater wäre nur »unterwegs, Besorgungen machen« – eine in Onthank gängige Formulierung, wenn jemand aus »taktischen« Gründen für ein paar Wochen von der Bildfläche verschwand. Er ließ sich in den Sessel seines Vaters fallen.

»Aye. Wir hatten uns getrennt«, sagte Senga und warf Grant einen gereizten Blick zu, den dieser sofort verstand.

Charlie schaute die beiden an, erst sie, dann ihn, dann noch einmal sie. Er hatte den Verdacht, dass hier irgendetwas nicht stimmte, aber da es einen höheren Plan in der Angelegenheit gab und er genaue Instruktionen über seine Rolle bei dessen Ausführung erhalten hatte, verwarf er den Gedanken an eine intuitive Befragung.

»Wir müssen Sie bitten, ins Krankenhaus zu kommen, um den Leichnam zu identifizieren. Da diese Nachricht aber offensichtlich ein massiver Schock für Sie ist ...«, jetzt war Charlie an der Reihe, sarkastisch zu sein, »... werden wir das erst morgen machen. Ist das in Ordnung? Ich könnte einen Wagen schicken, der Sie abholt.«

»Denke schon«, sagte Senga. »Wann?«

»Gegen neun?«

»Gut.«

»Mein Beileid, Mrs. Dale«, sagte Charlie und drehte sich in Richtung Wohnungstür um. »Auch für dich tut's mir leid, mein Junge. Ich nehme an, er war dein Dad?«

»Aye. Das war er.« Charlie hatte zwar keinen von Trauer und Schmerz erfüllten Totalzusammenbruch der Angehörigen erwartet, aber die Reaktion von Bob Dales Familie wirkte ziemlich herzlos auf ihn. Er musste an seine eigene Frau und ihre beiden halbwüchsigen Kinder denken. Oft schon hatte er sich vorzustellen versucht, wie seine Familie wohl reagieren würde, sollte man ihn eines Tages tot auffinden, niedergestochen von irgendeinem bis in die Haarspitzen mit Shore zugedröhnten Junkie-Arschloch. *Sicherlich um einiges betroffener als die beiden hier*, dachte er. *Verschissene Onthank-Assis … vollkommen abgestumpft, diese Penner.*

**\* \* \***

»Was zum Teufel soll der Scheiß, Mum?« Grant war sauer. Auch wenn er nie eine wirkliche Beziehung zu seinem Vater aufgebaut hatte, nahm ihn die Nachricht von dessen Tod nun doch sichtlich mit. Seine Mutter derart teilnahmslos und gleichgültig zu sehen, schockierte ihn.

»Hör zu, Junge, es gibt da einige Sachen, die ich dir erzählen muss, aber das wartet besser bis morgen«, sagte Senga. »Ich hab deinen Dad vor 'n paar Tagen rausgeschmissen. War einfach unausstehlich, der Mistkerl, und is ausfällig geworden. Außerdem war er dauernd deprimiert. Ich hab ihn und seinen ganzen Scheiß einfach nich mehr ertragen.« Senga setzte sich. »Wundert mich nich sonderlich, dass er jetzt 'nen Schlussstrich gezogen hat.« Dieser Gedanke war Grant bisher noch nicht gekommen.

»Selbstmord?«, sagte er. »Scheiße, Mann. Dieser verdammte Feigling.«

»Lass uns morgen drüber reden, ja? Da is nämlich noch 'ne andere Sache, aber das hat Zeit«, sagte Senga.

Grant seufzte. Seine Mutter war aufgestanden, und ihm war klar, dass er momentan nicht mehr aus ihr herausbekommen würde. Er wusste nur zu gut, was für ein Dickschädel sie sein konnte. Grant saß noch ungefähr eine Stunde lang im dunklen Wohnzimmer. Als er auf dem Weg ins Bett am elterlichen Schlafzimmer vorbeiging, hörte er seine Mutter schluchzen.

\* \* \*

## 6. Juli 1982

»Hauptsache, wir haben noch Zeit, 'ne anständige Ladung Schokokugeln zu holen, am besten Revels. Film ohne Revels is nämlich einfach nur scheiße.« Rocco Quinn hatte ohne Unterbrechung herumgenölt, seit er Maggie Abernethy am vereinbarten Treffpunkt, der Bushaltestelle in der Ayr Road, getroffen hatte. Für gewöhnlich machte es ihr nichts aus, aber an diesem Abend war sein Gezeter besonders nervtötend. Es war ihr Geburtstag, und sie wollte ins Kino, um sich *Ein Offizier und Gentleman* anzuschauen. Ihr Freund Rocco hatte seine Einwände gegen den Film nicht nur klar und deutlich vorgebracht, sondern auch oft wiederholt. »Beschissener Weiberfilm« oder »Richard Gere is doch 'n verdammter Hinterlader« waren dabei seine Hauptargumente gewesen. Maggie wünschte sich mittlerweile fast, allein ins Kino gegangen zu sein. Während sie dreißig Minuten an der Bushaltestelle darauf gewartet hatte, dass er endlich mit seinem Motorrad auftauchen würde, war Maggie in sich gegangen und zu der Einsicht gelangt, dass der Aufwand und die Anstrengungen, die es kostete, eine Beziehung mit einem Menschen wie Rocco Quinn aufrechtzuerhalten, die Sache nicht wert waren. Es war ihr Geburtstag, und er hatte ihr noch nicht mal gratuliert. Sie hatte keine

Diamanten und Blumen erwartet, aber eine kleine Aufmerksamkeit wäre doch ganz nett gewesen.

Kennengelernt hatten sie sich vor sechs Monaten, als Rocco – ganz im Stil des Lumpensammlers Steptoe aus der gleichnamigen Fernsehserie – mit dem Pferdekarren seiner Familie die Häuser auf der Shortlees Avenue abgeklappert hatte. Die Roma machten die Shortlees-Route zwar einmal die Woche, aber Maggie hatte den attraktiven Sohn von Nobby Quinn noch nie zuvor gesehen. Für gewöhnlich saßen zahnlose alte Männer auf dem Bock, die Münder voller Kautabak. Am Tag ihres Kennenlernens hatte Maggie ein paar alte Kleidungsstücke und Schuhe ihrer Mutter auf die Straße rausgebracht, als der Pferdewagen vor ihrer Tür hielt. Rocco schenkte ihr im Gegenzug einen dieser billigen goldenen Prinzessinnenringe. Der winzige Stein fiel zwar am selben Abend noch aus der Fassung, aber Maggie hütete das Geschenk des gut aussehenden, dunkelhaarigen jungen Mannes mit der blassen Haut und trug den Ring weiterhin am Finger.

In der folgenden Woche sah Rocco Maggie erneut. Er erklärte ihr, dass sein Vater ihn wegen eines beim Pokern verzockten Autos zur Lumpentour verdonnert hatte und er dieses Mal nur auf den Karren gestiegen war, um sie wiederzusehen. Er war charmant, zuvorkommend und bemüht in diesen ersten Tagen, und Maggie war diese Art Aufmerksamkeit durch junge Männer nicht gewohnt. Sie hatte den Großteil ihrer dreiundzwanzig Lebensjahre in Pflegefamilien verbracht. Sicherlich, während der Schulzeit hatten ihr viele Jungs nachgestellt, und als bildhübsche Tochter einer weißen Mutter und eines schwarzen Vaters war ihr die Aufmerksamkeit ihrer Klassenkameraden stets gewiss gewesen – aber all das hatte sie nie besonders interessiert. Sie war lieber ihren Hobbys nachgegangen, allein. Den Großteil ihrer Freistunden hatte sie in den Musikräumen der Schule verbracht, wo sie unermüdlich die Felle des schuleigenen Schlagzeugs bearbeitete. Ihr Lieblingslehrer, ein musikverrückter Hippie namens Gamble, vermachte ihr das Drumset, als sie die Schule verließ. Dafür täuschte er einen Einbruch in die Unterrichtsräume vor und zeigte das Schlagzeug als gestohlen an. Noch nie hatte jemand etwas derart Nettes für Maggie getan.

Jungs spielten zu dieser Zeit noch keine ernsthafte Rolle in Maggies Leben, denn sie hatten weder die notwendige Aufmerksamkeitsspanne noch das Durchhaltevermögen, um den Argwohn ihrer Verteidigungsmechanismen zu durchbrechen. Sie schlief zwar mit dem einen oder anderen, einmal auch mit Mr. Gamble, legte dabei aber stets selbst die Spielregeln fest.

Während die beiden von der John Finnie Street, wo Rocco sein Motorrad abgestellt hatte, zum Kino schlenderten, verdunkelte sich Maggies Stimmung. *Seine hohlen Witze, sein ständiges Gemecker und sein endloses Gelaber über diese verschissenen Revels.* Mit Rocco zusammen zu sein war für Maggie zu einer ermüdenden und langweiligen Geschichte geworden. Rocco hingegen sah Maggie als eine Selbstverständlichkeit an. Die Momente, in denen sie zusammen lachten, sich neckten oder scherzten, wurden immer seltener, und sie hatte zunehmend das Gefühl, dass diese Beziehung nirgendwohin führte. Wenn sie mal Sex hatten, dann wie ein unglücklich verheiratetes Pärchen mittleren Alters: sporadisch, unbefriedigend, mit sich ständig wiederholenden, fantasielosen Stellungen und gefolgt von verbitterten Diskussionen. Nach nur sechs Monaten fühlte sich die Beziehung für Maggie langsam an wie einer dieser als Arbeitsbeschaffungsmaßnahme getarnten Sklavenjobs des Youth Opportunities Scheme. Nur dass Maggie mit Rocco keinen Anspruch auf die bei der Maßnahme gezahlten £23.50 pro Woche hatte, um die absolute Sinn- und Richtungslosigkeit der Angelegenheit zumindest oberflächlich zu lindern. Sie hatte sich dem Trott ergeben. Und das musste aufhören.

Als sie das ABC Cinema in der Titchfield Street erreichten, stand bereits eine lange Menschenschlange vor dem Eingang und entlang der rechten Seite der schmalen Art-déco-Fassade. Die Vorderseite des Gebäudes erinnerte an eine dieser wunderschönen alten Wurlitzer-Jukeboxen. Maggie liebte es, hier Filme zu sehen. Ihre Zelluloid-Begeisterung war schon früh durch die samstagvormittags stattfindenden Kinderfilmclubs der ABC Cinemas geweckt worden. Ganz besonders vernarrt war sie in den Film *Die Zeitmaschine* gewesen. Sie hatte über Wochen hinweg keine einzige Vorstellung verpasst und sich ganz besonders für die in dem Film vorkommenden dunkelhäutigen Frauen begeistert, die, ähnlich wie Maggie, lange blonde Haare hatten. Das ABC Cinema in der Titchfield Street hatte seit jeher eine magische Wirkung auf sie gehabt. Es war wie ein Tor zu einer anderen Welt. Und an diesem lauen Sommerabend würde Maggie in ein Universum voller schnittiger Marines mit Bürstenhaarschnitten und weißen Uniformen eintauchen, in dem hoffnungslos optimistische Fabrikarbeiterinnen nach Auswegen aus dem drohenden Schicksal einer eintönigen Existenz suchten.

Rocco hatte darauf bestanden, die Eintrittskarten zu kaufen. Es war ja schließlich ihr Geburtstag, hatte er gemeint. *Sie* hatte er derweil losgeschickt, um seine ach so geliebten Revels zu besorgen. Der kleine Saal Nummer zwei, links neben der Süßwarentheke gelegen, war nur zu einem Viertel gefüllt, und das Publikum besaß für einen Richard-Gere-Film einen außergewöhnlich hohen Männeranteil. Rocco Quinn lümmelte sich in seinen Kinosessel und legte die Beine auf der Lehne des Sitzes in der Reihe vor ihm ab. Das Licht wurde gedimmt, aber es liefen keine der sonst üblichen Pearl&Dean-Spots, und auch die Werbung für Kia-Ora-Limonade blieb aus. Als die Leinwand endlich zum Leben erwachte, erfuhr Maggie Abernethy den Grund: Das X Certificate wurde eingeblendet. Sie saßen in *Flesh Gordon*! Und diesem Film hatte die verantwortliche Prüfstelle keine Jugendfreigabe erteilt.

»Du selbstsüchtiger Wichser!«, schimpfte Maggie.

»Was'n los?«, hielt Rocco halbherzig dagegen. Ruckartig stand Maggie auf. Hinter sich hörte sie grummelnde Männerstimmen in der Dunkelheit. Sie schubste Roccos Beine von der Lehne, und als sie sich an ihm vorbei zum Gang schob, stieß sie die Riesentüte Revels um, sodass die gefüllten Schokokugeln über den Boden des Kinosaals kullerten.

»Du kannst mich echt mal«, zischte sie.

# KAPITEL 5

### 7. Juli 1982
### 10:11 Uhr

»Könnte irgendwer wissen, wo du bist?«

»Nee.«

»Sicher?«

»Todsicher. Lass besser gleich zu Potte kommen, oder? Also, was soll der ganze Aufriss hier?« Wullie Blair, mit Spitznamen der Maler, hatte sich in eine ziemlich aussichtslose Lage manövriert: Mutterseelenallein hockte er auf einer von ihm selbst erschaffenen Insel, meilenweit entfernt vom Festland, während draußen im Wasser die Haie ihre Kreise zogen. Als Don McAllister über einen vertraulichen Kommunikationskanal Verbindung zu ihm aufgenommen hatte, war das anfänglich für Wullie ungefähr so gewesen, als hätte die Küstenwache die Flaschenpost mit seinem Hilferuf aus dem Wasser gefischt. Mittlerweile dämmerte ihm allerdings, dass seine »Rettung« an diverse, für ihn ganz sicher unschöne Bedingungen geknüpft sein würde. Sie saßen in McAllisters Wagen, der auf dem Schotterparkplatz eines abgelegenen Pubs namens Laigh Milton Mill stand. Oft schon hatte sich McAllister gefragt, wie dieser Laden überhaupt überleben konnte. Die renovierte und zu einem Pub umfunktionierte Mühle war zweifelsohne ein beeindruckendes Gebäude. Etwas abseits, aber wunderschön in der Nähe der Quelle des Irvine gelegen, besaß die Laigh Milton Mill ein idyllisch-rustikales Flair, das seiner Ansicht nach ziemlich einmalig für einen Pub in East Ayrshire war. Tatsache war allerdings, dass man den Pub nicht besonders gut zu Fuß erreichen konnte, und das nächstgelegene Kaff namens Gatehead verfügte ganz sicher nicht über die notwendige Anzahl an Berufsalkis, um Abend für Abend die Kassen klingeln zu lassen. Und so kam es, dass die Milton Mill auch an diesem Abend wieder einmal früh geschlossen hatte, obwohl es draußen noch nicht einmal dunkel war.

»Du und ich, wir beide befinden uns in 'ner ganz ähnlichen Lage«, sagte McAllister. Er warf einen Blick zu der Zufahrtsstraße, wo Charlie Lawson Schmiere stand. »Ich meine, dieser Brand im Nachtclub von Mickey Martin, weißt du ... *wirklich* traurige Geschichte.« McAllister drehte sich auf dem Fahrersitz zur Seite, um Wullie den Maler direkt anschauen zu können. »Ich für meinen Teil bin dran interessiert, dass es kein großes Theater gibt und die ganze Sache möglichst unauffällig abgeschlossen wird. Und wenn ich das richtig sehe, willst du das auch, oder?«

»Hatt ich nix mit zu tun. Weder mit dem Brand noch mit der Sache mit Hobnail«, sagte Wullie mit einem Seufzer. »Und das wissen Sie auch.«

»Aye, weiß ich, weiß ich. Der Fatman könnte das allerdings etwas anders sehen. Schätze mal, der hat keine Ahnung von deinem kleinen Nebenjob bei Doc Martin, oder lieg ich da falsch?«

»Nee, hat er nich«, sagte Wullie bedrückt.

»Und so soll's wahrscheinlich auch bleiben«, sagte McAllister.

»Na logisch soll das so bleiben.«

»Alles klar. Dann erklär ich dir jetzt mal, wie die Geschichte laufen wird: Ich sorg dafür, dass die Untersuchungen abgeschlossen werden. Rauskommen wird, dass der Brand 'n Unfall war, verursacht von Bob Dale selber. Hat gequalmt, der Vollidiot, und die brennende Kippe neben 'ner Lackdose auf den Boden geschmissen. Vollkommen klar, dass der Laden in Flammen aufgeht und runterbrennt wie 'ne Strohscheune im Hochsommer.« McAllister klang selbstsicher. »Den Rest übernehmen wir. Und was dich angeht: Du warst nicht mal da.« Dieser Teil gefiel Wullie besonders. McAllister war jedoch noch nicht fertig: »Der Doc weiß Bescheid. Der hat da aber selber 'n paar Leichen im Keller und braucht meine Hilfe, damit sie bleiben, wo sie sind. Und irgendwelche Revierkämpfe kann ich momentan überhaupt nich gebrauchen. Passt also allen ganz gut in den Kram, wenn die Sache möglichst schnell und lautlos erledigt, abgehakt und archiviert wird. Ich hab auch schon mit dem Bestattungsunternehmen gesprochen. Die Beisetzung ist am Freitag.«

»Scheiße! Echt jetzt? Übermorgen schon? Wie zum Henker haben Sie das mit Senga gedeichselt?«, sagte Wullie.

»Na ja, ehrlich gesagt sieht's nich so aus, als würde irgendwer besonders viele Tränen wegen dem Kerl vergießen. Und deshalb bringen wir die Sache so schnell wie möglich hinter uns und den Typen unter die Erde, oder?«

»Aye, schätze schon«, sagte Wullie. »Sind wir dann hier durch?«

»Nee, mein Bester ...« McAllister lachte. »Noch nich ganz.« Wullie ließ den Kopf sinken.

»Ich will regelmäßige Berichte über Fat Frannys Pläne. Du wirst meine Quelle im inneren Zirkel vom Fatman.«

»Scheiße, Mr. McAllister, wie soll das denn funktionieren?«, protestierte Wullie.

»Du wirst das schon machen. Fat Franny Duncan interessiert sich doch sowieso nur für seinen eigenen Schwabbelarsch. Oder hat er jemals auch nur Verdacht geschöpft, dass du für Doc Martin den Nachtclub ausbaust? Kein Zeichen für besonders große Sorgfalt bei der Überwachung der Mitarbeiter, oder?«, sagte McAllister.

»Na ja, er hatte viel um die Ohren in letzter Zeit. Dann is noch 'n ganzer Batzen Bares aus seiner Wohnung verschwunden, weswegen jetzt die ganze Truppe unter Beobachtung steht«, sagte Wullie.

»Dann sei besser auf der Hut. Wir werden dich jedenfalls nich in die Bredouille bringen. Das wär schließlich kontraproduktiv«, sagte McAllister und klopfte Wullie auf die Schulter.

»Und was, wenn ich's nich machen kann?«, fragte Wullie.

»Du meinst, nich machen *wirst*?«, konkretisierte McAllister. »Na ja, dann kann's passieren, dass das Überwachungsvideo, das inklusive Uhrzeit und Datum zeigt, wie du aus dem Parkhaus fährst, beim Fatman landet ... und vielleicht sogar bei der Staatsanwaltschaft.« Don McAllister hatte sein Blatt gut gespielt. Nun war Wullie der Maler am Zug, und ihm schwante, dass er nur Luschen auf der Hand hatte.

# KAPITEL 6

## 9. Juli 1982

Entschlossen trat Fat Franny Duncan vor die Trauergemeinde. Bis auf den weißen Binder war er von Kopf bis Fuß in ehrfürchtiges Schwarz gekleidet. Es war ein unsäglich heißer Tag, und irgendein dummer Wichser hatte die Zentralheizung über Nacht laufen lassen und damit für unerträgliche Temperaturen in der St. John Church gesorgt. Über seinem Anzug trug Fat Franny einen schwarzen Mantel, den er sich über die Schultern gehängt hatte, wie es Don Corleone, so stellte der Fatman es sich zumindest vor, unter ähnlichen Umständen auch getan hätte. Mit einem monogrammierten schwarzen Taschentuch wischte er sich den Schweiß von der Stirn, holte tief Luft, hob den Blick und begann mit seiner Rede.

»Der Bob ... der war wie 'n Bruder für mich. Zuverlässigeren Kerl als den muss ich erst noch finden. Hat sich auch immer feinstens um seine Missus gekümmert, also um Senga, seine Partnerin ... und um seinen Nachwuchs auch, ganz besonders um den Ältesten, unsern Grant hier.« Fat Franny wies mit einem Kopfnicken nach links auf die erste Sitzreihe und kratzte sich mit seinem fleischigen Zeigefinger an der Schläfe. Den Blickkontakt mit Senga Dale vermied er dabei allerdings ganz bewusst. Dass sie in der Lage gewesen war, die Bestattung selbst zu bezahlen, ohne ihn um finanzielle Hilfe zu bitten, hatte sein Misstrauen geweckt. Wenige Tage zuvor war nämlich bei Fat Franny eingebrochen worden, genauer gesagt in der Ponderosie, dem renovierten Sozialbau, in dem er mit seiner Mutter Rose wohnte. Fast vierzig Riesen hatten die Diebe aus seinem Safe gestohlen, während er zu einem kurzfristigen Termin geeilt war. Wer seither Ausgaben tätigte, die – in Fat Frannys Augen – seine oder ihre Möglichkeiten überstiegen, galt dem Fatman als verdächtig.

Er schaute nach rechts, wo seine eigene Crew saß, gähnend und größtenteils gelangweilt, und sprach weiter.

»Bob Dale war'n Kerl mit 'nem guten Herzen. Der hätte alles für dich getan ... musstest ihn nur fragen.« Ein hämisches Kichern erklang aus den Reihen der Trauergemeinde. Fat Franny vermutete, dass es von Senga kam, ließ es aber unkommentiert. Fast zumindest. »Möglich, dass er seine Ehe verkackt ... ähm, ich mein, versemmelt hat, aber vielleicht war das auch nich ganz allein seine Schuld ...« Senga Dale stand langsam auf und ging zu der großen Holzkiste mit dem Leichnam ihres Ehemanns hinüber. Sie beugte sich über den Sarg, berührte ihn sanft und verließ dann mit gleichmäßigen Schritten die Kirche auf demselben Mittelgang, auf dem sie achtzehn Jahre zuvor ihrem neuen Leben als Mrs. Robert Dale und Mutter des bereits in ihrem Bauch heranwachsenden Kindes entgegengeschritten war.

Andrew und Sophie, die beiden jüngeren Dale-Kinder, folgten Senga und verließen den Trauergottesdienst zu Ehren ihres verstorbenen Vaters, als wären sie durch ein unsichtbares Kletterseil an ihre Mutter gefesselt.

»Nun, ähm ... danke schön, Mr. Duncan. Vielen Dank für diese, ähm, herzlichen Worte.« Reverend McKenzie hatte geahnt, dass diese Bestattung kein Zuckerschlecken werden würde. Nicht nur bezichtigte der Fatman so ziemlich jeden, sogar die Church of Scotland, ihn zu bestehlen. Nein, er hatte zudem vielen Mitgliedern der ohnehin schon schrumpfenden Gemeinde des Reverends gehörig die Daumenschrauben angezogen. Eigentlich war Henry McKenzie zuversichtlich gewesen, mit der Beisetzung von Bob Dale die Möglichkeit zu haben, in einem Abwasch Abschied zu nehmen, alte Wunden zu schließen und Wege zu einer allgemeinen Aussöhnung zu finden. Aber das schien mittlerweile ziemlich unwahrscheinlich. Fat Franny Duncan kehrte zu seinem Platz zurück. Seine Arbeit war für heute getan. Auf seinem Gesicht lag ein schmallippiges Lächeln, das aber nur schwerlich die Wut überdecken konnte, die seit der Plünderung seines Safes in ihm gärte.

Reverend McKenzie bemühte sich um ein schnelles Ende des Trauergottesdienstes. Da Senga gegangen war, schien es nun reichlich überflüssig, von der ersten Begegnung des jungen Paares zu berichten. Auch sah er wenig Sinn darin, die glücklichen Momente ihrer Ehe nachzuzeichnen. Diese waren – wie er nach der Identifikation von Bob Dale als Opfer des vernichtenden Brandes im Metropolis Nightclub erfahren hatte – in ihrer Anzahl ohnehin eher überschaubar gewesen.

Senga hatte auf dem Parkplatz vor der Kirche auf ihren ältesten Sohn Grant gewartet. Der Asphalt war so heiß und aufgeweicht, dass ihre Absätze tiefe Abdrücke hinterließen. Es war ein absurdes Angebot, aber Fat Franny unterbreitete es ihr trotzdem: »Hey, Senga, wir machen da 'ne kleine Feier für Bob, unten im Portman. Paar Flaschen Pomagne, Sausage Rolls und so. Nix Großes, hab ja schließlich auch keinen Dukatenscheißer im Keller sitzen.« Sengas Gesichtsausdruck blieb gleichgültig. Sie war fest entschlossen, sich nichts anmerken zu lassen und schon gar nichts von dem Paket zu verraten, das ihr verstorbener Mann per Post geschickt hatte. Sie wusste, das Geld stammte von Fat Franny. Und sie wusste auch, dass Hobnail ihrem gemeinsamen Sohn Grant mit dieser Zuwendung ein anderes Leben hatte ermöglichen wollen, ein Leben weit weg von den Klauen des Fatman. Senga wandte sich ohne Antwort von Fat Franny ab und ging. »Verstehe. Aber erzähl später ja nich, ich hätt dich nich eingeladen«, sagte Fat Franny, und als sie außer Hörweite war, fügte er hinzu: »Du undankbares Mistviech, du.« Dann wandte er sich an Grant Dale. »Was is mit dir, mein Junge?«, rief er. »Nach dem Friedhof 'n kleiner Umtrunk zu Ehren deines Alten?«

»Nee, Franny. Danke, Mann, aber lieber nich. Ich geh mit meiner Mum. Sie steht 'n bisschen unter Schock wegen der ganzen Sache«, sagte Grant.

»Aye«, erwiderte der Fatman leise. »Kann ich mir vorstellen.« Grant drehte sich um und ging seiner Mutter hinterher. »Hey, Grant«, rief Fat Franny ihm nach. »Paar Tage noch Sonderurlaub wegen Trauerfall und so, aber dann geht's wieder an die Arbeit, klar?« Grant blieb stehen und verharrte einen Moment. Dann drehte er sich zu dem gut fünfzehn Meter entfernten Fat Franny Duncan um.

»Ich komm nich zurück, Franny.«

»Ach ... was du nich sagst, mein Junge.«

»Aye. Is nix für mich, Mann. Der Job und dieses Leben, mein ich.«

»Vielleicht sollt ich das besser entscheiden ... wie's dein alter Herr gewollt hätte.«

»Ich überleg gerade, aufs College zu gehen oder vielleicht Musik zu machen.«

»Aye, Elvis«, sagte Fat Franny und ging zu seinem orangefarbenen Ford Capri. »Das werden wir noch sehen.«

An jenem Morgen, während Grant sich den schwarzen Schlips seines Vaters umgebunden hatte, um auf dessen Beerdigung zu gehen, hatte ihm seine Mutter von dem Geld erzählt, das das verstorbene Familienoberhaupt ihnen geschickt hatte. Sie hatte ihm auch erzählt, woher es stammte und was sie damit machen wollte. Und sie hatte Grant die strikten Bedingungen eingebläut, die mit ihren Plänen einhergingen. Die unverhandelbare Grundvoraussetzung dieser Bedingungen lautete: Funkstille und Abstand zu Fat Franny Duncan.

## 16:48 Uhr

»Haste mitgekriegt? Die Verhaftung von diesem Wichser, diesem Fagan?« Wullie der Maler war offensichtlich beeindruckt.

»Aye«, sagte Des Brick. Er war den Tag über ungewöhnlich ruhig gewesen, und Wullie hatte seine Einsilbigkeit sehr wohl zur Kenntnis genommen. Es war natürlich irgendwo verständlich, denn der verstorbene Hobnail war der Schwager von Des gewesen. Des sprach zwar schon längere Zeit kein Wort mehr mit seiner Schwester Senga, aber der Trauergottesdienst war für ihn, genau wie für alle anderen Beteiligten, trotzdem eine ziemlich unbehagliche Angelegenheit gewesen. Dass die anschließende Bestattung in etwas entspannterer Atmosphäre abgelaufen war, hatte da auch nichts mehr genützt. Auch Wullie verband eine Vergangenheit mit Senga, und obwohl sie sich nicht gerade so verhielt, als würde ihr der Verlust arg zu schaffen machen, konnte er nicht anders, als Mitleid für sie zu empfinden. Wullies momentaner Auftrag bestand darin, Des Brick aus dessen Stimmungstief herauszulocken und damit von seiner eigenen, eher unfreiwilligen Rolle beim sich abzeichnenden Niedergang seines Bosses abzulenken.

»Mit der Alten *quatschen* oder *Tee trinken*? Meine Fresse, was fürn Scheiß! Also ich hätt ihr einen weggesteckt, das sag ich dir«, verkündete Wullie. Des lächelte. Das Eis begann zu schmelzen. »Ich mein, was soll's, wie viele Leute da draußen können schon behaupten, mit der Queen gevögelt zu haben? Dieser Fagan hatte die Möglichkeit, 'n wahrlich königliches Bett und, nach allem, was man so hört, 'ne mehr als willige Alte.« Des lachte. *Auftrag fast erledigt.* »Die hat sich doch bestimmt das Nachthemd bis unter die Kinnlade hochgezogen und dann so was gesäuselt wie: ›Jetzt sei Er Seiner Königin bitte schön ein folgsamer Untertan! Nehme Er Seinen Docht und führe selbigen unverzüglich in ihren Schokosalon ein ...‹« Des Brick konnte sich nicht mehr halten und wieherte los. »Und was macht unser Mann Fagan, dieser Rohrkrepierer? Heult ihr die Ohren voll, dass ihn die Missus hat sitzen lassen.

Wundert mich überhaupt nich, dass sein Weib die Reißleine gezogen hat. Ich mein, der Fotzkopp bricht in die Bude von der Queen ein und kackt dann so dermaßen ab ... ich bitte dich.« Wullie der Maler hatte seine Arme ausgebreitet wie ein Kronanwalt, der bei einem mehr als eindeutigen Fall an die Vernunft des ehrwürdigen Gerichts appelliert.

»Wullie, alte Sackratte!« Eine donnernde Stimme unterbrach die Darbietung des Malers. »Wo zum Henker haste die letzten Tage gesteckt, verfickt nochmal? Ich weiß nich, wo mir der Kopf steht, und du verpisst dich mal eben für 'ne Woche, oder was?« Fat Franny war überraschend durch die Seitentür gekommen und hatte den beiden Männern einen gehörigen Schrecken eingejagt, besonders dem Maler. »Hab alle paar Minuten in deiner verschissenen Bude angerufen, aber denkste, da geht mal einer ran?! Was soll die Scheiße, Wullie?«

»Aye, tut mir leid, Boss. Musste untertauchen, mich eingraben, verstehste? Hab nämlich Wind bekommen, dass die Bullen mit mir plaudern wollen. Wegen dem belgischen Bier und den Kippen von dem Deal neulich, weißte noch?« Diese Geschichte hatte Wullie mit Charlie Lawson abgesprochen, für den Fall, dass jemand nachfragen würde. Fat Franny schien momentan allerdings andere Sorgen zu haben und schluckte die Erklärung.

Des Brick hatte die sonderbare Lage, in die ihn Hobnails Tod brachte, sofort nach Bestätigung der Identität der Leiche erkannt. Hobnail war ein bemitleidenswerter Kerl gewesen, im Grunde eine arme Sau, keine Frage, und Des hatte schon immer die Meinung vertreten, dass der Fatman seinen Schwager viele Jahre lang mies behandelt hatte. Zwar waren Hobnail und Franny in der Schule stets gute Freunde gewesen, aber als Franny an Einfluss und Macht gewann und in den Siebzigern eine Armee von Fußsoldaten rekrutierte, hatte Des Brick den Abstieg seines Schwagers Hobnail mitansehen müssen – vom ehemaligen Partner auf Augenhöhe zu Fat Frannys Rummelboxer, der Nummer eins fürs Grobe.

»Hey, Mr. Benn!« Wullies hohe Stimme beendete Des' Tagträumereien. »Husch, husch, ab in die magische Umkleide. Und wehe, du kommst da nich ruckzuck als Desmond *fucking* Brick wieder raus!«

Des lachte und stand auf. »Alles klar, Arschgesicht. Dann lass uns loslegen«, sagte er.

»Was hat'n Franny uns dieses Mal aufgetragen?«, fragte der Maler.

»Wir sollen Terry Connolly in seiner Bude abholen«, sagte Des, nun wieder ganz er selbst. »Der Junge wird heut Abend offiziell ins Team aufgenommen.«

Wullie der Maler musste würgen. Zu präsent waren noch die Erinnerungen an sein eigenes Aufnahmeritual. In Anbetracht seiner momentanen Lage hatte er allerdings keine Wahl. Noch eine unerlaubte Entfernung von der Truppe kam nicht in Frage.

### 19:58 Uhr

Wullie der Maler starrte auf die Polaroids. Ihm wurde schwer ums Herz. Er besaß bereits einen ähnlichen Satz Fotos mit Szenen von seiner eigenen Aufnahme in Fat Frannys

Bruderschaft, und er erinnerte sich nur ungern an das groteske und unsagbar peinliche Ritual. Terry Connolly kam mit einem Tablett voller Gläser von der schmalen Theke des Portman zurück, dabei waren er und Wullie die einzigen Gäste in dem Billardzimmer der Kneipe.

»Erwartest du noch Gesellschaft, Kumpel?« Wullie war nach wie vor argwöhnisch, was Terry betraf, und umgekehrt verhielt es sich genauso. Der Neue war der Truppe mit einer sehr knappen Erklärung vorgestellt worden: »Das is Terry. Is 'n guter Junge. Macht ihm verdammt nochmal keinen Ärger, klar, ihr Wichsfrösche?!« Darüber hinaus hatte der Fatman nichts zu Terrys Rolle oder dessen Aufgaben im inneren Kreis gesagt, was angesichts der jüngsten Ereignisse bei allen für eine gewisse Paranoia sorgte. Nun aber war es Terry selbst, der sich bemühte, einen Draht zum Rest der Truppe herzustellen.

»Dachte, ich hol gleich 'nen ganzen Schwung. Dann müssen wir beim Spiel nich nochmal hoch.«

»Aye. Recht haste«, sagte Wullie und stellte sich innerlich bereits auf einen gezwungenen Abend mit zähflüssigen Gesprächen ein, die ihn sehr wahrscheinlich vom Weltmeisterschaftsfinale ablenken würden. Wullie griff sich zwei seiner vier Pints, stellte sie vor sich auf den Tisch und starrte die Lager an, als müsste er sich entscheiden, welches er zuerst vernichten sollte.

»Hoffe, du hast nix dagegen, wenn ich dich jetzt mal was frage, Mann«, sagte Terry. Wullie wusste bereits, was kommen würde, aber er ließ Terry in der Hoffnung gewähren, dass es sich doch um etwas anderes handelte. »Was zum Teufel war das für 'ne Scheißnummer, dass wir da alle unsere verwichsten Schwänze auspacken mussten?« *Fuckin' Bingo*, dachte Wullie. Wie hatte er sich der Hoffnung hingeben können, dass es *nicht* darum ging?

»So is unser Franny eben. Er hat Schiss, dass einer aus dem inneren Kreis 'ne Ratte sein könnte, verstehste? Die Kiste mit den Schwänzen is quasi 'ne Art Versicherung für ihn, dass keiner von den Fotzköppen vom rechten Weg abkommt.« Wullie war diese Erklärung peinlich. Noch beschämender allerdings fand er die Tatsache, dass er das entblößte Ende seines Schwanzes am Penis von Terry Connolly hatte reiben müssen – am Penis eines Mannes, mit dem man ihn erst zwei Stunden zuvor bekannt gemacht hatte.

»Scheiße, Kumpel, dann is der Fatman 'ne Schwulette, oder wie?« Terry hatte instinktiv leiser gesprochen. Er mochte ein gewalttätiger Grobian sein, ein gewisses Taktgefühl hatte er sich aber bewahrt.

»Nee. Der fickt diese Olle, Theresa Morgan ... die Blondine mit den magischen Titten. Weißte, wen ich meine?«

»Magische Titten?! Kann sie mit den Dingern Sachen verschwinden lassen, oder was?«, lachte Terry.

»Wie man's nimmt«, erwiderte Wullie. »Wenn sie mitkriegt, dass du ihre Möpse anglotzt, reicht ein Wort zu Fatboy Franny, und die verfickten Dinger sorgen dafür, dass *du* verschwindest!« Terry lachte und hatte ganz offensichtlich keine Ahnung, dass Wullie gerade *keinen* Witz gemacht hatte. Wullie kippte sein Pint runter und stieß einen deftigen Rülpser aus.

»Wenn jemand in den inneren Kreis aufgenommen wird, lässt Fat Franny uns alle antreten. Dann müssen wir die Hosen runterlassen, die Vorhaut zurückziehen und Schwanzspitzen mit dem Neuen kreuzen.« Wullie nahm einen Schluck von dem zweiten Pint und fuhr mit seiner Erklärung fort. »Er macht dann Fotos von der ganzen Chose und gibt jedem 'nen

Satz Abzüge. Wenn einer von uns aus der Reihe tanzt, kriegen all seine verschissenen Bekannten, Verwandten und Freunde mit der Post Kopien von den Bildern. Wer beim Pimmelkreuzen nich mitmacht, bekommt keine Kohle. Is'n bisschen wie Blutsbrüderschaft ... nur dass es keine verfickte Blutsbrüderschaft is.« Wullie schaute zum Fernsehbildschirm hoch und betete, dass Paolo Rossi bald anstoßen und dieses elende Gespräch beenden möge.

»Verstehe. Dann is das mehr so 'ne Art ... Pimmelbrüderschaft«, sagte Terry. Wullie lächelte.

»Aye ... Pimmelbrüder sind wir. Gefällt mir.« Wullie erhob sein Glas, und Terry Connolly stieß mit ihm an. *Vielleicht doch nich so verkehrt, der kleine Wichsfrosch*, dachte er sich.

»Und was is mit dir?«, erkundigte sich Wullie. »Was is dein Job im Universum vom Fatman?«

»Die Vans hauptsächlich, also die Eiscremewagen in Onthank. Momentan haben wir fünf auf der Straße ... und alle von denen verticken Jellies und Blues und so Zeug«, erklärte Terry sachlich. »Mamas kleine Helfer, verstehste? Klingelt der Eiscremewagen, kommen die Muttis in Puschen rausgewackelt und holen sich 'ne Packung Fluppen, 'n Eis in 'ner Waffel und 'n Tütchen Temazepam dazu. Läuft wie am Schnürchen, als hätten die Tanten alle ein Rezept. Aber ich sag dir, wenn die Hausärzte mal anfangen, denen tatsächlich Rezepte auszustellen, können wir den Laden dichtmachen.« Terry nippte an seinem Pint. »So 'n Van is im Grunde 'ne fahrbare Junkiebude, Mann. Und das Beste is: Die Kunden kommen zu dir. Einfacher geht's nich.«

»Und woher kriegste die Ware?«, fragte Wullie.

»Kann ich nich sagen, Kumpel«, antwortete Terry mit einem Lächeln. »Wenn ich's tu, müsst ich dich umlegen!« Die

Züge von Wullie dem Maler verdunkelten sich. Terry gab nach, wenn auch nur ein wenig. »Is 'ne große Quelle. Namen kann ich dir aber nich sagen, Mann, kann ich wirklich nich sagen. Die expandieren ihr Geschäft gerade nach Ayrshire. Aber das is auch gut für uns in Onthank ... ich mein, für alle von uns.« Terry nahm noch einen Schluck von seinem Pint und fuhr dann unaufgefordert fort. »Ich könnt dir was klarmachen, Kumpel ... also falls du Interesse hast, verstehste? Der Fatman muss ja nix davon wissen.« Wullie dem Maler dämmerte, dass Terry Connolly kein besonders ausgeprägtes Verständnis von Diskretion zu haben schien. »Ich hätt die ganze Kiste natürlich auch allein ins Rollen bringen können. Fat Franny is schließlich aufm absteigenden Ast ... aber sein fetter Schatten wabert noch über Onthank. Und da denk ich mir natürlich: Am Anfang lieber den Ball flach halten und nach den Regeln spielen, verstehste?« Terry lachte. »Und wenn ich dafür meinen Pimmel an den Schwänzen von anderen Kerlen reiben muss, dann soll's verdammt nochmal eben so sein! Im Jugendknast von Polmont musst ich viel schlimmere Sachen machen!«

Wullie war erleichtert, denn ihm wurde bewusst, dass Terry keine Gefahr darstellte. Er ging viel zu freizügig mit Informationen um, was Wullie hinsichtlich seiner neuen Undercover-Tätigkeit natürlich sehr entgegenkam. Die Sache mit den Eiscremewagen hatte Wullie noch nie gefallen. Ungeachtet der Überheblichkeit, die Terry diesbezüglich an den Tag legte, hatte Wullie es schon immer als viel zu riskant angesehen, sich mit verzweifelten Junkies abzugeben, die auf der Suche nach dem nächsten Fix waren. So ein Eiscremewagen war doch im Grunde wie ein Metallkäfig. Es brauchte nur einer dieser Junkie-Wichser ein Problem mit dir zu haben, und bevor du bis drei zählen konntest, hatte sich der Kerl einen

Benzinkanister geschnappt und dich in der verdammten Blechbüchse gebraten. Hinzu kam, dass Don McAllisters Truppe zwar allerhand Augen zudrückte, aber trotzdem immer wieder überraschende Razzien durchführte, die alle Syndikate und Geschäftsbereiche gleichermaßen trafen. Die Eiscremewagen waren ein leichtes und besonders öffentlichkeitswirksames Ziel für derartige Maßnahmen. Außerdem war Terry Connolly ohnehin schon wegen seiner Verbindung zu dem neuen Metropolis-Nachtclub ins Visier von Charlie Lawson und Co. geraten. Wullie der Maler vermutete, dass Terry nicht lange genug im Spiel sein würde, um sich zu einer ernsthaften Gefahr zu entwickeln ... es sei denn, Terry hatte einen ähnlichen Deal mit McAllister geschlossen wie Wullie. Misstrauen war der zweite Vorname eines jeden Kleinganoven, auch der von Wullie dem Maler.

»Auf wen tippste?«, fragte Wullie und wandte sich zum ersten Mal während des Gesprächs zu Terry, um ihn anzuschauen.

»Italien ... 3:1«, sagte Terry. »Hab 'ne Wette über 'nen Hunni bei William Hill laufen.«

»Na, den Hunni kannste abschreiben«, sagte Wullie.

»Meinste?«

»Aye. Die Itaker hatten ihren Höhepunkt gegen Brasilien. Keine Chance, dass die nochmal so aufdrehen.«

»Scheiße, verdammte! Eigentlich dürften die verfickten Gerries doch gar nich im Finale stehen, nachdem dieser Schumacher den Franzosen plattgemacht hat.« Terry verschränkte die Arme, als würde er ahnen, dass er lieber aufgeben und nicht weiter diskutieren sollte. Wer dann aber tatsächlich aufgab, war die Abwehr der Deutschen. Zwei Stunden später johlte Terry Connolly vor Freude, als Dino Zoff die goldene

Trophäe in die Höhe reckte. Nachdem Rossi – wer sonst, wenn nicht der beste Spieler und Torschützenkönig der WM? – den Torreigen eröffnet hatte, machten Tardelli und Altobelli mit ihren Treffern die Sache für Italien klar. Bei diesem Spielstand wechselte Terry Connolly dann kurz vor Schluss abrupt die Fronten und betete für einen deutschen Ehrentreffer, den Paul Breitner sieben Minuten vor Abpfiff dann tatsächlich noch erzielte. *Ein Scheißglück, der Fotzkopp,* dachte Wullie der Maler. Er schob die Polaroids zurück in den braunen Umschlag und ließ diesen tief in seiner Jackentasche verschwinden. Vielleicht, so hoffte er, würde ja ein bisschen von Terry Connollys Glück auf ihn abfärben.

$$* \quad * \quad *$$

*Um dir jetzt mal 'nen kleinen Einblick in die ... na, sagen wir mal Dynamik zu diesem Zeitpunkt zu geben: Die Fotze hat tatsächlich alles versucht, mich zu ignorieren, verstehste? Wie so 'ne kleine Scheißgöre, mit der du schimpfst, weil sie Mist gebaut hat. Ich mein ... so richtig Finger in die Ohren stecken und laut »La, La, La ... ich hör nix« singen und so 'n Scheiß.*

*Da war also Widerstand ... keine Frage. Aber der Duft meiner Bestimmung war mir schon in die Nase gekrochen, und ich wollt mir auf keinen Fall von so 'ner verschwuchtelten Sackratte 'nen Strich durch die Rechnung machen lassen.*

*Molly und Washer – also Ma und Pa von diesem Wichser – haben natürlich nich geschnitten, was überhaupt los war. Die Verwandlung von ihrem kleinen Hosenscheißer zum Master of the Music Universe ... also, das konnten die nich verkraften.*

*Is aber nich ihre Schuld, sag ich dir ganz ehrlich. Der anfängliche Widerstand gegen die Verwandlung ... also das muss für die ausgesehen haben, als ob der Fotzkopp* von Sohn durchdreht, verstehste? Dann noch dieser Käse, den diese Fachärzte erzählt haben, von wegen »innere Zerrissenheit« und so. Kam mir aber ganz gelegen, weil ich so aus dem kleinen Wichser 'nen Kerl von Format, 'nen richtigen Anführer schmieden konnte … 'nen Typen wie Washer eigentlich, nur dass der Junge dazu noch 'n Rhetoriker vorm Herrn war, 'n amtlicher Schwadroneur.

Jedenfalls hat sich das dann zu der Zeit auch auf die Musik übertragen. Der Fotzkopp hat sich ja immer noch an der Idee festgeklammert, New Romantic wär der heiße Scheiß. Also hab ich ihm kräftig den Kopf gewaschen, dem Wichser. Und das hat gedauert. Wir sind die vollen zwölf Runden gegangen, Mann. Aber nach und nach liefen dann wieder die Ramones, Bowie, Curtis Mayfield … Scheiße, sogar The Jam. Das Zeug von damals eben, das er aber verleugnet hat wegen diesem ganzen Dreck von wegen Visage und Spandau Ballet und so. Nach 'n paar hundert Durchläufen von »Blitzkrieg Bop« war'n wir dann aber wieder in der Spur. In der Zwischenzeit hatte Molly noch 'nen Arzttermin für uns beide klargemacht. War ich natürlich nich gerade happy drüber … kannste dir ja vorstellen.

# KAPITEL 7

## 15. Juli 1982

»Kommst du, mein Junge?«, rief Molly Wishart die Treppe hinauf. Sie wusste, dass der Arzttermin aufgrund der immer offensichtlicher werdenden Verhaltensstörungen ihres Sohns unumgänglich war. Sie wusste allerdings auch, dass ihr Junge alles unternehmen würde, um diesen Termin nicht wahrnehmen zu müssen. Zu ihrer Überraschung antwortete er, dass er in einer Minute herunterkäme. Als er dann aber auf dem oberen Treppenabsatz auftauchte, schwand ihre Zuversicht.

»So geh ich nicht mit dir vor die Tür. Nicht in diesem Aufzug!«, stieß sie mit einem Seufzen hervor.

»Was stimmt'n damit nich?«, antwortete er. Max Mojo hatte einen gestreiften Pyjama an. Eins der Hosenbeine war bis knapp unters Knie hochgekrempelt, unter dem Oberteil trug er einen dicken cremefarbenen Strickpullover. Dazu hatte er schwarze Doc Martens mit weißen Schnürsenkeln angezogen und sich die Haare smaragdgrün gefärbt. Letzteres erklärte den eigenartigen Geruch, den Molly während des Vormittags im oberen Flur wahrgenommen hatte. Er trug eine Brille mit unterschiedlich gefärbten Gläsern und hatte sich mit blauer Farbe ein Peace-Logo auf die Stirn gemalt. Das Revers seines Pyjamahemds zierte ein Anstecker mit dem

Slogan »Fuck EVERYTHING«. Er sah aus wie Rupert the Bear, diese Kindercomicfigur mit der karierten gelben Hose und dem roten Strickpulli. Besser gesagt: wie Rupert the Bear als LSD-Opfer. Molly erkannte, was ihr Sohn bezweckte. Und auch wenn ihre Instinkte ihr das Gegenteil rieten, entschied sie sich, seine Entschlossenheit auf die Probe zu stellen.

»Also schön. Dann lass uns gehen. Wir haben nur eine halbe Stunde«, sagte sie, was ihn sichtlich frustrierte.

Die meisten Fahrgäste im Bus, der sie von Crosshouse zu der Arztpraxis in der Dundonald Road brachte, starrten sie einfach nur an. Einige lachten. Eine ältere Frau fixierte Molly mit ihrem Blick und schüttelte die gesamte Fahrt über entrüstet den Kopf. Die Reaktionen der Menschen im Wartezimmer der Praxis waren ähnlich.

Molly und Max mussten zwanzig unangenehme Minuten lang warten. Dann ertönte der Summer für den nächsten Patienten. Es war der Raum von Dr. McManus. Max wurde aufgerufen. Langsam stand er auf, latschte zur Tür und schlurfte dann mit einer Theatralik Richtung Behandlungszimmer, dass man meinen konnte, er hätte seinen letzten Gang angetreten und der elektrische Stuhl würde auf ihn warten. Die Zahl der Kopfschüttler unter den Patienten verdreifachte sich. Molly wünschte sich, der Boden unter ihren Füßen würde sich öffnen und sie verschlingen. Aber immerhin, sie hatte es mit ihrem Sohn in die Praxis geschafft – eine Aufgabe, die sie vor zwei Tagen nur mithilfe einer Zwangsjacke zu bewältigen glaubte.

Max suchte nach der Tür von Dr. McManus, und als er sie gefunden hatte, machte er sich nicht die Mühe anzuklopfen, sondern riss sie auf und marschierte geradewegs hinein. Der junge Arzt, der an seinem Schreibtisch saß und Notizen machte, war einigermaßen überrascht. »Ähm, hallo ... Dale, nicht wahr?«, fragte Dr. McManus und starrte Max mit Augen groß wie Untertassen an. Auch Max schien wie vom Blitz getroffen, denn der junge Doktor war entweder Inder oder Pakistaner. Auf jeden Fall nichts, was man bei einem Namen wie McManus erwartet hätte.

»Nee ... falsch geraten. Ich heiß Max. Max Mojo. Verdammt, Mann ... bisschen Mühe könntste dir schon geben!« Der junge Arzt schaute auf seine Unterlagen und dann auf die Vorderseite der Akte.

»Ähm, könntest du einen kurzen Moment hier warten. Ich bin sofort wieder zurück«, sagte er und huschte hinaus. Max schaute sich in dem kleinen, fensterlosen Raum um. Eine Untersuchungsliege mit einem winzigen Schreibtisch am Ende nahm den Großteil der Fläche ein. Die darüber angebrachten Hängeschränke ließen vermuten, dass der Arzt auf seinen Kopf achten musste, wenn er aufstand. Es sah alles nach einer umfunktionierten Besenkammer aus. *Beschissenes Gesundheitssystem, nur noch Einsparungen*, dachte Max. Die Tür ging auf, und Dr. McManus kam wieder ins Zimmer. Der verwirrte Ausdruck in seinem Gesicht war verschwunden.

»Hallo, Max«, sagte er, jetzt ganz der dem Patienten zugewandte Arzt. »Wie geht es dir, Junge?« Das »Junge« nervte Max gewaltig. Der Arzt sah nämlich nicht viel älter aus als er.

»Gut«, sagte Max. »Bestens sogar.«

»Du hast ja ein ziemliches Trauma erlitten. Vielleicht springst du eben kurz auf die Liege, und wir schauen uns mal den Heilungsfortschritt an, okay?« Max musste sich eingestehen, dass das Englisch des Arztes ziemlich gut war.

»Aye. In Ordnung«, sagte Max. Fest entschlossen, die Angelegenheit schnellstmöglich hinter sich zu bringen, um sich wieder wichtigeren Dingen widmen zu können, legte er sich auf die Liege.

»Gut, als Erstes wollen wir uns mal den verletzten Hoden ansehen«, sagte Dr. McManus, als er die Pyjamahose seines Patienten herunterzog und nach dessen Hoden griff. Diesen hielt der Arzt aber nur kurz in der Hand, denn Max sprang auf wie von der Tarantel gestochen und verpasste dem Doktor einen Kopfstoß.

»Hey ... du verschissene Schwulette!«, schrie Max. »Nimm deine Wichsgriffel von meinem Sack, du Fotze!« Benommen sank der junge Arzt auf die Knie und hielt sich den Kopf. Max dachte kurz über einen Fußtritt nach, hielt sich aber zurück.

»Dir hetz ich die Bullen auf den Hals! Die verfrachten dich mit dem nächsten Scheißkahn zurück nach Bombay, verdammter Penner ... ich fass es nich! Versucht die Sau doch echt, mich anzugrabschen!« Max stürmte aus dem besenkammergroßen Behandlungsraum. »Komm schon, Mum, wir sind fertig in diesem Scheißladen!«, rief er ins Wartezimmer. »Da hat sich tatsächlich so 'n schwuler Fotzkopp als Arzt verkleidet und mich mit seinen Drecksgriffeln befummelt. Wir gehen zu den Bullen. Den Laden hier lass ich dichtmachen.«

Später an diesem Tag, in den Tiefen der Polizeistation im Zentrum von Kilmarnock, akzeptierte Max Mojo irgendwann, dass Dr. Ranesh kein »perverser Paki« war, der in die Arztpraxis eingebrochen, einen weißen Kittel gestohlen und sich als Dr. McManus ausgegeben hatte, um nichts ahnende, gesetzestreue Bürger wie ihn zu betatschen. Dr. Ranesh, der lediglich einen älteren schottischen Kollegen in der Praxis vertrat, sah seinerseits ein, dass der komplexe Krankheitszustand von Max Mojo für dessen unzumutbares Verhalten verantwortlich war. Auch wenn Max weiterhin behauptete, das Opfer in der Geschichte zu sein, wurde die ihm drohende Anzeige wegen Körperverletzung fallengelassen. Unter dem emsigen Nicken seiner erzürnten Eltern ermahnte man Max, die ihm verschriebenen Medikamente regelmäßig einzunehmen. Andernfalls, so machte man ihm klar, würde er bei einem wiederholten Fehlverhalten dieser Art nicht mehr mit einer Verwarnung davonkommen.

## 17. Juli 1982

»Hol mir Flatpack Frankie.«

»Aye, klar doch, Onkel Washer. Was sag ich ihm?«

»Sag ihm einfach, ich brauch ihn. Das reicht.« Benny Donald – der kurz zuvor wie von Washer instruiert durch die Hintertür gekommen und wie ein triumphierender Varietékünstler bei der letzten Zugabe auf die flache Bühne gestürmt war – nickte und ging wieder ab. Jimmy »Washer« Wishart »spendete« gerade etwas Geld, um das Dach des Gemeindesaals der Crosshouse Church reparieren zu lassen. Washer wohnte in dem Pfarrhaus direkt neben dem Gemeindesaal, und da er der Kirche den Saal ab und an für deren Veranstaltungen vermietete, hatte er nach langem Sträuben akzeptiert, dass er als Eigentümer in der Pflicht stand, das Gebäude zumindest wind- und wasserdicht zu halten.

»Wann kommt'n dein Junge raus?«, fragte Gerry Ghee.

»Is schon 'ne Weile zu Hause. Am Anfang dacht ich, er müsst sein Essen für immer und ewig durch 'nen verfickten Strohhalm saugen. Aber dann ging's wieder. Seine Mutter hätt's mir jedenfalls bis ans Ende meiner Tage vorgehalten, das sag ich dir.« Gerry Ghee wirkte überrascht. »Sorry, Gerry. Aber ich hab niemandem was davon erzählt, weil der Junge sich 'n bisschen plemplem aufführt, verstehste? Irgend so 'ne Scheiße von wegen Schizophrenie oder so. Der kleine Scheißer verkriecht sich in seinem Zimmer und hört den ganzen Tag Musik, bei der man sich am liebsten die beschissenen Pulsadern aufschneiden möchte. Läuft die ganze Zeit, dieser Mist. Außerdem quatscht er ständig davon, unsterblich zu werden. Wird langsam richtig peinlich, sag ich dir ganz ehrlich. Der Knallkopp hat das ganze Zimmer schwarz gestrichen, als würd Dracula höchstpersönlich drin schlafen.« Gerry nickte und schüttelte direkt im Anschluss den Kopf – eine Geste, um Mitgefühl auszudrücken und gleichzeitig zu bestätigen, dass er selbst auch nicht wusste, was er von all dem halten sollte.

»Keine Ahnung, Mann ... möglich, dass er immer noch so 'ne Art Trauma von dieser Prügelei in der Kirche hat«, sagte Washer. »Seine Mutter treibt er jedenfalls in den Wahnsinn.«

»Aye. Heftiger Abend, als die ganzen Zigeunerbastarde auf einmal reingestürmt kamen. Schon rausgefunden, was dahintersteckt?«

»Aye«, sagte Washer. »Hab fast alle Puzzleteile zusammengefügt. Dieser Idiot Duncan, die fette Sau, hat 'nen Überfall auf die beiden DJs bestellt. Aber sein Handlanger, dieser stotternde Flachwichser, der hat's falsch verstanden. Deshalb haben die Dale ... ach, Scheiße, *Max* wollt ich sagen. Also deshalb haben die Max und seine Band angegriffen.« Gerry nickte, als würde es sich um ein Missgeschick handeln, das stotternden Handlangern regelmäßig widerfuhr.

»Gut, und wen nehmen wir uns jetzt vor?«, fragte Gerry.

»Niemand. Ich will die Sache für 'ne Weile ruhen lassen.« Gerry Ghee war überrascht von Washer Wisharts Gelassenheit. Sicher, Washer war unter den Gangstern von East Ayrshire dafür bekannt, gerade in schwierigen Situationen außerordentlich besonnen und mit ungetrübtem Urteilsvermögen zu reagieren. Aber trotzdem: Es ging um seinen einzigen Sohn, den er abgöttisch liebte und der um ein Haar unter der Erde gelandet wäre. Gerry Ghee war die Gefasstheit seines Bosses ein Rätsel ... aber vielleicht wurde ja im Hintergrund an einem größeren Plan gearbeitet. Gerry war sich der Komplexität der Lage durchaus bewusst, schließlich waren drei rivalisierende Gangstersyndikate in die Sache involviert. Seit man die McLartys vor einigen Jahren mit Gewalt zurück in die Glasgower Sümpfe getrieben hatte, aus denen sie einst hervorgekrochen waren, herrschte Frieden in den Tälern von East Ayrshire.

Den Quinns war die Dankbarkeit der anderen Familien für diese Aktion gewiss gewesen, aber nun war die allgemein herrschende Entspannungspolitik bedroht. Alles sah danach aus, dass eine Familie eine andere dafür bezahlt hatte, der dritten hinterrücks eins auszuwischen. Das kurz nach dem Vorfall einberufene Gipfeltreffen hatte die Ursachen ans Licht bringen und für Ruhe sorgen sollen, war aber weitgehend ergebnislos geblieben. Irgendjemand hielt mit der Wahrheit hinterm Berg, und auch wenn Entschädigungszahlungen vereinbart worden waren, vermutete Washer, dass der wahre Grund für die Gewalt gegen seinen Sohn vertuscht werden sollte. Für Washer Wishart war irgendetwas faul an der Geschichte. Eigentlich hatte er bisher keinen Grund zu der Annahme gehabt, dass ihm jemand sein Territorium in Crosshouse streitig machen wollte, denn alle – einschließlich Mickey »Doc« Martin, der Unterweltkönig von Ayrshire – schauten auf Crosshouse herab. Regelmäßig wurde gewitzelt, dass in Crosshouse alles in der Familie blieb und dort sogar die Twix-Riegel zusammengewachsen waren wie die Finger von Inzestkindern.

Washer wusste instinktiv, dass die Sache aus irgendeinem Grund gehörig stank. Am Tag nach dem Auftritt hatte Don McAllister ihn höchstpersönlich angerufen und ihm nahegelegt, den Quinns vorerst nicht den Krieg zu erklären, sondern abzuwarten, bis sich der Qualm verzogen hätte. Sein scharfer Sinn für menschliche Verhaltensweisen ließ McAllister zu dem Schluss kommen, dass es sich bei der Geschichte um ein Missverständnis gehandelt haben musste und dass die Tracht Prügel, die Dale kassiert hatte, somit nicht vorsätzlicher Natur, sondern ein bedauerlicher Unglücksfall gewesen war. Washer konnte in dieser Erklärung eine gewisse Logik erkennen und stimmte zu, erst mal abzuwarten. Trotzdem war irgendjemand für die Tat verantwortlich, und da die Bosse der anderen Familien energisch ihre Unschuld beteuerten, würde Washer nun eben ein bisschen tiefer graben müssen. Don McAllister akzeptierte diesen Standpunkt und sicherte Straffreiheit zu, sofern die Konsequenzen auf die Schattenwelt beschränkt und vor der Öffentlichkeit verborgen blieben. Washer hatte also Informationsbedarf. Und an dieser Stelle kam Flatpack Frankie ins Spiel.

Franks Spitzname war schon oft Gegenstand angeregter Diskussionen gewesen. Seit den frühen 1970ern, als Macht und Einflussbereich von Washer Wishart stark anwuchsen, hatte er für seinen engen Freund besondere Aufträge übernommen, die oft mit physischer Gewalt einhergingen. Einige Leute glaubten, dass Frank Fusi damals zwei junge Straßendealer verschwinden ließ, indem er sie umbrachte und ihre Körperteile in flachen Holzkisten verpackte – Holzkisten, die zu seiner auf aufbaufertigen Möbeln basierenden Unternehmensidee gehörten. Natürlich hatte er die beiden Jungs nicht auf dem Gewissen, obgleich er sie sehr wohl überzeugt haben mochte, sich ein anderes Plätzchen für ihre Geschäfte zu suchen. Auch wenn es für die Bürger von Ayrshire unbegreiflich war, wie ein Tischlereiunternehmen funktionieren sollte, dessen Kunden die gekauften Schränke und Möbel selbst zusammenschrauben mussten, war Frank Fusi überzeugt davon, dass er mit der Flachpack-Idee an einer ganz großen Sache dran war. Der Name blieb, der übliche Kneipentratsch erledigte den Rest.

*Leg dich nich mit Frankie Fusi an, sonst landest du in einer seiner verschissenen Flachpack-Kisten.*

Die Ex-Vespas, Steven Dent und die beiden Ferguson-Brüder, mussten jedenfalls auf der Hut sein.

# KAPITEL 8

## 24. Juli 1982
## 15:05 Uhr

Das Grün war verschwunden. Er hatte seine von Natur aus roten Haare nun in einem kräftigen Orange gefärbt. Fast hatte es den Anschein, als würde er sich durch das Farbspektrum der Fruchtpastillen von Rowntree's arbeiten. Er trug amateurhaft aufgetragenen Eyeliner, eine schwarze Lederhose, ein weißes T-Shirt mit einem großen Aufdruck von Sly Stone und schwarze 12-Loch-Doc-Martens. Der Ruf von Washer Wishart, dessen war sich Max Mojo sicher, schützte ihn vor eventuellen Anfeindungen, die sein Look provozieren könnte. Er lief die John Finnie Street mit einer Zielstrebigkeit entlang, von der niemand, der ihn in den vorherigen sechs Wochen erlebt hatte, ahnte, dass er sie noch besaß. Vielmehr machten sich die Menschen in seinem Umfeld Sorgen darüber, dass Max *besessen* sein könnte, denn die Regelmäßigkeit seiner Selbstgespräche hatte in beängstigendem Maße zugenommen. Nach der Entlassung aus dem Krankenhaus war er anfänglich sehr reizbar gewesen, die dunkle Stimme in seinem Kopf hatte ihm permanent zugesetzt und schien niemals schweigen zu wollen. Mithilfe der Lithiumpräparate, die er einnahm, hatte Max sich jedoch daran gewöhnt und letztendlich begonnen, anders auf die Stimme und ihr beharrliches Drängen zu reagieren.

*»Haste die Zettel?«*

»Aye. Hab sie eingesteckt. Sänger, Gitarrist. Steh-Drummer im Stil von Moe Tucker. Bassist, aber bitte kein Basstard.«

*»Was is mit den Einflüssen? Verfickte Scheiße, ich hab dir doch gesagt, du sollst die Einflüsse aufschreiben, du Wichsfrosch. Kacke, Mann ... muss ich denn alles selber machen?«*

»Jetzt mach mal halblang. Ich war noch nicht fertig.« An der Ampel wartete eine ältere Frau auf Grün und starrte den in sein Selbstgespräch vertieften Max an.

»Alles in Ordnung, mein Junge?«, fragte sie mit einem Lächeln.

*»Verpiss dich, du alte Schachtel. Wenn ich deine Meinung hören will, sag ich Bescheid!«*

»Tut mir leid«, schob Max gleich hinterher. Der unterschiedliche Klang der beiden Stimmen bestätigte den Verdacht der alten Frau, dass mit dem jungen Mann irgendetwas nicht stimmte. Besser, man ging ihm aus dem Weg. Sie überquerte die Straße. Auch Max Mojo setzte seinen Weg fort, ein weiterer *Striding Man* aus Kilmarnock. Er hatte eine Mission und war zu dem Ort unterwegs, an dem sich sein Schicksal erfüllen sollte ... RGM Music, der Instrumentenladen von English Dave, das lokale Mekka für Nachwuchsbands.

# 15:14 Uhr

Zur selben Uhrzeit öffnete Flatpack Frankie Fusi die Heck-
klappe seines rostigen Vauxhall-Kombis. Mit heruntergelas-
senem Fenster und Radio 1 in voller Lautstärke war er auf der
A76 nach Süden Richtung New Cumnock gefahren.

Es war ein sengend heißer Tag, ein weiterer in einer langen
Reihe von heißen Tagen, aber Frankie trug trotzdem einen
Nadelstreifenanzug aus Mohair. Er war gerade mit der Erledi-
gung eines Sonderauftrags von Washer Wishart beschäftigt.
Und dieser Sonderauftrag lag momentan wie gelähmt unter
einer Plane versteckt im Kofferraum seines Wagens. Es war
nicht sonderlich schwer gewesen, eine unabhängige Darstel-
lung der Ereignisse des Konzertabends zu erhalten, an dem
man Washers Sohn zu Brei geschlagen hatte. Bobby Cassidy,
der bei der fraglichen Veranstaltung nicht anwesende Chef
der Heatwave Disco, hatte Flatpack Frankie rasch an seinen
DJ-Partner Joey Miller verwiesen und ihm auch die Kontakt-
daten von Malky MacKay, Heatwaves Bodyguard an diesem
Abend, notiert. Malky hatte niemandem die Treue geschworen und verfolgte auch keine eigenen Absichten, sodass sein
Bericht glaubwürdig für Frankie Fusi klang. Laut Malky hatte
es zwar einen initialen Flaschenwurf aus dem Publikum gegeben, aber die darauffolgende Abreibung hatte der Frontmann der Vespas einzig und allein von seinen Bandkollegen
auf der Bühne bezogen.

Am Vormittag hatten Frankies Gehilfen die drei ehemaligen Vespas aufgestöbert und eingesackt. Fünf Stunden später lagen sie nun Kopf an Fuß und splitterfasernackt mit Sä-
cken über den Köpfen und auf den Rücken gefesselten
Händen hinten im Vauxhall. Und wie man es sich bei einem

derartigen Szenario vorstellen kann, schissen sich die drei vor Angst in ihre nicht vorhandenen Hosen.

## 15:20 Uhr

Grant Dale war voller Enthusiasmus. Noch nie zuvor hatte er so viel Geld für etwas derart Besonderes ausgegeben. Nicht mal ansatzweise. Seit seine Mutter ihm erklärt hatte, dass das für ihn zurückgelegte Geld ihm gehörte und er darüber verfügen konnte, wann und wie er wollte, stand der Traum von einer E-Gitarre jetzt ganz oben auf seiner Prioritätenliste. Grant hatte sich in der Schule nie besonders clever angestellt. Er hatte zwar immer ein gewisses Interesse für Englisch gehabt, besonders für Poesie, das entsprechende Wissen aber nie unter Prüfungsbedingungen getestet. Mit sechzehn war er von der Schule abgegangen, mit zwei O-Levels in der Tasche – zwei mehr als all die anderen männlichen Angehörigen seiner Familie. Es waren allerdings recht schlechte Noten, dazu noch in Kunst und Musik. *Keine echten Fächer wie Holzwerken*, wie sein Vater unbeeindruckt bemerkt hatte. Die Diskussion um dieses Thema war ein weiteres Beispiel für die wachsende Kluft zwischen Hobnail und Senga. Er war enttäuscht, sie über alle Maßen begeistert – von ein und demselben Ergebnis.

Grant hatte schon immer eine gewisse musikalische Begabung gehabt, ganz besonders für die Gitarre. Anfänglich war er allerdings zwiegespalten gewesen, denn sein Gitarrenunterricht bestand nur aus den Akkordfolgen stinklangweiliger Eric-Clapton-Songs und ging nicht mal ansatzweise auf die sicherlich um einiges einfacher gestrickten, dafür aber sehr viel spannenderen Stücke von Bands wie The Clash oder The Ramones ein. Zu seiner eigenen Überraschung blieb er aber am Ball, und jetzt, dank der von seiner Mutter zur Verfügung gestellten finanziellen Mittel des Fatman, wollte er sich eine Gitarre kaufen. Eine Rickenbacker, schwarz und glänzend, ganz so wie die, die Paul Weller ab und an spielte.

## 15:53 Uhr

»Na, wie schaut's aus, Inkstain?« Frankie Fusi ging zu der Harley-Davidson rüber, von der Ernie Ingram gerade abgestiegen war, und schüttelte die ihm entgegengestreckte Hand am Ende eines mit Tätowierungen überzogenen Arms. Ernie zog sich derweil mit der freien Hand seine Lederhose hoch.

»Tachchen, Franko. Was liegt'n dieses Mal an?« Ernie »Inkstain« Ingram wurde regelmäßig von Washer Wishart mit Aufträgen bedacht. Wenn der Gangsterboss von Crosshouse ein Zeichen setzen oder jemandem eine Nachricht zukommen lassen wollte, dann ließ er diese für gewöhnlich von einem künstlerisch begabten Fachmann mit ewig haltbarer Tinte in die Hautschichten des Empfängers einbringen. Ernie war ein solcher Fachmann, ein in Galston ansässiger Tätowierer ohne Gewissen oder Moral. Er tätowierte jeden, und zwar mit jedem nur erdenklichen Motiv, solange das Geld stimmte.

Zu seinen Kunden gehörten typischerweise junge Soldaten, die dem Gefühl der neu gefundenen »Bruderschaft« Ausdruck verliehen, Freimaurer, die ihren Logen Treue schworen, Fußballfans, Bandgroupies und bis über beide Ohren verknallte Teenager. Parallel dazu hatte sich Ernie einen lukrativen Nebenerwerb aufgebaut, indem er sich für Außerhauseinsätze buchen ließ – Junggesellenabschiede, alkoholgetränkte Geburtstagsfeiern von Achtzehnjährigen und so weiter. Zudem nahm er, wie an diesem wunderschönen Sommernachmittag, kurzfristige Anfragen von Washer Wishart an.

»Wo sind die Kerle, Boss?«, fragte Ernie.

»In der Hütte. Hängen am Haken und warten auf die Nadel«, sagte Frankie.

»Wie lautet die Botschaft?«, sagte Ernie.

»Wir hätten gern drei Mal das Spezialmotiv für zukünftige Hinterlader«, sagte Frankie.

»So gut wie erledigt, Franko. Sag Washer, dass ich mich nach seinem Jungen erkundigt hab.«

»Mach ich, Compadre.« Als Frankie Fusi erneut die muskulöse Hand von Ernie »Inkstain« Ingram schüttelte, bemerkte er auf dem Daumen des Rockers ein kleines Tattoo: Tweety, das Trickfilmvögelchen. *Süß*, dachte er.

»Wird 'n paar Stündchen dauern«, sagte Ernie.

»Aye, kein Problem. Ich hab die Typen anständig festgeschnürt, damit sie nicht so zappeln. Wenn du fertig bist, schneid sie einfach vom Haken runter und trenn ihre Fußfesseln auf. Die Fotzen sollen zu Fuß nach Killie zurücklaufen, damit alle Welt weiß, dass sie *gern in den Arsch gefickt werden*. Alles in Großbuchstaben bitte, und fetter als normal.«

»Aye. Es wird nich zu übersehen sein.« Ernie grinste. Frankie lachte und ging langsam zu seinem Wagen zurück.

Kurz bevor er das Auto erreichte, schwoll die Lautstärke der gedämpften Schreie aus der Hütte an. Sie klangen wie eine Harmonie der Qualen, wie eine rückwärts und verlangsamt abgespielte Gesangsspur von Kate Bush. Offensichtlich hatten die drei Klagesänger gerade Ernie Ingram erblickt, der mit einem kleinen Generator und einem Koffer voller Tinte im Schlepptau in den Schuppen marschierte.

**\* \* \***

## 16:09 Uhr

English Dave war tatsächlich Engländer, und sein richtiger Name lautete David English. In Kilmarnock hatte er Promistatus. Sein Laden, der RGM Music Store in der Nelson Street, war schon seit Ewigkeiten eine feste Adresse. Die Menschen aus Kilmarnock scherzten, dass Dave den ersten Dudelsack der Geschichte verkauft hatte. Dass er an jener Kreuzung im Mississippi-Delta dabei gewesen war, als Robert Johnson mit einer von English Dave erworbenen Akustikgitarre in der Hand dem Teufel seine Seele verkauft hatte. Dass Keith Moon in Woodstock auf einem Drumset von RGM Music herumgedroschen hatte. Dass es English Dave gewesen war, von dem Paul McCartney sich seinen Höfner-Bass geliehen hatte.

Dave hatte stets großartige Geschichten auf Lager, und niemand interessierte sich sonderlich dafür, ob sie stimmten oder nicht. Sein Laden war ein großartiger Ort für Jugendliche und Junggebliebene – Menschen, die sich dafür interessierten, welche Klänge man den Instrumenten entlocken konnte. Im Laden gab es immer irgendjemanden, der selbstvergessen auf einer Fender herumschrammelte, als wäre er Hendrix höchstpersönlich, während weiter hinten ein weiteres Talent mit dem Enthusiasmus des Solisten aus »Baker Street« in eines der Saxophone trötete.

Als Max Mojo den Laden betrat, röhrte gerade »Should I Stay or Should I Go« von The Clash aus den Boxen. English Dave war überrascht von der Verwandlung des jungen Mannes, schien aber aufrichtig erfreut, ihn zu sehen. Natürlich hatte er vom Fiasko in der Henderson Church gehört. Der Synthesizer, den die Vespas an jenem Abend benutzten, war schließlich von RGM Music ausgeliehen. *Wiederbringen oder Kaufen* lautete die Regel des Ladens bei derartigen Leihgeschäften. Da das Instrument bei dem Auftritt in Brand gesteckt und in einen Aschehaufen verwandelt worden war, blieb nur noch die Option *Kaufen*. English Dave nahm an, der junge Mann wäre gekommen, um seine Schulden zu bezahlen. Eine Fehleinschätzung, wie sich bald herausstellen sollte.

»Dave«, sagte Max Mojo mit einem Nicken.

»Hab gehört, du heißt nicht mehr Dale, sondern Max irgendwas, richtig?«

»Aye. Mojo ... Max Mojo.« Der alte Mann lächelte nachsichtig, als würde er mit einem Kleinkind sprechen, das sich als einer der Bösewichte aus *Batman* verkleidet hatte. »Und? Alles in Ordnung, mein Junge?«, fragte English Dave.

*»Aye ... scheiß auf dich, Alter. Ich häng jetzt die Zettel hier ins Fenster, klar?«*

»Was hast du gerade gesagt?« English Dave war sprachlos. »Und was ist mit deinem Auge los?«

»Ach, Mensch, sorry, Dave. Alles in Ordnung, ich bin nur 'n bisschen überreizt. Die Kopfschmerzen, der Schlafmangel und so weiter, weißte?« Max presste seine Hand auf das wild zuckende Auge.

»Was hat's mit den Zetteln auf sich? Eine Annonce? Willst du die Band reaktivieren?«, fragte English Dave.

*»Geht dich verfickt nochmal nichts an, du alter Schrotthändler!«*

»Pass auf, Junge. Wenn du nochmal diesen Ton anschlägst, kannst du aus meinem Laden verschwinden. Und falls du es vergessen hast: *Du* schuldest *mir* noch eine Stange Geld für den Synthie.« English Dave war aufgebracht. Ein Teil von Max Mojo, genauer gesagt der noch in ihm wohnende Rest von Dale Wishart, war beschämt. Die *Stimme* in seinem Kopf jedoch ganz und gar nicht. Sein Gesicht leuchtete rot. Die vier anderen Kunden im Laden, zuvor ganz mit sich selbst beschäftigt, starrten ihn jetzt an.

»Dave ... tut mir wirklich, wirklich leid«, sagte Max und drehte sich um. Dave hörte ihn flüstern. Es war nicht einwandfrei zu verstehen, aber der Teenager schien mit sich selbst zu diskutieren. »... halt jetzt einfach mal die Klappe, du verdammter Wichser!«, sagte Max etwas lauter. Er wandte sich wieder dem verwirrten Ladenbesitzer zu und schaute ihn an. »In Ordnung, wo waren wir stehengeblieben, Dave?«

»Sag du's mir, Junge«, erwiderte Dave.

»Ich werd dir den Synthie bezahlen, Mann, keine Bange. Du weißt doch genau, dass mein Vater die Kohle hat. Hör zu, ich bin gerade dabei, 'ne neue Band zusammenzustellen. Könnte ich das Poster hier aufhängen und 'n paar Flyer auslegen?«, fragte Max so höflich, wie es sein gequältes Hirn erlaubte. »Und wenn du potenzielle Talente an mich verweisen könntest, wär das natürlich auch fantastisch ... *du Penner!* ...

AAARRGH.« Glücklicherweise schien Dave die letzte Beleidigung überhört zu haben.

»Sicher doch, Kumpel. Hast du schon einen Namen?«

»Nee. Aber ein paar Ideen schon ... *du Wichser* ...« Schnell schob Max ein lautes Husten hinterher. Und wieder schien Dave es nicht bemerkt zu haben. »Dieses Mal manage ich und spiele nicht selber.«

English Dave schaute sich das Poster an und lächelte:

Bandgründung – aus der Asche einer lägendären Lokalband ...

Wenn du den Spirit von Iggy, die Leidenschaft von The Clash, den Groove von The Delfonics und die Scheißegal-Attitüde von Lydon hast ... dann ruf mich an. Ich kann nicht versprechen, das ich zurückrufe ... aber ... man weiß ja nie!

Sämger – Gitarist – Bassist (aber bitte kein Basstard!) – Drummer

Max Mojo, Tel.: 36890

In Anbetracht der vorherigen Ausbrüche vermied English Dave es lieber, Max auf die Rechtschreibfehler hinzuweisen, und klebte das Poster hinter sich in das Ladenfenster. Die Flyer schob er in die Klarsichthüllen an der Wand, in denen bereits allerlei Verkaufsanzeigen steckten. Neben gebrauchten Gitarrenteilen, Verstärkern, Lautsprecherboxen und Becken wurde – wie Max Mojo auffiel – auch eine komplette Discoanlage angeboten. Die Anlage von Heatwave Disco.

»So, hängt«, sagte English Dave und musste sich ein Grinsen verkneifen. »Dann heißt du jetzt also Max Mojo?«

»Ja, hab 'nen Neuanfang gebraucht. 'Nen neuen Namen. Irgendwas, das bei den Labels in London hängenbleibt, verstehste?«

»Tja, *hängenbleiben* tut es auf jeden Fall«, sagte Dave.

Im hinteren Teil des Ladens hatte sich jemand ans Schlagzeug gesetzt und begann die Felle zu bearbeiten, dass die Wände des engen Verkaufsraums wackelten.

»Maggie!«, brüllte Dave. »Jetzt nicht, hörst du?!« Alle Anwesenden starrten auf das Mädchen hinter dem Schlagzeug, dessen blondgefärbte Mähne in starkem Kontrast zu ihrer dunklen Haut stand. Sie schaute auf, und ein verächtlicher Ausdruck machte sich in ihrem Gesicht breit. Max fand, dass sie wunderschön aussah. Zudem konnte sie ganz offensichtlich Schlagzeug spielen. Sie spielte zwar nicht im Stehen, und Moe Tucker sah im Vergleich zu ihr wie der Elefantenmensch aus, aber das waren Details. Max hatte das Gefühl, möglicherweise gerade den Drummer für seine Band gefunden zu haben. Er ging zum Schlagzeug, um mit dem Mädchen zu sprechen, und hoffte, dass die *Stimme* wenigstens für ein paar Minuten die Klappe halten würde.

»Wie viel für die Rickenbacker, Mann?« English Dave richtete seine Aufmerksamkeit auf den groß gewachsenen Jungen vor sich, einen gut aussehenden Kerl mit blassem Gesicht.

»Sechshundert, mein Junge«, sagte er beiläufig in der Annahme, dass sich das Gespräch damit erledigt hätte. Es war die weitaus teuerste Gitarre, die der RGM Music Store führte.

»In Ordnung, Meister«, sagte Grant Dale. »Nimmst doch Bargeld, oder?« English Daves Augenbrauen schnellten in die

Höhe. *Was für eine verrückte halbe Stunde*, dachte er. Grant Dale blätterte die Summe in Fünfzigern auf den Tresen, und so wie es aussah, steckten in seinem Portemonnaie noch sehr viel mehr Scheine. Max Mojo bemerkte die Transaktion und schlich instinktiv wieder zum Tresen zurück.

»Scheißgenialer Song, der da gerade läuft, was?«, sagte er. Auch wenn Max niemanden direkt anzusprechen schien, so war sein Kommentar doch ganz speziell für den neben ihm stehenden Grant gedacht.

»Ähm ... aye. Orange Juice sind das, oder?«, sagte Grant. Er hatte eine vage Ahnung, um wen es sich bei der Person handelte, die neben ihm den Takt mit den Füßen stampfte und mit den Fingern auf dem Tresen trommelte. Er wusste, dass der Fremde in einer wie auch immer gearteten Verbindung zu einem der Gangsterbosse von Ayrshire stand, aber ihm wollte der Name nicht einfallen.

»*Ah-ah ... I can't help myself.* Scheiße, verdammt! Hört sich an wie meine Lebensgeschichte«, sagte Max, um einen Gesprächseinstieg bemüht.

»Ach ja?«, sagte Grant, um ein Gesprächsende bemüht.

»War auch mal in 'ner Band.«

»Echt?«

»Aye. Ging auch ziemlich steil nach oben.« Eine Pause stellte sich ein. Max versuchte eine andere Strategie. »Kannste mit dem Ding spielen?«

Grant drehte sich um und nahm die neue Gitarre in die Hand. »Aye, 'n bisschen. Is aber noch nich ganz meine. Der Alte wollte erst noch 'nen Koffer holen«, sagte er.

»Na dann mach mal ... spiel was. Vielleicht kannste ja sogar den Song mitklampfen, der gerade läuft?«, sagte Max, der, so wirkte es zumindest, mit einem inneren Zucken zu kämpfen schien. *Entweder das, oder der Kerl unterdrückt gerade einen Riesenschiss*, dachte Grant. English Dave kramte immer noch im hinteren Teil des Ladens herum. Also schnallte sich Grant die Gitarre um und spielte die Hymne des *Sound of Young Scotland* mit, die gerade aus der Stereoanlage des Ladens kam.

»*Scheiße, der Penner sieht echt gut aus mit der Klampfe.*«

»Was?«, sagte Grant.

»*Schwanzlutscher.*«

»*Wie* hast du mich gerade genannt?« Grant stellte die Gitarre beiseite und baute sich vor Max auf.

»Nichts, Mann. Tut mir leid. Is so 'n spastisches Zucken, das manchmal über mich kommt.« Wieder hatte Max die *Stimme* unterdrückt. Sein linkes Augenlid flatterte so heftig wie ein Bettlaken auf einer Wäscheleine an der Küste. »Kannste auch singen? Ich stell gerade 'ne Band zusammen, weißte ... vielleicht haste ja Bock?«, fragte Max.

»Weiß nich. Vielleicht«, sagte Grant. Tatsächlich jedoch war ihm schon der Gedanke gekommen, dass es etwas traurig wäre, einsam in seinem Zimmer zu hocken und nur für sich selbst auf diesem Prachtinstrument herumzuzupfen. Welchen Sinn hatte diese Investition, wenn er die Gitarre nicht in der Öffentlichkeit spielen würde? Straßenmusik kam nicht in Frage, und so war eine Bandgründung natürlich eine interessante Option. Der bizarr wirkende Typ vor ihm schien, gelinde gesagt, ein äußerst ungewöhnlicher Charakter. In Anbetracht von Kerlen wie Adam Ant, so kalkulierte Grant, war *ungewöhnlich* jedoch höchstwahrscheinlich ein Vorteil im Musikgeschäft. Er hatte diese Chance bekommen, ohne damit gerechnet, geschweige denn sich darauf vorbereitet zu haben. *Aber scheiß drauf!* Was hatte er schon zu verlieren?

»Wer is noch dabei?«, wollte Grant wissen.

»Na ja, die da … wahrscheinlich«, sagte Max und zeigte auf das knapp bekleidete Mädchen mit den blonden Haaren hinter dem Schlagzeug. Der treibende Bluessound von Bryan Ferrys »Let's Stick Together« rollte aus den Boxen der Stereoanlage. Grant griff sich die Gitarre und stieg ein, was die am Schlagzeug sitzende Maggie Abernethy veranlasste, ebenfalls mitzuspielen. Sofort ließ die *Stimme* eine helle Lampe in Max Mojos orangefarbenem Kopf erleuchten. Es dauerte allerdings bis zum Ende des Songs, bis Max, der Wirt dieser *Stimme*, die Bedeutung selbiger vollständig erfasste. Auf dem Mixtape von English Dave folgte »Where Were You?« von den Mekons. Die beiden spielten auch diesen Song auf Anhieb mit: langsame Anschläge mit monotonem Rhythmus, die nach und nach einem sich steigernden Schlagzeugbeat Platz machten. Max beobachtete fasziniert das intuitive Zusammenspiel des Duos, und als Grant am Ende des Songs die Zeile »*Could you ever be my wife … do you love me?*« mitsang, vollführte sein Herz einen Freudensprung. Er hatte auf den Augenkontakt zwischen den beiden geachtet. Das vieldeutige Zwinkern, das die funky Drummerin dem Gitarristen zugeworfen hatte, war ihm nicht entgangen. Wenn er jetzt nur die *Stimme* im Zaum halten könnte, damit sie Maggie nicht als »Bimbo« betitelte, hätte er die Hälfte der Band bereits am ersten Tag gefunden. Max ging zum Schlagzeug, um mit ihr zu sprechen. Grant machte sich daran, seine neue Klampfe einzupacken.

»Hey, Kumpel«, rief Max. »Also sie is dabei. Wie steht's mit dir, *du Flachwichser*?« Max hatte mit der Beleidigung gerechnet und deshalb mit den Füßen auf den Boden gestampft, um die *Stimme* zu übertönen. Maggie zwinkerte Grant noch einmal zu. Das allein war Grund genug für ihn, in die Band einzusteigen. Er ging zu den beiden hinüber, schüttelte Max die Hand und schrieb sich dessen Telefonnummer auf den Handrücken. Anschließend hievte er sich den neuen Gitarrenkoffer auf den Rücken und verließ den RGM Music Store. Max Mojo sah aus, als würde er gleich einen epileptischen Anfall erleiden.

»Bis dann ... *DU RÄUDIGER ONTHANK-WICHSKOPP, DU!*« Glücklicherweise verloren sich Max Mojos Abschiedsworte im Sirenengeheul eines vorbeirasenden Löschfahrzeugs. Und Grant Dale – der soeben verpflichtete Gitarrist und wahrscheinliche Leadsänger einer neuen Nachwuchsband aus Kilmarnock, die es der *Stimme* im Schädel des durchgedrehten und von Lithiumpräparaten benebelten Bandmanagers zufolge bis ganz nach oben, *an die gottverschissene Spitze* schaffen würde – ging seines Weges.

# TEIL 2

## THE NAME OF
## THE BAND IS …

*Ich weiß, ich weiß ... du denkst jetzt, dass die ganze Geschichte zum Selbstläufer wurde, nachdem sich die beiden so prächtig verstanden hatten. Pustekuchen. Monatelang is erst mal gar nix passiert. Schuld waren diese Wichsfrösche in Weiß, die meine Medikamentendosis hochgeschraubt hatten. Wochenlang bin ich wie 'n beschissener Zombie durch die Gegend gelaufen. Wie Nicholson am Ende von Einer flog über das Kuckucksnest, weißte? Nur dass es in meinem Film keinen rothäutigen Lulatsch gab, der mein Elend hätte beenden können. Und Elend is 'ne verdammte Untertreibung, Mann. Mir ging's wie Morrissey, der rausfindet, dass irgend 'ne Fotze das Tor vom Friedhof abgeschlossen hat. Aye, Mann, so beschissen ging's mir!*

*Irgendwann hat's aber wieder nachgelassen, und ich war wieder in der Spur. Zu der Zeit fing ich auch an, 'ne Augenklappe zu tragen. Du kannst dich ja mit niemand mehr gesittet unterhalten, wenn dein beschissenes Auge ständig rumzuckt und sich aufführt wie 'n hackedichter Onkel auf 'ner Hochzeitsfeier. Also hab ich's abgedeckt wie der olle Captain Hook. Dann hab ich mit Grant gesprochen und mit dem schwarzen Mädel. Und die waren noch an Bord ... mit der Band und allem, verstehste? Wir haben uns ziemlich regelmäßig in Washers Kirche getroffen. Aber ich sag's dir ganz ehrlich, Mann, die beiden haben sich teilweise echt wie zwei kleine Gören aufgeführt.*

*Versteh mich nich falsch, Norma, ich hätt die Kleine damals auch gefickt ... am liebsten in den Hintereingang. Logisch. Die hatte diesen klassischen Schokoarsch, verstehste? In der Rinne hätte 'n verdammtes Passagierschiff auslaufen können.*

*Kann mir vorstellen, was du jetzt denkst. Aber hey, ich hab mich nich im Ton vergriffen oder so. Waren eben andere Zeiten. Diesen Dreck von wegen Political Correctness gab's damals noch nich … und wer mich deshalb als Heuchler hinstellt, is 'ne verschissene Pissnelke. Ich hab's ihr sogar gesagt, verdammt, aber dazu später mehr.*

*Das Problem war nämlich, dass Grant geglaubt hat, er wär verliebt, aber sie hat ja damals mit einem von diesen Quinn-Zigos gevögelt. Brauchst jetzt nich denken, dass sie das abgehalten hätte oder so, die kleine Schlampe … auf jeden Fall wollte Washer jeglichen Stress mit diesen rumstreunenden Stinktieren vermeiden, verstehste? Und ich hab Washers Kohle gebraucht. Ergo: Grant musste aufhören, der Möse hinterherzuschnüffeln.*

*Jedenfalls haben wir dann oft in dem Gemeindesaal rumgesessen. Wir hätten eigentlich proben sollen und so, aber es ging nich voran.*

*Diese letzten paar Monate von 1982 … scheiße, was war ich froh, als die endlich rum waren.*

*Weller haut bei The Jam in den Sack, alle Welt is auf Stütze, und draußen auf der Straße musste 'ne Heidenangst haben, dass dir irgendwelche irischen Flachwichser den Arsch wegsprengen. Und die Band … tja, Drummer und Sänger führen sich auf wie die verschissenen Carpenters und nich wie diese beiden Vögel, die jetzt so groß sind … wie heißen die nochmal? White Stripes? Aye, genau die! Na ja, uns hat's einfach an Fokus gemangelt, verstehste? Und dieser Fokus kam dann aus 'ner Ecke, aus der ich's verdammt nochmal nich erwartet hätte!*

# KAPITEL 9

## 18. November 1982

»Also, woher kommst du?«

»Um Himmels willen, Grant, das weißt du doch. Aus Shortlees. Du warst doch schon bei mir zu Hause.« Maggie lachte. Sie wusste natürlich, was Grant meinte. Obwohl die beiden offiziell schon drei Wochen zusammen waren, verhielt er sich in ihren Momenten der Zweisamkeit gelegentlich immer noch etwas ungeschickt – was sie allerdings recht liebenswert fand.

»Du weißt doch, was ich meine ... *ursprünglich*.«

»Mein Dad stammt aus Jamaika, *ursprünglich*. War Fußballspieler und hat in den frühen Fünfzigern sogar 'n paar Mal für Celtic gespielt. Da hat er auch meine Mum kennengelernt, beim Tanzen, oben in Glesga. Sie war erst zwanzig. Dann sind sie einige Male ausgegangen, Tanzen und solche Sachen eben. Kurze Zeit später hat er dann bei 'nem englischen Team unterschrieben. Sie sind aber in Kontakt geblieben, und sie is oft runtergefahren, um ihn zu besuchen. Mitte der Fünfziger isser dann zurück nach Amerika.«

»Und sie is mit ihm rüber?«, fragte Grant. Sie konnte sehen, wie er an der Rechenaufgabe knabberte.

»Nee, er kam zum Saisonbeginn 1958 wieder zurück, um ein paar alte Kumpels wiederzusehen. Er hat ihr 'nen Brief geschrieben. Viele Briefe sogar. Und sie hat sich mit ihm getroffen … und wurde schwanger. Im Juli 1959 bin ich dann rausgeflutscht«, sagte sie. »So, und um deine Frage zu beantworten: Ich bin im Irvine Central geboren … genauso wie du.« Maggie lächelte, als hätte sie gerade das Ende einer Kindergeschichte vorgelesen.

»Wow, verdammte Axt. Haste denn noch Kontakt zu ihm?«, sagte Grant.

Maggie sog etwas Luft durch die Zähne ein. »Nee … nee, hab ich nich mehr.«

Grant schaute verdutzt drein.

»Kein Interesse«, sagte Maggie. »Er weiß eh nix von mir.«

Grant war von der Geschichte ziemlich überrascht. Es war definitiv nicht das, was er als Antwort auf seine Frage erwartet hatte. Die Angelegenheit stimmte ihn traurig, Maggie jedoch war Selbstmitleid vollkommen fremd. Vielleicht war diese Geschichte auch der Grund für ihren unbändigen Willen zur Unabhängigkeit und ihr Selbstvertrauen. Und möglicherweise, aber das wagte er ihr nicht zu sagen, war es auch die Erklärung für ihr Rhythmusgefühl und ihr tadelloses Timing – sowohl am Schlagzeug als auch auf dem Rücksitz des neuen Autos seiner Mutter, wo die beiden drei Tage zuvor das erste Mal miteinander gevögelt hatten.

Er mochte sie wirklich, und er war einigermaßen sicher, dass sie ihn auch mochte. Ihre raue, unberechenbare Seite behielt sie sich allerdings. Maggie zufolge war die Beziehung mit Rocco, dem Sohn von Gangsterboss Nobby Quinn aus Galston, mittlerweile beendet. Trotzdem hatte Grant von Wullie dem Maler, einem ehemaligen Kollegen seines Vaters, kürzlich den Rat erhalten, Rocco nicht in die Quere zu kommen.

Maggie war allerdings ein unglaublich attraktives Ding – und Grant, der nicht sonderlich viel Erfahrung mit Mädchen hatte, fühlte sich einerseits überfordert, andererseits aber auch magisch von ihr angezogen.

Im Radio, das neben der Bühne des Gemeindesaals stand, sangen Kid Creole & The Coconuts gerade »I'm a Wonderful Thing, Baby«.

Maggie stand auf.

»Komm schon, lass uns tanzen!«

»Ich hab ganz hinten gestanden, als das Tanztalent verteilt wurde. Glaub mir, ich bin 'ne absolute Niete«, sagte er lachend.

»Dann müssen wir das in Ordnung bringen«, sagte sie und zog ihn näher an sich. »So weit kommt's noch, dass die jungen Dinger in der ersten Reihe sich vor Lachen in die Hose pissen, weil unser Leadsänger wie 'n dreibeiniger Hund über die Bühne wackelt!«

Maggie bewegte sich leicht, ohne Anstrengung, Grant hingegen wie eine Marionette, deren Fäden von Stevie Wonder geführt wurden. Immerhin war er mit Eifer bei der Sache und wollte es lernen. Es dauerte nicht lange, und sie konnte seinen gewachsenen Enthusiasmus spüren, wenn er sich gegen sie presste.

»Also gut, mein Kleiner, dann versuchen wir's nochmal mit ›Thirteen‹.« Maggie ging rüber zum Schlagzeug, das bereits seit vier Monaten auf der Bühne stand und mittlerweile zur Einrichtung von Washer Wisharts Gemeindesaal zu gehören schien. Sie wusste, dass es Grant freuen würde, weil er diesen Song liebte. Einerseits beherrschte er mittlerweile die Akkordwechsel perfekt, andererseits war es das Stück gewesen, das Max Mojo Anfang August davon überzeugt hatte, dem großen, gut aussehenden Grant auch den Job als Sänger zu überlassen.

Jetzt allerdings war er nicht pfiffig genug, um zu kapieren, dass Maggie von Sex sprach. Es war eine Kassette mit Big Stars *#1 Record* gewesen, die im Radio von Sengas Auto lief, als Maggie ihn das erste Mal bestiegen, seinen Schwanz geritten und ihm die kaffeefarbenen Titten in gleichmäßigem Rhythmus ins Gesicht geklatscht hatte. Ihre Nippel waren wie Brombeeren auf großen, braunen Untertassen. Grant hatte zuvor erst einmal braune Brüste gesehen: in einer BBC-Doku über eine Hungersnot in Afrika. Maggies Haut war nicht dunkelbraun, aber die farbigen Menschen in Kilmarnock ließen sich an einer Hand abzählen, und sie alle arbeiteten in dem neuen Krankenhaus. Es war eine brutal weiße Umgebung – außer im Sommer, wenn die Sonne dem Großteil der Einwohner einen fleckigen, krebsrosafarbenen Anstrich verpasste.

Maggie ging hinter das Schlagzeug und lehnte sich gegen die von einem Vorhang bedeckte Rückwand der Bühne. Mit gekrümmtem Zeigefinger – ebenjenem Finger, den sie ihm vor ein paar Tagen mit reichlich Finesse ins Arschloch geschoben hatte – zitierte sie ihn zu sich. Er stand auf und glitt zu ihr hinüber, als wäre er aus Metall und sie ein Magnet. Sein Herz raste wild. Das Höschen um ihren linken Knöchel gewickelt, glitt sie langsam auf dem Samtvorhang nach unten und spreizte die Beine. Als Grant sie erreichte, packte sie seinen Gürtel und öffnete ihn mit einer schnellen Bewegung. Seine Jeans rutschte nach unten. Der Kontrast zwischen seiner weißen Haut und dem intensiven Karamellbraun ihres Körpers war beeindruckend. In den dunklen Schatten der hinteren Bühne sah er nicht nur außerordentlich blass aus, sondern wirkte mit seinem pickligen Hintern und den verblassenden Badehosenkonturen des letzten Sonnenbrandes fast schon ein bisschen krank. Sie hingegen sah aus wie das blühende Leben. *Kein Wunder, dass sich menschliche Milchflaschen wie wir in der Sonne wälzen, bis uns die Haut in Fetzen vom Körper fällt wie riesige Schuppenflechten,* dachte Grant, als er im Spiegel neben der Bühne einen Blick auf die heftig pumpenden Bewegungen seines käsebleichen Hinterteils erhaschte. Er hatte Maggie nun hochgehoben und stützte sie. An seinen sehnigen Armen traten die Muskeln hervor. Sie schlang ihre Beine um ihn, und Grants Arsch ratterte wie ein Presslufthammer, bis sie gemeinsam kamen.

Am anderen Ende des Gemeindesaals stand Max Mojo hinter einer Tür und beobachtete durch einen Spalt das Geschehen. Seinen steifen Schwanz in der Hand wichste er wie ein Besessener. Er war früher als geplant zum Gemeindesaal zurückgekehrt und hatte gute Nachrichten im Gepäck. Dass Grant und Maggie ein Pärchen waren, hatte er schon längere Zeit vermutet. Und obwohl er vor ihnen den Gleichgültigen mimte, war ihm zu Ohren gekommen, dass Maggie sich immer noch mit Rocco Quinn traf – und das roch nach Komplikationen, die niemand von ihnen gebrauchen konnte. Er brachte es zu Ende und spritzte in eine leere Chipstüte ab, die er in einen Mülleimer warf. Anschließend wischte er sich den Schwanz am T-Shirt ab und wartete, bis die beiden fertig waren, um dann in den Saal zu stürmen und die frohe Botschaft zu verkünden: Er hatte einen Leadgitarristen und einen Bassisten gefunden.

# KAPITEL 10

## 22. November 1982

»Des?« Fat Franny war einigermaßen überrascht, seinen Kollegen in der Eingangstür der Ponderosie zu erblicken. »Scheiße, Mann, was treibst'n du hier? Wir sind für Freitag verabredet, Des. Heute is Montag.«

»Es is deine Mum, Franny.« Des sah blass aus.

Fat Franny glitt die Milchflasche aus der Hand. Sie knallte auf die oberste Treppenstufe. Er schob sich an Des Brick vorbei in die Wohnung.

»Mum!«, rief er und rannte zum Wohnzimmer. Ihre Hausschuhe lagen auf dem Boden, und im Fernsehen lief *Neighbours*, aber seine Mutter war nicht zu sehen. Auch in der Küche, in der ein eigenartig riechender Qualm waberte, war sie nicht. Gefolgt von Des Brick jagte Fat Franny die Treppe hinauf. Oben fand er endlich seine Mutter Rose, schlafend in ihrem Zimmer. Des Brick hatte sie beschwichtigt und dann ins Bett gebracht.

»Was zum Henker war hier los?«, wollte Fat Franny wissen.

»Boss, ähm, ich bin nur rumgekommen, um 'ne Nachricht zu überbringen. Die Eingangstür stand offen, also bin ich rein.«

»Aye, und weiter? Spuck's endlich aus, verdammte Scheiße!«

»Na ja ... also deine Mum war in der Küche. Und ich hab dich gesucht, und ...«

»Und *was*? Gott steh mir bei, Des ...«

»Deine Mum hatte Salat und Joghurt in der Pfanne ... und ...« Des überlegte angestrengt, wie er den nächsten Informationshappen formulieren sollte, aber Fat Franny Duncan starrte ihn derart ungehalten an, dass es nur so aus ihm rausprudelte. »... sie dreht sich also rum und meint, dass sie gerade Dinner kocht ... für JFK und Jackie O.« Des Brick ließ sich auf die Treppenstufe plumpsen. Die Anstrengungen dieser Enthüllung forderten ihren Tribut.

Fat Franny drehte sich um und ging wieder in das Zimmer seiner Mutter, die sich gerade im Bett bewegt hatte.

»Mum? Alles in Ordnung? Ich war nur zwei Minuten raus zum Laden. Hab dir doch gesagt, du sollst im Sessel sitzen bleiben, weißt du nicht mehr?«

»Ach, tut mir leid, mein Junge. Aber wir haben doch Gäste im Haus. Irgendjemand muss sich doch um sie kümmern.« Rose Duncan lächelte ihren Sohn an und zog ihre winzige Hand unter der Decke hervor, um seine Wange zu streicheln. »Du bist so ein guter Junge, Francis. Dein Dad wäre stolz auf dich.«

Fat Franny traten Tränen in die Augen. Rasch wischte er sie beiseite.

»Geh, Junge, und kümmer dich um die Kennedys. Ich will nich, dass sie denken, in meinem Haus gäb's keine Gastfreundschaft.«

»Aye, mach ich gleich, Mum. Und du ruhst dich jetzt ein bisschen aus.« Fat Franny zog die Decke hoch und deckte sie sorgfältig zu. So wie sie es früher immer für ihn getan hatte.

Des Brick saß am Küchentisch, als Fat Franny die Treppe runterkam. Die Augen seines Bosses waren rot und feucht, aber Des wusste, dass er ihn besser nicht darauf ansprach.

»Geht's ihr gut, Franny?«, fragte er.

»Aye«, sagte Fat Franny.

»Tut mir leid, Mann. Ich wollte dir vorhin keinen Schrecken einjagen.«

»Aye, ich weiß. Danke.«

»Hatte ja selbst ganz schön Schiss. Ich meine, hier war ja alles am Qualmen.«

»Aye. Pass auf, Des, ich hab's kapiert. Danke, dass du dich gekümmert hast. Wirklich. Und jetzt mach dich vom Acker und sieh nach Effie«, sagte Fat Franny. Er war seinem Kollegen wirklich dankbar, aber er schämte sich auch, dass er seine alte Mutter ganz allein im Haus zurückgelassen hatte, wenn auch nur für eine Viertelstunde, um Milch zu holen.

»In Ordnung, Mate. Wir sehen uns später. Also später die Woche, mein ich«, sagte Des. Er stand auf und ging zur Tür. Bevor er das Haus verließ, schaute er sich noch einmal kurz um und sah, wie der Gangsterboss von Onthank mit ausdruckslosem Blick durch das Küchenfenster auf das weite Grün der Felder hinter dem Haus starrte. Des Brick ging durch die Tür, hinaus in die sich langsam über die Stadt senkende Finsternis des frischen Novemberabends.

### ✳ ✳ ✳

Fat Franny saß oben, im dunklen Zimmer seiner Mutter. Er schaute zu, wie sich die Decke über ihrem kleinen Körper leicht hob und senkte. Als er noch ein kleiner Junge gewesen war, schien sie so stark und jederzeit bereit, ihn zu beschützen.

So *unsterblich*. Ganz besonders an jenem Abend, als sie sich Fat Frannys besoffenem Nichtsnutz von einem Vater in den Weg stellte. Sie kassierte die Schläge und Tritte, die eigentlich für ihren Sohn gedacht waren. Später an diesem Abend vor fünfundzwanzig Jahren ging Abie Duncan noch einmal auf seinen Sohn los, dieses Mal allerdings mit einem Besenstiel bewaffnet. Wieder beschützte die Mutter ihren Sohn. Am Ende war es nur dem Einschreiten der Nachbarn zu verdanken, dass Frannys Dad seine Mutter nicht in die Notaufnahme prügelte. Vier Jahre lang durchlitten Mutter und Sohn ähnliche Angriffe, aber keine der späteren Attacken nahm Franny so sehr mit wie die an jenem Abend, am Abend seines elften Geburtstags. Am 5. September 1961, an Frannys fünfzehntem Geburtstag, hatte er schließlich genug. Franny und sein bester Freund, der ein Meter dreiundneunzig große Bob Dale, knöpften sich gemeinsam Abie Duncan vor und schlugen ihn grün und blau. Anschließend zog Franny, noch komplett außer Atem von der Prügelei, einen Zehn-Shilling-Schein hervor, den er von seiner Großmutter bekommen hatte, steckte ihn seinem Vater in die Hemdtasche und sagte seinem alten Herrn, dass er ihn totschlagen würde, sollte er ihn noch einmal sehen. Damit hatte er sich selbst einen lang gehegten Geburtstagswunsch erfüllt. Rose Duncan fragte nie, wo ihr Ehemann abgeblieben war, und weder Mutter noch Sohn erwähnten jemals wieder seinen Namen ... bis zu diesem Tag.

Fat Franny fühlte sich mittlerweile vollkommen alleingelassen. Er hatte letztes Jahr ein paar schlechte Entscheidungen getroffen und sich selbst in eine einsame Ecke manövriert. Des Brick hatte einen eigenen Haufen alles verschlingender Probleme. Wullie der Maler war nur loyal, solange er keinen besseren Job angeboten bekam. Und Terry Connolly konnte man nicht einen Meter über den Weg trauen. Einzig Theresa, seine junge Freundin, genoss momentan sein Vertrauen. Sein Business hatte sich seit dem Tod von Bob Dale sprichwörtlich in Luft aufgelöst. Und genau deshalb musste diese neue Geschäftsidee mit den Videokassetten unbedingt funktionieren. Fat Franny wusste, dass er seinen Kindheitsfreund schlecht behandelt hatte. Er hatte ihn nicht nur ausgenutzt, sondern in seiner Selbstzentriertheit auch angenommen, dass Bob immer bei ihm bleiben und sich seine Schäbigkeiten bis in alle Ewigkeit gefallen lassen würde.

Paradoxerweise war es Hobnail gewesen, der die ganze Zeit über die Macht besessen hatte. Vor ihm hatten die Leute Angst gehabt, nicht vor Fat Franny. Mit seinem Tod blieben die regelmäßigen Zahlungen aus, und die von Fat Franny ausgesprochenen Drohungen galten nunmehr als heiße Luft. Die Einnahmen der kompletten Fat-Franny-Crew brachen ein. Allein Terry Connolly schien gute Geschäfte zu machen. Allerdings hatte Fat Franny mit Terry ganz bewusst einen anderen Deal als mit dem Rest abgeschlossen. Terry durfte einen sehr viel größeren Anteil seiner Einnahmen aus dem Geschäft mit den Eiscremewagen behalten, weil er dabei auch sehr viel höhere Risiken einging. Auf diese Weise sicherte Fat Franny sich das Vertrauen von Connolly.

Unter Umständen wie diesen war Zeit für gewöhnlich eine sonderbar flexible Angelegenheit. Trotzdem konnte Fat Franny nicht glauben, wie schnell es bergab gegangen war. Es kam ihm so vor, als wäre es erst ein paar Monate her, dass seine Mutter sich das erste Mal bei den Namen der Besucher geirrt hatte. Tatsächlich hatte das schon vor fünf Jahren begonnen. Anfangs waren es nur kleine Dinge gewesen, und sie beide hatten darüber gelacht und es als normale Schusseligkeit abgetan. So hatte sie saubere Teller in den Kühlschrank gestellt, war aus dem Haus gegangen, ohne die Türen zu schließen, hatte die Nummern der Buslinien vergessen, mit denen sie in die Stadt fuhr. Einmal verirrte sie sich auf dem Rückweg zur Ponderosie, und Fat Franny musste anschließend vor dem jungen Polizeibeamten katzbuckeln, der sie freundlicherweise nach Hause gebracht hatte. Das war mittlerweile zwei Jahre her. Seitdem hatte es weitere Vorfälle gegeben, die schließlich in dem Einbruch gipfelten, bei dem Fat Frannys Ersparnisse aus dem Haustresor gestohlen worden waren. Er hatte eine beachtliche Summe angespart, um seiner Mutter eine erstklassige Pflege bezahlen zu können. Jetzt allerdings konnte er nicht verhindern, dass alle naselang irgendein Idiot auftauchte und ihn stillschweigend, aber trotzdem unmissverständlich dafür verurteilte, Rose nicht schon Jahre zuvor in einem Seniorenheim untergebracht zu haben. Das Geld war futsch, seine Einnahmen waren drastisch gesunken und sanken weiter, und der geistige Verfall seiner Mutter hatte sich beschleunigt.

»Tut mir leid, Mum. Ich bin 'ne Enttäuschung. Alles geht vor die Hunde. Ich will den ganzen Scheiß nich mehr.« Fat Franny Duncan brach in Tränen aus. Seit jenem Abend 1957 hatte er nicht mehr geweint. Jetzt hatte er das Gefühl, nie mehr aufhören zu können. Seine Mutter konnte ihn nicht hören. Er saß in der Dunkelheit, fuhr sich mit der Hand durch sein von Mal zu Mal dünner werdendes Haar und über den ergrauenden Pferdeschwanz. Ein Imperium war im Begriff zu zerfallen, und wie Brando am Ende von *Apocalypse Now* musste sich Franny nun dem Herz seiner ganz eigenen Finsternis stellen.

# KAPITEL 11

## 15. Dezember 1982

»Alle da?«, fragte Washer Wishart.

Sein Neffe Gerry Ghee stand zögerlich auf, um zu antworten. »Aye, Boss. Alle da«, sagte er und setzte sich wieder auf seinen gepolsterten Stuhl.

Washer Wishart ließ sich an der Stirnseite des langen Tisches nieder und schaute in die Gesichter der anwesenden Männer. Er erinnerte sich daran, wie viele von ihnen vor rund vierzig Jahren schon einmal mit ihm zusammen in diesem Saal gesessen und Kirchenlieder gesungen hatten, mit mürrischen Gesichtern allerdings, denn keiner der Jungs hatte sonderlich viel mit Religion am Hut gehabt. Jetzt schauten diese wesentlich älteren und erfahreneren Gesichter wieder ziemlich mürrisch drein – allerdings aus einem anderen Grund.

Direkt hinter ihm stand das Schlagzeug, eines der Hi-Hat-Becken lag auf dem Boden. Aus Frust über das Verhalten seines Sohns hatte Washer die Hi-Hat umgetreten. Der Junge hatte nämlich partout nicht verstehen wollen, dass er an diesem Abend den Gemeindesaal *nicht* für seine Bandprobe nutzen konnte, da Washer ein Treffen einberufen hatte, um mit seinen Leuten wichtige Dinge zu besprechen. Max Mojo jedoch konnte sich ums Verrecken nicht vorstellen, dass es etwas Wichtigeres als seine Band gab, und so entbrannte ein Streit. Washer versuchte, seinen Ärger im Zaum zu halten, aber irgendwann stand er vor der Wahl, seine Wut am Schlagzeug auszulassen oder seinem Sohn den Kopf abzureißen.

»Dieser Scheiß mit dem Treffen passt mir überhaupt nich in den Kram!«, hatte Max gebrüllt.

»Dann schreib doch 'n Song drüber«, erwiderte Gerry Ghee. »Wird garantiert 'n Hit und schlägt ein wie ›Chant No. 1‹ von Spandau Ballet.«

»Wer hat'n dir ins Gehirn geschissen, du Wichsfrosch?«, schrie Max ihn an.

»Genug jetzt. Das reicht. In diesem verfick... in diesem Ton sprichst du nich mit deinem Cousin, klar?! Ich brauch den Saal. Ende der Durchsage. Ich muss hier ein gottverdammtes Business leiten, verstehst du? Ihr müsst heute Abend mal woanders hingehen.« Washer drehte sich um, was Max signalisierte, dass sein Vater die Unterhaltung als beendet betrachtete.

Kaum hatte sich Washer abgewendet, vollführte Gerry Ghee eine langsame, winkende Handbewegung und zeigte Max dann mit eingedrehter Handinnenfläche und ausgestrecktem Mittel- und Zeigefinger das Fuck-you-V. Wütend trat Max gegen eine leere Farbdose, die daraufhin durch die Luft flog und Gerry mit einiger Wucht in der Leistengegend traf. Gerry ging sofort in die Knie wie James Brown im Harlem Apollo.

»Aaaauuua, du kleiner Bastard! Scheiße, Mann, nich schon wieder!«, stöhnte er.

»Verpiss dich, du Kacklappen!«, schimpfte Max, worauf sein Vater wutentbrannt in das Schlagzeug trat und den Hi-Hat-Ständer zu Boden riss. Im Stechschritt marschierte

Max Mojo aus dem Saal und knallte beim Hinausgehen die schweren Flügeltüren zu.

»Der Junge braucht mal anständig was hinter die Ohren, Washer«, heulte Gerry.

Doch Washer Wishart schnaubte nur. Ihn beschäftigten wichtigere Dinge.

Der erweiterte Kreis seiner Truppe war nun anwesend, und das Treffen begann. Neben der Tafel war ein weiterer Tisch aufgebaut, auf dem ein paar Flaschen Sherry der Marke Emva Cream und sechs geöffnete Schachteln mit süßem Gebäck bereitstanden, superbillige Mince Pies aus dem Yellow-Pack-Sortiment des Fine-Fare-Supermarkts. Wenn das ein Ausblick auf den möglichen Weihnachtsbonus war, dann hatten die zwanzig Fußsoldaten an der Tafel nichts zu erwarten.

Washer stand auf, um seine Rede zur Lage der Nation zu halten.

»Jungs, es dürfte ziemlich offensichtlich sein, dass die Geschäfte dieses Jahr eher mäßig gelaufen sind. Thatcher behauptet zwar, dass alle Arbeitslosen Stütze kriegen, aber sie wohnt halt nich in Crosshouse. Hier hat keiner Kohle in der Tasche, und demzufolge macht auch keiner Geschäfte, weder offizielle noch inoffizielle.« Washer schaute in die Runde. Wie auf Kommando senkten sich die Köpfe. Leider hatte er keinen optimistischen Hauptteil zu seiner ernüchternden Einleitung anzubieten. Es würde ein mageres, ein sehr mageres Weihnachten für die Männer in Washers Lager werden.

Das Treffen nahm seinen Lauf, und die Männer vergaßen rasch Washers offenherzige Einschätzung in Bezug auf seine Geschäfte. Die Botschaft vom Ausfall der Weihnachtsboni jedoch hatte sich in ihren Köpfen festgesetzt. Alle wussten, dass es dieses Jahr schlecht lief für die kleinen und mittelständischen Unternehmen, mit deren Hilfe Washer Einnahmen aus nur ihm bekannten Quellen wusch. Aber die meisten Anwesenden waren nicht in der Lage, die Wechselwirkungen zwischen einer Nation mit hoher Arbeitslosigkeit und einer erhöhten Anzahl an Leistungsempfängern auf der einen sowie der Schattenwirtschaft auf der anderen Seite zu begreifen. Ihre Logik besagte, dass ein Mangel an legalen Arbeitsplätzen unweigerlich zu einem Anstieg von kriminellen Machenschaften und Verzweiflungstaten führte. Irgendwie mussten die Menschen ja über die Runden kommen. Die Wisharts jedoch waren keine Geldverleiher, sondern Geldwäscher. Erstere setzten auf Drohungen, Einschüchterungen und wahnwitzige Zinsen und Zinseszinsen. Sie kassierten so relativ kleine Beträge von Menschen ohne frei verfügbares Einkommen, die sich Geld zur Aufrechterhaltung ihres Lebensstils oder zur Erfüllung ihrer wie auch immer gearteten Wünsche und (Sehn-)Süchte liehen. Letztere hingegen versuchten, die illegalen Einkünfte anderer Menschen reinzuwaschen. Das war natürlich auch kriminell, jedoch erschienen Washer und den beteiligten Unternehmern die Einnahmen aus diesem Geschäftszweig keinesfalls unrechtmäßiger als die der Wirtschaftskriminellen und Steuerhinterzieher, die sehr wahrscheinlich die Wahlkampfkassen der Tories füllten.

»Kein guter Abend, Boss«, sagte Gerry Ghee, als das letzte Auto vom Parkplatz des Gemeindesaals fuhr.

»Aye, ich weiß. Kann ich im Moment aber nich ändern. Wir müssen Bilanz ziehen, Junge. Uns breiter aufstellen und so. Scheiße, Mann, sogar die Einnahmen aus den Waschsalons sind im Keller«, sagte Washer und sah zu Frankie Fusi, der mit tief in den Taschen seines Crombie-Mantels vergrabenen

Händen und hochgestelltem Kragen über den kleinen Pfad zu ihnen gekommen war. »Alles klar, Frankie?«

»Verschissene Thatcher ... die armen Teufel hier können sich's nich mal mehr leisten, ihre Klamotten zu waschen. Von Geldwäsche ganz zu schweigen.« Frankie Fusi hatte die Problematik mit seiner einzigen Wortmeldung des Abends auf den Punkt gebracht.

Gerry Ghee lächelte, und kurz darauf lächelte auch Washer Wishart. »Ich glaub, ich werd langsam zu alt für den ganzen Scheiß«, sagte Washer zerknirscht.

»Aye, Mann. Is mittlerweile um einiges härter als damals, als ich bei dir angefangen hab«, pflichtete ihm Gerry bei. Washer öffnete eine Flasche und schenkte jedem einen Pappbecher voll Sherry ein. »Vielleicht räumt ja dein Bengel mit seiner Band richtig ab, und du kannst dich zur Ruhe setzen.« Washer Wishart lachte über diesen Gedanken. Gerry war schon immer ein anständiger Kerl gewesen und hatte stets ein gutes Wort parat. Eins stand jedoch außer Frage: Durch die andauernden Probleme mit Max hatte Washer zweifelsohne den Fokus verloren. Ihm war klar, dass seine Gefolgsleute auf dem Treffen sehr wahrscheinlich genauso dachten.

»Nimm das Gebäck mit für deine Mum«, sagte er zu Gerry. Nach dem Treffen hatte Washer allen einen weihnachtlichen Sherry und Mince Pie angeboten. Dass niemand interessiert gewesen war, hatte ihn nicht sonderlich überrascht. Diese Männer waren allesamt Geschäftsleute aus Crosshouse, und sie nahmen beachtliche Risiken auf sich, um Teil des Geldwäscherkonsortiums der Wisharts zu sein. Und jetzt hatte man ihnen gesagt, dass diese Risiken nicht belohnt wurden. Irgendwann im kommenden Jahr würde ihnen ganz sicher die Geduld ausgehen. Washer wünschte, er könnte sie in seine Pläne einweihen. Als die ersten Schneeflocken des Jahres auf die Dächer von Crosshouse niedergingen, mussten Washer und sein innerer Kreis einige wichtige Entscheidungen fällen.

\* \* \*

## 21:27 Uhr

»Verdammte Scheiße, mach bloß den Rotz aus!« Als Max Mojo im Wee Thack einlief, hatte sich seine Laune immer noch nicht gebessert. Maggie und Grant waren schon vor ihm in dem relativ leeren Pub eingetroffen. Es war Mittwochabend, und die drei hatten den hinteren Bereich mit der Jukebox für sich allein. Während sie auf die beiden neuen Bandmitglieder warteten, wählte Maggie an dem Musikautomaten Songs aus, die den jungen Musikmogul in spe in den Wahnsinn trieben.

»*Don 't push me, 'cos I'm close to the edge ...*«, sang sie ihm ins Gesicht. »*I'm tryin' not to lose my head ... a ha ha ha.*«

»Geh mir nich auf die Nüsse, du N...«

»Wag es ja nicht, du Scheißer«, sagte Maggie todernst. »Ich mach dich alle, wenn's dir jemals über die Lippen kommt.«

Max schaute zu Grant. Der war sichtlich sauer, sagte aber nichts. Als der Song zu Ende war, erklang »Beat Surrender«, die Abschieds-Single von The Jam, und sofort verbesserte sich die kollektive Stimmung. Bei diesem Song waren sie sich alle einig, auch die Sylvester-Brüder, die gerade den Pub betraten, als Paul Wellers Gesang einsetzte.

»Wo zum Geier seid ihr gewesen?«, fragte Max Mojo.

»Mein Dad hat uns nichts von deinem Anruf gesagt«, erklärte Simon Sylvester, der Größere der beiden. »Also sind wir mit'm Bus nach Crosshouse. Im Gemeindesaal lief aber gerade so 'ne beschissene Versammlung, Freimaurer oder so was.« Simon und sein Bruder Eddie setzten sich.

»Einer von den Vögeln, so 'n Kerl mit verdammten Schwimmhäuten zwischen den Fingern, hat uns dann gesagt, dass ihr hier seid.«

\* \* \*

»Schöne Scheiße!«, sagte Max und ging zum Tresen, um den beiden einen Drink zu holen.

Es war mittlerweile fast einen Monat her, dass Eddie Sylvester sein dreckiges, schokoladenverschmiertes Gesicht gegen das Schaufenster von RGM Music gepresst und den Handzettel von Max Mojo mitgenommen hatte. Eddie war ein eher ruhiger und sensibler Typ, hatte aber die Initiative ergriffen und Max angerufen, um nachzufragen, ob er immer noch einen Gitarristen und einen Bassisten für seine Band suchte. Glücklicherweise hatte Eddie während des Telefonats nicht erwähnt, dass er und Simon Geschwister waren. Andernfalls hätte Max den beiden sofort eine Absage erteilt. So aber war Max für ein Treffen raus nach Caprington zum Haus der Sylvesters gefahren, wo ihn Eddie in einer Garage begrüßte, die einer mit Kühlschränken, Waschmaschinen und Motorradteilen vollgestopften Räuberhöhle ähnelte. Nach der Begrüßung stellte Eddie sein Können mit einem anspruchsvollen Hendrix-Riff unter Beweis. Max konnte es erst nicht zuordnen, aber er wusste, dass es aus Jimis

Feder stammte. Was er auch wusste: Dieser Sylvester-Junge konnte spielen. Als er Eddie fragte, wann denn nun endlich sein Kumpel, der Bassist, auftauchen würde, erklärte Eddie eher beiläufig, dass Simon sein Zwillingsbruder war und noch schlafend im Bett lag. Diese Information brachte Max Mojo in die Bredouille. Seit Monaten versuchte er, das Line-up der Band zu komplettieren, hatte aber nicht mal ansatzweise passende Kandidaten ausfindig machen können. Nun war er auf einen außerordentlich talentierten Gitarristen gestoßen, den es aber offenbar nur im Doppelpack mit seinem Zwillingsbruder gab. Geduldig wartete Max, dass sich der zweite Sylvester-Sprössling zeigen würde, und beschloss derweil, den Deal ungeachtet von Eddies Talent platzen zu lassen, wenn sich dessen Bruder als Flachpfeife herausstellen sollte.

Es war vier Uhr nachmittags, aber Simon Sylvester sollte noch über eine Stunde brauchen, um sein Bett zu verlassen. Das kam zwar beim Bandmanager nicht sonderlich gut an, Eddie Sylvester aber nutzte die Wartezeit, um seine Fähigkeiten auf der Gitarre zu demonstrieren ... und diese ließen Max die Kinnlade runterklappen. Der einundzwanzigjährige Gitarrero hatte Max aufgefordert, ihm einen Titel zu nennen, den er *nicht* spielen könnte. Max nahm die Herausforderung an und wünschte sich The Byrds mit »Eight Miles High«, Mott the Hooples »Roll Away the Stone«, »Another Girl, Another Planet« von The Only Ones und »Outdoor Miner« von Wire. Eddie beherrschte sie alle. Als Simon Sylvester endlich auftauchte, unrasiert und desinteressiert, hatte Max sich entschieden: Er würde Eddies Zwillingsbruder auf jeden Fall anheuern, selbst wenn der Kerl ein Serienmörder vom Schlage des Yorkshire Ripper mit einem Bass um den Hals wäre.

Zumindest sahen die beiden nicht vollkommen identisch aus. Und das war doch schon mal was.

Max ging kurz raus auf die Grange Street, um etwas frische Luft zu schnappen. Er rauchte zwar auch, aber der schwere Zigarettenqualm im Wee Thack hatte ihm brutale Kopfschmerzen beschert. Er fischte seine Zigarettenschachtel aus der Innentasche seiner Jeansjacke, zog eine Kippe raus, merkte dann aber, dass sein Zippo verschwunden war. Er dachte über die drei ganztägigen Proben nach, die die Band in voller Besetzung seit seinem Besuch in Caprington absolviert hatte. In puncto Arbeitsmoral hielten sie es nicht gerade mit Chuck Berry, zudem hatten verschiedene persönliche Probleme den Fortschritt erschwert. So hatte Grant sich erst eine Kehlkopfentzündung zugezogen und sich nach seiner Genesung prompt den Knöchel verstaucht, als er mit Maggie auf der Straße Kerby spielte. Anschließend war Maggie, nachdem sie Rocco Quinn mitgeteilt hatte, dass ihre Beziehung definitiv beendet war, für kurze Zeit abgetaucht. Und Simon Sylvester hatte – quasi als Vorgeschmack auf die nähere Zukunft – seinem Bruder nach einer heiß umkämpften und verlorenen Partie Buckaroo ein blaues Auge verpasst.

Als Max mit einem Tablett voller Getränke zum Tisch zurückkam, lag dort ein Zettel mit einer Namensliste:

The Bisciut Tins
Bisciut Tin Mentality
Scattered Showers
Scattered Showers + The Bisciut Tins
Buffalo Bisciuts
Buffalo Springside
Jam + The Mallows

Peek + The Assorted Freans
Gari + The Baldis
THE VENUSIANS

»Und?«, sagte Eddie Sylvester. »Welcher gefällt euch?«

»Gefällt uns *wofür*?«, fragte Max.

»Als Name für die Band«, sagte Eddie mit seitlich ausgestreckten Armen. Maggie kicherte.

»Der Name *dieser* Band lautet ... The Miraculous Vespas. Ende der Debatte«, erklärte Max.

»Was fürn beschissener Name is das denn bitte schön, Max? Die Leute werden denken, wir sind 'ne Bande Zirkusclowns oder Trapezkünstler mit Parkas an!«, sagte Simon Sylvester.

Max nahm den Zettel in die Hand und schaute ihn mit verächtlicher Miene an. Die ersten neun Vorschläge waren mit einer kleinkindhaften Krakelschrift geschrieben, der letzte in reifer wirkenden Großbuchstaben. »Is hier irgendeiner von euch Trollen vielleicht süchtig nach beschissenen Biskuits?« Alle schauten zu Eddie Sylvester. »Hätt ich mir denken können. Und 'n beschissener Analphabet scheinst du auch noch zu sein. Von wem is der letzte Vorschlag?«, sagte Max. Grant, der gerade einen Schluck aus seinem Glas nahm, hob die Hand. »Das *klingt* zumindest nach 'ner Band, verdammt!«

»Na ja, The Mekons waren ja vom Planeten Venus. Und deshalb ...«, sagte Grant, führte aber seine Erklärung nicht zu Ende.

»Aye, verstehe. Guter Vorschlag ... aber trotzdem abgelehnt. *Ich* bestimme den Namen für diese Band.« Max hatte gesprochen.

»Aber sollten wir nich lieber was Einfaches nehmen?«, sagte Eddie. »Schau dir doch nur mal all diese bescheuerten

Combos an, die jetzt rauskommen. Orchestral Manoeuvres in the *fucking* Dark? Blue Rondo à la Turk? One the Juggler?«

»One the Juggler? Wer soll das denn sein?«, sagte Maggie und lachte.

»Immerhin waren die schon im *NME*«, brachte Eddie an.

»Aber Scattered Showers & The Biscuit Tins is besser, oder was? Die einzige Sache, die daran einfach is, is das Gemüt von dem Schwachmaten, der sich den Namen ausgedacht hat!«, sagte Simon Sylvester. Und dieses Mal lachten alle.

»Wo wir gerade beim Thema Namen sind ... ich werd meinen ändern.« Alle schauten Grant an. »Grant *Delgado*«, sagte er. Simon lachte so heftig, dass es ihm den Schnodder aus der Nase trieb. Eddie, der gerade das Glas angesetzt hatte, bekam Schluckauf. Maggie lächelte nur.

»Sexzellent, Alter!«, sagte Max. »Max Mojo und Grant Delgado.« Max Mojo erhob sein Pint.

»Auf den Aufstieg der Miraculous Vespas«, sagte er. Alle stießen mit ihm an und wiederholten den Toast. Als sie sich wieder setzten, begannen Madness vom *House of Fun* zu singen. Die Jungs stimmten sofort ein und tobten mit abgehackten Tanzbewegungen à la Chas Smash durch den hinteren Teil des Wee Thack. Maggie Abernethy blieb jedoch sitzen und beobachtete das Spektakel, als wäre sie Olivia Walton und würde voller Stolz John-Boy, Jason, Ben und Jim-Bob bei einem Squaredance anlässlich eines Scheunenrichtfests zusehen.

# KAPITEL 12

## 25. Dezember 1982

»Überraschung! Frohe Weihnachten, Babe.«

»Oh, wow ... auch dir frohe Weihnachten, Mags.« Grant Dale küsste seine umwerfend gut aussehende Freundin. Obwohl draußen alles mit einer dicken Schneeschicht bedeckt war, stand sie in einem kurzen, ärmellosen Kleid vor der Tür. »Hatte nich damit gerechnet, dich heut zu sehen, Süße«, fügte er hinzu und bat sie in die Wohnung.

»Ich dachte, ich komm einfach hoch und besuch dich.«

»Scheiße, Mags ... ich hab dein Geschenk noch nich besorgt«, gab er zu.

»Is in Ordnung, wirklich.« Maggie gab ihm ebenfalls einen Kuss, dieses Mal auf die Wange.

»Wer ist da gekommen, Grant?«, rief Senga Dale vom oberen Treppenabsatz herunter.

»Ähm ... is nur 'n Kumpel, Mum«, sagte Grant. Seine blassen Wangen leuchteten jetzt im selben kräftigen Rot wie die Nase von Rudolph dem Rentier.

»'N Kumpel! 'N Kumpel?«, sagte Maggie neckend.

Senga kam die Treppe herunter.

»Na, wen haben wir denn da? Hast nich gesagt, dass dein Kumpel ein Mädchen is!« Senga sah Maggie mit einem Lächeln an und stellte sich vor.

Maggie erklärte, dass sie die Schlagzeugerin in Grants Band sei, und wurde anschließend von Senga ins Wohnzimmer gebeten. Als sie an der Hausherrin vorbeiging, warf diese Grant einen anerkennenden Blick zu.

»Entschuldige bitte das Chaos, Maggie. Die Kleinen spielen oben mit ihren Geschenken, aber das Geschenkpapier lassen sie natürlich überall liegen.«

»Aye, das kenn ich«, sagte Maggie. »Hab selber 'n paar Schwestern.«

»Bleibst du zum Abendessen, Maggie?«, sagte Senga. »Is mehr als genug für alle da.« Sie ahnte, dass Grant und Maggie mehr als nur Bandkollegen waren.

Auch wenn Maggie eine andere Hautfarbe hatte als die meisten Menschen in Ayrshire, wirkten die zwei wie ein gut zueinander passendes Pärchen – beide groß gewachsen und mit feinen Gesichtszügen.

Senga setzte einen Tee auf und brachte ihn zusammen mit einem Berg schokoüberzogener Hobnobs-Kekse auf einem Tablett aus der Küche.

Grant kniete vor dem Fernseher und schaltete zwischen einem Zeichentrickfilm mit Waschbären, von dem einer mit der Stimme von Leo Sayer sprach, und dem Spielfilm *The Island of Adventure* hin und her.

»Wie immer nur Mist in der Glotze«, stellte er fest. »Alles Dreck bis *Top of the Pops* um zwei.«

»*3-2-1* kommt nachher«, sagte Senga. »Ich liebe ja diesen Ed Roger.«

Grant lachte.

»Was is?«, fragte sie.

»*Ted Rogers*, Mrs. Dale«, korrigierte Maggie.

»Ach, weißte, Kleines, mir is's egal, ob's mehrere gibt. Ich mag sie alle«, sagte sie lachend. »Was hat er dir eigentlich geschenkt, Maggie?«, sagte Senga und trank einen Schluck aus ihrer Tasse.

»Ähm, na ja ...«

»Noch gar nix, Mum. Hab was im Embassy-Katalog bestellt, is aber noch nich angekommen ... aber vielen Dank, dass du das Thema ansprichst«, sagte Grant.

»Schon in Ordnung, Mrs. Dale. Er wusste ja nich, dass ich heut vorbeikomme. Sollte 'ne Überraschung sein.«

»Ach, das is ja wirklich reizend, Kleine. Is doch süß ... oder, Grant?«

»Aye, wirklich *reizend*, Mum«, sagte Grant und zappte wieder zu den Waschbären.

»Kannste die Umschalterei nich mal sein lassen? Oder versuchste etwa, beide Programme auf einmal zu schauen?«, sagte Senga. »Bis zur Weihnachtsansprache der Queen kannste eh ausschalten. Ihr jungen Leute ... immer muss bei euch die Flimmerkiste laufen. Keine Zeit mehr für 'ne kleine Unterhaltung, was?«

»Sie haben ganz recht, Mrs. Dale«, sagte Maggie, als Grant seiner Mutter einen genervten Blick zuwarf.

»Gott bewahre, wenn jetzt noch 'n Sender dazukommt. Dann sind's vier, und die senden alle den ganzen Tag über! Eure Generation wird bald nur noch Selbstgespräche führen«, sagte Senga und schüttelte betrübt den Kopf.

Grant schaltete auf das Testbild von BBC Two. »So besser für dich, Mum?«, sagte er sarkastisch.

»Is 'n schönes Mädchen, diese Maggie«, sagte Senga im Flüsterton.

»Aye, aber wenn du sie weiter so zuquatschst, wird sie hier nich alt«, sagte er.

»Nich frech werden, Jungchen!« Senga stand auf und gab ihrem Sohn im Vorbeigehen einen sanften Klaps aufs Ohr.

»Ich hab dir 'ne Kleinigkeit besorgt, Grant«, sagte Maggie und rückte etwas näher an ihn heran.

»Ach, Scheiße, Mags. Du willst unbedingt, dass ich mich mies fühle, oder?«

Sie lachte. »Komm mit raus, und ich zeig's dir«, sagte sie. Sie standen auf.

»Wir gehen kurz raus, Mum«, rief Grant.

»Aber sie is doch gerade erst gekommen, Grant.«

»Nur eine Minute, Mum ... wir bleiben auch zum Essen.«

Die Tür fiel hinter ihnen ins Schloss. Draußen hatte es gerade wieder angefangen zu schneien. Grant legte seine schwarze Harrington-Jacke über Maggies bloße Schultern. Im Kontrast mit dem blütenweißen Schnee wirkte Maggies Haut um einiges dunkler, als sie es tatsächlich war. Am Ende des Weges schaute Grant sie an. Sie sah aus wie eine blonde Donna Summer. Er konnte kaum fassen, wie sehr sich sein Leben in so kurzer Zeit verändert hatte. Vor sechs Monaten noch hatte er sich mit seinem aggressiven Vater rumärgern und im Auftrag von Franny Duncan, dieser fetten Mistsau, den Willenlosen, Schwachen und Alten das letzte bisschen Kleingeld aus der Tasche ziehen müssen. Jetzt hatte er einen neuen Namen, spielte in einer Band – auch wenn diese noch nicht aufgetreten war und von einem wahnsinnigen Manager geleitet wurde – und vögelte regelmäßig mit der unheimlich attraktiven Schlagzeugerin der Gruppe. Wenn das keine amtliche Kehrtwende war!

Maggie führte ihn zum Ende der Straße und legte ihm die Hände auf die Augen, bevor sie die Ecke erreichten.

»Gut, bist du bereit?«, fragte sie ihn.

»Aye. Glaub ich jedenfalls«, antwortete er nervös.

Maggie zog ihre Hände zurück, und Grant öffnete die Augen. Am Straßenrand parkte ein hellblauer Campingbus von Volkswagen. Er schien gut in Schuss, der chromierte Kühlergrill glänzte, und es waren keinerlei Roststellen zu sehen. Die Seiten waren mit Peace-Logos und Slogans wie »Anti-Complacency League, Baby« verziert. Er sah verdammt cool aus.

»Heilige Scheiße, Mags!«

»Gefällt er dir?«, jauchzte sie ausgelassen wie ein kleines Kind.

»Aye ... aber weißt du, Mags, ich wollte dir eigentlich nur 'n Fläschchen Parfüm schenken. Rive Gauche oder so!«

»Ha, ha, ha. Schon in Ordnung. Der Bus is für dich *und* für mich«, sagte sie. »Ein Geschenk für uns beide.«

Grant war sprachlos. Auch wenn er noch fast den gesamten Batzen seiner Fat-Franny-Reserve besaß, waren sowohl er als auch Maggie offiziell auf Stütze. Es hätte Jahrzehnte gedauert, um vom staatlichen Arbeitslosenbeistand genug Geld für den Kauf dieses Wagens zurückzulegen.

»Hör mal, ich will nich, dass du das jetzt in den falschen Hals kriegst oder so, aber woher hast du die Kohle für das Ding?«

Sofort blitzte ein verletzter Ausdruck in ihrem Gesicht auf.

»Scheiße, Mags ... tut mir leid. Die Kiste is großartig, wirklich. Vergiss, dass ich gefragt hab, in Ordnung?«

»Der Bus hat mich keinen Penny gekostet. Hab ihn beim Pokern gewonnen«, sagte sie.

In Anbetracht von Maggies Verbindungen zu den Quinns aus Galston warf diese Antwort nun weitere Fragen in Grants Oberstübchen auf. Er entschied sich jedoch dafür, diese vorerst für sich zu behalten. Nach Neujahr würde er Maggie immer noch dazu befragen können. Da sie erst zwei Monate zusammen waren, schien ihm dieses »Geschenk« anfänglich wie ein riesengroßer Schritt. Andererseits war es jedoch nicht gerade so, als hätte Maggie ihm angeboten, zusammen mit ihr in den VW-Bus einzuziehen. Und einen eigenen Schlüssel bekam er auch nicht. Unterm Strich war es nur ein bequemer und mobiler Treffpunkt, an dem sie Zeit miteinander verbringen konnten, um sich zuzuschütten, high zu werden, John Peel zu hören und miteinander zu pimpern. Er beschloss, es als eine nette Geste von ihr anzusehen, sich derart auf ihn einzulassen.

In ein paar Tagen würde er mit seiner Mutter nach Österreich aufbrechen, die einen Teil des Geldes, das ihr verstorbener Ehemann geschickt hatte, dafür verwenden wollte, sich einen lang gehegten Wunsch zu erfüllen: den Besuch des traditionellen Neujahrskonzerts der Wiener Philharmoniker. Senga hatte Grant gebeten, sie zu begleiten, während Grants Großmutter auf seine beiden jüngeren Geschwister aufpasste. Was die Zukunft für Grant und Maggie bereithielt, würde bis 1983 warten müssen. Erst musste die fette österreichische Lady singen.

# KAPITEL 13

## 18. Januar 1983
## 19:33 Uhr

»Herzlichen Glückwunsch zum Geburtstag, Darling«, sagte Fat Franny Duncan.

Für gewöhnlich ging er in Kilmarnock nicht zum Essen aus. Nicht etwa, weil er einen Anschlag seiner Rivalen in einer für ihn äußerst ungeschützten Situation befürchtete. Nein, er konnte sich ganz einfach partout nicht vorstellen, mit anderen *Männern* essen zu gehen. Und so ging er nur mit seiner Freundin Theresa aus, deren zwanzigsten Geburtstag sie an diesem Abend feierten.

Fat Franny war ein massiger Kerl. Theresa hingegen war schlank, gut aussehend und hatte große Brüste. Männer in ihrem Alter schauten zweimal hin, wenn sie ihr auf der Straße begegneten. Manchmal sogar dreimal, wenn sie erkannten, mit *wem* sie zusammen war. Der Altersunterschied der beiden ließ nicht wenige Menschen denken, es handele sich um Vater und Tochter – eine Vermutung, der sich Fat Franny nur allzu bewusst war. Glücklicherweise verfügte das Coffee Club Restaurant in der Bank Street über einen Kellerbereich und war auch sonst ein relativ diskretes Lokal. Außerdem war es Mitte Januar, die traditionell härteste, weil kundenärmste Zeit des Jahres für das Gastronomiegewerbe in Kilmarnock. Die Tische in dem Restaurant waren in drei kleinen Bereichen angeordnet, das Licht am Abend stets gedimmt. Fat Franny machte sich nach wie vor Gedanken darüber, was die Leute über ihn dachten – hauptsächlich aus Angst davor, dass negative Meinungen zu seiner Person Theresa veranlassen könnten, sich von ihm zu trennen.

»Danke, Francis«, sagte Theresa.

Fat Franny streckte seine rechte Hand aus. Theresa reichte ihm die linke. Fat Franny nahm sie und führte sie an seine Lippen. Er küsste sie zärtlich und zog eine kleine Schachtel unter dem Tisch hervor.

»Ach, Fran ... ist es etwa das, was ich glaube, das es ist?«

»Mach's doch auf und schau nach«, sagte Fat Franny. Vorsichtig entfernte Theresa das goldglitzernde Geschenkpapier von der kleinen, würfelförmigen Schachtel. Fat Franny sah, wie ihre Augen feucht wurden.

»Aye, Francis ... aye, ich will.« Theresa wusste, dass Fat Franny sie nicht explizit gefragt hatte, ob sie ihn heiraten würde, aber sie hatten in letzter Zeit sehr wohl einige Male darüber gesprochen. Zudem war das Schmuckstück, das sie nun in den Händen hielt, genau der Halo-Diamantring mit der goldenen Ringschiene, der ihr im Schaufenster des Juweliers Henderson auf der King Street ins Auge gefallen war. Sie hatte ihm davon erzählt, jedoch nicht wirklich daran geglaubt, dass er aufmerksam genug zugehört hatte, um ihr den Wunsch zu erfüllen. Nun hatte er sie überrascht. Schon wieder. In letzter Zeit geschah das immer häufiger. Der neue, veränderte Fat Franny gefiel ihr sehr gut. Wer sie als seltsames Pärchen abtat, hatte keine Ahnung von dieser Wandlung.

Kennengelernt hatten sich die beiden vor fast zwei Jahren auf einer Feier, bei der Fat Franny als DJ gebucht war. Theresa war mit zwei ihrer Freundinnen zu der Party gegangen, Janice Fallon und Lizzie King, die sich aber früh verabschiedet hatten, als Theresas damaliger Freund Danny Keachie aufgetaucht war. Unerwartet. Am Ende des Abends bekam Fat Franny den Streit des Paares mit, der vom Zaun brach, nachdem Theresa mit Danny Schluss gemacht hatte. Im Verlauf der Auseinandersetzung schlug Danny Keachie ihr ins Gesicht, woraufhin Fat Franny – genauer gesagt Hobnail auf Fat Frannys Anweisung – dafür sorgte, dass der Junge die nächsten zwei Wochen mit verdrahtetem Kiefer im Krankenhaus von Crosshouse verbringen musste. In den nachfolgenden Tagen schickte Fat Franny Blumen und Pralinen an Theresa, und einen Monat nach dieser ersten flüchtigen Begegnung verabredeten sich die beiden auf einen Drink in einem entlegenen Pub, dem Craigie Inn.

Damals waren Theresa, Janice und Lizzie unzertrennlich gewesen, mittlerweile sagte nur Janice noch Hallo, wenn sich ihre Wege zufällig kreuzten. Das Zerwürfnis mit Lizzie war nicht nur öffentlich und schmerzhaft gewesen, sondern auch endgültig. Lizzie erwartete inzwischen ein Kind von Bobby Cassidy, der als DJ ein ernster Konkurrent für Fat Frannys Unterhaltungsimperium gewesen war. Aus diesem Dilemma hatte es keinen Ausweg gegeben.

Die Kellnerin brachte das Essen an den Tisch, der sich in der schummrigsten Ecke im Kellerbereich des Restaurants befand. Beide hatten sich ein Gammon-Steak mit einer Ananasscheibe und Pommes frites bestellt. Wie immer.

»Ach, der ist ja wunderschön!«, sagte die Kellnerin. »Herzlichen Glückwunsch.« Sie hatte schon zu viele seltsame Paare während ihrer Arbeit als Restaurantbedienung gesehen, um voreilige Schlüsse zu ziehen. Kurz wartete sie auf Fat Frannys Reaktion und fügte dann hinzu: »... euch beiden natürlich.«

Fat Franny bedankte sich, und die Kellnerin, die sich nun Hoffnungen auf ein ordentliches Trinkgeld machte, verschwand wieder in Richtung Küche.

»Das ist ja ein Zufall«, sagte Theresa, als aus den Lautsprechern ein Song von Earth, Wind & Fire erklang. »Was ist nun mit der Sache im *September*?«, fragte Theresa. Fat Franny prustete in sein Glas.

»Aye, ähm ... is ja noch massig Zeit, oder? Aber ich freu mich schon drauf, Tre. Wirklich. Am liebsten würd ich jetzt gleich losfahren. Aber noch is ja keine Eile, Darling.«

»Hmm, ich schätze, du hast recht«, sagte Theresa. Fat Franny hatte das Gefühl, seinen Kopf gerade nochmal aus der Schlinge gezogen zu haben.

»Ist es wegen dem Geld und so? Ich weiß doch, dass die Sache mit dem Safe ein harter Schlag für dich war.«

»Hey, mach dir darüber keine Gedanken. Was immer du dir wünschst ... ich kümmer mich drum.«

Fat Franny nahm Theresas Hand, die mit dem neuen Ring.

»Hör mal, Tre ... da is noch 'ne andere Sache, über die ich mit dir sprechen wollte.«

»Was denn?«

»Wegen Mum. Es wird immer schlimmer. Neulich hat sie sogar meinen Namen vergessen und dachte, ich wär 'n Einbrecher. Sie war außer sich. Und ich war so fertig, dass ich geflennt hab.«

»Oh, Francis. Du hast für sie getan, was du kannst. Vielleicht musst du drüber nachdenken ...«, Theresa zögerte, »... sie pflegen zu lassen. Professionell, weißt du?«

»Was soll'n das jetzt heißen ... *professionell*?«, sagte Fat Franny und klang dabei aggressiver, als er es eigentlich beabsichtigt hatte.

»Nichts, gar nichts. Sie ist einfach ... man macht sich halt ständig Sorgen.«

»Na ja, jedenfalls hab ich mich gefragt, was du davon halten würdest, bei mir einzuziehen. Und mir zu helfen. Mit ihr. Verstehste?« Fat Franny befand sich in einem verdammten Minenfeld und musste nun größtmögliches Fingerspitzengefühl walten lassen. Ein verbaler Fehltritt, und Theresa würde Verdacht schöpfen und seine wahren Motive erkennen. Dabei liebte er sie sogar wirklich – zumindest in dem Maße, in dem er dazu fähig war, andere Personen außer sich selbst und seiner Mutter zu lieben. Und er wollte tatsächlich, dass sie bei ihm war, oder besser: *für ihn da war*. Auf das, was sie als Nächstes sagte, war er allerdings nicht gefasst gewesen.

»Warum dann nicht gleich eine richtige Veränderung? Vielleicht an die Küste ... Troon, Prestwick? Ein größeres Haus? Irgendwo für uns allein ... weißt du?«

Fat Franny funktionierte nicht sonderlich gut in Situationen wie diesen. Er war ein reaktiver Typ, zudem einer, der normalerweise so reagierte, dass der Status quo erhalten blieb. Proaktives Handeln war extrem schwierig für ihn, ein Sprung ins Ungewisse. Er hatte den mittlerweile überflüssig gewordenen Verlobungsantrag vor dem Spiegel geübt und sich daran orientiert, wie wohl Don Corleone, zumindest seinem Empfinden nach, in einer ähnlichen Situation gesprochen hätte. Durch Theresas unerwarteten Vorschlag hatte er das Gefühl, in eine exponierte Lage geraten zu sein. Und das gefiel ihm ganz und gar nicht.

»Ach, weißte was ... lass uns einfach essen und später drüber quatschen, in Ordnung?« Fat Franny wünschte sich mittlerweile, das Thema mit seiner Mutter gar nicht erst angesprochen zu haben. Wahrscheinlich hätte er es in kleinen Schritten angehen sollen, ganz wie der Don. Dummerweise sah es so aus, als hätte sich die ungewisse nähere Zukunft seiner Mutter mit dem längerfristigen Schicksal seiner Beziehung zu Theresa verflochten. Und er war unfähig, dieses Knäuel in seinen Gedanken zu entwirren.

»Mensch, Fran ... ich würde wirklich gern mit dir von hier wegziehen. Was gibt's denn hier schon groß? Wenn mein Dad rauskommt, wird alles wieder so wie früher. Und das mach ich nicht nochmal mit. Meine Mum hab ich bereits aufgegeben. Wenn sie unbedingt für den Rest ihres Lebens sein emotionaler Sandsack sein will, dann soll sie das ruhig tun.« Theresa zündete sich eine Zigarette an. Mit nur einem Zug verwandelte sie das erste Drittel des Glimmstängels in Asche. Sie blies den Qualm zur Seite, damit er sich nicht auf das Essen legte. »Ich werde nicht bei dir einziehen, Francis. Ich wohn ja eh schon um die Ecke.« Theresa hasste die Ponderosie. Das Haus stank nach Pisse, Eintopf und alten Menschen. Zudem war das aus zwei Sozialbauten zusammengekloppte Ungetüm als Bauwerk in etwa so attraktiv wie ein in Frankensteins Labor erschaffener siamesischer Zwilling. »Troon wäre doch fantastisch, denkst du nicht?«, sagte sie.

Trotz des Altersunterschieds hatten Fat Franny Duncan und Theresa Morgan viel gemeinsam. Beide waren als Einzelkinder in Gemeinden aufgewachsen, in denen dies eher unüblich war. Beide hatten in ihrer Kindheit erlebt, wie ihre Mütter Opfer häuslicher Gewalt wurden, was unseligerweise in diesen Gemeinden ganz und gar nicht unüblich war.

Hinsichtlich der Auswirkungen dieser Erfahrungen auf ihr Leben unterschieden sie sich jedoch. Theresa bemühte sich verzweifelt darum, den Erinnerungen an einen spielsüchtigen Vater zu entkommen, der jede Nacht aus einer überschwänglichen Euphorie in die erbärmliche Tristesse seines Alltagslebens abstürzte. Er hatte es nie geschafft, seine oftmals direkt an der Familie ausgelebten Frustrationen in den Griff zu bekommen und war mit seiner Art zu einer seelischen Belastung, wenn nicht sogar zu einer mentalen Folter für Theresa und ihre Mutter geworden. Seine Gefängnisstrafe wegen Körperverletzung und Hehlerei hatte den beiden Frauen eine achtzehnmonatige Verschnaufpause verschafft, Theresas Mutter jedoch schien ihrem Ehemann die Vergehen der Vergangenheit relativ rasch vergeben zu haben. Nicht nur war sie gewillt, den Psychostress zu vergessen, den die wiederholten Besuche des Gerichtsvollziehers und das Bestreiten ihres Lebensunterhalts mit einem ungewissen Einkommen bedeuteten – ganz zu schweigen von der Tatsache, dass die Arbeitsplatzsuche als Ex-Knacki eine ganz eigene Herausforderung darstellen würde. Nein, sie war sogar bereit, ihren Ehemann nach Beendigung der Haftstrafe in wenigen Monaten wieder bei sich aufzunehmen. Theresa hingegen war fest entschlossen, sich dieses Elend nicht mitanzusehen, sondern zum Zeitpunkt seiner Entlassung schon längst über alle Berge zu sein. Aus diesem Grund hatte sie vor nicht allzu langer Zeit auch das Thema Verlobung bei den Gesprächen mit Fat Franny erwähnt.

In den Tagen und Wochen nach diesem Abend mit Theresa dachte Fat Franny intensiver über die Idee eines Umzugs und den damit möglichen Neustart nach. Und der Gedanke begann ihm zu gefallen. Lange schon hatte er vorgehabt, der

Schattenwelt den Rücken zu kehren und ein ehrliches Geschäft aufzubauen. Mit seinem ursprünglichen Plan, einer Agentur für Unterhaltungskünstler, hatte er sich aufgrund eines eklatanten Mangels an Talenten gehörig auf den Arsch gesetzt. Der darauffolgende Versuch, als Stamm-DJ in einem neuen Nachtclub namens Metropolis anzuheuern, schien mittlerweile auch absolut aussichtslos, da sich Fat Franny – einen Tag bevor ein Feuer den Laden in Schutt und Asche verwandelte – mit Doc Martin überworfen hatte. Jetzt setzte Fat Franny seine gesamten Hoffnungen auf eine neue Geschäftsidee. Er hatte natürlich noch niemandem davon erzählt ... selbst Terry Connolly, über den er die notwendigen Kontakte herstellte, wusste nur das absolut Notwendigste darüber. Sicher, es war eine riskante Angelegenheit, aber da seine Geschäftsidee die niedrigsten männlichen Instinkte ansprach, bestand zweifellos ein gewisses Erfolgspotenzial. Wenn die Sache nur ein paar Jahre lang lief, wäre ganz sicher auch eine große Ihr-könnt-mich-alle-mal-Villa in Troon drin.

# KAPITEL 14

## 8. Februar 1983
## 14:56 Uhr

Max stürmte in den Gemeindesaal, voller Freude und Begeisterung über das, was er zu verkünden hatte.

Sein Enthusiasmus verpuffte jedoch rasch, als er sah, wie die Band sich durch eine halbgare Version von Velvet Undergrounds »Run, Run, Run« quälte. Den Sylvester-Brüdern stand die Langeweile ins Gesicht geschrieben, aber offenbar hatte Grant sie auf Linie gebracht.

»Hey, ihr Wichskröten, alle mal herhören«, brüllte Max Mojo jetzt schon zum dritten Mal. Er war kurz davor, aus der Haut zu fahren, denn keines der vier Bandmitglieder hatte von ihm Notiz genommen, selbst Maggie nicht, die in seine Richtung schaute. Und was seinen Ärger noch verdoppelte: Die Band hielt sich nicht an seine ausdrückliche Anweisung, an zwei der drei neuen Songs zu arbeiten, die Grant geschrieben hatte. Blutleere Covertruppen, so viel musste klar sein, konnten nicht erwarten, die Weihen der Unsterblichkeit im Rock'n'Roll-Olymp zu erlangen. Ganz besonders nicht diejenigen mit einem derart erbärmlichen Geschmack.

»Is mal gut jetzt mit diesem bekackten Lou-Reed-Scheiß!« Der traurige Jam wurde unterbrochen.

»Ich hab Neuigkeiten ... großartige Neuigkeiten! Und zwar hab ich uns 'nen Gig besorgt. Nächste Woche. Im Metropolis.«

»Echt?«, sagte Grant und klang dabei überraschter als gewollt.

»Ja, *echt*, du Klugscheißer«, sagte Max. »Ein *echter* Gig. Ihr seid 'ne beschissene Band, Mann. Und Gigs spielen is das, was ihr machen solltet.«

»Ich dachte nur nich ... na ja, weißt schon ...«, ruderte Grant zurück.

»Er dachte nich, dass 'n nichtsnutziger, bleichgesichtiger Spacko wie du uns 'nen Gig besorgen könnte«, sagte Maggie. Die Sylvester-Brüder brachen in schallendes Gelächter aus. Max gingen verschiedene Antworten durch den Kopf, von denen der Großteil allerdings selbst für ein reaktionär-rassistisches Arschloch wie die Fernsehfigur Alf Garnett zu heftig gewesen wäre. Er schaffte es, die Klappe zu halten. Vielleicht schlugen die Antidepressiva am Ende ja doch an!

»Also, wie sieht's aus? Seid ihr dabei? Gibt auch gutes Geld, mit dem man später vielleicht Studiozeit bezahlen kann.«

»Aye, Max. Super gemacht, Bruder«, sagte Grant. »*Echt* jetzt.«

»*Bruder*? Biste jetzt zu 'nem verschissenen Hippie mutiert, oder was?«, sagte Max.

»Wie lange sollen wir spielen?«, fragte Simon und lehnte sich über das Schlagzeug, um Maggie Feuer zu geben.

»Hey, wo zum Henker haste das her?«, brüllte Max.

»Is doch nur 'n beschissenes Feuerzeug, Mann. Reg dich ab«, sagte Simon ruhig.

»Das is *mein beschissenes Feuerzeug*, du Kleptomanenarsch!«

Simon musterte das Zippo, als hätte er es noch nie zuvor gesehen, und warf es dann zu Max. »Hier, bevor du zu flennen anfängst wie 'ne Göre ...«, sagte er.

»Max, verflucht nochmal ... jetzt erzähl uns von dem Gig!«, sagte Grant.

»Sind zwei Sets, jeweils vier oder fünf Songs ... vor und nach dem Auftritt von The Heid.«

»The Heid?«, sagte Maggie. »Wer zum Teufel sind die denn?«

»*Er* ... nicht *die*«, sagte Max. »Wer zum Teufel ist *er*?«

»Jetzt mach hier keinen auf Klugscheißer«, erwiderte sie. »Spuck's einfach aus.«

Max holte tief Luft und verkündete dann mit stolzgeschwellter Brust: »The Heid ist einer der führenden Entertainer im Mystikbereich ... ein Hypnosekünstler.«

Simon Sylvester lachte lauthals los. »Du hast uns 'nen Gig als Support für 'nen beschissenen Hypnotiseur besorgt? Scheiß die Wand an, Max, das is nich gerade The Clash als Anheizer für The Who im Shea Stadium, oder?«

»Na ja, zumindest wird das zweite Set 'n Kinderspiel«, sagte Grant. »Da wird der Penner das Publikum in 'ne andere Sphäre gebeamt haben.«

»Ihr seid 'ne Bande undankbarer Flachwichser!« Max war sauer. Das war ein verdammter Durchbruch. Der erste Gig für The Miraculous Vespas. Das erste Mal, dass sie nicht nur vor Washers Handlangern spielten, die der Band bei den Proben zuhörten, während sie im Gemeindesaal auf die spärlichen Arbeitsaufträge warteten. Er hatte definitiv etwas mehr Begeisterung von seiner Truppe erwartet. Sogar die lokale Presse würde kommen, denn nach allem, was Max gehört hatte, war The Heid immer noch eine ziemlich große

Nummer in der Clubszene von Ayrshire. Normalerweise trat der Hypnotiseur allerdings nicht mit einer Band als Support auf. Bobby Cassidy, der eigentlich für diesen Abend als musikalisches Rahmenprogramm vorgesehene DJ, hatte kurzfristig absagen müssen. Bobby hatte Max am Morgen angerufen und mit ihm ein Treffen in der Innenstadt verabredet. Er erklärte Max, dass am fraglichen Abend einer dieser bescheuerten Geburtsvorbereitungskurse stattfand, den er unmöglich absagen konnte. Im Metropolis liefen die Dinge ziemlich gut für Bobby, und so wollte er Mickey Martin keinen Anlass geben, über eine Verpflichtung von Fat Franny Duncan als Ersatzmann am DJ-Pult nachzudenken. Deshalb hatte Bobby dem Barchef des Metropolis eine Live-Band als Support für The Heid vorgeschlagen. Dieser hatte nur mit den Schultern gezuckt und erklärt, dass Bobby die alleinige Verantwortung trug, falls irgendetwas schiefgehen sollte. Diese Zusage reichte Bobby. Er griff zum Telefon und rief Max an. In einem vorherigen Leben hatte Max den Jungs von Bobbys neu gegründeter Heatwave Disco einige bezahlte Gigs als Unterstützung der ursprünglichen Vespas verschafft. Zudem fühlte sich Bobby Cassidy immer noch ein klitzekleines bisschen verantwortlich für das Fiasko in der Henderson Church. Und da in der Musikbranche ebenso wie in der Schattenwirtschaft galt, dass eine entgegenkommende Geste die Freundschaft erhielt, konnte nun nach langer Zeit endlich ein großer Gefallen erwidert werden.

# KAPITEL 15

## 9. Februar 1983
## 10:17 Uhr

Am darauffolgenden Vormittag traf sich die Band wie üblich im Gemeindesaal von Crosshouse. Grant und Maggie, mittlerweile so unzertrennlich wie siamesische Zwillinge, waren in ihrem mit Hippiesymbolen verzierten Campingbus gekommen. Simon und Eddie hingegen, obwohl sie zusammenwohnten, trafen mit unterschiedlichen Bussen ein. Als Max die Bandmitglieder dabei beobachtete, wie sie den Pfad zum Eingang des Saals hinaufkamen, nahm er einen gewissen Schwung in ihrem Gang war. Nach und nach schienen sie alle sich den Traum zu eigen zu machen, den Max für die Band entworfen hatte. Zudem hatten sie sich zu einer fähigen Truppe gemausert, keine Frage. Max ließ sie an vier Tagen die Woche im Gemeindesaal antanzen, um vier Stunden am Stück zu proben. Eddie hatte zweifellos das Zeug zu einem brillanten Gitarristen. Er war zwar ein hässlicher Vogel, das musste sich Max eingestehen, aber andererseits taugte Keith Richards auch nicht zum Topmodel. Grant Delgado hatte sich in der Zwischenzeit zu einem interessanten Sänger entwickelt. Noch etwas schüchtern zwar und mit einer zu dünnen Stimme, aber mithilfe der richtigen Songs könnte er eines Tages wie

Jonathan Richman klingen – was in den Augen von Max Mojo keine allzu üble Aussicht darstellte. Auch seine Bewegungen und sein Umgang mit Gitarre und Mikrofon schienen von Mal zu Mal selbstbewusster. Maggie wiederum, die ganz sicher noch eine lange Zeit brauchen würde, um sich mit dem von Max vorgeschlagenen Namen anzufreunden, war eine begabte Schlagzeugerin. Zu einer weiblichen Version von Ginger Baker würde es sicher nie reichen, aber besser als Moe Tucker war sie jetzt schon, fand Max. Sie war ein Blickfang, eine betörende Präsenz innerhalb der Band. Mit Maggie am Schlagzeug war ihnen der Markt der dauerwichsenden Pickelprinzen mit *Smash Hits*-Abo absolut sicher. Falls sie es jemals bis dahin schaffen sollten, klar. Einzig Simon Sylvester war für Max ein ständiger Quell der Sorge. Er war unbeherrscht und impulsiv, besonders im besoffenen Zustand, dafür aber nüchtern ein unverbesserlicher Kleptomane. Bei jedem anderen hätten diese Eigenschaften auf der Habenseite stehen können, Simon allerdings war ein wahrhaft beschissener Bassist, selbst an den erbärmlichen Fähigkeiten eines Sid Vicious gemessen. In Ermangelung von Alternativen hoffte Max einfach, dass irgendwann ein ebenfalls komplett gestörtes Groupiemädchen den *verfickten Basstard abstechen* würde, um den Vespas auf diese für eine Rock'n'Roll-Band nicht unübliche Weise unvergänglichen Ruhm zu bescheren.

»Also, wir brauchen zehn Stücke ... für den Fall der Fälle, klar? Wahrscheinlich spielen wir aber nur acht«, sagte Max und rieb sich die Hände. »Müssen natürlich die zwei neuen Hammersongs dabei sein. Logisch.«

»*Logisch*«, sagte Simon sarkastisch.

Max warf ihm einen ernsten Blick zu. »Und sonst nur die besten Coversongs, verstanden?«

»Aye, Max«, sagte Grant. »Wird schon laufen, Mann.«

Grant wirkte ruhig, ohne Anzeichen von Lampenfieber. Max war einigermaßen überrascht, denn anfänglich hatte er Grant Delgado für den größten Schisser der vier gehalten. Als die Band dann loslegte und durch »Here Comes the Sun« rumpelte, war es Grants Stimme, die sich über die Musik erhob und federleicht zu den Dachsparren hinaufschwebte. Es schien fast, als hätte irgendjemand den Schalter umgelegt und die schwarzhaarige Bohnenstange über Nacht in Jim Morrison verwandelt. Offensichtlich hatte Grant, wie von Max empfohlen, neben den regulären Bandsessions auch noch für sich allein geprobt. Zudem wirkte Grant nun muskulöser, was objektiv betrachtet natürlich Quatsch war, in den Augen von Max jedoch als beeindruckender Beweis dafür galt, was ein gesteigertes Selbstbewusstsein aus einer Person machen konnte. Die anderen drei hingegen brauchten nach Max Mojos Meinung einen anständigen Tritt in den Arsch.

»Scheiße, verdammte! Leute, in dem Lied geht's um die Freude am Leben. Das muss leicht klingen. Das muss verdammt nochmal schillern«, brüllte Max. »Wie wär's, wenn ihr Penner euch mal auf die Stimmung von dem Stück einlasst? Schaut euch einfach mal Grant an ... und folgt seinem Beispiel.«

»Ach, wie süß. Der Lehrer und sein kleiner Streber«, murmelte Maggie.

»Was hast du gesagt?«, fragte Max gereizt.

»Sie meinte, *du sollst deinem Schwanz folgen und Grant am besten komplett in den Arsch kriechen* ... oder so was in der Art«, sagte Simon.

Max riss sich die Augenklappe runter und stürmte auf die Band zu. Wie die Rugbylegende Andy Irvine bei einem spielentscheidenden Tackling hechtete er in Simons Körper hinein, und beide landeten in einem Knäuel aus Gliedmaßen und Basssaiten auf dem Boden. Einige amateurhafte Faustschläge später wurden sie vom Rest der Band getrennt. Bis auf eine Handvoll blutender Platz- und Schürfwunden war nichts passiert. Die Bassgitarre schien am meisten eingesteckt zu haben. Nur noch von zwei der vier Saiten zusammengehalten, lag sie mit abgebrochenem Hals auf dem Boden.

»Du blöde Fotze, du! Warum hast du das gemacht?«, schrie Simon.

»Scheiße, Max!«, sagte Grant. »Die beiden haben doch bloß Spaß gemacht.«

»Spaß?! Ich hab langsam echt die Schnauze voll von eurem Rumgedaddel«, brüllte Max, der ganz offensichtlich nicht mal merkte, wie das Blut aus seiner Nase auf sein eben noch blütenweißes Levi's-T-Shirt tropfte.

»Du bist so ein Wichser«, sagte Maggie ruhig.

»Ich pump hier Unmengen von meinem Geld und meiner Energie in diese ...«

»Moment mal ... Unmengen von *deinem* Geld?«, sagte Grant.

Obwohl er innerlich kochte, setzte Max noch einmal neu an und bemühte sich um einen versöhnlichen Ton. »Ich mein, ich stecke wirklich viel Zeit in diese Sache, um uns 'ne Chance auf was ganz Besonderes zu ermöglichen. Und glaubt mir, wir werden nur diese eine Chance haben ... und wenn ihr nix dagegen habt, fänd ich's gut, die Kiste nich gleich am Anfang gegen die Wand zu fahren.«

Dann folgte ein unbehaglicher Moment des Schweigens, eine Pause, die sich erbärmlich in die Länge zog.

»Also machen wir jetzt diesen Gig oder nich?«, unterbrach Max Mojo die Stille, die Arme ausgestreckt wie der am Ölberg flehende Jesus. Die Medikamente in seinem Gehirn rasten zwischen den Synapsen hin und her, während tief in seinem Inneren die *Stimme* schrie, er solle diesen Clowns doch endlich die Köpfe abreißen. Ozzy Osbourne und seine Fledermaus-Nummer wären ein verdammter Witz im Vergleich mit der rituellen Schlachtung, die der *Stimme* vorschwebte.

»Kannste für Tunnock's Tea Cakes und 'n paar Flaschen Irn-Bru hinter der Bühne sorgen?«, fragte Eddie unschuldig.

Es reichte aus, um die Spannung zu lösen. Alle lachten. Mit Mühe rang sich auch Max ein schmallippiges Lächeln ab. Der Moment der Anspannung war vorüber.

»Aye ... na klar ziehen wir den Gig durch. Wir werden in Form sein. Gib uns einfach 'n bisschen Zeit, um am Set zu feilen. Ich kümmer mich um die Musik, du um die Finanzen. Abgemacht?«, sagte Grant.

»Aye. In Ordnung.« Max rieb an seiner blutenden Nase. Grant schaute jedes Bandmitglied einzeln an, bis alle zugestimmt hatten. Dann sah er zu Simon und nickte mit dem Kopf in Richtung Max. Der Bassist streckte seine Hand aus.

Max schüttelte sie. »Du bist echt 'n Riesenarschloch, Sylvester«, brummte er. Und auch wenn er es vollkommen ernst meinte, klang es doch versöhnlich genug, um als Friedensangebot durchzugehen. Anschließend bedeckte er sein flatterndes linkes Auge wieder mit der Klappe.

Max ließ die Band arbeiten. Als er ging, strahlte die Sonne durch die Fenster und begann, die Dunkelheit des Gemeindesaals aufzubrechen. Er drehte sich noch einmal um und sah Grant Delgado inmitten eines funkelnden Sonnenstrahls

143

stehen, der ihn wie ein natürliches Scheinwerferlicht erfasst hatte.

*»Little darlin', it's been a long cold lonely winter ...«*

Keine Frage, Grant Delgado war ein zukünftiger Superstar. Stolz durchflutete das Herz von Max Mojo. Und in seiner Hose meldete sich das Verlangen.

# KAPITEL 16

## 16. Februar 1983
## 17:29 Uhr

»Und wie kommen wir da nochmal hin?«

»Hab ich euch schon hundertmal erklärt: Jimmy Stevenson holt euch ab. Verdammte Scheiße ... vielleicht sperrt ihr einfach mal die Löffel auf, wenn ich was sage?«

Grant genoss es ein wenig, auf dem zunehmend angespannten Nervenkostüm seines Managers herumzutrampeln. Max hatte sich am frühen Nachmittag mit The Heid getroffen und anstelle von Zuversicht einen ganzen Sack voller Bedenken aus dieser Begegnung mitgenommen. Zum einen tauchte The Heid zu der Unterhaltung besoffen auf und sah aus wie ein von *Der Herr der Ringe* besessener Straßenpenner. Dann kippte er sich während des halbstündigen Gesprächs insgesamt vier Whisky hinter die Binde – alle widerwillig bezahlt von Max, der an der Bar die demütigende Fragerei zu seinem Alter über sich ergehen lassen musste. Der Deal für den Gig sah vor, dass The Miraculous Vespas einen Anteil der Gage von The Heid erhalten sollten. Diese wiederum speiste sich aus den Eintrittsgeldern. Die *Ayrshire Post* hatte die Veranstaltung kräftig beworben, hauptsächlich allerdings aufgrund des wachsenden Bekanntheitsgrades des Metropolis und dessen Ruf als neuer Superclub von Ayrshire. Bobby Cassidys Musik und die ungewöhnlich späte Sperrstunde in Kilmarnock um vier Uhr morgens lockten an den Wochenenden zunehmend Vergnügungssüchtige von außerhalb an. Der Club hatte eine offizielle Kapazität von dreihundert, ließ aber regelmäßig sechshundert Gäste ein, die dann so eng zusammengequetscht in dem Laden standen wie in einem U-Bahn-Waggon der Londoner Central Line zur Rushhour. Mickey »Doc« Martin war ein zufriedener Mann. Und wenn Doc Martin zufrieden war, übertrugen sich die positiven Vibes für gewöhnlich auch auf die anderen in der Branche, und alle profitierten. Der Vorverkauf für The Heid lief allerdings eher schleppend. Das alte Zirkuspferd hatte zweifelsohne immer noch einen gewissen Ruf, aber mit seiner Popularität ging es stetig bergab. Egal, wie viel El Dorado man in sich hineinpumpte, irgendwann war es einfach nicht mehr besonders lustig, dabei zuzusehen, wie irgendeine arme Sau aus dem Publikum hypnotisiert wurde und dann genüsslich schmatzend eine rohe Zwiebel verdrückte.

»Wird schon schiefgehen, mein Junge«, sagte der sechzigjährige Heid zum Abschluss. »Kassensturz dann nach der Show, in Ordnung?«

Max konnte den Akzent des Alten, diese sonderbare Mischung aus Ayrshire und Edinburgh, nicht einordnen. Sehr wahrscheinlich war es die Quittung für ein Tingelleben mit unzähligen Auftritten in sämtlichen Spelunken und Clubs des Central Belt.

»Aye, abgemacht«, sagte Max und erhob sich, um zu gehen. Die Whiskysauferei des Alten hatte ihn schon einen Fünfer gekostet. Jede weitere Ausgabe müsste er von der Bandgage abziehen. Den Ausführungen von The Heid zufolge musste sich Max in dieser Hinsicht allerdings ohnehin auf das Schlimmste gefasst machen.

»Wie is eigentlich dein richtiger Name?«, fragte der stehende Max.

»Head ... Harry Head«, lallte The Heid.

»Glaub ich nich.«

»Is so, Junge.«

»Ha, ha, ha ... du gerissener Mistkerl.« Lachend verließ Max das Metropolis. Er dachte an die Quarrymen und deren Auftritt auf dem Kirchenfest, an Elvis und dessen Konzert auf einer Lkw-Ladefläche ... und an The Miraculous Vespas und ihren Support-Gig für Harry *Hokuspokus* Heid. Stoff für Legenden.

*Die Sache mit The Heid war 'n Fehler. Passiert. Kann eben nich alles glatt laufen. Zu dem Zeitpunkt schien der scheiß Gig die korrekte Entscheidung zu sein. War so: Ich kannte 'nen Typen, der 'nen Typen kannte, der 'nen Support-Act brauchte. Verstehste? Von uns hatte noch nie einer was von dem Fotzkopp gehört. Irgendwann kam aber raus, dass The Heid schon mal bei so 'ner Talentshow gewesen war. Opportunity Knocks oder so. Da isser aber wohl gleich am Anfang rausgeflogen. Damals hat er's noch als Komiker versucht. Dann hat er sich neu erfunden und is zu 'nem verfickten Hypnotiseur geworden. Verdammter Wichser ...*

*Der Fotzkopp lief da auf wie der beschissene Großvater von Zorro. Ich sag's dir. Hab mich fast bepisst vor Lachen. Komplett in Schwarz und so, was natürlich in den Achtzigern mit den ganzen Neonfarben 'ne harte Nummer war und den Penner als professionellen Kinderficker geoutet hat.*

# KAPITEL 17

16. Februar 1983
21:42 Uhr

Der Transporter von Jimmy Stevenson blockierte die Zufahrt des Foregate, aber die wenigen Läden, die sich noch auf der Einkaufsmeile befanden, hatten schon lange geschlossen. Niemand regte sich auf. Die Band brauchte nur fünfzehn Minuten, um ihr Equipment auszuladen, darunter auch die von Grant Delgados Notfallfonds finanzierte neue Bassgitarre. Nachdem er die Musiker abgesetzt hatte, verschwand Jimmy Stevenson hinaus in die frische Abendluft. Durch die Auflagen seiner Bewährungsstrafe musste er sich auf die Arbeit als Fahrer beschränken und betrat grundsätzlich keine Veranstaltungsorte mehr, in denen Alkohol ausgeschenkt wurde.

Im Metropolis lief ein Tape mit Soulmusik, und die Lichtanlage spulte eine vorprogrammierte Choreografie ab. Die Miraculous Vespas sollten links neben der Tanzfläche auf einer flachen Bühne spielen. The Heid hingegen würde seine Nummer direkt auf der Tanzfläche darbieten. Die Gäste hätten also genug Platz, was jedoch auch an der Tatsache lag, dass der erste Auftritt der »großartigsten Newcomer-Band in Schottland« alles andere als ausverkauft sein würde.

Das Metropolis war zwar erst ein paar Monate offen, besaß aber bereits diesen abgestandenen Kneipengestank nach Zigarettenqualm, Erbrochenem, billigem Parfüm und verschüttetem Bier. Die mit Teppich ausgelegten Flächen klebten, als wären sie mit einer Leimschicht überzogen, und in das Parkett hatten sich unzählige Glassplitter gefressen.

Beim Soundcheck der Miraculous Vespas zählte Max ganze sechs Gäste im Club. Zwei davon schienen zur Gefolgschaft von The Heid zu gehören, der Meister selbst war aber nirgends zu sehen. Max erinnerte sich an das Gespräch mit The Heid, der ihm etwas von »seiner Garderobe« erzählt hatte. Er machte sich auf die Suche. Die »Garderobe« war eine bessere Besenkammer. Durch die spaltbreit offene Tür konnte Max hören, wie der gealterte Entertainer, offensichtlich immer noch besoffen, mit jemandem sprach.

»Aye, so is gut ... 'n bisschen langsamer, Kleine, bin ja auch nich mehr der Jüngste.«

Max spähte hinein. The Heid stand mit nacktem Hintern gegen ein Keramikspülbecken gelehnt, die schwarze Hose und eine riesige, nicht mehr wirklich weiße Doppelrippunterhose mit Eingriff hingen auf Knöchelhöhe. Zwischen seinen käsebleichen, venenüberzogenen Schenkeln pumpte der Kopf einer blonden Frau vor und zurück. Max streckte seine Nase noch etwas weiter durch den Spalt. The Heid trug ein schwarzes Hemd und ein ebenfalls schwarzes Jackett. Um seinen Hals hing ein dünner weißer Lederschlips, den er sich über die Schulter geworfen hatte – sehr wahrscheinlich aus Angst, der Binder könnte sich im weiter südlich stattfindenden Scharmützel verfangen. Seine Augen waren geschlossen, sein dünnes graues Haar und der Bart schienen gekämmt. In der rechten Hand hielt er eine fette qualmende Zigarre, mit der linken hatte er den Kopf der Frau gepackt und gab ihr den Rhythmus vor. Neben seinen Füßen stand ein Sack Zwiebeln.

»Wo is The Heid?«, fragte Grant, als Max in den Saal zurückkehrte.

»Hinten. Lässt sich gerade von irgend 'ner armen Sau einen blasen«, sagte Max. »Wahrscheinlich musste er die auch erst mal verhexen. Dem Penner kann man echt nur noch viel Glück wünschen.«

# KAPITEL 18

16. Februar 1983
23:48 Uhr

»Guten Abend, Kilmarnock. Wir sind die Miraculous Vespas ...«

Maggie begann den ersten Song mit dem Schlagzeug, Grants Gitarre gesellte sich dazu und nahm kurz darauf Tempo auf. Anfänglich hatten sie sich an einer freieren Version von »Where Were You?« versucht, aber das Stück besaß derart viel Charakter, dass sie sich für ein dem Original entsprechendes Cover entschieden. Max Mojo stand im hinteren Bereich des Clubs, um die Reaktion des Publikums und die Soundqualität besser einschätzen zu können. Beides fiel in die Kategorie »mittelmäßig«. Die Band besaß kein Mischpult, ein Mangel, den es bei zukünftigen Auftritten abzustellen galt, denn so klangen sie in dem zu einem Viertel gefüllten Saal einfach nur matschig. Der Sound war verzerrt, die Lautstärke folglich schwer anzupassen. Mehr Bässe und weniger Volumen wären in Max Mojos Augen ein erster Schritt gewesen. Der Club befand sich teilweise unter der Erde und hatte massive Betonwände. Der klare, knackige Sound, den Max erwartet hatte, blieb aus. Eine Sache jedoch war sehr wohl bemerkenswert: Grant Delgado. Er bewegte sich wie eine

Anakonda, umtanzte mit geschmeidigen Gesten den Mikrofonständer und ließ die Gitarre nach den ersten paar Akkorden fast vollkommen außer Acht. Max hörte ein paar Mädchen im Publikum dabei zu, wie sie Grants Performance lobten und sich darüber austauschten, was für Schweinereien sie gern mit ihm anstellen würden.

Die Coverversionen von »Song from Under the Floorboards« und »Run, Run, Run«, von denen Max ausdrücklich abgeraten hatte, klangen nur marginal besser als der Auftakt. Dann kündigte Grant »Your Love Is a Wonderous Colour« an, das erste ihrer zwei eigenen Stücke. Grant hatte den Song vor etwa einem Monat geschrieben. Maggie mochte das Lied, weil sie glaubte, es würde von ihr handeln. Die Sylvester-Brüder fanden ebenfalls Gefallen an der Nummer, hauptsächlich wegen der interessanten Parts, die sie abbekommen hatten: Eddie spielte einen repetitiven Gitarrenpart, der an »Dear Prudence« von den Beatles erinnerte, Simon glänzte mit einem anspruchsvollen und abwechslungsreichen Basslauf. Zugegebenermaßen hatte sein Bruder ihm die Feinheiten des Stücks beibringen müssen, aber Simon Sylvester machte definitiv Fortschritte. Als erste Eigenkomposition war das Lied rundum gelungen, und auch wenn es in lyrischer Hinsicht Leonard Cohen nicht gerade vor Neid erblassen lassen würde, so war es in den Augen der Band in jedem Fall über diesen ganzen Textdreck vom Typ »Club Tropicana« erhaben.

Der dreieinhalbminütige Song endete mit der gleichen apathischen Publikumsreaktion wie seine drei Vorgänger. Eigentlich wäre es Grants Aufgabe gewesen, anschließend The Heid anzukündigen, aber er hatte es vergessen, und so gingen die Musiker einfach von der Bühne und hinterließen dem

Hypnotiseur eine anschwellende, ohrenbetäubende Feed-backwand. The Heid war nicht erfreut.

»Großer Applaus für die Band, Lays an' Gennulmen ...«
Sarkastisch klatschte The Heid langsam in die Hände, bis der
Lärm der Rückkopplung abgeebbt war. Anschließend stampf-te er wütend zum DJ-Pult und legte einen Schalter um. Das
wäre Max Mojos Aufgabe gewesen, aber der war noch schwer
damit beschäftigt, das Publikum zu belauschen. Ein paar
Brocken Trockeneis wurden auf die Bühne geschoben, und
der aufsteigende Nebel ließ den schwarz gekleideten Enter-tainer, der sich das Hemd nun bis zum Bauchnabel aufge-knöpft hatte, für einen kurzen Moment verschwinden.

Als Max das sah, musste er lachen. Die Vorstellung, dass
der dünne, weiße Lederschlips tatsächlich ein Teil der All-tagsgarderobe von The Heid war und nicht etwa zum Büh-nen-Outfit gehörte, war zu viel für ihn. Zur Titelmusik von
*Krieg der Sterne* trat The Heid aus dem Nebel. Hätten die
Miraculous Vespas mit ihrem Abgang nicht die Illusion zer-stört, wäre das sicherlich ein einigermaßen beeindruckender
Auftakt gewesen.

Eine tiefe Stimme, die Max an den Zauberer von Oz erin-nerte, donnerte durch die Lautsprecher. »Ich bin der groß-artige und mysteriöse Heid«, sagte sie. »Macht euch darauf
gefasst, euch von der Kraft meiner Suggestion überraschen,
verzaubern und schockieren zu lassen.«

»Also ich bin jetzt schon überrascht und schockiert. Und
zwar von der Tatsache, dass sich echt irgendwelche Erbsen-hirne finden, die Geld für diesen Dreck bezahlen!«, flüsterte
Max einer Fremden zu, die natürlich selbst zuvor Eintritt für
die Show gezahlt hatte. Sie wandte sich von Max ab und ging
weg.

»Ihr werdet erleben, wie Menschen Dinge tun, die sie nie für möglich hielten ...«, sagte The Heid.

»... zum Beispiel Zwiebeln fressen, weil sie glauben, es wären Äpfel?«, flüsterte Max, dieses Mal mehr zu sich selbst als zu irgendjemand sonst.

»Ihr werdet sehen, wie Menschen ihre Fantasien ausleben ... vollkommen hemmungslos«, sagte The Heid. »Von den nächsten fünfundvierzig Minuten werdet ihr euer Leben lang berichten ...« The Heid trat ein paar Schritte zurück, um sich noch einmal im langsam verschwindenden Nebel unsichtbar zu machen. Da jedoch die Mehrheit des circa fünfzig Personen zählenden Publikums rauchte, blieb der gewünschte Effekt aus. Mit einem kurzen Fetzen von Black Sabbaths »Paranoid« als Soundtrack tauchte The Heid wieder auf. *Noch so ein erbärmliches Klischee*, dachte Max.

»Ich möchte, dass ihr jetzt alle an einen schönen Ort denkt«, sagte The Heid. Mit den Fingern seiner rechten Hand zwirbelte er an seinem Bart, mit seiner linken, so erschien es Max zumindest, kratzte er sich am Arsch. Tatsächlich aber kramte The Heid in seiner Gesäßtasche nach einem Fünfzig-Pence-Stück – Bühnenrequisite Nummer eins.

»Seht ihr diese Münze? Ich werde das *Ding* jetzt *schleudern* ... in den Raum, meine ich natürlich ...«, sagte The Heid und wartete geduldig auf das anzügliche Gelächter, das unweigerlich ertönte, wenn die Worte »schleudern« und »Ding« in einem Satz kombiniert wurden. »Und da meine Gedanken jetzt die euren kontrollieren ... werden diejenigen, die die folgende Frage beantworten, die Stars des heutigen Abends sein.«

»Sicher doch!«, »Na, dann schleuder dir doch einen« und »Du Wichsfrosch, du!«, lautete das Echo aus dem Publikum.

The Heid warf die Münze in die Luft, und sie landete auf dem Boden. Max hatte zynischerweise vermutet, dass er das Publikum nun fragen würde, ob Kopf oder Zahl oben lag, aber der alte Entertainer überraschte den jungen Bandmanager. »Diejenigen, die wissen, welche Person auf der obenliegenden Seite der Münze abgebildet ist ... kommen jetzt bitte nach vorn zum Bühnenrand.«

Max kicherte. Es gab keine Bühne, sondern nur eine Kante, an der die versiffte Auslegware auf das Holzparkett der Tanzfläche stieß. The Heid folgte offenbar einem auswendig gelernten Text, von dem er sich durch nichts und niemanden abbringen ließ.

Max sah, wie vier Personen aus unterschiedlichen Bereichen des Publikums nach vorn traten. Wie vorherzusehen war, zwei Männer und zwei Frauen. Max hätte schwören können, dass eine der Frauen diejenige war, die er zuvor beim Oralverkehr mit The Heid beobachtet hatte. Da sie jetzt allerdings ein anderes Oberteil trug und er in der Besenkammer nur ihren Hinterkopf gesehen hatte, war er sich nicht sicher.

Die Kandidaten gingen zu den vier auf der Tanzfläche bereitgestellten Stühlen. Aus dem Augenwinkel sah Max, wie Eddie von seinem Bruder zurückgehalten wurde, und ging zu den beiden hinüber.

Ein Kandidat nach dem nächsten schrieb die Worte »Britannia, neben einem Löwen sitzend« auf von The Heid gereichte Zettel. Anschließend hielt der Hypnotiseur die Blätter in die Höhe, damit das Publikum sie begutachten konnte, und fragte die Kandidaten, was sie geschrieben hätten. Alle vier antworteten, dass sie es nicht wüssten. Auf ihren Gesichtern lag ein Ausdruck geistiger Abwesenheit – der Großteil des Publikums schaute genauso dämlich drein. The Heid erklärte, dass die vier Kandidaten die am leichtesten zu beeinflussenden Personen unter den Anwesenden seien und dass er ihnen die Worte mittels seiner hypnotischen Kräfte eingegeben habe. Dass sie die Frage gar nicht verstanden hätten und er ... The Mysterious Heid ... nun ihre Gedanken kontrolliere.

Ein weiterer Mensch mit einfachem Gemüt und leicht beeinflussbarem Wesen schien Eddie Sylvester zu sein. Der wurde nämlich gerade gewaltsam vom Rest der Vespas in ebenjene Besenkammer verfrachtet, die The Heid zuvor als Garderobe und Lustkabine benutzt hatte.

»Was zum Henker is'n mit dem los?«, brüllte Max Mojo.

»Er will auf einem dieser Stühle sitzen«, sagte Grant. »Der alte Wichser hat ihn hypnotisiert.«

»'Nen Scheiß hat er! Das is doch alles Humbug, Mann«, sagte Max.

»Seine Augen zucken und zittern jedenfalls, als würd er in so 'n verschissenes Kaleidoskop starren«, sagte Maggie.

»Hat er sich vielleicht Pilze eingeschmissen?«, fragte Max.

»Woher soll ich'n das wissen?«, sagte Simon. Er streckte die Arme aus und fügte reichlich theatralisch hinzu: »Scheiße, Mann, seh ich vielleicht aus wie 'n Kindermädchen?!«

Grant und Maggie lachten.

»Hört auf mit dem Mist ... und seht zu, dass er wieder aufn Damm kommt«, sagte Max. »In zwanzig Minuten seid ihr dran!«

Die Nummer von The Heid war erwartungsgemäß ziemlich vorhersehbar. Um das Publikum anzuheizen, suggerierte er seinen Versuchskaninchen, sie wären die neuen ABBA, woraufhin diese selbstverständlich mit grauenhaften Gesangsdarbietungen aufwarteten. Weiter ging es mit einer Szene im

Restaurant, bei der die Männer mit der Frau des jeweils anderen dinierten. Als The Heid dann mit seinen nikotingelben Fingern schnipste, wurde den vier Hypnotisierten mit einem Schlag die Verwechslung bewusst, sodass sich zwangsläufig eine absurd-komische Situation ergab. Das Thema der verwechselten Partner wurde in einer Szene mit benachbarten Hotelzimmern fortgeführt, in der die beiden »Paare« von The Heid dazu angehalten wurden, das jeweils andere bei der lautstarken Untermalung eines Sexrollenspiels zu übertrumpfen. Kurz darauf jodelte in einer Ecke der Tanzfläche eine ältere Frau wie Johnny Weissmüller, während ihr sehr viel jüngerer »Partner« beim energisch simulierten Sex in Hündchenstellung wie ein Straßenköter bellte. In der anderen Ecke saß die Blondine, die Max in der Besenkammer zu sehen geglaubt hatte, mit gespreizten Beinen auf einem Jungen mit Bart und dunkler Haut. Lauthals »Yee-Haw« schreiend, ritt sie ihn wie ein Rennpferd auf der Zielgeraden des Grand National. Als die beiden Frauen nur noch ihre Unterwäsche trugen, schritt The Heid ein. Er berührte ihre Köpfe und sagte dabei »Schlaaaaaft«. Alle vier folgten seiner Anweisung auf der Stelle.

Als Belohnung für ihre Anstrengungen erhielten die beiden Männer jeweils einen »saftigen Apfel«, in den sie sogleich hineinbissen. Augenblicklich breitete sich der Geruch roher Zwiebeln im Metropolis aus. Zum Abschluss versetzte The Heid die beiden Frauen nach Österreich, wo sie unbeschwert über blumige Wiesen tollten und dabei ausgelassen »The hills are alive with the sound of music« kreischten ... allerdings nur so lange, bis The Heid die beiden daran erinnerte, dass sie eine tief empfundene Angst vor weiten Plätzen und Orten hatten.

Beide Frauen begannen zu zittern und flüchteten sich in die Ecken der Tanzfläche. Max glaubte, echte Angst in ihren Gesichtern zu sehen. Er begann über den Gig nachzugrübeln und ahnte langsam, warum Bobby Cassidy sich vor diesem Abend gedrückt hatte. *Scheißwichser*, dachte er und stellte sich das breite Lachen auf Bobbys Gesicht vor. Er ging zurück in die Besenkammer hinter der Bar, um die Band für die zweite Hälfte ihres Auftritts vorzubereiten. The Heid hatte gerade die zwei Frauen wiedererweckt und schloss seinen Auftritt ab. Genervt registrierte Max, dass der Alte für seine abgeschmackte Nummer mehr Applaus vom Publikum erhielt als die Band für den ersten Teil ihres Sets. Trotzdem, dieser Auftritt war ein Anfang. Gleich morgen früh würde er sich an die Arbeit machen und die örtlichen Kneipen abklappern, um eine kleine Ayrshire-Tour auf die Beine zu stellen. Vielleicht würde er den Radiomoderator Billy Sloan kontaktieren, damit dieser über die Band berichtete. Er spielte sogar mit dem Gedanken, sich bei dem Manager der Simple Minds, Bruce Findlay, zu melden. Wenn Grant erst mal genügend eigene Songs geschrieben hätte, wäre ein Engagement als Vorband für die Simple Minds natürlich eine fantastische Angelegenheit. Was die Sache noch attraktiver machte: Findlay besaß mehrere unabhängige Plattenläden in Schottland.

»Wir werden ein paar Akustiknummern spielen müssen, Max.«

Alle vier starrten Eddie Sylvester an, der zitternd und stark schwitzend unter dem Keramikspülbecken hockte.

»Was'n jetzt los?«, fragte Max.

»Er glaubt, er hat … *Aggro*phobie«, sagte Simon.

»Was zum Henker soll das denn sein? *Aggro* wie in *scheißsauer*, oder was?«, schimpfte Max.

»Nee. Agoraphobie. Angst vor offenen Plätzen und großen Räumen«, sagte Grant.

»Und wie bitte schön isser dann überhaupt erst in diesen Scheißladen reingekommen? Direkt runtergebeamt von der Enterprise, oder was?«

»Lass ihn einfach in Ruhe da sitzen, in Ordnung? Los, gehen wir raus«, sagte Maggie ungeduldig.

»Hoch mit dir, du fauler Sack!«, brüllte Max und holte aus, um den zusammengekauerten Eddie zu treten.

»Lass ihn zufrieden, du Wichser!« Simon sprang seinem Bruder zu Hilfe. »Mag sein, dass er 'n Arschloch is, aber wenn ihm hier jemand 'ne Abreibung verpasst, dann ich und nich du.«

»Dann mach das, Mann! Besser du bringst ihn jetzt sofort auf die Bühne, oder ihr seid beide Geschichte«, schrie Max Mojo. Grant und Maggie liefen bereits den schmalen Flur entlang.

»Der alte Wichser hat Eddie mit seinem Voodooscheiß verhext, verdammt. Und das is alles deine Schuld, Mojo! Wahrscheinlich kommt er jetzt nie wieder aus dieser Kammer hier raus.«

»Erzähl doch keinen Scheiß!« Max hörte, dass Grant und Maggie an ihre Instrumente zurückgekehrt waren. »Ich komm gleich wieder«, sagte Max und drehte sich um. Simon warf ihm mit dem umgedrehten Victory-Zeichen ein zünftiges »Fuck Off!« hinterher.

Draußen im Club wurde Maggie von Grant gerade als beste Drummerin Schottlands vorgestellt. Ein Teil des Publikums hatte sich verabschiedet, aber ungefähr dreißig Personen waren dageblieben. Es war mittlerweile ein Uhr nachts, an einem Mittwochmorgen. Das allein schon war ein Grund zum Feiern. Der Dienstagabend war völlig ungeeignet für Veranstaltungen, egal welcher Art. Für eine Verlängerung des vorherigen Partywochenendes lag er zu weit in der neuen Woche, als Aufwärmübung für den bevorstehenden Totalabsturz war das kommende Wochenende noch zu weit entfernt. Dienstag, der elendste aller Wochentage.

»Wir werden euch jetzt mit 'n paar Klassikern in den Mittwochmorgen wiegen, Leute«, flüsterte Grant Delgado. Durch die zurückgenommene Lautstärke klangen Grants Stimme, sein reduziertes Gitarrenspiel und Maggies behutsam über die Felle streichende Jazzbesen einfach nur himmlisch in den Ohren von Max Mojo und machten diese Version von »Here Comes the Sun« zu der besten, die er je von den beiden gehört hatte. Es folgte ein schillerndes »Life's a Gas«, dann eine langsame Interpretation von »Touch Me«, bei der Grant die Herren Bolan *und* Morrison auf eine Art und Weise verschmelzen ließ, die bei Max Mojo für den zweiten Ständer des Abends sorgte. »Thirteen«, die neue Hymne des Duos, schloss den Reigen der Coversongs ab.

»Zum Abschied gibt's 'ne Nummer, die vielleicht irgendwann mal unsere erste Single werden könnte. Das Stück heißt ›The First Picture‹.«

Max Mojo war baff. Weder wusste er von der Existenz dieses Songs, noch dass er an diesem Abend gespielt werden sollte. Es war ein fragiles, anmutiges Stück voll schwebender Melodien und unerwarteter Akkordwechsel. In seinem Kopf stellte sich Max bereits die endgültige Version mit Bandunterstützung und amtlicher Produktion vor. Für Max brauchte die Nummer den Vergleich mit den vier vorausgegangenen Hits nicht zu scheuen. Absolutes Klassikermaterial. Und Grant Delgado war ein gottverdammter Superstar. Im Schritt von Max Mojos enger Streifenjeans hatte sich eine beachtliche Beule gebildet. Nachdem der Song zu Ende war, gefolgt vom größten Applaus des Abends, verschwand Max Mojo in der Herrentoilette und legte Hand an, um Druck abzulassen.

# KAPITEL 19

## 17. Februar 1983
## 02:18 Uhr

Als Max Mojo aus der Toilette kam, schleppten Grant und Simon ihren bewusstlosen Leadgitarristen zum Wagen von Jimmy Stevenson.

»Was'n jetzt schon wieder?«

»Ich hab drüber nachgedacht, was du gesagt hast, Max«, antwortete Simon. »Ich will unbedingt in der Band sein, verstehste? Also hab ich dem Arsch eine reingehauen. Is direkt k.o. gegangen, mit einem Schlag.«

Max schaute auf den regungslosen Eddie hinunter.

»Musste sein. Entweder eine auf die Zwölf und raustragen oder das Riesenwaschbecken aus der Wand brechen!«, sagte Simon mit einer gewissen Logik.

»Aye ... schätze, das ging nich anders.« Max kratzte sich am Kopf und machte sich auf die Suche nach The Heid, um die Bezahlung zu regeln. Es sollte die zweite Enttäuschung dieses Abends für ihn werden. In der Besenkammer war es nach dem Gig zu einem Streit zwischen dem Hypnotiseur und Simon Sylvester gekommen, woraufhin The Heid samt Gefolge auf den kleinen Hof hinter dem Metropolis ausgewichen war.

»Wie jetzt, keine Bezahlung?«

»Ich werd dich nich bezahlen, heißt das«, sagte der verärgerte Heid. »Ihr Penner habt mein Intro versaut, und am Ende meiner Show habt ihr euch verpisst.«

»Aye, haben wir. War das Beste, was wir machen konnten, du Flachpfeife!«, erwiderte Max. »Außerdem hast du meinen Gitarristen mit deinem Voodooscheiß verhext. Hat jetzt vor seinem eigenen Schatten Angst, der Junge. Dafür is 'ne Entschädigung fällig!« Max schubste den Alten, der nach hinten gegen seinen Kleinbus fiel. Sofort kletterten zwei Männer aus dem Wagen.

»Alles in Ordnung, Dad?«, sagte einer der beiden. Es war derselbe, den die Blondine vorhin über die Tanzfläche geritten hatte, als wäre er Red Rum beim Grand National.

Max trat einen Schritt zur Seite und spähte durch die Hintertür ins Innere des Kleinbusses, wo auch die »leicht zu beeinflussenden« Damen aus dem Publikum hockten. Offenbar tourte The Heid mit einer – im wahrsten Sinne des Wortes – *kompletten* Show: Selbst die Versuchspersonen aus dem Publikum brachte er zu den Auftritten mit. Der Gesichtsausdruck und das Schulterzucken des Alten sagten alles. Die ältere Frau streckte ihren Kopf zur Hintertür heraus.

»Hey, Long John Silver, kratz besser die Kurve. Andernfalls endeste wie 'ne Portion Fish'n'Chips ... paniert und frittiert, verstehste?!« Max trat einen Schritt zurück.

»Spätestens an dieser Stelle sind wir uns wahrscheinlich alle einig, dass *ich* deinen Gitarristen nich hypnotisiert hab, oder?«, sagte The Heid mit einem Ausdruck jahrelanger Resignation im Gesicht. »Und jetzt geb ich dir noch 'nen kleinen Tipp mit auf den Weg, Kumpel: Lass dir die Kohle vor der Show geben. Dann kann der Gig ruhig bescheiden ausfallen, aber die Kröten nimmt dir keiner einfach so wieder ab. Verstehste?«

Familie Heid kroch in ihren Kleinbus. Als die Klapperkiste davonknatterte, grübelte Max darüber nach, wer das Mädchen war, das The Heid den Schwanz gelutscht hatte. Die ältere Frau war sehr wahrscheinlich Mrs. Heid, die beiden Jungs ihre Söhne. Blieb eine »Schwiegertochter« ... oder sogar eine Tochter!

»Dieser dreckige Bastard!« Max schüttelte sich. Irgendwie passte es aber zu diesem Abend.

»Alle mal herhören. Schlechte Nachrichten. Der alte Wichser is abgedampft, ohne uns zu bezahlen«, sagte Max. »Jimmy, sieht so aus, als müsst ich dir die Kohle erst mal schuldig bleiben.«

»Nich dein scheiß Ernst, oder? Bei mir kann man nich anschreiben lassen, Mann. Und ich Idiot hab dir vertraut.« Jimmy legte eine Vollbremsung hin. Die Reifen quietschten, und die Band wurde nach vorn gegen die Trennwand geschleudert, die Vordersitze und Laderaum des Kleinbusses trennte.

»Hab ich das richtig gehört?«, brüllte Grant durch das kleine Fenster in der Trennwand. »Keine Kohle? Verdammte Scheiße, Max. Das war deine einzige Aufgabe, Mann!«

»Aye, aye ... weiß ich doch, verdammt. Kannst aufhören mit der Brüllerei, okay?! Keinen zieht die Sache mehr runter als mich ... na ja, mit Ausnahme von dem da vielleicht.« Max zeigte durch das Fenster auf Eddie Sylvester, der bewusstlos und in einer bizarren Position über die Einzelteile des Schlagzeugs drapiert war. »Hat irgendjemand genug Kohle auf Tasche, um Jimmy zu bezahlen?« Niemand antwortete. »Nein? Dann geb ich's dir morgen, Jimmy.« Simon Sylvester rutschte auf seinem Sitz hin und her. Dann zog er eine dicke schwarze Brieftasche hervor.

»Heilige Scheiße«, sagte Maggie.

»Als ich an der Bar stand, um Drinks zu holen, haste keinen Pieps davon gesagt, du Mistkerl!«, sagte Max.

»Wie viel?«, fragte Simon.

»'Nen Fuffi«, sagte Jimmy und streckte seine verschwitzte Pranke durch das Fenster nach hinten. Simon öffnete das Portemonnaie und zog ein paar Zwanziger heraus. Max sah ein kleines Passbild von The Heid in einem der Plastikfenster der Brieftasche.

»Halle-fuckin-luja, Simon!«, stieß Max Mojo begeistert hervor. »Wie zum Henker haste dir die denn gekrallt? Und was mich noch mehr interessiert: Wann wollteste uns davon erzählen?«

Simon tippte sich mit dem Zeigefinger gegen den Nasenflügel. Er gab Jimmy Stevenson sechzig Pfund und sagte ihm, er könne den Rest behalten. Anschließend reichte er Max Mojo hundert Pfund mit der Anweisung »Aufteilen, bitte«. Der restliche Inhalt des gestohlenen Portemonnaies verblieb im Besitz des neuen Eigentümers.

Der Kleinbus setzte sich wieder in Bewegung, unter den Bögen des Eisenbahnviadukts hindurch und dann hoch nach Onthank, um Grant und Maggie abzusetzen.

Eine Mischung verschiedener Emotionen beschäftigte Max Mojo: Begeisterung angesichts des Potenzials von Grant Delgado, Enttäuschung über sein durch Unerfahrenheit bedingtes Versagen bei der Sicherstellung der Bezahlung und Zweifel bei den Gedanken an die diversen Vor- und Nachteile, einen alles andere als vertrauenswürdigen Kleptomanen in der Band zu haben. Aber immerhin, es war eine Band. Der

Weg von Max Mojo, seine Bestimmung, schien nun vorgezeichnet. Der Aufstieg der Miraculous Vespas hatte begonnen.

# TEIL 3

## PLEASE, PLEASE, PLEASE, LET ME GET WHAT I WANT ...

*Und dann hätt's eigentlich losgehen müssen . . . genau in diesem Moment. Mit 'nem klitzekleinen bisschen gemeinschaftlichem Engagement, verstehste? Bisschen Zielstrebigkeit. Aber nix da. Die Wichsköppe waren genauso stinkfaul wie vorher. Keiner von denen hatte damals so was wie 'ne Vision . . . außer vielleicht Delgado. Und sogar bei dem bin ich mir nich sicher.*

*BB hat sich dann einfach mit ihrem bescheuerten Campingbus verdünnisiert. Ach ja, das muss ich vielleicht noch erklären: Wir haben Maggie irgendwann nur noch* Butter Biscuit *genannt. Hat sie zwar in den Wahnsinn getrieben, aber egal . . . ich fand's gerade deshalb so lustig, verstehste? Die Idee kam von Eddie, dem Spinner. Grant hat sich ja Delgado genannt, also hat unser Erbsenhirn am Viersaiter drauf bestanden, dass alle ihren Namen ändern. Ich meinte nur, dass ich bei Max Mojo bleiben würde. Basta. Und Simon hat seinem Bruder empfohlen, sich die Idee dahin zu stecken, wo keine Sonne scheint. Auf jeden Fall hieß die Kleine mit Nachnamen ja Abernethy, wie diese Kekse, verstehste? Und Eddie war ja auf Biskuits und Kekse versessen. Außerdem hat der Blödmann tatsächlich gedacht, der Name Maggie wär 'ne Kurzform für Margarine oder so . . . und deshalb kam er auf* Butter Biscuit. *Hab ich dir nich gesagt, der Typ is 'n absoluter Vollpfosten? Ich wollt sie dann umtaufen, in* Chocolate Biscuit, *aber das kam noch schlechter an.*

*Na ja, jedenfalls, wo war ich stehengeblieben? Ach ja . . . sie macht sich also vom Acker, weil irgend so 'n Pisser versucht hat, ihren Campingbus anzustecken. Während sie drin war! Muss einer von den Dreckszigos aus Galston gewesen sein, säg ich ihr.*

*Und dann is sie abgedampft … als würden ihr diese Kerle mit den Kopfkissenbezügen überm Kopp im Nacken sitzen und ihre qualmende Klapperkiste verfolgen.*

*Kurz danach lässt sich unser beknackter Bassist beim Klauen erwischen. Jacken ausm DM Hoey's. Und sein Bruder is mittlerweile so was von matschig in der Birne, dass er nich mehr ausm Haus gehen kann, weil The Heid, der Wichser, ihm das letzte bisschen Grips im Schädel frittiert hat.*

*Dazu kam noch, und da muss ich ehrlich sein, dass ich selber auch 'n bisschen Trouble hatte. Bin nämlich runter vom Lithium und voll auf Turkey gewesen. Gab quasi kalten Truthahn zu Weihnachten, verstehste? 'Ne Woche später renn ich die Dundonald Road runter, splitterfasernackt, und schieb 'nen Einkaufswagen vom Fine-Fare-Supermarkt vor mir her. Drin sitzen drei kleine Köter und 'n Gartenzwerg. Die Tölen hatt ich wohl 'n paar Rentnern abgezogen, den Zwerg ausm Garten vom Bürgermeister geklaut. Und irgendwann fang ich an rumzubrüllen – »Die Jungs werden größer als die beschissenen Beatles!« – und ramm den Scheißwagen volle Kanne durchs Schaufenster vom Co-op-Markt. So hat man's mir zumindest erzählt. Erinnern kann ich mich an nix davon.*

*Endergebnis: Hausarrest. Ausgang komplett gestrichen. Und außerdem neue Pillen, die noch mehr reinhauen. Was für 'ne Scheiße, oder?*

# KAPITEL 20

## 1. März 1983
## 15:06 Uhr

»Lang nich gesehen, Senga.«

»Aye, Des. Letztes Mal war Bob noch am Leben.« Es war ein verbitterter Kommentar. Ein Kommentar, mit dem sie ihren Bruder verletzen wollte, der nicht mal am Tag der Beerdigung ihres Ehemanns – und seines Kollegen – mit ihr gesprochen hatte.

»Pass auf, Senga, ich hab keine Lust zu streiten. Für mich is das Schnee von gestern.«

»Was willste dann hier? Mir die Einkäufe zum Wagen tragen? Oder hat der Supermarkt dich engagiert, damit du die Einkaufswagen zurückschiebst? Magere Zeiten mit dem Fatman, oder was?«

»Lass es lieber, Senga, okay? Ich mach mir Sorgen wegen Grant«, sagte Des.

»*Grant*?«, sagte Senga. »Grant geht's bestens, seitdem er nix mehr mit der ganzen Scheiße zu tun hat, die hier abläuft.«

»Fat Franny weiß, dass ihr sein Geld habt«, sagte Des.

»Was?« Senga war mit einem Mal nervös. Sie versuchte es zu überspielen, aber es half nichts. »Keine Ahnung, wovon du redest, mein Bester.«

»'Nem Berufsgauner machst du so leicht nix vor, Seng«, sagte Des. »Kann sein, dass Fat Franny sich noch nich absolut sicher is. Den Verdacht, dass ihr es wart, hat er hundert Pro.« Senga zog ihre Schultern nach hinten. Sie wusste jetzt, dass ihr Bruder im Bilde war.

»Wie?«, sagte sie.

»Dein kleiner Ausflug nach Venedig mit dem Jungen ... über Hogmanay und so. Das is nich unbemerkt geblieben.«

»Woher weißt du davon? Und außerdem war's Wien und nich Venedig.«

»Jacke wie Hose. Campen in Ayr Butlins wart ihr jedenfalls nich, oder?«

»Und, was heißt das schon, Des?! Kann doch sein, dass ich jahrelang dafür gespart hab. Vielleicht hatte Bob ja auch 'ne Lebensversicherung übern paar Tausender!«

»Aye, möglich«, sagte Des. »Aber du hast nich gespart ... und er war nich versichert. Und Grant is auf Stütze, verdammt nochmal, aber er kauft sich eine Gitarre nach der anderen ... und 'nen gottverdammten Campingbus!«

»Der Bus is von seiner Freundin, damit du's weißt. Scheiße, Des, aber du wärst als Detektiv echt keinen Pfifferling wert.« Senga schäumte und versuchte angestrengt, sich nichts anmerken zu lassen. Inzwischen waren sie bei ihrem Auto angelangt. Mit all den Einkaufstüten in den Händen hatte sie Schwierigkeiten, es aufzuschließen. Ihr Portemonnaie fiel herunter und öffnete sich beim Aufprall. Des erhaschte einen Blick auf den dicken Stoß Geldscheine im Inneren der Brieftasche. Es waren nicht sonderlich viele grüne Scheine darunter. Ihre Blicke trafen sich, aber er sagte nichts.

»Wie geht's den Kleinen? Und Effie?«, fragte sie ihn nach einem Moment der Stille.

»Den *Kleinen* geht's gut, aber sie sind nich mehr klein«, antwortete er knapp. »Pass auf, Senga, ich bin nich zum Plauschen gekommen. Dafür is die Sache viel zu ernst. Ich will einfach nich, dass Grant in diesen ganzen Scheiß hineingezogen wird. Letzten Sommer hat er die richtige Entscheidung getroffen ... meiner Meinung nach zumindest. Aber jetzt geht's bergab mit Franny. Er hält jeden für 'nen Verräter und erkennt zum ersten Mal, wie sehr Bob ihn die ganze Zeit über beschützt hat. Seine Mum pfeift aus dem letzten Loch, aber er will's nich wahrhaben. Er meint, das Geld aus dem Safe wär für sie gewesen. Er wird die Geschichte nich so einfach auf sich beruhen lassen. Ohne Bob mag er schwächer sein, aber er is immer noch verdammt gefährlich.« Des seufzte. »Hör zu, sag Grant einfach, er soll auf sich aufpassen. Und du solltest das auch tun.«

»Warum arbeitest du dann immer noch für ihn? Warum ziehste nich einfach die Reißleine und machst was anderes? Was Ehrliches?«, fragte sie ihn.

»Spielt doch keine Rolle. Ich will einfach nich ...« Er brach mitten im Satz ab. »Am Ende is Blut eben doch dicker als Wasser, nich wahr?«

Senga schaute ihren jüngeren Bruder an. Er zitterte. Es schien, als würde er etwas zurückhalten, und in der Folge wirkte er verletzlich. Mit einem Mal tat er ihr leid, auch wenn sie nicht recht wusste, warum.

»Effie hat Krebs«, sagte er schließlich. »Sie geben ihr noch sechs Monate ... ein Jahr höchstens.«

»Oh, Des, das tut mir so leid.« Sie hätte ihn am liebsten umarmt, aber das letzte Mal war einfach schon zu lange her. Es hätte sich gekünstelt angefühlt, und das konnte momentan keiner von beiden gebrauchen.

»Ich werd mich etwas zurücknehmen müssen, weniger arbeiten und so. Weißt du, Franny hat sich um uns gekümmert. Er is nich so schlecht, wie die Leute immer denken. Ehrlich jetzt, ohne ihn wären wir am Arsch.«

»Aye. Gut, Des, ähm ... ich mach mich jetzt besser aufn Weg. Grant wollte zum Tee zu Hause sein.« Senga berührte den Unterarm ihres Bruders. »Sag Effie, dass ich an sie denke, ja?«

»Mach ich, Senga. Und du sieh zu, dass Grant das Geld nich so zum Fenster rausschmeißt. Haltet einfach mal 'ne Zeit lang den Ball flach. Auch wenn die meisten Leute Franny fürn Arschloch halten ... es kommt nix Gutes bei raus, wenn man ihm die Sache unter die Nase reibt.« Des wandte ihr den Rücken zu, um zu gehen.

»Des.« Er drehte sich wieder um. »Wer hat dir erzählt, dass wir zu Silvester weg waren?«, fragte Senga.

»Spielt keine Rolle«, sagte er.

»Doch, für mich schon.«

Des atmete tief ein. Jetzt, da er sie gewarnt hatte, war er ihr auch eine Antwort auf diese Frage schuldig. »Einer von den Quinn-Burschen aus Galston hat's dem Maler gesteckt. Und der hat's mir erzählt«, sagte Des. Er hoffte, es dabei belassen zu können, aber noch fehlten ein paar Puzzleteile. »Grants Freundin ... das Mischlingsmädchen ... sie war mit Rocco Quinn zusammen. Hässliche Trennung letztes Jahr mit jeder Menge Drama. Offenbar hat sie damit geprahlt, dass Grant viel Geld hat.«

Senga stand die Wut ins Gesicht geschrieben.

»Sprich mit ihm. Sag ihm, er soll sich unauffällig verhalten, in Ordnung? Wir sehen uns. Pass auf dich auf, Senga.« Nach der Verabschiedung machte er sich auf den Weg.

Sie aber blieb stehen und schaute ihm nach, wie er über den Parkplatz ging, dann die Glasgow Road hinunter, bis er schließlich im Herzen von Onthank verschwand.

Sie wusste nicht recht, was sie sonst hätte tun sollen.

# KAPITEL 21

## 1. März 1983
## 19:21 Uhr

»Mum? Was is los mit dir?« Grant hatte Senga gerade nach draußen geführt, um ihr seine neue Anschaffung zu präsentieren. Er sah ihr an, dass sie nicht begeistert war. »Das Ding is sicher, Mum. Is ja keine Harley-Davidson oder so was.«

»Rein mit dir!«, herrschte sie ihn an.

»Verdammt, Mum, ich bin doch kein kleines Kind mehr«, motzte Grant.

Senga schlug die Tür hinter ihm zu. »Dann hör endlich auf, dich wie eins aufzuführen!«, schrie sie ihn an. »Los, setz dich.«

»Ich weiß gerade nich, ob ich das will, wenn du mich weiter so anblaffst«, sagte er.

»Grant!« Er setzte sich widerwillig. »Ich hab dir von dem Geld erzählt ... woher es stammt. Und ich hab dir gesagt, du sollst keine Show abziehen, wenn du was davon ausgibst«, sagte sie.

»Und? Hab ich doch nich gemacht!« Er streckte die Arme seitwärts vom Körper, als wüsste er nicht, wovon sie sprach.

»Und wo haste dieses dämliche Motorrad dann her? Aufm Rummel gewonnen?«

»Genau genommen isses kein Motorrad«, sagte Grant. »Es is 'n Scooter, 'ne Vespa. Das Ding is für die Band, Mum. Für die Pressefotos und so.«

»Dann haste diese Kiste also nich gekauft?«

»Na ja, doch ... natürlich hab ich die Vespa gekauft! Verschenken tun sie die noch nich, Mum. Was is eigentlich das Problem?« Grant war genervt. Vor neun Monaten hatte Senga ihm von den zwanzigtausend Pfund erzählt, die ihm sein Vater vermacht hatte. Geld aus krummen Geschäften, hatte sie erklärt, war bei ihren Ausführungen aber eher vage geblieben. Sie hatte das Geld auf ein Bankkonto eingezahlt, auf das Grant uneingeschränkten Zugriff hatte. Auch seine jüngeren Geschwister Sophie und Andrew hatten Geld vom Vater bekommen. Dieses jedoch war bis zum einundzwanzigsten Geburtstag der beiden auf einem Treuhandkonto deponiert. Grant hatte seinen Anteil unter strengen Auflagen sofort bekommen: Erstens musste er alle Verbindungen zu Fat Franny Duncan kappen, zweitens durfte er mit niemandem über das Geld sprechen. Am vergangenen Weihnachtsfest, als Senga ihm von der geplanten Silvesterreise nach Österreich erzählte, hatte sie ihm die ganze Geschichte offenbart: Das Geld stammte aus dem Haustresor des Fatman, aus dem es Grants Vater gestohlen hatte, um es der Familie zukommen zu lassen. Grant fragte sie, ob sein Vater *deshalb* hatte sterben müssen. Sie erwiderte, sie glaube es nicht, könne es aber auch nicht mit Sicherheit ausschließen. Fat Franny Duncan war ein skrupelloser Mistkerl, aber dass er seinen ältesten Freund getötet haben sollte, konnte sie sich nicht vorstellen. *Man kann aber nie wissen*, hatte sie ihren Sohn gewarnt.

»Wie viel is noch da, Grant?«, wollte Senga wissen. »Wofür hast du's bis jetzt ausgegeben?« In der Annahme, es würde eine lange Liste werden, legte sie sich einen Notizblock und einen Stift zurecht.

Grant erzählte ihr von den Gitarren: drei für sich selbst, außerdem eine neue Bassgitarre für Simon Sylvester, dessen Instrument bei einer Keilerei mit Max arg gelitten hatte. Er berichtete ihr auch von den Mietzahlungen, zum einen für den Kleinbus von Jimmy Stevenson, zum anderen für die Verstärker und Boxen aus dem Lager von Hairy Doug in Hurlford, die für die von Max organisierten Konzerte gebraucht wurden. Dass aus der Miete des Equipments ein Pflichtkauf geworden war, weil Max im Rahmen einer erneuten gewalttätigen Auseinandersetzung mit dem Bassisten der Band seinen Fuß in einer der Marshall-Boxen versenkt hatte, verschwieg er ihr allerdings. Auch die tatsächliche Geschichte mit dem Campingbus behielt er für sich. Grant war nämlich von Rocco Quinn zu Abfindungszahlungen gezwungen worden, andernfalls, so hatte ihm der Quinn-Spross gedroht, würde er den Bus in einen Schrotthaufen verwandeln. Dass Maggies Version des beim Pokerspiel gewonnenen Kleinbusses von ihrem Ex-Freund aufs Heftigste bestritten worden war, erklärte sich von selbst. Als Grant Besuch von Rocco und dessen baseballschlägerschwingenden Brüdern erhalten hatte, war auch Max Mojo anwesend gewesen. Max sah Grants Reaktion, als die Quinns ihn mit dessen neuem Wohlstand konfrontierten, und reagierte sofort. Er übernahm die Verhandlungen über die Höhe der Abfindungszahlungen und grübelte zeitgleich über einen Plan nach, um selbst vom plötzlichen Auftauchen einer derart stattlichen Summe profitieren zu können. Von all diesen Dingen erzählte Grant seiner Mutter aber nichts. Es war, das musste doch jeder einsehen, einfach nicht der richtige Zeitpunkt dafür.

Des Weiteren verheimlichte Grant seiner Mutter die Tatsache, dass Max Mojo ihn nach der Einigung mit den Quinns überredet hatte, den Bandmitgliedern einen bescheidenen Wochenlohn zu zahlen, um das Arbeitslosengeld der Musiker aufzustocken und ihr Erscheinen bei den Proben sicherzustellen. Grant wusste nicht mehr genau, wie diese Abmachung zustande gekommen war. Am Ende hatte er widerwillig zugestimmt – wofür ihm im Gegenzug fünfunddreißig Prozent von allen zukünftigen Bandeinnahmen versprochen wurden. Max Mojo mochte zwar noch ein Teenager sein, aber seine Fähigkeit, die Menschen in seiner Umgebung auszunutzen, war zweifelsohne bemerkenswert. Der junge Bandmanager hielt sich selbst für die Reinkarnation von Männern wie Brian Epstein, Kit Lambert, Don Arden und Colonel Tom Parker. Und oftmals war die Überzeugung, mit der er an diesem Glauben festhielt, auf abartige Weise inspirierend.

Senga, das wusste Grant, hätte zu diesem Zeitpunkt allerdings sehr wahrscheinlich wenig Verständnis für diese Sichtweise ihres Sohns aufgebracht. Also musste er lügen. Er fühlte sich schlecht deswegen, aber es half nichts. Er konnte ihr weder sagen, dass er bereits mehr als die Hälfte der neun Monate zuvor erhaltenen Summe ausgegeben hatte, noch dass neben Max Mojo auch seine temperamentvolle Freundin Maggie Abernethy über die Herkunft des Geldes im Bilde war.

# KAPITEL 22

## 11. März 1983
## 03:16 Uhr

Max Mojo konnte nicht schlafen. Er lief in seinem Zimmer auf und ab. Der Boden war von 7-Inch-Singles übersät. Er versuchte ein Bild in seinem Kopf zu formen, ein Bild der Band auf den Postern für ihre ersten richtigen Konzerte. Das Debakel mit The Heid einen Monat zuvor hatte er schon lange aus seinen Erinnerungen gestrichen. Er wusste jedoch, dass diese Episode – nach dem Durchbruch der Vespas in den USA, nach ihrem Konzert im Budokan, nach ihrem vierten Auftritt in Folge bei *Top of the Pops* – in zahllosen Biografien breitgetreten werden würde.

Max Mojo hatte keinerlei Zweifel daran, dass all diese Dinge irgendwann passieren würden. Zuerst brauchte die Band allerdings ein Image – ein Image, das sie in den Augen der weiblichen Teeniescharen dieser Welt mindestens so geil wie die beiden Wichser von Wham! aussehen ließ. Er schaute sich die diversen verwaschenen Jeans und Karohemden an, die er in einem Laden namens Jim Beam am Ende der Foregate-Einkaufsmeile gekauft hatte, aber es war nichts Brauchbares dabei. Eddie Sylvester mochte sich vor seiner »Hypnose« zwar für einen zweiten The Edge gehalten haben, aber gerade die Hemden sahen für Max einfach zu sehr nach Big Country oder U2 aus. Maggie – oder BB, wie Max sie jetzt nannte – würde zwar nie etwas anziehen, was der Bandmanager vorschlug, aber damit konnte er gut leben. Zum einen saß sie ohnehin hinterm Schlagzeug, zum anderen schien sie ganz von selbst darauf zu bestehen, viel Haut zu zeigen und wenig Stoff zu tragen. Vielleicht war Leder die Antwort. Eine Maggie, die so aussah, als wäre sie frisch mit Annabella Lwin aus dem Dschungel gekrochen, und davor eine Bande Gitarreros in schwarzen Lederoutfits – das konnte funktionieren. Allerdings war die Musik der Band weder hart noch besonders rockig. Zudem bestand Max auf das Wort »Vespas« im Bandnamen, sodass Lederklamotten auch aus diesem Grund nicht besonders gut passten.

Paul Wellers neuer Look – diese Mischung aus Caféhaus-Chic und Mod-Fashion – war ein interessanter Ansatz und »Speak Like a Child« in Max Mojos Augen ein phänomenaler Neuanfang, aber es brauchte etwas Originelleres. Weller-Kopien gab es wie Sand am Meer, und Scharlatanen wie Secret Affair oder The Lambrettas war die Trittbrettfahrerei nicht sonderlich gut bekommen.

Eddie Sylvester blieb das Sorgenkind von Max. Der Junge hatte seit jeher als seltsam gegolten, nicht zuletzt unter den Schülern und Lehrern seiner Schule, der Kilmarnock Academy. Letztere stempelten ihn als störend und aggressiv ab und schickten ihn in der siebten Klasse auf die nahe gelegene Park School. Der offiziellen Sprachregelung zufolge wurden in dieser Schule *besondere* Schüler unterrichtet. In Wahrheit jedoch wurden diese Kinder von aller Welt erbarmungslos stigmatisiert und ungerechterweise als dumm abgestempelt. Die Mutter von Eddie und Simon war schon lange tot – umgekommen bei einem Gartenunfall direkt vor dem Haus der Familie, als die Jungs gerade mal zehn waren. Die Messer des elektrischen Rasenmähers hatten den PVC-Mantel des Stromkabels durchtrennt, und als die Mutter der Zwillinge nach dem im nassen Rasen liegenden Kabel griff, um den Schaden zu untersuchen, wurde sie von einem Stromschlag getötet. Eddies kurze Aufmerksamkeitsspanne und sein Hang zur Aggressivität wurden zum Großteil auf das Trauma zurückgeführt, das der Junge erlitt, als er den Tod seiner Mutter vom Fenster seines Zimmers aus beobachtete. Nach dem Unfall ging sein zunehmend überforderter Vater dazu über, das offensichtlich gestörte Verhalten seines Sohns zu tolerieren und es am Ende sogar zu ignorieren.

Simon Sylvester schilderte seinen Bandkollegen die Geschichte in allen Einzelheiten. Er tat es allerdings nicht, um den neuesten, angeblich von The Heid verursachten Aussetzer seines Bruders zu entschuldigen, sondern um den durch das Verhalten seines Bruders hervorgerufenen und gegen ihn selbst gerichteten Groll der anderen abzuschwächen. Obwohl die ersten Auftritte anstanden, kam Eddie nämlich nicht mehr zu den Proben in den Gemeindesaal. Er wollte zwar nach wie vor in der Band sein, das bestätigte Simon, sah sich jedoch nicht in der Lage, das Haus zu verlassen.

Das stellte ein ernsthaftes Problem für Max Mojo dar, der gerade eine Kilmarnock-Minitour mit drei Auftritten in verschiedenen Pubs auf die Beine gestellt hatte. Das Werbematerial für die Konzerte war in Auftrag gegeben, eine Anzahlung für die verbindliche Buchung der Gigs hinterlegt – beides natürlich mit Geld von Grants Konto. Jetzt mussten nur noch siebzig Zuschauer pro Gig kommen, um die Minitour bei einem Eintrittspreis von einem Pfund zu einer rentablen Angelegenheit zu machen.

Max hatte keine Zeit, um einen anderen Gitarristen zu rekrutieren. Zudem war Eddies Gitarrenspiel einer der Glanzpunkte im sich noch entwickelnden Sound der Band. Er stand vor einem ausgewachsenen Dilemma.

*Ich bin übrigens 'n verdammtes Genie, falls ich das noch nich erwähnt haben sollte. Als ich da nämlich an diesem Morgen in meinem Zimmer rumgerannt bin und dabei Bunnymen, Simple Minds und die neue Scheibe von Aztec Camera gehört hab, hatte ich 'ne verdammte Erleuchtung. Eddie fuckin' Sylvester ... is der Motorcycle Boy!*

*Schule war für mich eigentlich nur Hass, außer Englisch, da war ich ganz gut. 'N paar von den geklauten Schinken aus der Bibliothek hatten's mir damals echt angetan. Die hab ich wieder und wieder gelesen. Eins von denen hieß* Die Outsider, *'n anderes* Rumble Fish. *Beide von derselben Tante geschrieben, so 'ner Yankee-Braut namens Hinton. Jedenfalls gibt's in einem dieser Bücher so 'ne Figur, die heißt Motorcycle Boy, aber ich kann mich gerade nich erinnern, in welchem. Egal, alle denken irgendwie, der Kerl wär durchgeknallt ... was sich ja schon mal volle Kanne nach unserm Freund Eddie Sylvester anhört, oder?*

*Die Sache war aber die: Der Typ war gar nich verrückt. Der konnte nach 'ner Prügelei nur nich mehr richtig hören, aber das wusste natürlich keiner. Der Motorcycle Boy hatte jedenfalls noch 'nen bescheuerten Bruder, und seine Mum hatte sich ausm Staub gemacht. Passte also wie die Faust aufs Auge, die Story. Ich dachte nur: Zu schön, um wahr zu sein.*

*Also haben wir unsern kleinen Spinner Eddie einfach »The Motorcycle Boy« genannt und keiner Menschenseele seinen echten Namen verraten ... alles ganz mysteriös und so. Aber der beste Teil der Story ... der Teil, über den ihr jetzt natürlich Bescheid wisst ... war der Integralhelm, den wir dem Fotzkopp über die Birne gestülpt haben. Getöntes Visier, logisch! Damit haben wir seine Aggrophobie in den Griff gekriegt. Mit* dem Ding aufm Kopf hat das Gehirn von dem Penner nämlich gedacht, er wär immer noch im Haus. 'N verfickter Geniestreich!

Kennste den Scheißer aus Jeremy Clarksons Autosendung Top Gear? The Spiv oder The Spig oder so? Na ja, die Figur basiert jedenfalls auf meiner Idee. Is Tatsache. Gibt auch irgend so 'ne lahme Indieband, die sich danach benannt hat. Eigentlich sollt ich die alle beide verklagen, bis sie schwarz werden.

Wie dem auch sei, jedenfalls hatten wir damit so 'ne Art Image.

# KAPITEL 23

## 27. März 1983

»Na, wie geht's, William?«

»Alles paletti, Mr. McAllister. Und selber?«

»Tja, ich hatte mich eigentlich drauf eingestellt, deine Gesellschaft in letzter Zeit etwas öfter zu genießen, aber abgesehen davon könnt's gerade nich besser laufen, mein Junge.«

Don McAllister hatte im vorherigen Monat den Ort ihres regelmäßigen Treffens verlegt, was Wullie der Maler als eine reichlich übertriebene Vorsichtsmaßnahme empfand. Er war schließlich kein Informant vom Kaliber eines Huggy Bear.

»Also, was gibt's Neues?«, sagte McAllister. Es war so dunkel auf dem Golfplatz, dass Wullie das Gesicht des Polizeichefs kaum sehen konnte, obwohl dieser nur ein paar Schritte vor ihm stand.

»Is das nich alles ein bisschen zu ... keine Ahnung ... *zu viel des Guten*? Komm mir beinah vor wie bei Watergate oder so«, sagte der Maler.

»Wär's dir lieber, wenn wir uns in der Einfahrt vorm Haus vom Fatman treffen?«, sagte McAllister.

»Würd höchstwahrscheinlich keinen Unterschied machen«, sagte Wullie. »Franny kriegt zurzeit nämlich absolut gar nix geschissen. Seine Ma is total plemplem, und er kann sie nich allein lassen, weil sie sonst das ganze Haus abfackelt. Nich, dass Sie mich falsch verstehen, Mr. McAllister. Ich will mich nich beschweren oder so, aber im Moment bezahlen Sie mich für nix und wieder nix. Fat Franny Duncan is momentan 'n echter Rohrkrepierer, Sir. Nix los mit dem Kerl. Was denken Sie denn, warum ich den Malerjob bei Doc Martin überhaupt erst angenommen hab?!«

»Aye. Das weiß ich alles«, sagte McAllister ruhig.

Wullie der Maler war überrascht. »Is nich so, als wär das die verdammte Cosa Nostra da oben in Onthank, verstehen Sie? Is Klimpergeld. Da geht's um 'n paar Pfund, um Schillinge und Pennies. Bisschen Shore in den Eiscremewagen vielleicht, aber das war's dann auch schon. Der Rest is Zinswucherei, und das sollte Sie nun wirklich nich kümmern. Vor fünf oder zehn Jahren war da vielleicht was los, als die McLartys noch mit von der Partie waren und jede Woche irgendwer abgestochen wurde, aber jetzt läuft doch da nix mehr. Alle sind pleite … sogar die Gauner«, sagte Wullie. »Scheiße, Mann, *vor allem* die Gauner«, fügte er hinzu und kehrte demonstrativ seine Hosentaschen nach außen.

»Die McLartys kommen zurück«, sagte McAllister und ließ der Nachricht etwas Zeit, um ihre volle Wirkung zu entfalten. »Ich weiß es schon seit 'ner ganzen Weile. In Glasgow laufen große Geschäfte, mein Junge, und jetzt wollen sie die Kohle weiterleiten, raus aus der Stadt und hier runter.«

»Verdammte Axt«, sagte Wullie. »Sind Sie sicher?«

»Ziemlich sicher, aye. Damit ändert sich natürlich auch dein Auftrag, mein Bester.«

»Au Backe«, sagte Wullie und ließ den Kopf hängen.

»Keine Bange, mein Junge. Bisher hattest du ja wirklich nich viel auszustehen. Ich schieb dir jeden Monat zweihundert

Steine rüber, da is doch wohl klar, dass du irgendwann mal Leistung bringen musst, oder? Um mit den Worten eines weitsichtigen Glasgowers zu sprechen: ›Steh auf, Wullie, deine Zeit is gekommen.‹« Don McAllister lachte. »Charlie wird dir die Einzelheiten erklären ... oder dir ordentlich in den Arsch treten. Kommt ganz auf seine Laune an.«

Don McAllister ging zum neunten Abschlag zurück, hinter dem auf einer kleinen Lichtung sein Jaguar parkte. Nachdem ihn die Dunkelheit verschluckt hatte, tauchte Charlie Lawson auf. Selbst als der Polizist anderthalb Meter vor dem Maler stand, konnte Wullie nicht viel mehr als dessen Umrisse erkennen.

»Also, Mr. Lawson, wie lautet der Plan?«, sagte Wullie.

»Der Chef will, dass du Tuchfühlung zu Washer Wishart und den Zigeunern aus Galston aufnimmst. Die McLartys werden nach 'ner Eintrittspforte suchen, und nach allem, was wir wissen, haben sie bereits in allen drei Crews 'nen Verbindungsmann. Mr. McAllister will wissen, um wen es sich handelt. Irgendwelche Ideen?«

»Scheiße, Mr. Lawson, der Chef hat mir doch gerade erst gesteckt, dass die McLartys zurückkommen. Hexen kann ich auch nich«, sagte Wullie.

»Na, dann werd ich dir jetzt mal 'n paar Tipps geben«, sagte Charlie Lawson. »Zum einen is da dieser Trottel Terry Connolly in eurer Truppe. Der kutschiert in seinen Eiscremewagen von Mal zu Mal größere Päckchen durch die Gegend, und irgendwo muss das Zeug ja herkommen ...«

»Dann nehmen Sie die Pissnelke doch hoch! Wozu brauchen Sie da meine Hilfe?«, argumentierte Wullie der Maler.

»Connolly is 'n kleiner Fisch. Aber es is gut möglich, dass er uns zu den großen führt. Mr. McAllister plant 'nen gewaltigen

Coup gegen die Unterwelt von East Ayrshire, musst du wissen. Er geht nächstes Jahr in Rente, und 'n letzter großer Wurf wär wie 'ne Garantie für höchste Ehrungen, 'nen CBE oder höher, verstehst du?«

»'N Orden? 'Ne Stufe unterm Ritterschlag? So richtig von der Queen und so?« Wullie der Maler war beeindruckt.

»Aye. Wird demnächst also heiß hergehen. Aber wenn die McLartys zurückkommen, und dazu noch mit ihren Drogengeschäften, dann is das ganz und gar nich gut für unseren Chef. Kapiert?«, sagte Charlie Lawson.

»Aye. Denke schon«, sagte Wullie. Charlie Lawson reichte ihm einen Umschlag, den der Maler in die Innentasche seiner Jacke schob.

»Halt einfach Augen und Ohren offen, in Ordnung?«, sagte Lawson. »Dann is da noch dieser Junge von Washers Truppe, Benny Donald, der hat auch Verbindungen zu den McLartys. War 'n paar Mal zu oft oben in Glasgow, im Clydeside Casino. Jetzt haben sie ihn bei den Eiern. Washer weiß nichts davon. Nimm Kontakt mit ihm auf. Sag ihm, du suchst 'nen Job, weil Fat Franny nichts mehr gebacken kriegt. Und dann haben wir noch Ged McClure von den Quinns. Auch über den brauchen wir Informationen. Wenn dir was auffällt, dann erzählst du uns davon. Alles klärchen?« Charlie Lawson lächelte. *Erstaunlich weiße Zähne für 'nen Kerl aus Westschottland*, dachte der Maler.

»Denke schon«, sagte Wullie.

Charlie Lawson klopfte ihm auf die Schulter. »Na dann, pass mal gut auf dich auf, okay?!«, sagte er mit leicht herablassendem Ton.

Wullie wartete fünf Minuten, wie man es ihm zuvor gesagt hatte, und ging dann ebenfalls zurück zur Lichtung. Sein

Wagen stand jedoch einige Meilen weiter in einem Dorf, und zu seinem Pech hatte es soeben angefangen zu regnen. Als er die Lichtung erreicht hatte, kreischte hinter ihm eine Eule. Instinktiv warf sich Wullie auf den Boden.

»Heilige Scheiße, jetzt reicht's aber langsam! Sind wir hier bei *Die Unbestechlichen*, oder was?«, maulte er, während sein Puls sich wieder normalisierte.

# KAPITEL 24

## 2. April 1983

Trotz der Spannungen, die wegen der Angelegenheit mit Rocco Quinn immer noch zwischen Maggie und Grant bestanden, liefen die Proben gut, und Max Mojo war happy. Zumindest in den Phasen zwischen den unregelmäßig auftretenden Paranoiaschüben. Wenn diese sich anbahnten, schnappte er sich sein Luftgewehr und jagte den Kühen auf der Weide hinter der Kirche ein paar Diabolos in den Arsch. Es war nicht gerade ein Hobby, hatte aber definitiv therapeutische Wirkung. Es half Max beim Stressabbau und ermöglichte es ihm, sein Gleichgewicht wiederzufinden und sich zu konzentrieren. An diesem Morgen war es mal wieder so weit. Während er auf die Ankunft der Band zur anstehenden Probe wartete, lehnte er sich aus dem Flügelfenster auf der Gebäuderückseite und feuerte in unregelmäßigen Abständen in die frische Frühlingsluft hinaus auf die Hinterteile der dort grasenden Holstein-Kühe. Der Dansette-Schallplattenspieler lief, und Iggy sang »No Fun«, womit er an diesem Morgen aber ziemlich danebenlag.

Zuerst trafen Schlagzeugerin und Sänger ein. Allerdings getrennt voneinander, sie im Campingbus, er auf der Vespa, und mit einer halben Stunde Abstand. Die Sylvester-Zwillinge

fuhren im Taxi vor, und es sah ganz danach aus, als hätte sich
der Motorcycle Boy mit dem Komplettleder-Outfit à la Mad
Max angefreundet, das ihm sein Manager verschrieben hatte.
Der Helm blieb auf dem Kopf, das Visier fest geschlossen, bis
er im Gemeindesaal auf der Bühne und inmitten der anderen
stand. Max Mojo war nicht sicher, ob Eddie tatsächlich unter
einer Phobie vor offenen Plätzen litt, aber vor seinem geistigen Auge konnte er bereits die Berichte der Musikpresse über
den mysteriösen Gitarristen mit der geheimen Identität sehen, der keine Interviews gab und stets mit dem Rücken zum
Publikum spielte.

Es war von größter Wichtigkeit, dass die Miraculous Ves-
pas langsam das Potenzial erkannten, das Max Mojo in der
Band sah. Die in vielerlei Hinsicht eher unbeleckten Bandmitglieder gierten förmlich nach seiner unerschöpflichen
Energie und seinem Enthusiasmus, auch wenn sie damit die
Kehrseite der Medaille in Kauf nehmen mussten: die Aggression und die Taktlosigkeit, die Max als Antrieb dienten.
Zudem waren sie von seinem scheinbar unerschöpflichen
Musikwissen abhängig. Max konnte zwar kein Instrument
spielen, und sein Gesang war größtenteils kraftlos und kräch-
zend, aber er verstand etwas von Melodien. Einer abgespeck-
ten Version von Phil Spector gleich formte er ihre Einstellun-
gen in Stil, Attitüde und Lyrics und unterwies Schritt für
Schritt die älteren Bandmitglieder. Washer hatte ihm einen
Videorekorder besorgt, *von irgend so 'nem fetten Kerl, der noch
'ne Rechnung offen hatte.* Max benutzte das Gerät, um so viel
Musik wie möglich aus der BBC-Unterhaltungssendung *The
Old Grey Whistle Test* aufzunehmen und anschließend die
Posen eines Tom Verlaine von Television zu studieren oder
mithilfe der Pause-Taste die Texte von Vic Godard und Ian

McCulloch zum Zweck der späteren Analyse zu notieren. In den vergangenen Wochen hatte er sie zu einer Gruppe geformt und ganz nebenbei vier eigenständige Individuen mit beachtlichen musikalischen Fähigkeiten erschaffen. Nicht zuletzt durch den Kontext der erst kurz zurückliegenden Punkwelle hatte er erkannt, dass Manager genauso wichtig waren wie Frontmänner. Gut möglich, dass Dale Wishart sich Illusionen hingegeben hatte, was sein musikalisches Talent betraf – Max Mojo hatte keine Zeit für derartige Fantasien. Seine Stärke hieß Management. Jetzt galt es, die Kontrolle zu behalten und den Bekanntheitsgrad zu steigern, und zwar gehörig. Kein leichtes Unterfangen, denn wenn Schottland schon der Arsch der Musikindustrie war, befand sich Ayrshire in dessen Dickdarm, und zwar ziemlich weit oben. Wer also nicht gerade, aus welchen Gründen auch immer, mit einem forschenden Zeigefinger den Hintereingang der Musikbranche untersuchte, übersah die Bands aus dieser Gegend. Und so lautete ihr Schicksal oftmals: aus den Augen und definitiv aus dem Sinn.

Max war klar, dass eine Menge der von ihm als großartig eingeschätzten Musik entstanden war, weil irgendwelche Amateurbands in ihrem Dilettantismus versucht hatten, die besten Momente der elterlichen Plattensammlung zu kopieren und miteinander zu verschmelzen. Nur allzu oft geschah dies in einem vollkommen spontanen und ungeplanten Prozess – ein Prozess, an dessen Anfang meist sehr niedrige Erwartungen standen. Er wusste, dass seine Band Vorbilder brauchte, einen Kanon allgemein akzeptierter Referenzen, auf den in Interviews verwiesen werden konnte. Eine Art Fundament, das der Gruppe als gemeinsamer musikalischer Ankerpunkt diente. Solche Dinge waren wichtig. »Was sind

deine Einflüsse?«< Oft schon hatte er die Antwort auf diese
oder ähnliche Fragen geprobt, wie sie promigeile *Sounds*-
Journalisten nur allzu gerne stellten. Und allzu oft hatte er
Schwierigkeiten gehabt, in diesen imaginären Interviews eine
stimmige und knappe Antwort zu geben. Die Liste der ge-
nannten Einflüsse änderte sich täglich. Das war ein schlech-
tes Zeichen, und Gott allein wusste, was die anderen ohne
entsprechende Vorbereitung auf diese Frage antworten würden. Daran musste gearbeitet werden.

Um Max Mojos portablen Plattenspieler herum lagen jede
Menge 7-Inch-Singles und LPs verstreut. Mit seinem offenste-
henden Deckel sah das Gerät aus, als wäre es gerade explo-
diert und hätte die Sternstunden der popmusikalischen Entwicklung ausgespuckt. Elvis Presley linste vom Cover seiner
ersten LP zu *London Calling* von The Clash – wie ein stolzer
Vater, der seine ebenfalls ganz ansehnlich geratenen Söhne
betrachtet. *Never Mind The Bollocks* lag neben *Parallel Lines*,
*All Mod Cons* neben *Closer*. Die »Penny Lane/Strawberry
Fields Forever«-Single der Beatles – das musikalische Äqui-
valent zum Deckengemälde in der Sixtinischen Kapelle – neben »Ghost Town« von The Specials. Und mittendrin: bahnbrechende Singles von Marc Bolan, Mott the Hoople und
Elvis Costello & the Attractions ... allesamt Studienobjekte
von Max, der sie analysierte und bis ins Detail sezierte, als
würde er an einer Doktorarbeit sitzen. Kleine, aber unver-
zichtbare Teile in dem Puzzle, das er zusammenzusetzen versuchte: der musikalische Stammbaum der Miraculous Vespas.

Max hatte den kleinen, schwarzen Plattenspieler in den
Proberaum getragen. Ebenso kistenweise Schallplatten, die
er aus Mitteln des bandeigenen Kontos erworben hatte.

Mittlerweile gab es zwei Verfügungsberechtigte für dieses Konto, Grant und Max, die unabhängig voneinander Geld abheben konnten, solange sie das Bestandsbuch korrekt ausfüllten. Max mochte seine Makel haben, aber anfänglich war er äußerst sorgfältig bei den Eintragungen in die Soll-Spalte. Dummerweise gab es wenig bis gar nichts, was die Miraculous Vespas in die Haben-Spalte hätten eintragen können, aber Max Mojo war zuversichtlich, dass sich all das sehr bald ändern würde. Orange Juice waren mit »Rip It Up« endlich in den UK Top Ten gelandet, und nun erwartete Max quasi täglich die Invasion der Majorlabelvertreter mit den fetten Brieftaschen und den unterschriebenen Blankoschecks in Schottland. Für die letzte Aprilwoche hatte Max drei Konzerte in unterschiedlichen Pubs der Stadt gebucht und dazu verschiedene Radio-DJs wie »Tiger« Tim Stevens und Billy Sloan aus Glasgow sowie Mac Barber von West Sound in Ayr per Brief eingeladen. Die Antworten waren zwar unverbindlich, aber es waren Zusagen – Grund genug, um guten Mutes zu sein. Außerdem hatte Max eine Vielzahl von Briefen an Alan Horne, den einstigen Labelchef von Postcard Records, geschrieben und ihn um Tipps gebeten. Die Antwort, in massiven Großbuchstaben und passenderweise auf einer Postkarte, lautete »FICK DICH, JUNGE!« und zog eine ausgedehnte Luftgewehr-Ballerorgie mit Zielen in der Viehwirtschaft des Umlandes nach sich, die man auch leicht für die Eröffnung der Jagdsaison hätte halten können. Ähnliche Schreiben an Paul Morley vom *New Musical Express* und Dave McCullough von *Sounds* waren vorerst unbeantwortet geblieben. Max war davon überzeugt, dass der Weg zur Londoner Musikbranche zwangsläufig über die Musikpresse führte, und so übte er sich in geduldiger Beharrlichkeit, die ihm das Gebot der Stunde schien.

Wie ein fauler Musiklehrer, der eine langweilige Stunde mit nervigen Schülern über die Runden bringen will, hatte Max die Bandmitglieder gebeten, bei der nächsten Probe doch bitte ihre Lieblingssingles rauszusuchen und vorzustellen. Bei Bedarf, so hatte er angeboten, konnten sie sich auch an der ausufernden Sammlung ihres Managers bedienen. Sein Ziel war, die vier in musikalischer Hinsicht besser zu verstehen. Er wollte ihre Leidenschaften herausarbeiten und begreifen, was ihre kollektive Fantasie befeuerte. Als Simon Sylvester kapierte, dass ein Teil dieser Plattenvorstellung darin bestand, den anderen zu erklären, warum die gewählte Scheibe einen so großen persönlichen Stellenwert besaß, hatte er Max eine Abfuhr erteilt. »Ich bin in dieser Band, um Musik zu spielen ... und Weiber flachzulegen«, hatte er argumentiert. »Aber nich, um irgendwelche beschissenen Hausaufgaben für dich zu machen, Kumpel.« Irgendwann jedoch lenkte er ein, und nun saßen alle vier im Kreis auf der Bühne des Gemeindesaals, in ihrer Mitte die Plattenstapel aus Max Mojos Sammlung.

»Ladies first, nich wahr?«, sagte Max in einem seltenen Anflug von Zuvorkommenheit. »BB, du bist dran.« Maggie stöhnte. Sie gab die eine von ihr mitgebrachte Platte im Kreis herum. Es war eine 12-Inch-Maxi. Max untersuchte sie, als wäre es der Heilige Gral.

»Hey, Maggie, LPs sind nich erlaubt, verdammt! Das is Schummelei. Los, Max, brumm ihr 'nen Strafaufsatz auf!«, sagte Simon. Maggie lächelte.

»Halt die Fresse und lass sie die Platte vorspielen«, sagte Grant. »Na los, Mags, leg die Scheibe auf.« Er lächelte sie an. Das Eis, das sich aus welchem Grund auch immer zwischen ihnen gebildet hatte, schien zu schmelzen. *Gerade rechtzeitig,* dachte Max.

»Is 'ne neue Platte. Hat meine Mum mir gekauft. Gil-Scott Heron mit ›B-Movie‹. Kennt das einer von euch?«

»Aye. Ich«, log Max. Er hatte die Platte noch nicht gehört. Maggie legte das Vinyl auf den Teller. Selbst für eine Runde mit derart unterschiedlichen Geschmäckern wie diese war »B-Movie« ein bizarrer Auftakt für eine Teambuildingmaßnahme.

»Scheiße, Mann, singt da keiner bei der Nummer?«, sagte Simon.

»Nee, da singt keiner. Das is 'n soziopolitisches Gedicht, über die Musik gesprochen«, antwortete Maggie. »Ein Protest gegen Ronald ›die Laserkanone‹ Reagan.«

»Schieß los, was gefällt dir an dem Song?«, fragte Max.

»Er hat 'ne Aussage. Geht nich nur um Liebe oder irgend 'nen anderen schnell vergänglichen Quark«, sagte sie. »Außerdem hat der Groove was Hypnotisches.«

»Aye ... ich weiß, was du meinst«, sagte Max mit einem Nicken. »Ich find ›The Bottle‹ aber besser.«

»Nach zwölf Minuten von diesem Geseier greift jeder zur Flasche«, sagte Simon.

»Weißt du was, Simon?« Maggie zeigte ihm den Mittelfinger. »Leck mich!«

»Jederzeit, Süße ... jederzeit«, sagte er.

»Weiter geht's. Was hast du für uns, Eddie?«, sagte Grant in scharfem Ton.

»Ich bin zum Schluss dran«, sagte Eddie durch das Visier. »Und übrigens heißt es *Motorcycle Boy*.«

»Sorry, Mann, in Ordnung. Dann mach ich weiter«, sagte Grant. Er spielte »Roadrunner« von Jonathan Richman & The Modern Lovers, eine Nummer, die bei allen gut ankam. »Es is intelligent, zeitlos, cool und schert sich 'nen Scheiß um die Meinung von allen anderen!«, sagte er.

»Genau wie du, oder wie?«, sagte Maggie.

»Aye. Genau wie ich«, erwiderte er lachend. Die Platte gehörte Max. Unweigerlich musste Grant darüber nachdenken, wie sehr ihn Max in seiner musikalischen Entwicklung beeinflusst hatte. Sie kannten sich noch nicht mal ein Jahr, aber in dieser Zeit hatte er sich von einem New-Romantic-Frischling zu einem hippen Beatnik gemausert – eine Verwandlung, die er einzig und allein den zuweilen lästigen Lektionen seines jüngeren Managers zu verdanken hatte.

»Ich weiß noch, wie ich die Nummer das erste Mal gehört hab«, sagte Simon, als »Start!« von The Jam auf dem Plattenspieler lief. »Radio Luxemburg. Ich lag gerade in der Wanne und hab ›Fünf gegen Willi‹ gespielt. Als dann dieser Song lief, hat's mich echt umgehauen, und ich bin fast ausm Takt gekommen. Hört euch nur mal den Bass an!« Im Gegensatz zu den beiden Vorgängern waren mit diesem Song alle Anwesenden bestens vertraut. Und alle fünf liebten ihn.

»Der Basslauf is von den Beatles geklaut«, wandte Max ein.

»'Nen Scheiß is der geklaut!«, sagte Simon.

»Aye, isser doch. ›Taxman‹ von der *Revolver*-LP«, sagte Grant. Max zog die Platte aus dem Stapel und spielte das erste Stück.

»Meine Fresse! Aber egal, oder? Trotzdem geile Nummer.«

Anschließend spielte Max Mojo seinen Song vor. Es war »I'll Never Fall in Love Again« von Bobbie Gentry.

»Achte mal auf die verrückten Lyrics, Grant. *So* schreibt man 'ne Herzschmerz-Nummer, Kumpel«, sagte Max. »Und dann dieser bizarre Songaufbau. Scheiße minimalistisch das Ganze.«

»Keine Ahnung, was das überhaupt bedeuten soll«, gab Simon zu.

»Alles aufs Nötigste reduziert. Dieser verfickte Bacharach verschwendet echt keine beschissene Sekunde«, sagte Grant. Und wieder war sich die Crosshouse-Jukebox-Jury einig in ihrem Urteil: Alle Daumen zeigten nach oben.

»Motorcycle Boy?«, sagte Grant Delgado. Simon kicherte, als sein Bruder schließlich den Helm abnahm und in den mitgebrachten Beutel griff. Er zog eine mitgenommene Single heraus, deren Cover schon viele Male mit transparentem Klebeband ausgebessert worden war.

»Die einzige Sache, an die ich mich noch erinnere, wenn ich an meine Mum denke, is ihr Gesang ... wenn sie in der Küche geträllert und gedacht hat, niemand würde zuhören. Aber ich hab oben auf der Treppe gesessen und ihr zugehört. Sie hatte 'ne fantastische Stimme. Is doch so, Si, oder? Mein Dad stand auf Country & Western. Hauptsächlich Johnny Cash und Merle Haggard. Und beide waren verrückt nach den Crooners. Sinatra, Como, Dean Martin und so. Kannste dich noch an den großen, braunen Marconi-Plattenspieler erinnern, Simon? Ich hab heute noch jedes einzelne LP-Cover aus ihrer Sammlung vor Augen. ›Ol' Blue Eyes‹ mit seinem dünnen Haaransatz auf der Hülle von *My Way*. Dieser riesige Lippenstiftknutscher auf dem Cover von der Connie-Francis-Platte. Die Everly Brothers mit den strahlend weißen Zähnen und den identischen Karosakkos. Dabei haben sich die Kerle mehr gehasst als wir beide, Si!« Er legte die Single auf den Plattenteller. »Nach dem Tod meiner Mum hat mein Dad die Platten alle in den Müll geworfen. Außer der hier. Die hatte ich vorher versteckt.«

»Galveston« von Glen Campbell erklang aus dem Lautsprecher.

»Das wär was, wenn wir so was Geniales wie das hier hinbekommen würden, oder?«, sagte der Motorcycle Boy, während sein Bruder aufstand, sanft Eddies Schulter tätschelte und in den hinteren Teil des Saals verschwand.

»Vollkommen deiner Meinung, Kumpel«, sagte Max. »Das is nämlich die große Aufgabe bei der ganzen Sache hier: Musik zu machen, die so lebenswichtig und so brillant is wie die fünf Songs, die wir gerade gehört haben. Wenn wir das hinbekommen, werden wir alle unsterblich sein.«

\* \* \*

## 2. April 1983

Maggie hatte sich bereitwillig als Fahrerin für den Ausflug nach Crosshands Farm zur Verfügung gestellt. Angesichts eines erneuten Streits mit ihrer Mutter war sie froh über die Möglichkeit, mal wieder rauszukommen.

»Ich glaub, ich wart hier auf euch«, sagte sie beim Anblick der von Bauschutt übersäten Zufahrt zu dem Haus von Hairy Doug.

»Aye, wahrscheinlich eh besser«, erwiderte Max. »Leg einfach den Soundtrack von der Black & White Minstrel Show ein. Weiße mit schwarz gefärbten Gesichtern, die einen auf Hottentotten machen ... das müsste doch genau dein Ding sein. Wir sind wieder zurück, bevor die Kassette durch is.«

»Du sollst dir diese Scheißkommentare klemmen, Mann! Ich sag's dir nich noch einmal«, warnte Grant.

Max war schon viele Male auf der Farm gewesen. Die ursprünglichen Vespas hatten sich ihre Lautsprecher größtenteils von Hairy Doug geliehen. Dieser Besuch jedoch hatte einen anderen Grund. Vorsichtig, als würden sie ein Minenfeld im Frankreich des Ersten Weltkriegs überqueren, staksten die beiden Teenager voran.

»Ich klopfe, und du redest, in Ordnung?«, sagte Max.

»Vergiss es!«, sagte Grant. »Das darfst alles du machen, Kumpel.«

Als sie gerade in die Diskussion einsteigen wollten, öffnete sich die Wellblechtür von Hairy Dougs Hütte, und der Biker schob seinen massiven Körper nach draußen.

»Na, alles in Ordnung, mein Junge?«, sagte Hairy Doug. Immer noch voller Angst, auf etwas Unidentifizierbares am Boden zu treten, tappten die beiden in seine Richtung.

»Wie läuft's, großer Mann?«, sagte Max. »Hab versucht, dich anzurufen, um sicherzugehen, dass wir dich auch zu Hause erwischen.«

»Kommt rein, Jungs. Ach ja, ich bin übrigens Doug«, sagte der Rocker zu Grant und streckte ihm seine schweißnasse, von Schmierölflecken überzogene Bärenpranke entgegen. Beim Händeschütteln wünschte Grant, sie nie ergriffen zu haben.

»Was kann ich für dich tun, mein Junge?«, sagte Hairy Doug.

»Tässchen Tee für euch beide?«, sagte jemand. »Oder 'n paar Jaffa-Kekse?« Max und Grant schauten sich um, denn es war nicht ganz klar, woher die quiekende Stimme kam. Hairy Dougs Hütte hatte nur zwei Zimmer, aber die Stimme schien aus keinem der beiden zu kommen.

»Oder vielleicht 'n kleines Shandy von Top Deck?« Wie ein Schachtelteufel sprang mit einem Mal eine Frau hinter einem alten, zu einem Tisch umfunktionierten und von Unrat umgebenen Holzfass hervor. Max erschrak gehörig und kreischte auf.

»'Tschuldigung, mein Kleiner. Wollt dich nich erschrecken. Hab hier nur die Katzen gefüttert.«

»Jungs, das is Fanny«, sagte Hairy Doug. *Fanny?! Fanny wie Fotze?!*, dachte Grant und prustete los. Max stieß ihm mit dem Ellbogen in die Seite.

»Nee, keine Sorge, Fanny. Hab mich nich erschreckt«, sagte Max.

»Also, Max«, sagte der stark behaarte Roadie. »Ging ums Mischpult, richtig? Macht sechzig Steine.«

»Scheiße, Hairy ... erster April war doch gestern, mein Großer!«

»Jetzt stell dich nich so an, Max. Und übrigens, mein Vorname is nich *Hairy*.« Grant lachte über den Fauxpas von Max. »Dann wollt ihr das Ding eher leihen, was?«

»Ähm, ja, leihen. Aber ich wollt dir auch noch 'n kleines Angebot machen«, sagte Max.

»Ach ja? Bin gespannt«, sagte Hairy Doug. »Fanny wird sich um dich kümmern, während Max und ich die Sache besprechen«, sagte er zu Grant, der sich mächtig zusammenreißen musste, um nicht noch einmal lauthals loszuprusten.

Fünfzehn Minuten später saßen die beiden Teenager wieder im Campingbus und waren auf dem Weg nach Crosshouse.

»Fanny?«, lachte Grant. »Hairy Doug und Hairy Fa...«

»Scheiße, Grant ... sie wird wohl kaum ihren Namen in *Hairy Fanny* ändern, selbst wenn die beiden heiraten! Wie alt bist du, Mann? Zehn oder was?«, sagte Max. Aber Grant konnte sich nicht zusammenreißen.

»... und dabei war sie noch behaarter als Hairy Doug, Billy Connolly und The Grateful Dead zusammen! Hast du ihren

Schnurrbart gesehen?« Maggie lachte nun auch, und zwar so heftig, dass sie anhalten musste.

»Jetzt reicht's aber echt langsam! Nimmt denn keiner die Sache hier ernst? Falls es euch interessiert, der Hüne hat zugesagt. Vierzig Steine, und er bringt Sound- und Lichtanlage. Und jetzt sagt mir bitte nich, das wär kein verdammtes Spitzenergebnis!« Max wurde langsam sauer.

»Aye ... hast recht, Max. Spitzenergebnis, auf jeden«, sagte Grant.

»Du bist 'n Magier«, sagte Maggie.

»'N gottverdammter Yoda«, sagte Grant.

»Der Boss aller Bosse«, sagte Maggie. Das Gesicht von Max wurde immer röter.

»Fresse halten, alle beide! Ihr führt euch ja auf wie 'n paar ... wie 'n paar gottverdammte ... *Fannies*, verdammt!«

Erneut brachen Grant und Maggie in schallendes Gelächter aus.

# KAPITEL 25

## 18. Mai 1983

Der erste Arbeitstag von Wullie dem Maler im Eiscremewagen verlief reichlich unspektakulär. Er hatte Fat Franny um eine Proberunde auf einer von Terry Connollys lukrativeren Routen gebeten und eigentlich mit unzähligen Assis gerechnet, die vollkommen aufgedreht und zugedröhnt auf »ihren Eis-Mann« warteten. Von dieser Sorte Kunden hatte es jedoch nur einen gegeben: einen zwielichtigen Kerl, der Wullie fragte, was denn die Nummer 32 für eine Woche kosten würde. Als Wullie den Mann bat, ihm zu erklären, was er meinte, wurde der vermeintliche Kunde plötzlich ganz still und antwortete, er hätte sich vertan und eigentlich auf den Fish'n'Chips-Wagen gewartet. Wullie kam das reichlich bizarr vor, denn sein Bus spielte diese unverwechselbare Quietschmelodie ab und hatte zudem »Ice Cream« in riesigen Buchstaben auf seinen Seitenwänden stehen – eigentlich, so meinte Wullie zumindest, eine ziemlich eindeutige Sache. Andererseits: In Onthank wimmelte es nur so von sonderbaren Charakteren. Am Ende seiner Schicht fragte sich Wullie der Maler, ob das Geschäft mit den Eiscremewagen nicht nur ein Ablenkungsmanöver war – eine List, um Don McAllisters uninformierte Komikertruppe von den Orten fernzuhalten, an denen die richtig dicken Deals abliefen. Es war allerdings ein warmer Tag, und so verkaufte Wullie eine beachtliche Menge an Zigaretten (wobei Embassy Regal der absolute Favorit war) und Eiscreme (größtenteils 99 Flakes, also Softeis in der Waffel mit einem Cadbury-Flake-Schokoriegel in der Mitte für 99 Pence). Am Ende des Tages waren nicht nur vier Schokoriegel-Kartons leer, sondern auch die Tudor-Kartoffelchips mit Tomatengeschmack komplett ausverkauft. Absolute Topseller waren allerdings die mit verschiedenen Süßigkeiten gefüllten Drei-Penny-Tütchen. Kola Kubes, weiße Schokoladenmäuse und andere bizarre Gumminaschereien, die am Zahnersatz der Kunden kleben blieben, waren besonders beliebt in Onthank. Zynischerweise wurde sogar ein Konfekt mit Fruchtgelee-Aroma in Form eines menschlichen Gebisses an die Kinder verkauft – sehr wahrscheinlich, um sie mit ihrem unausweichlichen Schicksal vertraut zu machen. Vielleicht war die eigentliche Sucht in dieser Gegend am Ende ja der Heißhunger auf Süßigkeiten. Als Wullie sich auf den Heimweg machte, sprang ein kleiner Junge vor den Eiscremewagen, um ihn anzuhalten. Wullie lehnte sich aus dem Fenster und brüllte ihn an.

»Du bescheuerter kleiner Scheißer! Fast hätt ich dich überfahren!«

»Mister, meine Mum sagt, sie verkaufen Zigaretten erst nach dem Nachmittagstee«, sagte der Junge. »Stimmt das, Mister?«

Wullie lachte. »Nee, stimmt nich. Deine Mum hat Mist erzählt«, sagte er. »Hier, kriegst 'n 99 Flake für lau!«

»Meine Mum sagt, so kurz vor dem Nachmittagstee darf man kein 99 Flake mehr essen«, sagte der Junge traurig.

»Nimm einfach, Junge ... sie wird's nich erfahren.« Die Augen des Kleinen leuchteten, als Wullie der Maler ihm die

Eiswaffel reichte. »Habt ihr Telefon zu Hause?«, fragte er den Jungen.

»Aye, Mister.«

Wullie reichte dem Jungen einen Zettel mit einer Telefonnummer drauf. »Wenn deine Mum wieder mal Mist erzählt, rufst du die Nummer hier an und fragst nach Esther Rantzen!«

Wullie der Maler trauerte Bob Dale mit jedem Tag ein bisschen mehr nach. Warum hatte der dumme Wichser seine Position im Imperium von Fat Franny nicht einfach akzeptieren können? Seit seiner Aufnahme in die Mannschaft vor drei Jahren hatte Wullie ein angenehmes und stressfreies Leben gehabt. Er hatte seinen Beitrag geleistet, hart gearbeitet, regelmäßig den kleinen Wullie aus der Hose geholt, und jetzt war es endlich so weit gewesen, die Früchte seiner Anstrengungen zu ernten. Und dann das. Aber es half nichts, es führte ohnehin kein Weg mehr zurück. Fat Franny hatte in den letzten neun Monaten sehr viel von seiner Macht eingebüßt, und auch bei Des Brick schien der Ofen aus zu sein. Dank seines Rufs genoss Fat Franny nach wie vor einen kleinen Rest an Respekt, und es gab immer noch einige dieser Nachwuchsganoven, die nach dem Schulabbruch unbedingt im Team des Fatman spielen wollten und deshalb gewillt waren, nach dessen Pfeife zu tanzen. Es bildeten sich allerdings auch neue und potenziell sehr viel organisiertere Cliquen in Onthank, die schnell begriffen, dass Bob Dale das Fundament von Fat Franny Duncans Festung gewesen war. Diese stand zwar noch, aber durch das Wegbrechen eines so grundlegenden Bestandteils waren ihre Mauern ins Wanken geraten. Alles, was es brauchte, um sie zum Einsturz zu bringen, war eine anständige Böe aus der großen Stadt im Norden.

Wullie hatte über einen alten Mannschaftskameraden aus seinem Fußballteam Kontakt mit Benny Donald in Crosshouse aufgenommen. Den Grund für die Kontaktaufnahme brauchte er sich noch nicht mal auszudenken: *Der Fatman is im Arsch. Bin an'nem Mannschaftswechsel interessiert.* Bennys Antwort erreichte Wullie über denselben Kontaktmann: Es waren harte Zeiten, alle hatten zu kämpfen. Falls Wullie der Maler allerdings eine Einnahmequelle mit ins neue Team bringen sollte, würde Washer Wishart sich die Sache überlegen.

Es war keine Goldgrube, aber Wullie der Maler hatte tatsächlich eine private Einnahmequelle. Er arbeitete mit einem Umzugsfahrer aus Kilmarnock zusammen, der in Geheimfächern seines Transporters beachtliche Mengen an Bier und Zigaretten vom europäischen Festland auf die Insel schmuggelte. Der Einkauf lief über Quellen, die er in Calais und Zeebrugge aufgetan hatte. Verkauft wurde die Ware in Ayrshire, mit ordentlichem Profit. Wullie der Maler stellte die Gelder für den Einkauf und organisierte den Weiterverkauf. Der Umzugsfahrer nahm das Risiko am Zoll auf sich. Geteilt wurde fifty-fifty. Es war ein ganz ansehnliches Nebeneinkommen, aber mit Washers Verbindungen ließ sich dieses Geschäft möglicherweise ausbauen. In jedem Fall war es ausreichend, um Wullie bei den richtigen Leuten Gehör zu verschaffen, und das war momentan die Hauptsache.

Die Quinns würden sehr viel schwieriger zu infiltrieren sein. Sie hegten einen immensen Argwohn gegen Außenseiter, und da Wullie nicht vorhatte, eine von Magdalenas durchgeknallten Töchtern zu ehelichen, musste er nach einem anderen Weg suchen, um ins Innere der Sippschaft vorzudringen. Ged McClure war der einzige nicht zur unmittelbaren Familie gehörige Mann im Lager der Quinns, den Wullie kannte. Aber Ged war ein Psychopath. Die Nummern, die der Junge abzog, waren unglaublich gefährlich und bargen große Risiken für alle Beteiligten. Es hieß, bei seinen Geschäften seien größere und skrupellosere Organisationen außerhalb von Ayrshire mit von der Partie. Es war durchaus im Bereich des Möglichen, dass Ged McClure einer der Verbindungsmänner zu den McLartys war und sich bereits um deren offensichtlichen Wunsch nach einer erneuten Ansiedlung in Ayrshire kümmerte. Vielleicht war er sogar der einzige. Wullie hatte versucht, Ged zu kontaktieren, war aber mit einer ominös klingenden Antwort abgespeist worden: Ged sei wegen wichtiger Geschäfte nicht in der Stadt und der Zeitpunkt seiner Rückkehr ungewiss. Wullie war sicher, dass sein Kontaktversuch bei den Quinns nun aktenkundig war. Auf dem einen oder anderen Weg würde Ged McClure herausfinden, dass Wullie der Maler ihn sprechen wollte.

# KAPITEL 26

## 21. Mai 1983

Max Mojo dachte über die vergangene, sehr erfolgreiche Woche nach. Die Miraculous Vespas hatten am 16. Mai ein großartiges Konzert in der Hunting Lodge gespielt. Ohne Zwischenfälle. Max hatte das Fiasko mit The Heid schon lange aus seinem Gedächtnis gestrichen, und somit war es ihr erster richtiger Gig gewesen. Die Band verbrachte mittlerweile mehr Zeit miteinander, sodass sich ein echtes Gefühl der Zusammengehörigkeit eingestellt hatte. Maggie und Grant waren dazu übergegangen, die Sätze des jeweils anderen zu beenden, was Max zwar anfänglich nervte, ihm aber auch ein klarer Beleg dafür war, wie sehr die beiden harmonierten. Auf der Suche nach Bühnenklamotten war Max mit der ganzen Truppe hoch nach Glasgow zum Paddy's Market gefahren. Seine Versuche, die Ästhetik der Band zu kontrollieren, hatte Max allerdings fast aufgegeben. Maggie hatte ihren ganz eigenen Stil, und es schien so, als würde ein nicht unwesentlicher Aspekt ihrer Outfits darin bestehen, so viel nackte Haut wie möglich zu zeigen. Grant blieb dem Monochrom-Look seines neuen Helden Lou Reed treu. Die Sylvester-Brüder hingegen waren etwas experimentierfreudiger. Nachdem Max den beiden Fotos von Orange Juice gezeigt hatte, lief Simon in der

Hunting Lodge mit einem Outfit auf, das aussah, als würde er allen Mitgliedern der Glasgower Band auf einmal nacheifern. Er trug Boxerstiefel, eine Reiterhose mit Hosenträgern und ein Matrosenhemd. Dazu setzte er sich eine gestohlene Fellmütze im Stil von Davy Crockett auf, die Max ihm allerdings abnahm. Denn die sah nun wirklich zu sehr nach Edwyn Collins aus.

Max hatte im Fanzine-Stil aufgemachte Poster kopiert, auf blauem Papier und unter Verwendung eines Fotos, das die Band zeigte, wie sie um den auf seiner Vespa thronenden Grant Delgado herumstand. Sogar Maggie hatte Max für seinen Einsatz gelobt, als dieser mit Klebeband bewaffnet Hunderte von Postern an den Laternenpfeilern und Häuserwänden ihrer Heimatstadt angebracht hatte. Dieses Lob machte Max allerdings kurz darauf schon wieder mit einem gedankenlosen Kommentar über den Kopiervorgang zunichte. Auf den Postern waren die Gesichter der Jungs nämlich dunkler und Maggies heller geworden. *Was soll die Scheiße, sind jetzt schon die Kopierer auf den Anti-Apartheid-Zug aufgesprungen?!*, maulte er, aber es sollte kein Witz sein.

Ganz im Gegensatz zu den kurzen Sets beim Auftritt des Hypnotiseurs war Grant Delgado vor dem ersten *richtigen* Gig der Band ein Nervenbündel. Er übergab sich derart lautstark in der Toilette hinter der kleinen Bühne, dass Max annahm, das wartende Publikum hätte ihn auf jeden Fall gehört. Zudem bekam Max mit, wie Grant seiner Drummerin anvertraute, dass er Angst hatte. Mittlerweile, so Grant, hatten sie als Band nämlich etwas aufgebaut – eine gänzlich andere Ausgangsposition zum ersten Vespas-Gig, den er für den ersten und letzten Auftritt der Band gehalten hatte. Nun jedoch standen drei echte Konzerte an, und mit einem Mal schien alles ernst und wichtig. Maggies tröstende Worte, die Max nicht verstehen konnte, richteten den Sänger wieder auf.

Dank Hairy Doug, der sich für eine fünfprozentige Beteiligung an allen zukünftigen Bandeinnahmen ab sofort um Sound und Licht kümmerte, klangen die Vespas in der Hunting Lodge fantastisch und sahen auch großartig aus, ganz besonders Grant. In Bezug auf ihr Set hielten sich nun Eigenkompositionen aus Grants Feder zahlenmäßig die Waage mit auf den Sound der Band abgestimmten Coverversionen. Seit er Mike Nesmith von den Monkees in einem Video mit einer Country Gentleman gesehen hatte, komponierte und spielte Grant fortan auch auf dieser Halbresonanzgitarre aus dem Hause Gretsch. Die Musik der Miraculous Vespas war jetzt zeitgemäß und retro zugleich. Dominiert von einer bluesigen Gitarrenarbeit war »The First Picture« der herausragende Song in ihrem Repertoire. Die Kraft und die Originalität dieses Stücks waren so greifbar und unmittelbar, dass die Miraculous Vespas mit diesem Song eröffneten und ihn als Zugabe spielten. Von Max Mojos Promi-Brieffreunden war keiner gekommen, der Pub war trotzdem voll.

Das zweite Konzert in Kilmarnock, zwei Tage später in einem Laden namens The Charleston in New Farm Loch, war ebenfalls ein Erfolg gewesen. Und das, obwohl die Band mit einer Stunde Verspätung in der Location auftauchte, weil Jimmy Stevensons Kleinbus wegen einer plötzlichen Überschwemmung auf einer überspülten Straße am Dean Park stecken geblieben war. Das reißende Flusswasser stand fast dreißig Zentimeter hoch auf dem Asphalt, aber Max bestand darauf, dass Jimmy hindurchfuhr. Am Ende blieb der Wagen in der Mitte stehen, und Max musste zu einem nahe gelegenen Haus waten, um einen Telefonanruf zu erbetteln. Ein stinkwütender Washer

Wishart »überzeugte« einen ihm bekannten Bauern, mit seinem Traktor dorthin zu fahren und den Kleinbus vor Eintreffen der Polizei aus dem Wasser zu ziehen, sodass der Gig stattfinden konnte. Sogar Mac Barber tauchte auf – obwohl er auf einem Konzert der ursprünglichen Vespas von Washers Leuten bedroht worden war – und zeigte sich in einem Gespräch nach dem Gig von der Band beeindruckt. Der Musikjournalist wollte wissen, ob es schon eine Aufnahme von »The First Picture« gab, und bat Grant, sich doch bitte bei ihm zu melden, sobald sie Studiomaterial beisammen hatten.

Wenig später führte die Schlussetappe ihrer Minitour durch die örtlichen Pubs die Miraculous Vespas ins Pebbles in Troon. Seit einer halben Stunde stand die Band bereits auf der Bühne. Zur Freude von Max – und zu seiner Überraschung – hatten viele Besucher der letzten beiden Konzerte den Zehn-Meilen-Trip ins westlich von Kilmarnock gelegene Troon auf sich genommen. Das Pebbles mochte kleiner sein als die zwei vorherigen Veranstaltungsorte, aber die Atmosphäre war hier definitiv besser, und als Konsequenz schien auch das Umfeld der Band in bester Laune.

Am Nachmittag desselben Tages hatte Max Mojo in Glasgow endlich die lang erwartete Audienz bei Billy Sloan erhalten. Der DJ von Radio Clyde konnte zwar nicht zum Konzert der Vespas kommen, wollte sich jedoch eine halbe Stunde Zeit nehmen, um dem Bandmanager beim Mittagstisch ein paar Ratschläge zu geben – vorausgesetzt, Max zahlte das Essen. Die von Max verfasste Beschreibung der Miraculous Vespas hatte Billy neugierig gemacht:

»Angeführt von einem wahrhaftigen Rockgott namens Grant Delgado verkörpern The Miraculous Vespas aus

Ayrshire Vergangenheit, Gegenwart und Zukunft des intelligenten Rock'n'Roll. Ein mysteriöser Supergitarrist namens The Motorcycle Boy sorgt mit der Linken für die Harmonien, während Butter Biscuit mit einer unangestrengt exotischen Coolness an den Drums den Rhythmus vorgibt und Bass-Monster Simon Sylvester bei den tiefen Frequenzen mit jeder Note den Nagel auf den Kopf trifft!«

Max versuchte sich auch an einem Fanzine, um die Band bekannter zu machen. Nicht nur seine Mutter war beeindruckt von der Masse an Lesestoff, die er verschlang, und dem Engagement bei seinen Nachforschungen. Max hatte sogar das Mobiliar seines Zimmers zu Bestandteilen des Bandbüros umfunktioniert. So lagen seine Kleidungsstücke im Zimmer verstreut, während in seinem Kleiderschrank penibel organisiert Poster, Briefe, Adressbücher und Musikzeitschriften lagerten. In den Schubfächern des Schranks verstaute er seine überbordende Platten- und Kassettensammlung. Mit einigem Widerwillen mussten sich Molly und Washer eingestehen, dass sie nicht anders konnten, als Hochachtung für die Entschlossenheit, den Erfolgswillen und die selbst auferlegte Disziplin ihres Sohns zu empfinden. Es war kein Vergleich zu der gelassenen und unbekümmerten Art des Teenagers, dessen Leben von der Schlägerei in der Henderson Church für immer verändert worden war. Ihr Sohn war komplett verwandelt – immer noch ein Neunzehnjähriger, allerdings mit dem Verhalten und dem Aussehen eines sehr viel älteren Menschen.

Billy Sloan war einigermaßen überrascht von dem jungen Mann, der ihm in der Tür des Restaurants – er hatte das Berni Inn auf der Hope Street ausgewählt – die Hand entgegenstreckte und sich als Max Mojo vorstellte. Auf Grundlage ihrer eher knappen Korrespondenz hatte der Glasgower DJ eigentlich eine sehr viel ältere Person mit mehr Verbindungen zur pulsierenden Glasgower Szene erwartet. Billy Sloan wusste um die schrägen Vögel, die sich in diesen Kreisen herumtrieben, aber als er sah, dass Max ohne Schuhe an den Füßen gekommen war, verschlug es ihm dann doch die Sprache. Er nahm an, dass es ein eher kurzes Treffen werden würde.

»Ich fass es nich! Irgend so 'ne Fotze hat mir gerade die verfickten Brogues geklaut, Mann«, erklärte ein geschockter Max. »Bin bloß kurz in 'ne Seitenstraße, um 'n bisschen Druck beim Pinkeln abzulassen, da springt so 'n kleiner Wichser mit 'ner Klinge hinter 'ner Mülltonne vor und meint: *Welche Größe haste?* Und ich denk noch, der will wissen, wie lang mein Schwanz is!« Der DJ fand Max und dessen Art auf Anhieb sympathisch. »*Deine Botten*, meint er. Und ich sag: Ich trag 'ne 6«, erzählte Max weiter. »Da zieht der Penner doch 'ne Liste mit Namen und Schuhgrößen dahinter raus! Ich konnt's nich fassen. Der Wichser hat mir meine Brogues tatsächlich auf Bestellung geklaut!«

Billy Sloan lachte lauthals los. »Typisch Glesga, was?«, sagte der DJ.

»Aye«, seufzte Max. »Nich zu schlagen, diese Stadt, noch nich mal mit 'nem großen Knüppel.« Mit klatschnassen Socken setzte sich Max an den Tisch. So hatte er es zwar nicht geplant, aber das Eis war gebrochen.

Während sie auf die Bedienung warteten, brachte Max Mojo seinen Gesprächspartner ins Staunen. Dieser kultivierte, junge Mann, der Billy Sloan da gegenübersaß, verfügte über ein breites und höchst imposantes Musikwissen. Max gab zu, dass er noch nicht allzu viele Live-Konzerte gesehen hatte. Dennoch hatten sich die denkwürdigsten Gigs auf dieser kurzen Liste – U2 im Tiffany's, Blondie im Apollo, The Clash im Magnum – in sein Gehirn eingebrannt und ihm die Erarbeitung einer Vision für eine Band und deren Bühnenpräsenz ermöglicht. »Wir müssen bloß 'n bisschen bekannter werden ...«, erklärte er dem einflussreichen DJ bei einem blutigen Steak. »Vielleicht kannst du uns da ja helfen?«

Als die Band später fragte, wie das Meeting in einem der beliebtesten Restaurants von Glasgow denn gelaufen sei, gab sich Max Mojo betont vage. Das *tartare* im bestellten *Steak tartare* hatte Max für eine Art Würzsauce wie die von HP gehalten. Dass die Bedienung dann ein Stück Fleisch – *so verfickt roh, dass man meinen konnte, der Koch hätte es der Kuh in der Küche vom Arsch abgeschnitten und dann einfach so auf den gottverdammten Teller geklatscht* – an den Tisch gebracht und der ganze Spaß, inklusive des Ratschlags von Billy Sloan, die Band fast fünfzig Kröten gekostet hatte, traute er sich Grant nicht zu erzählen. Ganz besonders deshalb nicht, weil sie denselben Ratschlag schon von zahllosen anderen Bekannten aus dem Musikbusiness bekommen hatten, und zwar kostenlos: »Nehmt ein Demo auf, Junge. Mit anständigem Sound, in einem anständigen Studio. Und dann bringt ihr mir die Songs.«

Immerhin, so überlegte Max, war seine einwöchige Kampagne zur Steigerung des Bekanntheitsgrades der Band einigermaßen erfolgreich gewesen. Der nächste Schritt bestand definitiv darin, »The First Picture« aufzunehmen. In der Nähe des Glencairn Square gab es ein kleines Tonstudio, das treffenderweise Shabby Road Studios hieß. Eine andere Nachwuchsband aus Ayrshire, The Trashcan Sinatras, nahmen gelegentlich dort auf. Max würde sie demnächst kontaktieren, um die Möglichkeiten für eine Allianz in puncto Touren und Aufnahmen auszuloten. Jetzt lehnte er mit dem Rücken an der Bar, nippte am vierten Pint des Abends und schaute den Miraculous Vespas bei deren entschleunigter Interpretation von »Pleasant Valley Sunday« zu. Das Leben war gut.

Doch dann fühlte sich Max Mojo plötzlich unwohl. Instinktiv schaute er auf sein Glas. *Das Bier muss schlecht sein*, dachte er. Aber nein ... ein donnerndes Rumoren und Blubbern in seinem Bauch wiesen auf eine ernstere Ursache hin. Und es fühlte sich verdammt dringend an. *Ganz bestimmt dieser vom Asphalt gespachtelte Wildunfall*, den man ihm zum Mittag auf einer großen, sehr wahrscheinlich aus einer Klosettschüssel herausgebrochenen Keramikscherbe als Steak serviert hatte. Es hatte ekelhaft geschmeckt und würde bei der bevorstehenden oralen Entleerung ganz sicher einen noch viel widerlicheren Geschmack in seinem Mund hinterlassen. Max schob sich durch die zum Takt der Musik wippende Menschenmenge in Richtung Toilette. Der Raum war bis zum Anschlag gefüllt, und fast sah es so aus, als würden sogar die Wände schwitzen. Max hatte das Gefühl, er würde halluzinieren, aber es waren keine besonders angenehmen Sinnestäuschungen. Er musste an die Szene aus *Asphalt-Cowboy* denken, in der Jon Voight die Drogen nahm. Unsicher, ob er es rechtzeitig auf die Schüssel schaffen würde, presste er sich die Hand auf den Mund und stürmte in das winzige Herrenklo. Glücklicherweise stand niemand an den beiden Urinalen, und die Tür der Toilettenkabine war einen Spaltbreit offen. Einem Instinkt folgend, entschied er sich für die Kabine. Er stieß die Tür auf und übergab sich. Zu seiner Überraschung saß dort aber jemand – die Hose auf Knöchelhöhe, den vom Alkohol schweren Kopf zwischen den Knien wie bei einer Notlandung mit dem Flugzeug. Durch die verlangsamten Reaktionen des Mannes dauerte es ein paar für Max überlebenswichtige Sekunden, bis der Sitzende verstand, dass ihn gerade jemand vollgekotzt hatte. Bevor er seinen Kopf heben konnte, um zu schauen, wer der Übeltäter war, hatte Max Mojo ihn schon mit einem rechten Haken gegen das Kinn von der Klobrille katapultiert.

Max Mojo brachte sich hinter dem Gitarrenverstärker des Motorcycle Boy in Sicherheit und schaute von dort aus zu, wie die Dinge ihren Lauf nahmen. Der Mann aus der Toilette stürmte über und über mit Kotze bedeckt in den Konzertraum und ließ die Fäuste fliegen. Seine Arme rotierten, seine Hiebe krachten wahllos in die Menge. Er traf einen Barkeeper, eine Frau und – was sich als sehr ungünstig für ihn herausstellen sollte – einen Türsteher. In einem derart engen Raum setzte ein Ausbruch wie dieser natürlich eine Kettenreaktion in Gang, und so verwandelte sich das Pebbles schnell zum Schauplatz einer zünftigen Massenschlägerei, bei der keine Gefangenen gemacht wurden. Max Mojo brachte die Mitglieder seiner Band hinter dem Tresen in Sicherheit. Nur der Motorcycle Boy blieb auf der Bühne: Den Helm fest auf dem Kopf, den Rücken zum Handgemenge im Publikum gewandt, hämmerte er aufgebracht auf seine Gitarre ein. Als ein Bierglas an seinem Helm zerschellte, nahm er das als Zeichen, mit den anderen den Rückzug anzutreten. Max führte die Band durch einen Notausgang ins Freie, und die fünf nahmen die Beine in die Hand. Mit Gitarren und Schlagzeugstöcken unter den Armen rannten sie durch Templehill wie die Beatles einst in *Help!*. Aus sicherer Entfernung schaute Max sich um und sah, wie sich die Prügelei vom Pub auf die Straße verlagerte. In der Ferne ertönte Sirengeheul.

»Was für 'ne Riesenscheiße«, sagte Grant noch vollkommen außer Atem. »Wie is das passiert?«

»Keine Ahnung«, sagte Max kleinlaut. »Manche Wichsköppe wissen einfach nich, wann sie genug intus haben.«

»Was is mit Hairy Doug?«, sagte Maggie.

»Keine Bange, der Kerl is 'n verdammter Riese. Dem passiert nix«, sagte Max.

»Und was machen wir jetzt? Jimmy kommt erst in anderthalb Stunden. Außerdem sind die Verstärker noch da drin, das Schlagzeug und der restliche Kram auch ... falls noch was davon übrig is.« Sie drehten sich um und schauten Simon Sylvester an, der eine große Flasche Johnnie Walker in der Hand hatte.

»Scheiße, Mann«, sagte Max. »Die Leute werden zu Brei gekloppt, aber das hält dich trotzdem nich vom Klauen ab, was?«

»Gelegenheit macht Diebe, Mr. Mojo«, antwortete Simon und schraubte den Deckel der Flasche ab.

Die Miraculous Vespas saßen auf dem grasbewachsenen Hügel und schauten zu, wie die Polizei die Pubgäste in vergitterte Kleinbusse verfrachtete und den Auslöser des Tumults, den vollgekotzten Scheißhausbesucher, zu einem Krankenwagen führte. Trotz des Chaos dieses letzten Auftritts stießen sie mit Simons Whisky auf den offensichtlichen Erfolg ihrer Minitour an. *Kontroversen verkaufen sich immer gut*, erinnerte sie Max, und an den Standards von Ayrshire gemessen waren sie nun definitiv eine kontroverse Band. Mit ein bisschen Druck von Max würde die Lokalpresse nun sicherlich über die Auftritte der Vespas berichten und sie als essenziell, unvorhersehbar und ein kleines bisschen gefährlich beschreiben. Bands wie den Sex Pistols hatte eine derartige Berichterstattung auch nicht gerade geschadet.

Die viel größere Frage, mit der sich Max auseinandersetzen musste, lautete: Wie war es Hairy Doug ergangen? Und dem Equipment? Sie hatten sich zwar nur das Mischpult ausgeliehen, aber da der behaarte Hüne jetzt ein Teilhaber der Band war, stand ein schwieriges Gespräch an, in dem es nicht zuletzt darum gehen würde, dass eine Teilhaberschaft sowohl Profite als auch Verluste einbringen konnte. Sehr wahrscheinlich würde auch der Eigentümer des Pebbles in den kommenden Tagen nach Max Mojo Ausschau halten. Da Doc Martin Miteigentümer des Ladens war, betete Max, dass die Inneneinrichtung des Pubs nicht allzu großen Schaden genommen hatte. Andernfalls würde es der Schwarzgeldkasse von Grant Delgado in nächster Zeit mindestens so schlecht ergehen wie dem von oben bis unten vollgekotzten Suffkopp, der sich doch nur für einen unschuldigen Schiss auf die Toilette verzogen hatte.

Wie es aussah, tat Max Mojo gut daran, vorerst den Kopf einzuziehen und den Ball flach zu halten.

# KAPITEL 27

26. Mai 1983
09:53 Uhr

Max Mojo war aufgebracht, mehr noch als normal – wobei *Normalität* in diesem Kontext ein eher relatives Konzept war.

»Jetzt setz dich verdammt nochmal hin, Max«, sagte Grant Delgado. Der Manager seiner Band flitzte durch den Gemeindesaal wie ein ferngesteuertes Auto, das von einem hyperaktiven Kind gelenkt wird.

»Ich könnt ausrasten! An die scheiß Decke gehen könnt ich!«

»Wieso denn?«, fragte Grant.

»Mac Barber, dieser Wichser«, schrie Max. »Gerade hat mich irgend so 'ne Schnepfe von der Zeitung angerufen, um mir zu sagen, dass der feine Herr Barber es heut Vormittag nich einrichten kann.« Max tobte. Dabei war es Mac Barber gewesen, der mit Max Kontakt aufgenommen hatte, nachdem die Berichte über eine Kneipenschlägerei in Troon auf seinem Schreibtisch bei der *Ayrshire Post*, für die er eine wöchentliche Musikkolumne schrieb, gelandet waren. Max hatte der Presse im Nachgang des Konzerts den Tumult als unvermeidliche Konsequenz eines massiven Besucherandrangs verkauft, seine eigene Rolle bei der Schlägerei allerdings wenig überraschend verschwiegen.

»Ich mach mich fertig und alles, und dann bläst der Kerl die ganze Sache ab ... und schickt so 'ne beschissene Tussi namens Farrah irgendwas!«

»Vielleicht isses ja Farrah Fawcett-Majors«, sagte Simon Sylvester.

»Aye, ganz bestimmt«, antwortete Max sarkastisch. »Wahrscheinlich macht sie gerade 'ne Pause bei *Drei Engel für Charlie*, um zum Zeitvertreib 'n bisschen über Make-up und Tampons für die *Ayrshire Post* zu schreiben!«

Maggie warf Max einen scharfen Blick zu. »Du bist 'n Scheißkerl, weißte das?«, sagte sie.

Max ignorierte den Kommentar.

»Was heulste denn hier rum? Das Interview findet doch trotzdem statt, oder nich?«, sagte Grant, aber Max hatte sich bereits umgedreht und stiefelte aus dem Saal.

\* \* \*

Simon Sylvester experimentierte gerade mit einem neuen Look. Er trug eine Brille, die er auf seiner morgendlichen Busfahrt nach Crosshouse gefunden hatte. Die Gläser waren jedoch so stark, dass er nicht mal die eigenen Finger am Ende seines ausgestreckten Arms fokussieren konnte. Stattdessen starrte er sie an wie ein Handamputierter seine neue Prothese.

»Na, wie findste das?«, fragte er Grant, der gerade auf ihn zukam und durch die Brillengläser wie Marty Feldman nach einer halben Stunde in der Humanzentrifuge aussah.

»Hast Ähnlichkeiten mit Mr. Magoo«, sagte Grant nur.

Dann betrat eine weitere Person den Saal, von der Simon aber nicht viel mehr als einen vagen Schatten wahrnahm. Er setzte die Brille ab. Seine Augen brauchten einen Moment, um die Umgebung wieder in gewohnter Weise betrachten zu können. Kaum war dies aber geschehen, lachte er lauthals los.

»Heiliger scheiß Bimbam, Max! Is wirklich schon Halloween, oder was?«

Der Rest der Band drehte sich um. Grant und Maggie fingen ebenfalls an zu lachen. Der Motorcycle Boy zog beeindruckt eine Augenbraue nach oben.

»Stimmt was nich?«, blaffte Max. Er schaute an sich herunter. In seinen Augen gab es an seinem Outfit nichts zu beanstanden. Im Gegenteil, es sah tipptopp aus. Er trug eine weite Jeanslatzhose, die er in der Woche zuvor bei Oxfam entdeckt hatte. Anfänglich hatte er befürchtet, mit der Latzhose würde er zu sehr wie Geoffrey von der Kindersendung *Rainbow* statt wie Kevin Rowland von den Dexys Midnight Runners aussehen, aber mittlerweile empfand er diese Angst als unbegründet. Die Hose war in seinen Augen ein verdammter Hit. Unter den hochgeschlagenen Hosenbeinen trug er Doc Martens, links einen schwarzen Stiefel, rechts einen hellbraunen. Unter den Latzhosenträgern lugte ein orangefarbenes Led-Zeppelin-Shirt hervor, darüber trug er eine von Washers Reitjacken aus Tweed, deren Ellbogen mit ledernen Ärmelschonern bestückt waren. Das in der Vorwoche erst gebleichte Haar hatte er in einer steilen Tolle hochgestellt, die Grants Frisur ähnelte, aber eine andere Farbe hatte. In den Augen von Grant Delgado waren die herausstechenden Elemente dieses Looks allerdings das Monokel und der zu neuem Leben erweckte Gehstock.

»Gehste zu 'nem Interview oder zu 'nem Vorsprechen für *The Archers*?«

\* \* \*

»Haha, kleiner Mann ... hasch mich doch!«, rief der fette Fahrer der Buslinie 11, die von Ardrossan über Crosshouse nach Kilmarnock verkehrte, durch die offene Tür. Jedes Mal, wenn Max einsteigen wollte, ließ er den Bus ein Stück vorwärts rollen. Er hielt sich ganz offensichtlich für einen Komiker. Als Max gute fünfzig Meter hinter der eigentlichen Haltestelle endlich einsteigen durfte, johlten die Fahrgäste im Unterdeck.

»Jeden Tag das gleiche Spiel mit dem bunten Vogel, und jeden Tag könnt ich mich vor Lachen bepissen!«, sagte der Fahrer. Max starrte die Frau auf dem für behinderte Fahrgäste reservierten Sitzplatz an. *Die alte Fotze is ganz bestimmt nich behindert.* Die Worte formten sich in seinem Kopf, aber er biss sich auf die Zunge. Es hatte gerade begonnen zu regnen. Bei diesem Wetter und noch dazu in diesen Klamotten zu Fuß durch das Niemandsland zwischen Crosshouse und dem Stadtzentrum zu laufen, war keine Option.

»Komm schon ... hasch mich!«, reizte ihn der fettleibige Aushilfswitzbold am Lenkrad. »Moment ... haste ja schon!«

»Haha. Sehr lustig. Duncan Norvelle, richtig?«, erwiderte Max. Beinahe täglich musste er diese Endlosschlaufe erniedrigender Scherze über sich ergehen lassen. Fast kam es ihm so vor, als würde die Busbetreibergesellschaft Western SMT nur einen verdammten Fahrer beschäftigen. Auf der Linie 11 fuhren sechs Busse pro Stunde, aber Max stieg aus irgendeinem Grund immer wieder in den von »Duncan« ein.

»Ich hab den männlichen Fahrgästen gesagt, sie sollen sich alle nach hinten setzen ... mit ihren Ärschen gegen die Wand. Verstehste?«, sagte der dicke Fahrer.

»Aye, verstehe. Du denkst, ich bin 'n Hinterlader. Toller Witz.« Viel aggressiver durfte Max nicht werden. Vor ein paar Monaten erst hatte er ein Mitfahrverbot für die Linie 11 bekommen, weil er ebenjenen Fahrer als »nichtsnutzige, glatzköpfige, fette Fotze« beschimpft hatte. Aber von Crosshouse bis ins Stadtzentrum war es ein vierzigminütiger Fußmarsch ohne Schutz vor dem launischen Mikroklima Schottlands, und so hatte Max kurz darauf seinen Stolz – und eine beachtliche Menge an Medikamenten – runtergeschluckt und sich öffentlich entschuldigt. Spötteleien über seine angebliche Homosexualität im Rahmen dieser tagtäglichen Bernard-Manning-Show waren nun seine Buße.

Der Bus fuhr um die scharfe Kurve bei dem Eisenbahnviadukt, und Max stieg – unter anzüglichen Pfiffen und allerlei Schmährufen – an der nächsten Haltestelle aus. Er war fest entschlossen, mit den Erlösen der Band irgendwann die Betreibergesellschaft zu kaufen. Wie Maggie Thatcher es predigte, würde er Western SMT dann knallhart privatisieren und als erste Maßnahme den fetten Wichser von der Linie 11 vor die Tür setzen. Als Nächstes würde er jede Buslinie nur noch einmal die Woche fahren lassen statt im Halbstundentakt – dann würde sich ja zeigen, wie spaßig die Busfahrt nach Kilmarnock noch für die Leute wäre, die jetzt jeden Tag in die Stadt gondelten, um im Zentrum ihre Stütze zu verpulvern. *Scheiß Wichser! Intolerante, kleinkarierte scheiß Wichser!*

Diese und andere Rachegedanken beherrschten seinen rastlosen Geist, als er den kleinen Hügel hinauflief, auf dem sich ein Pub namens The Black Hoose befand. Als Mac Barber abgesagt und stattdessen eine Kollegin zum Interview geschickt hatte, entschied sich Max, zurückzuschlagen und einen anderen Ort für das Interview festzulegen. *Das Spiel kann ich auch spielen! Bleibt nur zu hoffen, dass diese Farrah-Schnepfe einigermaßen auf Zack is.* Das Black Hoose war nämlich kein Ort für Mauerblümchen. Es war das unumstrittene O.K. Corral unter den Säuferkneipen von Kilmarnock – ein wahres Drecksloch von einem Pub, ein Überbleibsel aus den goldenen Zeiten der Malocherspelunken. Ein Ort, an dem die Arbeiter Kilmarnocks (sofern sie denn Arbeit hatten) nach dem täglichen Gang zum Buchmacher ihren Feierabend verbrachten, um dem allabendlichen Verhör und den daraus folgenden Streitereien mit ihren besseren Hälften zu entgehen. Das Black Hoose war ein Zufluchtsort für harte Männer, an dem sie in der Gesellschaft anderer harter Männer entspannen konnten, ein Treffpunkt für echte Kerle. Wenn eine Frau den Pub betrat, kippte die Stimmung. Die Anwesenheit des weiblichen Geschlechts erinnerte die Stammgäste nämlich daran, was zu Hause auf sie wartete – oder für den unwahrscheinlichen Fall, dass sich eine gut aussehende Frau in ihren Pub verirrt hatte, was nicht zu Hause auf sie wartete. Max selbst nahm auch ein gewisses Risiko auf sich, denn vom Kleidungsstil her war er im Grunde die Antithese zum typischen Black-Hoose-Gast. Ganz besonders heute. Sein Unmut war aber derart groß, dass er mögliche Sorgen bezüglich seiner eigenen Sicherheit verdrängte. Es galt, ein Zeichen zu setzen. Und er würde es hier setzen, mitten in diesem ekelerregenden Mief aus altem Zigarettenqualm, verschüttetem Bier und mit Sägespänen überdeckten Kotzlachen.

Max bestellte sich ein Pint McEwan's Lager. Niemand wollte seinen Ausweis sehen. Jugendschutz war das Letzte, wofür sich das Thekenpersonal des Black Hoose interessierte. Max war kein großer Trinker – auch vor seinem Krankenhausaufenthalt nicht –, und so entschied er sich für das erstbeste Bierfass, das ihm ins Auge fiel. Das Bild eines bärtigen Musketiers war darauf zu sehen, der, so fand Max zumindest, eine gewisse Ähnlichkeit mit Adam Ant im Rentenalter hatte. Nach der ersten Salve von Begrüßungsblicken der Marke »Wen zum Geier nochmal glotzt du gerade an, Junge?!« setzte er sich in die am weitesten von der Eingangstür entfernte Ecke. Diese Farrah-Trulla sollte sich mitten durch die Masse der abgestumpften Vormittagssäufer kämpfen müssen. *Wird ihr'ne Lehre sein.*

»Ach du dicke Scheiße!«, entfuhr es Max, als er die junge Frau an der Schwingtür am Eingang sah. Auch die Stammgäste hatten sie erblickt. Sie war jünger als Max und noch dazu ungewöhnlich gekleidet. *Und* sie hatte eine andere Hautfarbe. Die Frau schaute sich um. Als ihr der Gestank in die Nase kroch, war ihr Ekel kaum zu übersehen. Sie sah Max, winkte ihm hoffnungsvoll zu, und als er wie zur Bestätigung den Kopf hob, ging sie langsam in seine Richtung.

»Hi, ich bin Farah. Farah Nawaz ... von der *Ayrshire Post.*«

Max schaute sich im Pub um. Sämtliche Blicke waren auf ihn und Farah gerichtet. Das Treffen der beiden stellte für die Stammgäste des Black Hoose eine massive Verletzung ihrer Alltagsroutine dar. Das hatte Max nicht einkalkuliert. Er begann über mögliche Optionen nachzudenken. Er konnte Farah einfach ignorieren und so tun, als wäre er nicht die Person, nach der sie suchte. Das hätte allerdings sämtliche Möglichkeiten für ein späteres Interview mit Mac Barber zunichtegemacht. Er konnte den harten Mann spielen und die Pubgäste mit der Zauberformel einschüchtern: *Wisst ihr Fotzen denn nich, wer Washer Wishart is?!* Insgeheim war Max jedoch stolz darauf, dieses »Bat-Signal« noch nie benutzt zu haben.

»Du musst Max sein?«, sagte Farah mehr fragend als feststellend.

Max zögerte. *Scheiß drauf,* dachte er. *Dann muss ich vielleicht doch noch Batman rufen.*

»Aye«, sagte er leise.

»Kann ich mich setzen?«, fragte Farah höflich.

»Is 'n freies Land, Mädchen«, antwortete er.

Farah wischte etwas, das wie ein paar unnatürlich große Haarschuppen aussah, von einem Stuhl. Sie nahm ihren langen, farbenfrohen Wollschal ab, legte ihn auf die Sitzfläche des Stuhls und nahm Platz. Sie trug eine mehrfarbige, taillierte Seidenbluse und eng geschnittene Bluejeans mit Streifen. Ihr Haar war schwarz und lang. Als sie kurz in ihrer Tasche kramte, fiel es nach vorn und bedeckte ihr Gesicht.

Sie hob den Kopf wieder an und schob sich wie in einer Shampoo-Werbung mit einer Hand das Haar nach hinten. Sie sah gut aus, ohne Frage. Max jedoch war immer noch im Arschlochmodus, unbeugsam und aufmüpfig, und sie würde schon sehr bald erfahren, wie tief der Stachel saß.

»Also, dieser Treffpunkt ist schon ein wenig ... *ungewöhnlich*«, sagte Farah nervös.

»Du auch!«, antwortete er. Ihr Ausdruck veränderte sich.

»Warum? Weil ich nicht weiß bin? Oder weil ich kein Mann bin?«

»Hey ... damit brauchste *mir* nich kommen! Ich hab 'n schwarzes Mädchen in der Band.«

»Gut für dich«, sagte Farah verärgert, »aber ich bin nicht schwarz. Ich bin braun ... wie die Sauce, die du jeden Tag über dein Essen kippst.« Sie schaute ihn mit ernster Miene an.

Max blinzelte zuerst. »Hör zu, tut mir leid. Ich hab nix gegen ...« Er hielt inne.

Und sie wartete auf die Worte, die stets gut gemeint waren und doch immer rücksichtslos wirkten. Worte, die lindern sollten, aber alles nur noch schlimmer machten. In Farahs Rücken erklangen indes ganz andere, bedrohliche Worte. Es hatte nicht lange gedauert.

»Jetzt schau dir die da mal an!«, meldete sich eine lallende Stimme, paniert in Wut, frittiert in Hass. »Haben sich zwei Ps in unsre bescheidene Hütte verirrt ... 'n Püppchen und 'ne Pakischlampe!«

Die Gäste im Pub kicherten.

Max schaute zu Farah Nawaz, die mit einem Mal einen Ausdruck der Resignation und des Entsetzens in den Augen hatte. Er schämte sich jetzt dafür, sie in diesen Pub mit diesem ironischen Namen eingeladen zu haben. Und er bereute es, sie in diese Situation gebracht zu haben, nur weil er Mac Barber gegenüber ein Zeichen hatte setzen wollen. Er schaute sich noch einmal in der Bar um und erkannte die Hinweise, die er beim Eintreten übersehen hatte. Hinter den Flaschen an der Tresenwand hing ein Schild mit der Aufschrift »Schwarze, Iren und Hunde werden hier nicht bedient«. Zudem hingen an der Wand ein Konzertposter von Jim Davidson samt Autogramm, ein gerahmtes Porträt der frischgebackenen Wahlsiegerin Thatcher und ein Bild von Enoch Powell, der mit seinem anklagenden Zeigefinger geradewegs auf Max wies ... allesamt Belege und Symbolfiguren der nationalistischen Intoleranz, die im letzten Jahrzehnt in England aufgekeimt und über die Grenze nach Norden geschwappt war. Die geröteten Gesichter mit den finsteren Mienen schienen plötzlich überall zu sein. Das Black Hoose war der Pub des von Rassismus zerfressenen, rechtsnationalen Säufers. Max hatte nicht geahnt, dass es solche Orte in East Ayrshire gab. Kneipen mit eindeutiger konfessioneller Ausrichtung und den damit einhergehenden Ressentiments gab es wie Sand am Meer, wenn man nur genau hinschaute. Aber das hier? Ein Pub voller mistgabelschwingender Analphabeten? Hier würde selbst sein Zauberspruch, die Erwähnung von Washer, nichts ausrichten.

»Lass uns gehen«, flüsterte er Farah zu, während er aufstand und sich zwischen dem Mädchen und dem Rest des Pubs positionierte. Mit einem Winken hinter seinem Rücken zeigte er ihr die Richtung an. Farah erhob sich ebenfalls und schob sich dicht an seine rechte Seite heran.

»Pass mal auf, du beschissener John-Inman-Verschnitt, ich werd dir jetzt mal 'ne Lektion erteilen!«

»Hu-ah-YA!«, schrie Max und sprang in eine Kampfkunstposition, was den verblüfften Stammgästen der Kneipe ganz sicher wie eine Sequenz aus der Zeichentrickserie *Fenn – Hong Kong Pfui* vorkam. »Legt euch besser nich mit mir an ... ich hab den schwarzen Gürtel in Karate, siebter Dan«, log er.

»Was du hast, is 'n brauner Streifen in der Buxe«, grölte einer der Gäste.

»Dir reißen wir jetzt den Arsch auf, du Fotze ... dir und deinem Pakivögelchen!«, schrie ein anderer.

Max schob Farah Richtung Tür und riss seinen Gehstock in die Höhe. Der auf sie zustürzende Säufer stolperte über den Stock und knallte mit dem Kopf voran auf die Kante des Tresens. Max starrte auf seinen Gehstock, und ihm kam eine Idee, wie ihnen dieser eine Abreibung durch die Stammklientel des Black Hoose ersparen konnte. Er schob Farah durch die Tür, schlüpfte selbst hinaus und verriegelte von außen den Eingang, indem er den Stock durch die Griffe der Flügeltüren steckte. Dann lauschte er einen kurzen Moment, während drinnen die Stammgäste ihrem gefallenen Kameraden zu Hilfe eilten.

Max und Farah rannten den Hügel hinab. Der Stock war ihm ein guter und treuer Begleiter gewesen, aber er würde den Mob im Black Hoose nicht ewig aufhalten.

Als ihnen die Puste ausging und die Entfernung zu der Kneipe groß genug schien, machte Farah ihrem Ärger Luft. Max versicherte ihr abermals, dass die Wahl des Interviewortes keine persönlichen Hintergründe hatte, sondern einzig und allein eine Reaktion auf die Respektlosigkeit von Mac Barber gewesen war. Farah erwiderte mit knappen Worten, dass Mac nach wie vor von der Band begeistert war, aber durch den plötzlichen Tod eines nahen Verwandten nicht persönlich zu dem Interview hatte erscheinen können. Anstatt jedoch das Gespräch zu verschieben, hatte er seinem Chefredakteur vorgeschlagen, Farah eine Chance zu geben. Und sie hatte diese Möglichkeit als eine Ehre empfunden, als große Chance, ihr Können unter Beweis zu stellen. Max Mojo fühlte sich schrecklich. Seine emotionale Verfassung schwankte täglich wie ein Pendel zwischen ungezügelter Aggression und warmherzigem Mitgefühl – und im Moment zeigte es sich ganz klar in Richtung des Letzteren.

»Komm, ich lad dich zu 'ner Tasse Tee ein, okay? Meinetwegen auch 'n Schinkenbrötchen. Du isst doch Schinken, oder?«, fragte er kleinlaut.

Offenbar war Farah Nawaz mit den zahlreichen Entschuldigungen von Max zufrieden, denn sie akzeptierte die Einladung. »Ein Tee wäre toll«, sagte sie.

Sie gingen zum Garden Grill im Stadtzentrum, das sich in Sichtweite des Kilmarnock Cross befand. Sollte der

Black-Hoose-Mob sein Revier verlassen und hier Jagd auf die beiden machen, gab es gleich um die Ecke genügend Polizisten, die durch das nahe gelegene Einkaufszentrum Burns Mall patrouillierten und im Fall der Fälle Schutz gewähren konnten. Als Max genauer über die Lage nachdachte, wischte er die Gefahr jedoch beiseite. Diese Kerle waren an ihre Umgebung gebundene Vollbluttrinker, die ihrer Stammkneipe nur widerwillig den Rücken kehrten und sich dafür wahrscheinlich noch auf dem Handgelenk notieren mussten, wohin sie wollten und aus welchem Grund. Es kam so gut wie nie vor, dass sie ihr Territorium für lange Zeit verließen oder sich in andere Stadtteile wagten. Trotzdem bestand Max darauf, an dem einen Tisch im Garden Grill zu sitzen, der eine ungehinderte Sicht auf alle Straßen bot. Eine junge Kellnerin brachte ihre Bestellung. Sie warf Max einen herablassenden Blick zu und schaute dann voller Mitleid zu Farah.

»Siehste, was man hier für Blicke kriegt? Nur weil man 'n bisschen anders aussieht?«, sagte Max und schüttelte den Kopf. Farah hatte einen Ausdruck der Marke »Wem erzählst du das?« auf dem Gesicht, der keines weiteren Kommentars bedurfte.

»Also, woher kommst du ursprünglich?«, fragte Max.

»Lahore«, antwortete Farah und fügte angesichts der Verwirrung in seinem Blick hinzu: »Pakistan.«

»Is das in Indien?«

»Nein. Das ist definitiv *nicht* in Indien.«

»Warum bist du hergekommen?«

»Ich bin in England zur Schule gegangen und über die Sommerferien immer wieder nach Hause gefahren. Später hat mein Vater sein Geschäft Stück für Stück nach Schottland verlagert.«

»Ah ... verstehe. Wie lange wohnst du schon in Killie?«

»Gar nicht, eigentlich. Ich meine, ich wohne nicht hier. Ich wohne in Glasgow. Meine ganze Familie ist da ... und die Familie meines zukünftigen Ehemanns ebenfalls.«

»Bisschen jung, um schon zu heiraten, findest du nicht?«, sagte Max. »Könnt ich ja verstehen, wenn du hier aus der Gegend wärst. Wer hier nich mit dreizehn unter der Haube is, hat verloren.«

Es war ein Witz. Farah erkannte es und lachte darüber. Zum ersten Mal fielen Max ihre Zähne auf. Sie waren absolut perfekt, genauso wie ihre Haut. *Aus betuchten Verhältnissen, keine Frage.*

»Dann gefällt's dir hier also?«, fragte Max. »Muss doch arschkalt für dich sein, oder?«

»Ich gewöhne mich dran, schätze ich. Nachdem ich einen Monat hier war, bin ich prompt im schlimmsten Schneesturm aller Zeiten stecken geblieben.«

»Dann gibt's in *La Hure* keinen Schnee, was?«

»Nein. Dort schneit es nie. Ich wusste nicht, was ich machen sollte. Das Auto hat festgesteckt, und es war schon dunkel. Keine Ahnung, was ich getan hätte, wenn da nicht dieses ältere Paar gekommen wäre, um mir zu helfen. Der alte Mann hat eine Schaufel geholt und meinen Wagen freigeschippt.« Sie sah aus dem Fenster. »Die meisten Menschen sind ganz nett«, sagte sie.

Max trank einen großen Schluck von seinem Tee. »Und was machste bei der *Ayrshire Post*?«

»Arbeitserfahrung sammeln, bevor ich zur Uni gehe. Außerdem will ich mein Englisch verbessern, weißt du?«

Max nickte, obwohl er nicht so recht wusste, was es da zu verbessern gab. Im Gegensatz zu seiner eigenen war ihre Ausdrucksweise vorbildlich.

»Ich habe einen älteren Bruder, der auch in einer Band spielt ... ich meine, zu Hause«, sagte Farah und zog einen kleinen Kassettenrekorder aus der Tasche. Wie es aussah, begann nun der offizielle Teil.

»Echt?«, sagte Max.

»Du klingst überrascht«, sagte Farah, »dass ich Umgang mit *solchen* Menschen habe.«

»Nee«, sagte Max. »Was für Musik?«

»Heavy Rock, hauptsächlich«, sagte Farah.

»AC/DC und Black Sabbath und so Sachen?«

»Nein. Foreigner oder Rush. Er singt mit einer hohen Stimme. Mein Vater kann diese Art Musik nicht ausstehen.«

»Aye ... das Gefühl kenn ich«, sagte Max mit einem Seufzer, allerdings ohne seinen eigenen Vater zu meinen, sondern aus Mitgefühl für ihren Bruder.

»Dann erzähl mal, Max, warum hast du die Band gegründet?«

Fast zwei Stunden lang sprach Max voller Enthusiasmus über Bestimmung – über seine Bestimmung und die Bestimmung jedes einzelnen Bandmitglieds. Ehrlich und offen erzählte er ihr von den Träumen, die ihn unermüdlich antrieben, etwas, da war er sich sicher, Bedeutsames zu schaffen. Er sprach davon, wie er die Band zusammengebracht hatte. Und davon, dass hinter jeder Ecke ein unvorhergesehener Fehltritt lauerte, dass es aber trotzdem die Sache wert war, denn die vier Vespas waren, jeder für sich genommen, jetzt schon großartig. Seine Aufgabe bestand darin, sie zu einer phänomenalen Gruppe zu machen.

Aber sie sprachen auch über Farahs Träume. Ebenso über ihre nur allzu verständlichen Sorgen im Zusammenhang mit der von ihrer Familie arrangierten Ehe. Über ihre Angst, nicht nur den eigenen Namen, sondern auch ihre noch junge Identität aufgeben zu müssen. Über ihren Wunsch, benachteiligten Mädchen und Frauen in Pakistan dabei zu helfen, eine umfassende Bildung und ein Leben voller Möglichkeiten zu genießen, wie Farah selbst es kennengelernt hatte. Sie ging noch weiter und erzählte von ihrem heimlichen Wunsch, ein schnelles Motorrad zu besitzen und unbeschwert und ohne Zeitdruck von Amerikas Ostküste zu den weltoffenen Städten an der Westküste zu fahren. Sie verblüffte sich selbst. Max Mojo war der erste Mensch, dem sie diese geheimen und persönlichen Dinge anvertraute. Er versprach ihr, es für sich zu behalten. Und sie gelobte im Gegenzug, seine geheimen Ängste – Grant könnte die Band und auch ihn verlassen – vertraulich zu behandeln. Sie kannten einander noch keine drei Stunden und hatten doch schon einen Pakt geschlossen. Es war ein Vormittag voller Überraschungen.

In der folgenden Woche erschien im Musikteil der *Ayrshire Post* ein ganzseitiger Artikel über »Die beste neue Band aus Westschottland«. Es war ein wundervoller Text, fand Grant. Zudem war er sehr viel positiver, als Maggie und die Sylvester-Brüder es erwartet hatten. Farah hatte die rastlose Leidenschaft der Band eingefangen, ihr ungeschliffenes Talent und die inspirierende Energie ihres komplexen und widersprüchlichen Managers. Zum ersten Mal bekamen die Miraculous Vespas etwas Öffentlichkeit. Und Max Mojo sollte diesen Gefallen nicht vergessen.

# KAPITEL 28

*Du hast mich nach dem Zeitpunkt gefragt, an dem ich wusste, dass wir's schaffen konnten. Tja, Norma, da gab's genau zwei Ereignisse, die diesen Moment markiert und den verfickten Stein ins Rollen gebracht haben: das erste Mal, dass ich The Smiths gehört hab ... und Wembley. Und beides is in derselben beschissenen Woche passiert. Abgefahren.*

## 28. Mai 1983
## 22:25 Uhr

»Komm schon, Alter. Fahr mit, Mann. Was hält dich denn zurück? Deine Mum, oder was?«

»Warum zum Teufel soll ich nach London fahren und mir da irgend so 'n bekacktes Fußballspiel ansehen?«

»Is nich *irgendein* Fußballspiel, Grant ... is verdammt nochmal Schottland gegen England. Im Wembley. Dieser Trip is 'n Ritual, der finale Eintritt ins Erwachsenenleben.« Max war leicht genervt. Grants offensichtliches Unverständnis für seine Notlage bedeutete, dass der Bandmanager ins Detail gehen und möglicherweise sogar die wahren Hintergründe für den Ausflug offenlegen musste.

»Warum zwingst du mich, dir den ganzen Scheiß haarklein zu erklären, du verdammter Mistkerl?« Oftmals schien es, als würde der Teenage-Musikmogul in spe jeden seiner an den Bandleader gerichteten Sätze mit einem Fluch oder einer Beleidigung beenden. Grant juckte das nicht mehr sonderlich. Und Max für seinen Teil hatte vor längerer Zeit aufgehört, sich einen Scheiß für die Wirkung seiner Worte zu interessieren.

»Du musst fürn paar Tage abtauchen, stimmt's? Ich bin nich blöd, Max. Hairy Doug, Doc Martin und jetzt noch der Spinner mit dem Traktor … geht alles auf dein Konto. Hab ich recht? Ich kapier aber nich, warum du mich bei dem Trip dabeihaben willst«, sagte Grant. Der Vorstellung, drei, vier oder mehr Tage rund um die Uhr mit einer derart anstrengenden Person wie dem Manager seiner Band zu verbringen, konnte Grant absolut gar nichts abgewinnen.

»Weil ich *zwei* Tickets hab, du Penner! Was soll ich'n mit der zweiten Karte machen? Mir in den Arsch schieben, oder was?«

Vor einer Woche, am Tag nach dem Gig im Pebbles, war Max Mojo auf Plattenjagd gegangen, um »Stoned Out Of My Mind« von den Chi-Lites aufzutreiben. Der Song befand sich zusammen mit den Stücken »Have You Seen Her«, »Oh Girl« und »Homely Girl« auf einer seltenen EP. Letztes Jahr hatte er sich dank einer Coverversion des Stücks auf der B-Seite der Abschieds-Single von The Jam unsterblich in den Chi-Lites-Song verliebt. Eine Schallplattenbörse in Glasgow schien ihm ein erfolgversprechendes Jagdrevier zu sein, aber Max wurde enttäuscht. Er konnte die Platte der Chi-Lites nicht finden, kaufte dafür aber eine Reihe anderer rarer Scheiben. Unter anderem grub er an den Ständen in der Merchant City Hall an diesem Tag »I'm on My Way« von Dean Parrish, »Just Say Goodbye« von Esther Phillips sowie Curtis Mayfields bahnbrechende LP *Superfly* aus.

An den Plattenständen lernte er den Besitzer einer Lounge-Bar kennen, einen Bekannten von Washer und Frankie Fusi, der ihm am Ende der Veranstaltung vorschlug, ihn mit zurück nach Kilmarnock zu nehmen. Der Barbesitzer war auf der Schallplattenbörse gewesen, um altes Vinyl loszuwerden, für das es in seinem Laden mittlerweile nur noch sehr wenig Platz und noch weniger Publikum gab.

Auf der Rückfahrt durch Thornliebank und Whitecraigs bot der Mann dem mitfahrenden Max dann zwei Tickets für das bevorstehende Spiel England gegen Schottland im Wembley-Stadion an. Der Barbesitzer erklärte, am Mittwoch des Spiels zu einer Beerdigung gehen zu müssen und sich die Partie deshalb nicht anschauen zu können. Max war klar, dass er diese Angebote – sowohl die Mitfahrgelegenheit nach Kilmarnock als auch die Länderspiel-Tickets – ganz gewiss nicht bekommen hätte, wenn er nicht mit Washer Wishart verwandt gewesen wäre. Er nahm trotzdem an, denn die Tickets stellten eine willkommene Möglichkeit dar, sich für eine Weile aus dem Staub zu machen und den Riesenpranken eines aufgebrachten Hairy Doug zu entgehen.

Grant hatte recht, Max interessierte sich nicht die Bohne für Fußball. Wahrscheinlich würde er nicht mal besonders viele Spieler kennen, auch wenn er über die jüngere Geschichte der Traditionspartie bestens Bescheid wusste. Sechs Jahre zuvor hatte diese Begegnung weltweit für Aufsehen gesorgt, als bei der Feier eines im Vorfeld als sehr unwahrscheinlich geltenden schottischen Sieges die Anhänger aus dem Norden von den Tribünen aufs Spielfeld stürmten, die Tore niederrissen und große Teile des Rasens plünderten und mit nach Hause nahmen. Wer die Berichte der beteiligten Fans für bare Münze nahm, musste davon ausgehen, dass es auf diesem Spielfeld am Tag der Partie um die vierhundert Elfmeterpunkte gegeben hatte. Landauf, landab berichteten die schottischen Tageszeitungen nämlich über zahlreiche Fans, von denen jeder einzelne beharrlich behauptete, einen der zwei echten Elfmeterpunkte mitgenommen und in seinen Garten hinterm Haus verpflanzt zu haben. Wie es aussah, lebte der Geist der Schlacht von Bannockburn im Jahr 1314 – der *eine* große Sieg der Schotten über die Engländer – in diesem Länderspiel-Klassiker fort. Dass die Einwohner Nordwest-Londons den alle zwei Jahre stattfindenden Einfall der Fanscharen nach diesem Ereignis nicht mehr sonderlich prickelnd fanden, war keine allzu große Überraschung. Im Nachgang dieses denkwürdigen Spiels wurden im englischen Fußballverband sogar Stimmen laut, die meinten, die Zeit des ältesten Länderspiels in der Geschichte des Fußballsports sei langsam abgelaufen. Zwischen dem vergnügt angesäuselten Fan und dem Fußballhooligan lag nur ein schmaler Grat, und die Anhänger der schottischen Elf begaben sich in den Jahren nach 1977 wieder und wieder auf diese Gratwanderung. Die Vorfälle nach diesem Match und die Ereignisse rund um das berüchtigte Old-Firm-Cupfinale 1980 begründeten den schlechten Ruf der Fußballfans nördlich des Hadrianswalls.

Trotz der durchaus berechtigten Befürchtungen der Medien, der Regierung, der Polizei und der Bürger von Wembley Park sowie der seiner unter Bluthochdruck leidenden Mutter hatte Max die Tickets für das Spiel angenommen und irgendwann auch Grant überzeugt, ihn zu begleiten, indem er ihm versprach, vor dem Broadcasting House in London, dem BBC-Hauptquartier, den Radiomoderator John Peel abzupassen.

Max stellte aus seinen neu erworbenen Platten ein vielversprechendes Mixtape für die Fahrt zusammen. Nach zahlreichen Fehlstarts bei der Aufnahme des Tapes – soll heißen: entweder zu früh oder zu spät gedrückten Record-Tasten – und den daraus resultierenden Schimpftiraden in Hafenarbeitermanier, die Molly Wishart aus der Küche im Erdgeschoss mit einem gegen die Decke hämmernden Besenstiel beantwortete, lief es irgendwann, und die Kassette füllte sich. Um Vinylschallplatten auf eine C90 aufzunehmen, musste Max einen handelsüblichen Kassettenrekorder vor den Lautsprecher seines alten Plattenspielers stellen, dann Record- und Pausetaste herunterdrücken und letztere exakt in dem Moment wieder loslassen, in dem die Nadel auf der Plattenrille aufsetzte. Max dachte oft über den prähistorisch anmutenden Charakter dieser Aufnahmetechnik nach. Er hatte von der Compact Disc und der mit dieser Technologie einhergehenden Revolution des Musikmarkts gelesen und außerdem gehört, dass es unten im Süden bereits die ersten CD-Geräte zu kaufen gab. Und obwohl er wusste, dass alle Tonaufnahmen im Grunde ähnlich abliefen, sehnte er sich mittlerweile danach, Zeit in einem echten Studio mit amtlichem Equipment und einem fachkundigen Toningenieur verbringen zu können. Die Mixtapes, so unterhaltsam sie auch waren, steigerten diese Sehnsucht nur noch zusätzlich.

Dieses neue Tape – mit dem Titel *Philly Soul Sounds of the 70s* – sollte Max auf seinem Weg nach Wembley begleiten. Er hoffte, dass die beiden Fremden, die Grant und ihn als Teil des Ticketdeals mit nach London nehmen sollten, es irgendwann auf der Fahrt spielen würden. Da Max die Eintrittskarten besorgt hatte, beauftragte er Grant mit der Beschaffung der Kilts, der Pflichtbekleidung für schottische Fans bei Auswärtsspielen. Widerwillig machte sich der Vespas-Frontmann auf die Suche, schleppte allerdings am Ende zwei

Kleidungsstücke an, die weniger wie Kilts, sondern eher wie von breiten Gürteln gehaltene Picknickdecken mit Karomuster aussahen. Und so verließen Max Mojo und Grant Delgado Kilmarnock am Tag vor dem Spiel wie zwei Klischee-Schotten, die auch als laufende Reklameschilder für die Fernsehsendung *Russ Abbot's Madhouse* durchgegangen wären.

Die beiden Herren auf den Vordersitzen hießen Pie-Man und Big Jock. Max kannte keinen der beiden, aber da der Besitzer der Lounge-Bar diese Mitfahrgelegenheit nach Wembley arrangiert hatte, beschwerte er sich auch nicht. Die Ansetzung der Partie, verschoben vom üblichen Samstagnachmittag auf einen Mittwochabend, hatte Big Jock in Terminschwierigkeiten hinsichtlich seines Schichtdienstes als Krankenhauspförtner gebracht, sodass sich das Quartett kurzerhand für eine Übernachtfahrt mit Start am Dienstagabend entschied. Max und Grant sollten bei der Ankunft in London in der Innenstadt abgesetzt und netterweise donnerstagfrüh wieder aufgesammelt werden, obwohl die gemeinsame Rückfahrt gar nicht Bestandteil der ursprünglichen Abmachung gewesen war.

# KAPITEL 29

## 31. Mai 1983
## 22:43 Uhr

»H-e-i-l-i-g-e Scheiße!!!«, brüllte Max in seinem Zimmer. »Das gibt's doch gar nich!« Dann öffnete er das Fenster und brüllte es noch einmal. Und noch einmal. Seine Eltern kamen die Treppe hinaufgestürzt.

»Was is los, mein Junge? Alles in Ordnung da drin?«

»Aye. Alles in *beschissener* Ordnung. Lasst mich in Ruhe, verdammt nochmal!«

»Jetzt langt's aber! So was will ich nich nochmal hören, klar?! Mir egal, was die Ärzte sagen. Wenn du nochmal so mit deiner Mutter redest, rupf ich dir den Kopf vom Stamm, kapiert?!«

»Sorry, Dad!«

»Is fast Mitternacht ... reiß dich verdammt nochmal am Riemen, Junge.«

Max Mojo hatte das Gefühl, eine tonnenschwere Last wäre von seinen Schultern gefallen. Er dachte zurück an den Traum, in dem er das Kreuz den Mount in Onthank hinaufgeschleppt hatte. An die Erinnerungen aus der Zeit vor dem Einsetzen der Kopfschmerzen. Und es war, als hätte ihm gerade jemand diese Last abgenommen und ihm dazu noch einen geblasen. Er war euphorisch, und ihm war schwindelig. Aber er war nicht auf Drogen, verschreibungspflichtige Medikamente mal ausgenommen. Er hatte nur gerade die beste Platte seines Lebens gehört.

*Es war »What Difference Does It Make?«. Hat mich voll umgehauen, das Teil. Ich hab gerade mein Zeug für den Trip nach Wembley zusammengesucht, und Peel lief im Radio. Er hat da über allen möglichen Scheiß geschwafelt und Drecksmucke wie Steel Pulse gespielt – Songs, bei denen du am liebsten mit 'ner Rasierklinge auf jemanden losgehen willst, damit der Scheiß endlich aufhört. War kein wirklich guter Peel-Abend, verstehste? Aber dann legt er so 'ne Band auf, die gerade 'ne Peel-Session eingespielt hat. Und ich sag dir, der Klang von dieser Gitarre! Die Gitarre von Johnny, verstehste? Scheiße, Mann, am Ende des Songs hätt ich fast losgeheult. Ich konnt's kaum fassen.*

»Du musst auf dich aufpassen, in Ordnung, Junge?« Molly Wishart hatte viele Einwände gegen die London-Reise ihres verhaltensauffälligen Sohnes, aber Washer erinnerte sie daran, dass die Ärzte ihnen geraten hatten, Max so normal wie möglich zu behandeln.

Widerwillig hatten sie seine Namensänderung per Willenserklärung akzeptiert und sich damit abgefunden, dass er – mittelfristig zumindest – eine andere Person war. Für Washer hatte die Angelegenheit nicht nur negative Seiten. Max Mojo wirkte motiviert und entschlossen, Dale Wishart hingegen war ein uninspirierter Gammler gewesen, ein Mensch, der sich vom Leben treiben ließ. Max mochte ein nerviger, kleiner Mistkerl mit einem vulgären Mundwerk sein, aber zumindest schien er zu wissen, was er wollte. Es war eine eigenartige Gefühlsmischung, die Washer Wishart empfand, wenn er über seinen Sohn nachdachte. Obgleich ihm die Vorstellung wenig behagte, so war Max doch der Typ Mensch, dem Washer irgendwann einmal das Familiengeschäft übergeben wollte. Ohne das Dazutun des Vaters war der Junge mit einem Mal zu dem Sohn geworden, den Washer nie gehabt hatte und von dem er zuvor auch nicht wusste, dass er ihn überhaupt wollte.

»Aye, mach ich«, sagte Max knapp und stopfte ein weißes T-Shirt in seine blaue Adidas-Tasche. In Gedanken träumte er bereits von einem neuen Bandsound – diese klirrenden, obertonlastigen Gitarren kombiniert mit einem soulvollen Mod-Groove. Die Platten von Orange Juice auf Postcard Records konnten in gewisser Hinsicht als Vorlage dienen. Mittlerweile hatte sich Grant allerdings zu einem passablen Sänger entwickelt, und so sehr Max Orange Juice auch liebte, Edwyn Collins war einfach nicht der Typ Sänger, den er in seiner Band am Mikro sehen wollte. Es war unwahrscheinlich, aber Max hoffte inständig, dass Grant – oder wichtiger noch, der Motorcycle Boy – ebenfalls die Sendung von John Peel gehört hatte.

*Ich kann mich noch dran erinnern, wie ich an dem Abend los bin, als wär ich auf Speed. Wie so 'n Besoffener, der durch 'nen Eisenbahntunnel kriecht und ganz am Ende plötzlich 'n kleines Licht schimmern sieht. Is vielleicht nich der beste Vergleich, aber du verstehst sicher, was ich mein, oder, Norma? Da draußen haben tausende Teenager in ihren beschissenen kleinen Zimmern gehockt und sich die Birne darüber zermartert, wer sie eigentlich waren und was sie wollten – und dann is diese alles verändernde Bombe von einem Song in ihr Leben geplatzt und hat die verdammte Erleuchtung gebracht.*

*»All men have secrets and here is mine.« Scheiße, Mann, mir kam's so vor, als hätt dieser Wichser mit seiner Poppertolle nur für mich gesungen.*

*Ich wusst es damals noch nich, aber diese Lyrics haben mir direkt aus dem Herzen gesprochen ... »But still I'd leap in front of a flying bullet for you«. Unfassbar,*

Mann. Grant war auch hin und weg. Dieser Song war für mich das, was »Heartbreak Hotel« wahrscheinlich damals für Millionen von Kids in Amerika war, die verzweifelt auf ihren ersten Fick gewartet haben. Für uns war's die Zukunft ... also für die Band, verstehste? Wir haben da rumgewurschtelt und versucht, 'ne gemeinsame Basis zu schaffen, und plötzlich waren wir der Sache 'n ganzes Stück näher gekommen. Es gab immer noch verschiedene Stile und Vibes und so, aber dann sahen wir's mit einem Mal ganz klar vor uns. Gitarre. Schlagzeug. Bass. Stimme. Völlig unnötig, mit Trompeten, Banjos, Synthies rumzumachen oder diesen JoBoxers-Scheiß abzuziehen.

Ansonsten war's 'ne eher schwierige Phase. Too much pressure, wie die Kleine von The Selecter gesungen hat. Und recht hatte sie, verdammt! Ich musste einfach schnell die Biege machen. Andernfalls wären mir früher oder später 'n paar unterbelichtete Grobiane an die Kehle gegangen. Unsere Schulden sind schneller gestiegen als Neil Kinnocks Blutdruck. Das war noch, bevor der Rest von Grants Geheimreserven Wind bekam. Die Einzigen, die zu der Zeit davon wussten, waren ich, er, die Zigeuner ... und, wie ich erst später herausgefunden hab, unsere burundische Schlagzeugerin. Washer konnt ich davon nix erzählen, klar. Und in so 'ner Situation erscheint einem die Möglichkeit, nach London zu verduften, natürlich wie 'ne große, warme, feuchte Möse am Ende von 'ner durchzechten Nacht ... zumindest hab ich das damals so empfunden. Ich also direkt rein ins Vergnügen. Wer hätte das nich getan?

# KAPITEL 30

## 31. Mai 1983
## 23:57 Uhr

Als Grant sich kurz vor Mitternacht in Onthank auf den Weg machte, um Max Mojo am Broomhill Hotel zu treffen, hallten in seinem Schädel nicht nur Morrisseys temperamentvolle Lyrics und Johnny Marrs Gitarre nach, sondern auch Sengas bohrende Fragen:

1. *Warum fuhr er überhaupt nach London?*
2. *Was wusste er von den beiden Fremden?*
3. *Wo würde er schlafen?*

Grant log bei den ersten beiden Fragen. Die dritte erwischte ihn auf kaltem Fuß, denn weder er noch Max hatten darüber nachgedacht. Big Jock und Pie-Man hatten eine Bleibe bei Freunden des kleineren Mannes mit dem ungewöhnlichen – und nicht weiter erläuterten – Spitznamen gefunden. Beim ersten Halt auf der Fahrt in den Süden, an einer Raststätte in einem Kaff namens Abington, rief Pie-Man seine Kontakte in der Hauptstadt an und fragte, ob es noch Schlafplätze für zwei Teenager in Kilts geben würde. Das Schütteln des kleinen, haarlosen Schädels in der Telefonzelle verhieß nichts Gutes.

»Nix zu machen, Jungs«, sagte Pie-Man. »Sorry.«

»Ach, kein Problem. Aber danke für den Versuch«, sagte Grant.

»Verfickter Glatzenmann«, raunte Max, aber die Geräusche des gerade angelassenen Motors überdeckten seine Unmutsäußerung. Das Organ von General Johnson am Anfang von »Give Me Just a Little More Time« stimmte die beiden einigermaßen versöhnlich, andernfalls wäre der Ausflug wahrscheinlich schon vor der englischen Grenze zu Ende gewesen.

»Beim nächsten Halt ruf ich 'n paar ehemalige Galstoner an. Möglich, dass Viviani euch aufnimmt«, sagte Pie-Man optimistisch. »Bin nich sicher, ob er überhaupt noch in London is, aber wenn ihr in Ayrshire diesbezüglich die Klappe halten könnt, tut er euch vielleicht den Gefallen, versteht ihr?«

Tony Viviani war ein Mann aus Galston mit italienischen Wurzeln. Seine Familie stammte aus derselben Region wie die von Frank Fusi, aber die beiden Männer, die in Ayrshire eine neue Heimat gefunden hatten, waren sich noch nie begegnet. Tony hatte einen Eiscremewagen für das »Emporio Viviani's« gefahren, das Unternehmen seines Vaters. Auf seinen Routen in Galston hatte er durch seinen Charme und kostenlose Double Nougats – diese unwiderstehlichen Vanille-Eiscreme-Sandwiches mit den zwei schokoladenüberzogenen Waffeln – immer wieder junge Mädchen in den hinteren Teil seines Vans gelockt. Dieses traumhafte Leben währte mehrere Jahre, bis Tony Viviani eines Tages, ohne es zu wissen, die fünfzehnjährige Nichte von Nobby Quinn in seinem Eiscremewagen vernaschte. Bald darauf machte das Gerücht die Runde, er habe das Mädchen vergewaltigt, und Tony fürchtete, im Betonbett der neuen Umgehungsstraße von

Auchinleck zu enden. Er nahm die Beine in die Hand, verschwand für achtzehn Monate von der Bildfläche und tauchte schließlich in London wieder auf. Dort hätte er wahrscheinlich Ewigkeiten in anonymer Glückseligkeit ausharren können, wäre er nicht so dämlich gewesen, eine Postkarte an den Standalane Pub in Galston zu schicken und den Inhaber zu bitten, ihm ein Referenzschreiben für einen Hilfsarbeiterjob auszustellen und nach London zu senden. Die Karte fand ihren Platz an der Wand hinter dem Tresen, und bevor Judith Chalmers »Wish You Were Here« sagen konnte, wusste alle Welt, wo sich Tony aufhielt – einschließlich seiner angsteinflößenden Ehefrau Deirdre, die sich mit vier Kindern an der Hand und einem im Bauch unverzüglich auf den Weg in die Metropole im Süden machte. Tony hatte es nämlich tatsächlich nicht geschafft, sich vor seiner Flucht von ihr zu verabschieden. Wie alle anderen in Galston wusste auch Deirdre von dem Gerücht, dass ihr mit Zeugungsfähigkeit gesegneter Ehemann eine beachtliche Summe von einem Boxturnier gestohlen hatte, das von den Quinns organisiert und manipuliert worden war.

Das war die Hintergrundgeschichte zur Ankunft der frischgebackenen Smiths-Fans Max Mojo und Grant Delgado im guten alten London. Es war ein sonniger Mittwochmorgen, und als sie in Hammersmith einliefen, füllten sich die Straßen langsam mit Leben. Tony Viviani war nicht in dem Pub, zu dem der Pie-Man sie geschickt hatte. Immerhin wusste einer der Gäste, wo Tony wohnte. Und dieser Gast war es auch, der ihnen in einem gefühlt einstündigen Monolog erzählte, wo genau er sich aufgehalten hatte, als zwei Jahre zuvor eine IRA-Bombe in der Ecke ebenjenes Pubs hochgegangen war – nämlich vor dem heimischen Fernseher, wie sich am *Ende* der Geschichte herausstellte. Max war sauer, dass der Alte ihre Zeit mit einer derart höhepunktlosen Geschichte verschwendet hatte, und nannte ihn einen »gefühlsduseligen Fotzkopp«. Diese Beleidigung veranlasste den Besitzer des Pubs, Grant ein paar Schläge zu verpassen und die zwei Schotten mit ihren Behelfs-Kilts postwendend aus der Kneipe zu schmeißen.

»Scheiße, Mann, was soll das? Entweder du lässt den Quatsch hier unten, oder ich nehm den nächsten Zug zurück nach Hause. Wenn du dich nich zusammenreißt und die Klappe hältst, werden wir noch gewaltig auf die Fresse kriegen.« Grant war stinksauer.

*Beherrscht der Körper den Geist oder der Geist den Körper? Keine Ahnung, Mann!*

*Dir wird sicher klar sein, dass ich für diesen ganzen Scheiß im Grunde nix konnte, oder? Damals war's nun mal so, dass viele Gedanken in meinem Kopf einfach so rausgeflutscht sind. Is in gewisser Hinsicht immer noch so, aber ich seh das nich als negativ an, verstehste? Sollte mehr Leute geben, die mal Klartext sprechen. Dieses ganze Theater mit den Kameltreibern im Nahen Osten wär nich so schlimm, wenn man sich einfach am Anfang hingesetzt und Tacheles geredet hätte. Scheiß auf Bootros Bootros Ghali oder wie der heißt, und dieses ganze Geseier von wegen Völkerverständigung. Wenn mir jemand sagt, dass ich 'ne Fotze bin, und er hat gute Gründe, warum ich für ihn 'ne Fotze bin, dann akzeptier ich das und bin happy damit. Dann bin ich für den Typen eben 'ne Fotze und seh zu, dass wir nix mit'nander zu tun haben. Punkt. In der Hinsicht bin ich 'n bisschen wie der Alte ... wie Prinz Philip, verstehste?*

*Jedem seine Meinung, oder? Que sera ...*

»Jetzt komm mir nich auf die Tour!«, erwiderte Max. »Wir wären gar nich in dieser beschissenen Lage, wenn du mich das Hotel hättest buchen lassen.«

Den Rest des Weges legten die beiden schweigend zurück ... und zu Fuß. Tony Viviani wohnte direkt neben dem Kohlekraftwerk Battersea, in einer Zweizimmerwohnung im zweiten Stock. Mit seinem ikonischen Äußeren sah das Kraftwerk aus wie ein bei einer Kneipenschlägerei umgestoßener Pubtisch, der urbane Unrat in seiner Umgebung wie die vom Tisch gefallenen Essensreste und Glasscherben. Als Max und Grant sich der Eingangstür des Gebäudes näherten, beschlich sie ein ungutes Gefühl. *Was, wenn Tony Viviani gar nicht mit den Bekannten des Pie-Man gesprochen hatte? Was, wenn er zum Zeitpunkt der Zusage so hackedicht gewesen war, dass er sich nun nicht mehr daran erinnern konnte? Was, wenn Tony ein durchgeknallter Irrer war?*

Grant verlangsamte das Tempo und überließ Max die Führung. Nachdem Max drei Mal gegen die Holztür gehämmert hatte, öffnete sie sich. Ein Kerl mit dem Look von Ringo Starr in *That'll Be the Day* musterte sie von Kopf bis Fuß. Er trug ein abgewetztes gelbes T-Shirt mit dem Aufdruck »I SHOT JR« und machte den Eindruck, sein Verfallsdatum bereits überschritten zu haben. Die zwei Fremden in ihren komischen Kilts konnten nur die beiden Kollegen vom alten Paddy Bolton, dem Pie-Man, sein.

»Was is eure Mannschaft?«, fragte Tony mit einer nach oben gezogenen Augenbraue. Es klang wie eine Fangfrage.

»Hab's nich so mit Fußball«, sagte Max.

»Dann theoretisch: Was *wäre* deine Mannschaft?« Tony wollte eine Antwort, und Grant beschlich das Gefühl, dass es eine Art Erkennungszeichen war, die korrekte Mannschaft zu nennen.

»Scheiße, Mann ... was soll das? Sind wir hier bei *The Krypton Factor*?« Max wurde langsam sauer, aber Tony wischte die Spannung mit einem Lächeln beiseite. Im Grunde fragte er ja nur, weil Schotten mit Reiseziel Wembley-Stadion normalerweise Fans irgendeines Vereins waren. Sein Team hieß übrigens Ayr United.

»Dann seid ihr beide die Kollegen vom Pie-Man, was?«

»Aye. Und du bist Tony the Pony aus Galston?«, sagte Max, wobei er sich ziemlich zusammennehmen musste, ihn nicht als Wichser zu beschimpfen.

Tony streckte den Kopf zur Tür raus und schaute hinter die Jungs ins Treppenhaus. »Nee. Tony is gerade nich hier. Er is … ähm, weg isser. In Benidorm fürn Sommer. Ich bin sein Cousin … Terry. Kommt rein, Jungs«, sagte er herzlich. Er war ohne Zweifel der schlechteste Lügner des Planeten.

Grant hatte den Eindruck, dass Tonys selbst gebasteltes Zeugenschutzprogramm und die erfundene Identität ihm nicht sonderlich lange Schutz bieten würden. Tony, also Terry, winkte sie in die Wohnung. Grant war einigermaßen erleichtert über dessen gastfreundliche Art. Dieses Gefühl verpuffte allerdings rasch, als ihm die größte »Was, wenn?«-Frage von allen durch den Kopf schoss. *Was, wenn Tony Viviani seiner Missus nichts von dem Besuch erzählt hatte?*

Hatte er natürlich nicht. Und Deirdre wurde ihrem Ruf mehr als gerecht und flippte total aus.

»Das is doch jetzt 'n beschissener Witz, oder? Du nichtsnutziger Wichser! Zwei Clowns in Röcken, die du noch nie in deinem Leben gesehen hast, machen sich jetzt in … *meiner* … Wohnung breit? So weit kommt's noch! Schmeiß die Typen raus, oder ich ruf Ged McClure an, damit er Nobby Quinn Bescheid gibt, dass du hier bist.«

Max und Grant standen wie angewurzelt neben dem Wohnzimmerfenster, während Tony the Pony versuchte, seine rasende Ehefrau mit Argumenten zu überzeugen. Er stammelte und flehte. Dass er den Pie-Man nicht enttäuschen könne; dass es zwei Jungs aus der Heimat wären, schutz- und obdachlos in der großen Stadt; dass die beiden doch einen so langen Weg hinter sich hätten; und schließlich – und bei diesem letzten Argument ging Grant instinktiv hinter dem Vorhang in Deckung –, dass er und sie doch *nur für eine Nacht* auf dem Klappsofa im Wohnzimmer schlafen müssten.

»Hast du nich mehr alle Tassen im Schrank, du Knalltüte? Schlimm genug, dass die hier überhaupt auflaufen, aber jetzt sollen die auch noch in unserem Ehebett pennen?!« Deirdre holte Luft. Ein weiterer Ausbruch schien unausweichlich. »Du bist 'n stinkfauler Blindgänger! Noch nich mal als Handlanger aufm Bau konnteste arbeiten, ohne es zu versemmeln.«

Dieser letzte verbale Hieb hatte zwar nichts mit der gegenwärtigen Situation zu tun, gewährte aber einen klaren Blick auf die zentralen Probleme in der Beziehung der beiden. Für wenige Sekunden herrschte Stille, dann knallte ein durch die Wohnung geschleuderter Teller gegen den Spiegel über dem Elektrokamin, dessen Scherben sodann auf den mit zwei Heizstäben bestückten Wärmestrahler herabrieselten.

»Ich geh mit den Kleinen zu Brenda, damit du dich mit diesen beiden Clowns hier amüsieren kannst. Aber eins sag ich dir, wenn ihr drei Witzfiguren morgen früh noch hier seid, wird euch Quinns Truppe eure Ärsche aufreißen. Ich ruf jetzt nämlich McClure an! *Thomas, Joseph, Maria, Mary*! Packt eure Sachen zusammen. Wir gehen zu Tante Bren.«

Nach fünfzehn Minuten unkoordiniertem Gepolter und wüsten Flüchen waren sie verschwunden.

Tony Viviani war schlauerweise im Wohnzimmer bei Max und Grant geblieben und hatte von weiteren Beschwichtigungsversuchen abgesehen. Als der Lärm so weit abgeklungen war, dass Deirdre mit Sicherheit mehr als einen Häuserblock entfernt sein musste, lächelte Tony seine Gäste an und rieb sich die Hände. »Wie steht's mit 'nem Bierchen, Jungs?«, sagte er.

Max und Grant hatten eine Bleibe für die Nacht. Obwohl das Leben ihres Gastgebers im Chaos versunken schien, hatte Tony Viviani sich definitiv einen Rest seines einstigen Charmes bewahrt. Er wirkte wie ein Kerl, den jeder mochte, bis irgendwann mal ein schlechter Tag kam und Tonys permanente Glas-halbvoll-Attitüde zu ernsthaften Wutausbrüchen führte. Die Aussicht, von den Quinns notaufnahmereif geprügelt zu werden, schien ihn nicht übermäßig zu jucken. Grant hingegen wollte unbedingt vermeiden, hier mit den Abgesandten des Roma-Barons zusammenzutreffen. Die Aufregung um Maggies Campingbus hatte sich zwar irgendwann gelegt, aber erst nachdem er zweitausend Pfund auf den Tisch gepackt hatte. Jetzt war er verständlicherweise nicht sonderlich erpicht darauf, es sich noch einmal mit Rocco Quinn zu verderben, weil man ihn für einen Kollegen von Tony Viviani hielt.

»Keine Sorge wegen der Missus. Einmal im Monat is die Stimmung eben im Keller, ihr wisst schon«, sagte Tony in der Überzeugung, dass Deirdre sich beruhigen, sich ihrer Liebe für ihn bewusst werden und am nächsten Morgen mit besserer Laune zurückkehren würde – ohne zum Telefonhörer gegriffen zu haben.

# KAPITEL 31

## 1. Juni 1983
## 16:03 Uhr

Max und Grant kamen zur wärmsten Zeit des Tages am Trafalgar Square an. Die Brunnen waren mit Brettern abgedeckt, aber das hielt die schottischen Fans nicht davon ab, wieder einmal auf dem bereits erwähnten sehr schmalen Grat entlangzuwandern. Der große Mob, mit dem die beiden sich auf den Weg nach Wembley machten, kippte mehrere Imbisswagen um, jagte eine kleine Gruppe England-Fans in einem Pflastersteinhagel aus einer U-Bahn-Station und stahl einem Bobby zu guter Letzt den Helm und sorgte damit für einen ausgewachsenen Tumult, der mit zehn Festnahmen endete. Insgesamt herrschte eine relativ bedrohliche Atmosphäre, auch wenn man vor dem Stadion, so weit das Auge reichte, nur Blau und Tartan sah. Im Stadion war die Stimmung ebenfalls aufgeheizt. Aus dem Block, in dem Max und Grant standen, flogen jede Menge leere Wodka- und Whisky-Flaschen in Richtung der im Innenbereich patrouillierenden Polizisten. Glücklicherweise traf keine der Flaschen das anvisierte Ziel. Als dann England das 1:0 erzielte und in der zweiten Hälfte verdienterweise noch ein Tor draufpackte, verfinsterte sich die Stimmung abermals. Glenn Hoddle hatte die schottische Elf demontiert. Der Liebling der Tartan Army, Charlie Nicholas, lieferte hingegen eine albtraumhafte Vorstellung ab.

Der Rückweg in die Stadt verlief für Max und Grant überraschend ruhig. Ernsthaften Ärger erlebten die beiden Teenager nicht. Waggons voller betrunkener Schotten, alle in tiefer Trauer wegen der erneuten Niederlage gegen den *auld enemy*, verhießen jedoch eine anstrengende Spätschicht für die Mitarbeiter der Londoner U-Bahn. Grant meinte, zwei ältere Männer gesehen zu haben, die mit dem Finger in ihre Richtung zeigten, als Max und er das Stadion verließen und den Wembley Way hinuntertrotteten. Die beiden waren ihm deshalb aufgefallen, weil er glaubte, sie schon einige Stunden zuvor am Trafalgar Square gesehen zu haben. Als er sie kurz darauf im selben U-Bahn-Waggon erblickte, wuchs sein Argwohn abermals. Max und Grant stiegen am Piccadilly aus, die beiden Männer ebenfalls. Da Angriff stets die beste Form der Verteidigung ist, ging Max auf die Kerle zu und begrüßte sie mit einem herzlichen: »Was zum Teufel is euer beschissenes Problem, ihr Wichsköppe? Wir sind keine Stricher, ihr verkackten Kotstecher!«

Der ältere der beiden Männer lachte und informierte die zwei Teenager, dass er Gregor hieß, aus Irvine kam und Max kannte – wenn auch aus der Zeit, als dieser sich noch Dale Wishart nannte. Anfangs zeigten sich die Fremden etwas verwirrt darüber, dass Max abstritt, jemals diesen Namen getragen zu haben, aber irgendwann ließen sie es gut sein und quittierten es mit einem gleichgültigen Schulterzucken. Gleichwohl luden sie die Jungs auf einen Drink ein. *Vorausgesetzt, ihr seid schon volljährig*, scherzten sie. Grant war nicht sonderlich begeistert von der Idee, aber Max überzeugte ihn, und so brachen sie gemeinsam nach Soho auf, um in einem exklusiv wirkenden Kellerpub neben der Raymond Revue Bar ein Pint zu heben. Die beiden Männer steckten dem Türsteher einen Fünfziger in die Hemdtasche, um ihre Kilt tragenden Landsleute in den Pub zu schleusen.

Drinnen konnte Max kaum die Hand vor Augen sehen, so dunkel war es. Und Grant war überzeugt davon, dass in einer benachbarten Sitznische zwei Kerle rummachten. Die Musik aus den Lautsprechern des Pubs war dröhnend laut und sorgte dafür, dass die beleidigenden Bestandteile in Max Mojos Smalltalk schwer verständlich blieben. So legte Max während des Gesprächs nahe, dass Gregors Mutter doch bestimmt eine »Hurenmeisterin« sei. Gregor nickte und antwortete: »Den gleichen wie Thora Hird.« Er glaubte nämlich, Max hätte gefragt, ob seine Mutter noch gut zu Fuß wäre oder schon einen Treppenlift bräuchte. Eine vom Bauchnabel aufwärts nackte Kellnerin kam an den Tisch und nahm die gebrüllte Bestellung über vier Pints entgegen. Als sie mit den Getränken zurückkehrte, legte sie eine Rechnung über vierzig Pfund auf den Tisch. Max schluckte. Die beiden Männer schienen von den heftigen Preisen nicht überrascht.

»Also, Dale ... ähm, sorry, Max. Was treibt dein Dad so dieser Tage? Immer noch fleißig am *Waschen*?«

»Keine Ahnung, wovon du redest, Mann«, sagte Max und folgte damit einem tief in seinem Inneren verankerten Instinkt, mit Fremden nicht über Washer zu sprechen.

»Komm schon, Junge, nun sei doch nich so schüchtern.« Der ältere der Männer, der auch fetter war und sich als Gregor vorgestellt hatte, ließ sich nicht so leicht abwimmeln. »Ich hab da 'ne Sache am Laufen und muss demnächst 'nen Haufen Dreckwäsche sauber kriegen, verstehste? Wir haben euch vorhin in der U-Bahn gesehen, und da sag ich zu meinem Kollegen hier: ›Ged, den Jungen kenn ich doch. Das is der Bengel von Washer Wishart.‹ Stimmt's nich, Ged?«

»Stimmt, so war's«, sagte Ged.

Grant hatte das Gefühl, dass mit den beiden Männern irgendetwas nicht stimmte. Er konnte aber nicht genau sagen, was es war. Gregor hatte eine Glatze, manikürte Fingernägel und war leger, aber doch seriös gekleidet. Ged hingegen sah aus wie eine versoffene Mischung aus Straßenmusikant und Biker. Gregor war selbstbewusst im Auftreten, Ged von der Art her eher ungehalten. Es lagen ein paar Jahre zwischen ihnen, aber nicht genügend, als dass sie Vater und Sohn hätten sein können.

»Und ihr zwei seid nur wegen dem Spiel runtergekommen?«, fragte Max, um das Thema zu wechseln.

»Ja und nein«, sagte Gregor.

Max wartete auf eine Erklärung, doch es kam keine. »Wie fandet ihr's denn?«, fragte er.

»Was?«

»Na, das Spiel. War nich so wirklich toll, oder? Stein hätte Nicholas eher runternehmen müssen. Der Junge war absolut scheiße«, sagte Max.

»Und wer zum Teufel bist du auf einmal? Scheiß Archie McPherson oder was?« Ged hatte bisher ziemlich desinteressiert dreingeschaut, aber nun veränderte sein plötzlicher Ausbruch die Dynamik am Tisch.

»Mach mal locker, Kumpel«, sagte Grant. »Wir heben doch nur 'n Pint mit euch.« Er wusste, dass sie nicht genügend Geld für die nächste Runde bei sich hatten, ahnte aber bereits, dass dies nicht ihr größtes Problem sein würde. Schien die Begegnung anfangs noch ein unbedeutender, wenn auch willkommener Zufall gewesen zu sein, war es mittlerweile offensichtlich, dass Gregor und sein Kumpel Ged den größtmöglichen Vorteil aus diesem Treffen mit einem nahen Verwandten von Washer Wishart zu ziehen versuchten.

Gregor legte eine Hand auf Geds Unterarm. »Immer ruhig, Jungs. Wir sind doch alle Kumpels hier, richtig? Schotten fernab der Heimat ... die glorreiche Tartan Army, oder?« Gregor setzte ein breites Lächeln auf. »Macht euch nix aus meinem Kollegen Ged. Der is in 'ner anderen Mission hier unten. Er sucht nach 'nem Flachwichser aus Ayrshire, der von zu Hause ausgebüxt is und sich in der großen Stadt verkrochen hat.«

Max und Grant schauten sich über den Tisch in der Sitznische hinweg an.

»Is 'n Auftrag für 'nen Kumpel von deinem Vater«, sagte Gregor. »Nobby Quinn aus Galston. Kennste vielleicht.«

»Aye«, sagte Max. »Aber der is kein Kumpel von Washer.«

»Ich verarsch dich doch bloß, Junge. Brauchst nich gleich so ernst werden!« Gregor machte eine Pause, um sich zu konzentrieren. »Aber da wir euch jetzt schon mal hier unten getroffen haben, dacht ich, ich könnt dich vielleicht um 'nen Gefallen bitten. Ich mein, wir waren doch auch nett zu euch, oder? Wir haben euch in diesen Laden geschleust, haben euch 'n Pint vom höchstwahrscheinlich teuersten Bier des Planeten spendiert, während die Bedienung euch beim Servieren ihre Nippel an die Ohren gepresst hat. Also, was ich möchte ...« Ged schnaubte. »Was wir möchten, is 'ne Art Türöffner bei deinem Vater, ein erstes Gespräch, verstehste? Wir haben oben in Glesga jede Menge Stoff vertickt und sitzen jetzt auf der Kohle fest. Ich muss das verteilen und waschen. Und dein Dad is nun mal der verdammte Boss auf diesem Gebiet.«

»Ich würd euch ja gern helfen, Jungs, würd ich wirklich gern machen. Aber ich hab nix mit Washers Geschäften am Hut. Ich bin im Musikbusiness. Bandmanagement und so, versteht ihr?« Max atmete einmal tief durch und kippte dann sein Pint herunter. Auch wenn er davon Schluckauf bekam, schien es die einzige Sache zu sein, die ihn davon abhielt, Gregor als Fotze zu beschimpfen.

»Noch besser«, sagte Gregor. »'N Business, in dem alles nach Angebot und Nachfrage läuft und in dem *cash* angesagt is! Alle gewinnen.« Gregor lehnte sich zurück und legte den Arm um die Schulter von Max. »Ich bin mir sicher, du verstehst, dass das Sinn macht, mein Junge. Aber jetzt mal 'n anderes Thema: Wo pennt ihr heute Nacht eigentlich?«

Grant stand auf, um zur Toilette zu gehen. Ged schaute ihm mit angespannter Miene hinterher. Der Vespas-Frontmann schwitzte und war sich sicher, dass Ged seine wachsende Angst spüren konnte. Er ging in eine der Kabinen und setzte sich auf die Brille. Eigentlich hatte er gar nicht aufs Klo gemusst, aber nun saß er hier und schiss sich vor Angst in die Hose.

Grant hörte, wie die Tür aufging.

»Willst du woandershin, George?«

»Ja, nach dieser Line, Süßer. Ich war eh nur hier, um mit Kenny zu sprechen, aber der ist schon früh abgehauen. Ich pieps gleich mal meinen Fahrer an.«

Grant linste durch den Türspalt der Kabine. Das Licht in der Toilette stammte von ein paar Schwarzlicht-Leuchtstoffröhren, was die Sichtverhältnisse im Vergleich zum Loungebereich nur minimal verbesserte. Grant sah zwei sich küssende Personen, die wie langhaarige, stark geschminkte Frauen aussahen. Dann ging die Tür erneut auf, und der Lockenkopf Ged stürmte herein. Es war offensichtlich, dass er einen Moment glaubte, sich in der Tür geirrt zu haben.

»Weg da, ihr Homos«, schrie er die beiden an, die sich daraufhin aus ihrer Umarmung lösten. Grant konnte jetzt deutlich erkennen, dass es zwei Männer in Frauenkleidern waren, und einer von ihnen, da war er sich fast hundertprozentig sicher, war Boy George, der Sänger von Culture Club.

»Willst du uns nicht Gesellschaft leisten, Kleiner?«, sagte der, der sehr wahrscheinlich nicht Boy George war.

»Verpisst euch, ihr Schwanzlutscher. Oder ich mach euch alle!«, brüllte Ged und schaute sich in dem kleinen, L-förmigen Toilettenraum mit den gefliesten Wänden um – sehr wahrscheinlich nach Grant. Der andere Mann, der mit ziemlicher Gewissheit Boy George war, lachte und legte Ged die Hand auf die Schulter. Ged wirbelte herum, die Hände zu Fäusten geballt.

»Ach, du meine Güte! *Do you really want to hurt me?*«, sagte der, der ganz gewiss Boy George war.

Der andere, der sehr wahrscheinlich nicht Boy George war, kreischte mit einem lauten Lachen los. Als Ged daraufhin mit dem Arm ausholte, stürmte Grant aus der Kabine, einen Keramikspülkasten in den Händen hoch über seinem Kopf. Bevor Ged sich umdrehen konnte, ließ Grant den Spülkasten auf dessen Schädelplatte niederkrachen. Ged sackte zu Boden. Dann begann das Blut zu laufen. Erst langsam, doch nachdem der Druck die Wunde geweitet hatte, floss es in Strömen, als hätte man den Schleusenkanal an der Hoover-Talsperre geöffnet.

»Verdammt«, sagte Grant. »Sorry dafür.«

»Passiert öfter, als man denkt, Kumpel.«

»Scheiße«, brummte Grant.

»Ach, Schätzchen, ich wünschte, wir hätten dich immer dabei, um uns zu beschützen«, sagte der, den Grant für den Culture-Club-Sänger hielt, und lächelte.

»Sag mal, bist du eigentlich Boy George?«

»Ja. Bin ich. Und der Süße hier ist eine Granate im Bett, das kann ich dir sagen.«

Der Nicht-Boy-George kicherte und schniefte dann die weiße Line, vor die er seinen Körper geschoben hatte, als Grant aus der Toilettenkabine gestürmt war. Grant lief rot an.

»Danke für deine Hilfe, Mann. Hast was gut bei mir.« Boy George steckte ein kleines Tütchen mit weißem Pulver in die Tasche von Geds Jeansjacke. Dann zerrten sie Geds Körper in die hinterste Kabine und verriegelten sie von innen. Immerhin atmete er noch. Grant kletterte über die Trennwand aus der Kabine, und die drei verließen eilig die Toilette in Richtung Lounge.

»Hat der nach dir gesucht?«, fragte Boy George.

»Aye, gut möglich. Aber nich wegen dem, was du jetzt vielleicht denkst. Ich bin Sänger in 'ner Band. Und der Kerl is einfach nur irgendein unterbelichteter Proll auf der Suche nach 'nem anderen Typen aus Schottland.«

»Ich mag deinen Rock«, sagte Boy George. »Tartan ist wieder im Kommen. Würde mich nicht wundern, wenn die Bay City Rollers bald ein Comeback hinlegen.«

Grant lächelte nervös. Er wollte eigentlich nur möglichst schnell Max Bescheid geben und aus dem Laden verschwinden, bevor Ged entdeckt wurde.

»Der Manager von dem Pub hier ist ein Freund von mir. Ich werde ihm von dem aggressiven Mistkerl erzählen«, sagte Boy George und nickte in Richtung Toilette. »Der kümmert sich drum und regelt die Angelegenheit.«

»Cheers. Das nennt man dann wohl Karma, was? Ich kratz jetzt besser die Kurve«, sagte Grant und tastete seine Hemdtasche ab.

»*Karma* ... ja.« Boy George lächelte. »Das gefällt mir.«

»Darling, wir sollten uns besser auf den Weg machen«, sagte sein dauerkichernder Begleiter.

»Ja, komme gleich.« Boy George strich mit den Fingern über Grants Wange. »Verdammt tolle Wangenknochen hast du da, Süßer. Taugt sie denn irgendwas?«

»Hä?«, sagte Grant.

»Na deine Band ... taugt sie was?«

»Ach so, klar, die Band. Aye, die taugt was. Is Indiekram mit 'nem Schuss Dance Music. Ich denke, dir würd's gefallen.«

Boy George lächelte. Der, der nicht Boy George war, sagte ihm, dass der Fahrer wahrscheinlich schon draußen wartete.

Boy George fischte eine Karte aus seiner Tasche. »Hier. Ruf diesen Kerl an, Süßer. Sag ihm, ich hätte dich empfohlen, und sag ihm, *du weißt, dass die Knochen in San Sebastian vergraben sind*. Dann weiß er, dass du mich wirklich getroffen hast.« Boy George beugte sich nach vorn und küsste Grant auf die Wange. »Viel Glück dann, ähm ...«

»Grant. Grant Delgado«, sagte Grant.

»Großartiger Name, Mann!«, sagte Boy George, und dann war er verschwunden.

*Also, ich hab diesen Scheiß damals natürlich nich geglaubt, von wegen, dass es wirklich Boy George gewesen is und so. Der Mistsack war zu der Zeit auf jeder beschissenen Titelseite. Warum hätte der Kerl an 'nem Mittwochabend in so 'ner räudigen Tittenbar in Soho rumhängen sollen? Machte einfach keinen Sinn. Andererseits war's ja 83 in London so, dass du auf der Straße nur einmal blinzeln musstest, und schon stand einer dieser Typen vor dir: 'nen Pimmel zwischen den Beinen, aber 'n*

*beschissenes Frauenkleid an und Make-up drauf, verstehste? Gender Benders, wie*
*sie die Sun genannt hat. Aber gut, Grant war voll überzeugt, und das hat mir gereicht.*
*Ich hab dann einfach mitgespielt ...*

Es war nicht einfach, aber Grant schaffte es, durch den dich-
ten Zigarettenqualm und die zweifelsohne augenschädigen-
den Laserlichtstrahlen Blickkontakt mit Max herzustellen.
Gregor war schwer abgelenkt und versuchte gerade, einer
Kellnerin einen weiteren seiner sehr wahrscheinlich gefälsch-
ten Geldscheine in den Tanga zu stecken. Max verstand den
Blick von Grant und nahm die Beine in die Hand. Zusammen
stürmten sie die Treppe hinauf, hinaus in die warme Juniluft.
Es war kurz vor Mitternacht. Sie rannten durch die Men-
schenmassen und erwischten die letzte Bahn zurück nach
Hammersmith.

## 2. Juni 1983
## 00:51 Uhr

Tony Viviani war noch wach. Er hatte auf die beiden Jungs
gewartet und noch ein paar Kollegen aus dem Pub mit nach
Hause gebracht. Immer noch in Feierlaune, drängte er die
zwei Teenager, seinen englischen Pubfreunden ein paar Lie-
der über Schottland vorzusingen. Grant und Max sträubten
sich, aber Tony ließ nicht locker. Das Ehebett, zuvor der Mit-
telpunkt des Streits, blieb unbenutzt. Max und Grant schli-
chen sich gegen vier Uhr morgens aus der Wohnung, ohne
geschlafen zu haben. Sie gingen, ohne sich zu waschen oder
sonst irgendetwas zu tun, was die Partygesellschaft geweckt
hätte. Die Haare von Max sahen aus wie die von Ken Dodd

nach dem Kontakt mit einem Starkstromkabel, und Grants Stimme klang wie die Tonsignale, die man auf der Suche nach außerirdischem Leben in den Weltraum schickte. Tony und seine Kollegen lagen tief schlafend in den Sesseln oder auf dem Boden des Wohnzimmers. Wahrscheinlich hatte Tony darauf spekuliert, dass er auf diese Weise etwas Unterstützung hätte, wenn Ged McClures Gang am Morgen vor der Tür stehen sollte. Und falls sich diese Hoffnung zerschlug und seine Pubfreunde ihn im Stich ließen, wäre zumindest jemand da, um ihn anschließend ins Krankenhaus zu fahren. Grant war sich zwar nicht absolut sicher, doch es kam ihm so vor, als würde der gute Ged den Viviani-Haushalt in nächster Zeit erst einmal in Ruhe lassen.

Max und Grant schafften es rechtzeitig zur Euston Station, wo sie sich mit Big Jock und Pie-Man verabredet hatten. Die beiden Männer nahmen sie nicht nur mit zurück in den Norden, sondern spendierten ihnen vor Reiseantritt auch noch ein Frühstück. Während der Fahrt legten sie das Mixtape ein, mehrmals sogar, aber Max schlief den Großteil der neuneinhalbstündigen Reise.

»Was für 'ne Stadt, dieses London, oder?!«, sagte Max, als sich Big Jocks Wagen vom Busbahnhof in Kilmarnock entfernte.

»Aye ... kannste laut sagen.« Grant lachte. Und Max stimmte ein.

Beide hatten das Gefühl, wahrscheinlich zum ersten Mal, dass sie eine echte Verbindung zueinander aufgebaut hatten. Dass sie zusammen an dieser Sache arbeiteten und dass diese Sache tatsächlich etwas ganz Besonderes werden könnte. Boy George hatte Grant die Karte von Morrison Hardwicke gegeben, einem A&R-Mann von London Records. Max hatte ihn noch von unterwegs aus angerufen, als sie auf der Fahrt von London nach Ayrshire einen Halt in Carlisle eingelegt hatten. Am Anfang gab es ein paar Missverständnisse, weil Max glaubte, A&R würde für *Albums & Records* stehen. Doch nachdem er Hardwicke den Erkennungssatz gesagt hatte, erhielt er ein paar sehr direkte, wenn auch nicht sonderlich neue Tipps.

»Scheiße, Mann, ihr müsst ein Demo aufnehmen ... vier Songs, eure besten Songs, in guter Studioqualität. Und denkt dran: kein Bullshit! Dann kommt ihr nochmal runter zu mir mit dem Tape, und wir unterhalten uns. Aber ich mach das nur Georgie zuliebe, in Ordnung?!« Das war mehr als in Ordnung ... das war ein gottverdammter Durchbruch. Jetzt wurde es ernst, und sie wussten, dass sie sich nun ins Zeug legen und die Zwillinge auf Zack bringen mussten. Aber es war auch unheimlich aufregend, und bevor sie auseinandergingen, umarmten sie sich. Die Unsterblichkeit lockte.

# TEIL 4

## YOU CAN'T PUT YOUR ARMS AROUND A MEMORY ...

*Vier Wochen später hat mein Cousin Gerry beim Fußball in Kilmarnock so 'nen Maler-heini getroffen … Wullie irgendwas, kann mich nich an den Namen erinnern. Jeden-falls hatte der von 'nem Kumpel gehört, dass Tony Viviani wegen versuchtem Mord in Untersuchungshaft saß. Deirdre, also die Missus von Tony, is wohl am Morgen nach dem Spiel zurückgekommen, allerdings mit 'ner noch mieseren Laune als am Tag davor. Die Nachbarn haben dann Schreie gehört. Zeug wie »Ich bring dich um, ver-dammte Scheiße!« und so was. Und dann haben sie die Bullen gerufen. Als die an-kamen, lag Deirdre schon in der Küche aufm Boden, mit 'nem heftig blutenden Loch in der Birne. Tony hat derweil im Wohnzimmer gesessen, Countdown geglotzt und 'ne Tasse Tee geschlürft.*

*Die Kleinen waren noch bei Tante Brenda. So 'nen Scheiß kann sich echt keiner ausdenken!*

*Welche Schlüsse hast du daraus gezogen?*

*Dass die Leute aus Galston vollkommen durchgeknallt sind!*

# KAPITEL 32

8. Juli 1983
14:04 Uhr

Der Zug fuhr in den Bahnhof ein. Fat Franny Duncan, seine
Mutter und Theresa stiegen aus und gingen langsam durch
die Tür des Bahnhofsgebäudes hinaus zu der Wendeschleife
für die ankommenden Autos. Des Brick war nirgends zu sehen. Fat Franny stellte seine Koffer ab und ging zum Geländer
am Rand der Wendeschleife. Von dort aus konnte er hinunter
auf die John Finnie Street schauen. Er seufzte, *immer* noch
kein Zeichen von Des Brick. Der gesamte Verkehr floss in seine Richtung, dem Bahnhof entgegen. Er erinnerte sich an das
eine Mal, als sein Vater Abie mit ihm – dem damals gerade
mal vier Jahre alten Knirps – hier hinauf zum Bahnhof gegangen war. Sie hatten den Autos und Bussen dabei zugesehen,
wie sie die Straße hinauf- und hinunterfuhren, wie sie sich
dabei kurz begegneten und zu unterhalten schienen. Er hatte
auf den Schultern seines Dads gesessen und sich dabei größer als all die anderen Menschen auf der Erde gefühlt. Die
John Finnie Street war jetzt eine Einbahnstraße. Die Fahrzeu-
ge begegneten sich nicht mehr. Es wurde nur noch gedrängelt
und ungeduldig um Platz gerungen. Die Blechlawine machte es unmöglich, dass Menschen die Straße überqueren

konnten. Sie war eine Barriere. *Alles ändert sich. Nichts bleibt, wie es war.*

»Francis, ich nehm ein Taxi. Wird das Beste sein.«

»Aye. Hast wahrscheinlich recht.«

Fat Franny sah zu, wie Theresa ihren Koffer anhob und um die Ecke des Bahnhofsgebäudes schleppte, wo ihr der Wind ins Gesicht blies. Er konnte nicht zu ihr gehen, um zu helfen. Dafür hätte er seine Mutter allein lassen müssen, und das war mittlerweile unmöglich, selbst für ein paar Minuten. Sie würde einfach davonmarschieren: zur Toilette, auf die Straße oder sogar auf die Schienen. Theresa Morgan, seit erst sechs Monaten die Verlobte von Fat Franny Duncan, verschwand am Ende der Straße aus seinem Blick. Er war sich nicht sicher, wann er sie wiedersehen würde. Oder ob er sie überhaupt wiedersehen würde.

Drei Wochen zuvor hatte sie Freudensprünge vollführt, als Fat Franny andeutete, dass sie in Urlaub fahren würden. Die Ankündigung kam extrem kurzfristig, aber das war Theresa von Fat Franny gewohnt. Ihn als impulsiv zu beschreiben, wäre eine Untertreibung gewesen, und Theresa war nicht naiv, was seine Geschäfte betraf. Hin und wieder abzutauchen, um sich selbst aus der Schusslinie zu nehmen, war normal in seinem Job. Theresa hatte auf Torremolinos getippt, vielleicht sogar Mallorca. Nach einer Andeutung von Fat Franny bei ihrer Verlobung hatte sie sich einen Reisepass ausstellen lassen, mit einjähriger Gültigkeit. Fat Franny war allerdings stets vage hinsichtlich des Reiseziels geblieben, was ihre Spannung nur zusätzlich gesteigert hatte. In den Wochen vor der Abreise hatte er dann tatsächlich einige Male über Spanien gesprochen – meist jedoch, wenn er über Manuel lachte, den tollpatschigen spanischen Kellner aus der

Fernsehserie *Fawlty Towers*. Vor diesem Hintergrund – und bestärkt durch Vermutungen ihrer alten Schulfreundin Alison, die bei der Reiseagentur AT Mays arbeitete – gab Theresa eine ganze Stange Geld für neue Kleidung aus. Außerdem kaufte sie sich ein Strandhandtuch von der Größe des Rugby Parks in Kilmarnock und legte sich angesichts ihrer eher blässlichen Hautfarbe eine Sonnencreme mit Lichtschutzfaktor 50 zu. Sie hatte noch gelacht, als Fat Franny daraufhin meinte, dass Cremes mit einem noch höheren Faktor wahrscheinlich schon als Dispersionsfarbe galten. In diesem Moment hätte er es ihr sagen können. Aber er sagte nichts, bis zum Tag der Abreise.

Am Ende fuhren sie ins südenglische Margate. Mit dem Zug. Und mit der alten Rose im Schlepptau. Fat Franny hatte im Vorfeld der Reise von einem Urlaubsort mit englischem Frühstück und anderen Englisch sprechenden Gästen geredet. Theresa hatte nicht einen Moment daran gedacht, dass es sich tatsächlich um einen Ort *in England* handeln könnte. In ihr brodelte es. Wenn es wenigstens Blackpool gewesen wäre. Damit hätte sie sich abfinden können. Stattdessen schleppte er sie zu einem Altenheim am Meer und machte aus ihr de facto ein Kindermädchen für Rose. Am Morgen der Abreise spielte sie kurz mit dem Gedanken, die ganze Sache abzublasen. Aber dann hätte es Fragen gegeben, und sie hätte allen anderen seine Pläne und ihre Enttäuschung erklären müssen. Das ließ ihr Stolz nicht zu. Außerdem wäre Kilmarnock ohnehin wie ausgestorben gewesen, da alles, was Beine hatte, zu dieser Zeit hoch in die große Stadt fuhr, zur Glasgow Fair. Also biss sie die Zähne zusammen, stieg in Kilmarnock in den Zug Richtung Süden und verabschiedete sich von all den Zukunftsträumen, die ihr in den letzten sechs

Monaten durch den Kopf gegangen waren. *Alles verändert sich. Nichts bleibt, wie es war.*

»Scheiße, Des. Ich hab zwei Uhr gesagt! Jetzt steh ich schon 'ne halbe Stunde hier rum.«

»Sorry, Franny. Is wegen Effie. Ich konnt sie heut nich alleinlassen. Die alte Aggie von nebenan war unterwegs, und ich hab niemand mehr erreichen können, um dich abzuholen.« Auch Des Brick war aufgebracht, allerdings aus einem komplett anderen Grund als Fat Franny Duncan.

Des war der Meinung, dass Fat Franny sich einfach ein Taxi zur Ponderosie hätte bestellen sollen. Es war noch nicht mal sonderlich weit vom Bahnhof. Fat Franny hielt es seinerseits für angebracht, von Des Brick abgeholt und nach Hause gefahren zu werden, schließlich hatte er ihm in letzter Zeit allerlei Freiräume zugebilligt. Schachmatt.

Abgesehen von sporadischen und völlig wirren Zwischenrufen wie »Haus!« von Fat Frannys Mutter verlief die fünfzehnminütige Fahrt in den Nordwesten der Stadt schweigend. Als sie ankamen, meinte Des zu Franny, dass Rose sehr viel lebendiger wirke als bei ihrem letzten Aufeinandertreffen. Franny fühlte sich schuldig, weil er Des in dieser äußerst schwierigen Zeit vom Bett seiner todkranken Frau wegbeordert hatte, aber er konnte es nicht zugeben. Er reichte Des ein Päckchen.

»Hier, hab ich für Effie mitgebracht«, sagte Fat Franny.

»Cheers. Ich sag ihr, dass du dich nach ihr erkundigt hast«, sagte Des. Er hatte jedoch nicht den Mut, Fat Franny mitzuteilen, dass Effie nicht mehr in der Lage war, ihr Essen zu kauen, erst recht nicht diese spröden Zuckerstangen namens Margate Rocks, die Franny ihr mitgebracht hatte. Aber es war die Geste, die zählte.

»Aye. Mach das«, sagte Fat Franny, als er seiner Mutter aus Des' Auto half. »Und mach den Maler ausfindig. Sag ihm, dass ich ihn sprechen will.«

»Aye. Wird erledigt, Boss.«

Theresa Morgan öffnete ihren Koffer. Angewidert kippte sie ihn aus. Sie waren eine Woche weg gewesen, aber drei Viertel des Kofferinhalts waren ungetragen. Die zehn neuen Bikinis waren komplette Geldverschwendung gewesen, die knappen Tops für die Nächte in den mediterranen Beachclubs ebenfalls. Sie hatte die Woche in der Jeans verbracht, in der sie angereist war. Eigentlich hatte es ein Protest sein sollen, aber Fat Franny hatte es nicht kapiert. Stattdessen glaubte er, Theresa würde die Jeans zum Schutz vor den stürmischen Böen tragen, die Tag für Tag die Promenade hinunterfegten und auf Höhe des Old Clock Tower besonders heftig wehten. Wäre das Wetter schöner gewesen, hätte Theresa das alles sicherlich irgendwie tolerieren können: die endlosen Besuche in den Bingohallen, die Trostlosigkeit des Dreamland Amusement Parks und der Holzachterbahn Scenic Railway, den Anblick von Fat Franny mit einem dieser »Kiss Me Quick«-Hüte auf dem Kopf. Aber es regnete, und es war kalt. Im Grunde war es zum Heulen. Als sie glaubte, sie hätte das Ende ihrer Frustskala erreicht, gestand ihr Fat Franny, dass er eigentlich nur durch die Lobhudeleien von Chas & Dave in ihrem Song »Margate« auf dieses Reiseziel gekommen war. Das war der Tropfen, der das Fass für Theresa endgültig zum Überlaufen brachte.

Und nun war sie wieder zu Hause, oder besser gesagt im Haus ihrer Mutter. In Onthank. Und blasser als vor dem Urlaub. Sie starrte auf die Wände des Zimmers, von dem sie vor Kurzem noch angenommen hatte, dass es bald schon ihr *ehemaliges Zimmer* sein würde. Adam Ant, Nick Heyward und

Simon Le Bon lächelten von denselben alten Postern zu ihr herunter. Einstmals hatte der Anblick dieser drei sie mit Hoffnung auf ein anderes Leben erfüllt. Jetzt schienen sie Theresa auszulachen.

Sie warf sich aufs Bett, mitten hinein in den Haufen aus sauberen und dreckigen Kleidungsstücken, und heulte.

*Nichts ändert sich.* Alles *bleibt, wie es war.*

# KAPITEL 33

## 12. Juli 1983
## 18:32 Uhr

»Was'n mit dir los?«, fragte Washer Wishart. Sein Neffe Gerry Ghee zog ein schreckliches Gesicht, länger als die M74 und trübseliger als das schottische Wetter.

»Allie is schwanger«, sagte er. »*Schon wieder.*«

»Glückwunsch, mein Junge!«, sagte Washer und streckte ihm die Hand entgegen. »Dann reicht's ja endlich für 'ne Kleinfeldmannschaft, was?! Vorausgesetzt, sie lassen da auch Mädchen in den Teams spielen.«

»Aye. Cheers.« Gerry Ghee sah aus wie ein Mann, der im Lotto gewonnen und am selben Tag noch den Spielschein verloren hatte.

»Scheiße, Mann. Du kriegst dich ja gar nich mehr ein vor Freude.«

»Ach, weißte ... ich hab mir doch vor 'nem Jahr die Leitungen kappen lassen. Fiese Schmerzen, sag ich dir. Und alles fürn Arsch.«

»Heilige Scheiße«, sagte Washer. »Das haste aber gut geheim gehalten.«

»Musst ich ja ... sonst hätt's doch irgendwer der Missus gesteckt, verstehste?«

»Wie bitte?! Du hast nich mit Alison drüber gesprochen?«, sagte Washer, vollkommen baff angesichts dieser Neuigkeiten. Gerry schüttelte schweigend den Kopf und wirkte jetzt wie ein zum Tode Verurteilter mit einem frisch abgelehnten Berufungsantrag.

»Tut mir leid, mein Junge, aber da kannste von mir kein Mitleid erwarten. Meiner Meinung nach musste deiner Missus vertrauen.«

»Washer, pass auf, ich brauch 'ne Gehaltserhöhung. Ich weiß, is nich gerade der beste Zeitpunkt ...«

»Nich der beste Zeitpunkt?«, unterbrach ihn Washer. »Junge, das kommt mir ungefähr so gelegen, als würde Michael Foot mich um 'ne Wahlkampfspende anbetteln!«

Gerry wusste nicht, was er dazu sagen sollte. Vier Kinder und eins auf dem Weg verlangten etwas mehr finanzielle Stabilität, als ihm sein Onkel momentan bieten konnte. Seine Optionen waren begrenzt.

»Aye, sorry. Musste einfach fragen, Washer. Hoffe, du verstehst das«, sagte er. »Und klar, wenn was Anständiges ... oder *Ungewöhnliches* reinkommt, sag mir Bescheid, okay?«

»Warum verklagst du nich die Ärzte wegen Pfusch?«, fragte Washer in dem Bemühen, irgendwie zu helfen. »Findest bestimmt 'n paar Anwälte, die sich drum reißen würden.«

»Geht nich. Die Ärzte hatten mir Fickverbot erteilt, bis mein Sperma *nachweislich* keinen Samen mehr enthält. Aber ich Idiot ... Mann, diese Tests haben Monate gedauert! Außerdem war da mein dreißigster Geburtstag, ich war besoffen und ...« Gerry sah aus, als würde er gleich anfangen zu heulen.

Washer unterdrückte ein Lachen. »Wie weit is sie denn?«

»Fünfter Monat«, sagte Gerry.

»Fünfter schon? Ach du meine Fresse.« Dieses Mal lachte Washer wirklich.

»Sie meinte, die ersten drei Monate hätte sie's gar nich gemerkt!«

»Tja, Pech gehabt, Kumpel.« Washer stand auf. Er war spät dran für ein Treffen mit Frankie Fusi. »Hier«, sagte er. »Die werden dir helfen. Spezialanwälte.« Washer gab Gerry einen Zettel mit einer Notiz.

»Aye. Tausend Dank«, sagte Gerry Ghee sarkastisch, als sein Onkel kichernd von dannen zog. »*Anwaltskanzlei Klage, Ramsch & Weg*. Toller Witz, wirklich, ganz toll!«

Washer Wishart war auf dem Weg zum Pub. Es war kein sonderlich weiter Weg. Vom Schlafzimmer im Obergeschoss des Pfarrhauses aus konnte man die Eingangstür sehen. In der Vergangenheit war er sehr oft dankbar für diese Nähe und dieses sonderbare Gefühl der Zugehörigkeit zu einer Gemeinschaft, diese zentrale Stellung im Leben und Wirken der anderen gewesen. Jetzt fühlte sich diese Nähe aber wie ein Fluch an. Wenn in einer Kleinstadt ein Unternehmen in Schwierigkeiten gerät – zudem noch eins, das auf dem schmalen Grat zwischen legal und illegal balanciert wie ein Seiltänzer über einer Bärengrube –, dann lässt sich das nicht verbergen.

Als er an der Eingangstür des Portland Arms ankam, sah er draußen drei kleine Kinder sitzen. Mit dem Rücken gegen die Gebäudewand gelehnt, hatte jedes von ihnen eine Coca-Cola-Flasche und eine Tüte Chips in der Hand. Sie sahen aus, als hätten sie sich darauf eingestellt, noch eine Weile an diesem Ort zu verbringen. Washer warf einen Blick durch die Fenster und sah, was er erwartet hatte. Im Pub saßen viele seiner Geschäftspartner – Männer, die momentan sowohl mit den Auswirkungen eines sich entwickelnden Bergarbeiterstreiks als auch mit den immer niedriger ausfallenden Beteiligungen an den Geschäften des ortsansässigen Geldwäschers zu kämpfen hatte. Es war ein Dienstagabend, und eigentlich wollte er nur in Ruhe ein Pint genießen, ohne all die Fragen und Ratschläge. In einer Ecke entdeckte Washer seinen Freund Frankie Fusi. Er ging ein Stück weiter zu dem Fenster, das Frankies Platz am nächsten war, und klopfte vorsichtig gegen die Scheibe. Außer Frankie bemerkte es niemand. Washer winkte Frankie zu, damit dieser zu ihm auf die Straße kam.

\* \* \*

Flatpack Frank Fusi und Jimmy »Washer« Wishart waren beide Baujahr 1931. Die ersten Jahre seines abwechslungsreichen Lebens verbrachte Frank – oder Francesco – auf den weitläufigen Plätzen und Klosterhöfen von Lucca, bis seine Familie 1933 Italien verließ. Washer – oder James Walter – war in ebenjenem Pfarrhaus zur Welt gekommen, in dem er immer noch wohnte.

Ihre dreißigjährige Freundschaft begann während eines achtzehnmonatigen Einsatzes in der wahnwitzig feuchten Hitze der Insel Borneo, genauer gesagt in den Dschungeldörfern vor der Stadt Kuching, wo sie ihren Wehrdienst ableisteten. Beide Männer erlebten Kampfeinsätze, und beide kehrten mit einer Ehrenmedaille zurück. In Washers Fall wurde die Verleihung mit der Tatsache begründet, dass er das Leben zweier Kameraden gerettet hatte. Einer von ihnen war Frankie Fusi.

Nach ihrer Rückkehr nach Ayr Anfang 1951 wurden die beiden Zwanzigjährigen ein paar Monate lang von ihrer kleinen Gemeinde mit Ehrungen überhäuft.

»Wie steht's mit 'nem kleinen Spaziergang, Franco?«, fragte Washer.

»Spaziergang? Wohin denn?«

»Einfach hier durch die Gegend. Auf den Pub hab ich heut Abend keinen Bock. Komm schon, Kumpel. Nur 'n kleiner Ausflug ins Reich der Erinnerungen«, sagte Washer.

»Aye. Was soll's? Ich bin dabei«, sagte Frankie. »Aber du bezahlst die Chips!«

»Abgemacht.«

Die beiden alten Freunde spazierten zum Cross und bogen dann rechts auf die Kilmaurs Road ab, in Richtung des nahe gelegenen Dörfchens Knockentiber. Es war ein wunderschöner Abend.

»Hat sich 'ne Menge verändert, was?« Washer sah auf die Gedenktafel hinunter. »Weißte noch, wie ich versucht hab, unsere Namen auf die Plakette zu bringen?«

»Aye«, sagte Frankie. »Du hattest es verdient. Ich nicht.«

»Erzähl doch keinen Stuss!«, sagte Washer.

Sie lehnten sich über die alte Steinbrücke und schauten hinunter auf den Carmel Water, der träge unter ihnen entlangfloss. Dann gingen sie weiter.

»Die Leute kennen den Ort nur noch wegen dem Krankenhaus«, sagte Washer.

»Gibt schlimmere Dinge, für die ein Ort bekannt sein kann«, sagte Frankie. »Was sollen die Einwohner von Greenham Common denn sagen?«

Washer lachte. »Hast recht. Aber wenn ich mich hier manchmal umschaue, hab ich schon das Gefühl, dass 'ne Atombombe für diverse Verbesserungen sorgen würde.« Er schnaubte. »Scheiß Thatcher! Wie zum Henker konnte die nur wiedergewählt werden? Sind die Leute wirklich so bescheuert?«

»Aye«, sagte Frankie. »Die Alte is halt verdammt clever. Bricht 'nen Krieg vom Zaun wegen 'n paar Felsbrocken im Atlantik, von denen keine Sau je was gehört hat, nur um von dem ganzen Chaos abzulenken, das sie hier fabriziert. Feinste Hirnfick-Propaganda. Da muss man schon den Hut ziehen.«

Sie folgten der Straße den Hügel hinauf in das benachbarte Dorf.

»Weißte noch, als hier der Zug durchgefahren is, Frankie?«

»Aye, tu ich.«

»Da gab's hier sogar 'nen kleinen Bahnhof und alles. War 'ne kleine feine Station mit Blumenbeeten, Sitzbänken auf dem Bahnsteig und 'ner schönen Uhr noch dazu. Dann wurd das Ding einfach dichtgemacht. Ich hab damals sogar noch dagegen demonstriert. Keine Ahnung, ob ich mich heut noch zu so was aufraffen könnte.«

»Aye. Is jetzt alles verschwunden. Das muss fast zwanzig Jahre her sein«, sagte Frankie.

»Ich wette, du kannst dich nich mehr dran erinnern, wie wir die beiden Mädchen mitgenommen haben. Runter nach Irvine, ins Ship Inn.«

Frankie lachte. »Scheiße, Mann, klar kann ich mich noch dran erinnern. Weißte noch, diese Fish-and-Chips-Portionen da? Kabeljau so groß wie ... wie 'n *Squalo*!«

»Mach mal sachte, Kumpel. Ich sprech doch kein *Itakisch*.« Beide lachten.

»Könnt aber bald schon ganz nützlich sein, *Fratello*«, sagte Frankie.

»Wovon redest du?«

Frankie schaute nach unten auf seine Schuhe. »Ich überleg gerade, wieder zurückzugehen«, sagte er.

Washer war baff. »Ohne Scheiß?«

»Aye. Hab drüber nachgedacht«, sagte Frankie.

»Verstehe ... und wann?«

»Weiß nich. Vielleicht schon demnächst«, sagte Frankie. »Hier gibt's nix mehr für mich.«

»*Ich* bin hier für dich. Ich war immer für dich da«, sagte Washer. Der Abend entwickelte sich schlimmer, als er erwartet hatte.

»Ich weiß. Und ich werd dir und deiner Familie ewig dankbar dafür sein, dass ihr meine Mum bei euch aufgenommen habt, als ich wegmusste.«

»Wir sind wie Brüder, Frankie ... du und ich. Das wird sich nie ändern, verstehste?«

»Die Zeiten werden härter, Washer. Und Muskeln haben halt 'n Verfallsdatum, genau wie das Fleisch im Supermarkt.«

»Frankie, das war doch nie das Einzige, worum es bei dir und mir ging ... und das weißte auch!«

»Aye. Aber momentan bin ich doch nur 'ne unnötige Ausgabe für dein Business. Wenn der Streik erst mal richtig Fahrt aufnimmt, wird der Druck auf deine Kunden und Partner ins Unerträgliche steigen.« Washer blieb an der Bank neben dem Fußballfeld des Knockentiber AFC stehen. Sie setzten sich und sahen zu, wie eine Gruppe von Teenagern auf dem Rasen kickte. Wie üblich stand ein fetter Junge im Tor, der – was nicht ganz so üblich war – seine Sache recht gut machte. Washer zog eine Dose mit Golden-Virginia-Tabak hervor und rollte flink zwei Zigaretten.

»Da wünscht man sich doch, auch wieder in dem Alter zu sein, oder?«, sagte Frankie.

»Keine Sorgen, was? Fußball kicken und den Mädchen hinterherjagen. Das Leben war mal so verdammt einfach. Alle waren dauerpleite, aber irgendwie auch glücklicher. Was zum Henker is bloß passiert?«

»Wir sind einfach älter geworden, Washer. Älter und schwerer zufriedenzustellen. Jeder will irgend 'nen Scheiß, den er sich nich leisten kann. Und diese Thatcher nennt das *Träume* und hat das halbe Land zu arbeitslosen Träumern gemacht.«

Frankie seufzte und atmete eine Rauchwolke aus. »Ich hab einfach die Schnauze voll, Kumpel. Von der beschissenen Thatcher, von all ihren beschissenen Träumern. Und von diesem bekackten Wetter.«

»Hör zu, Frankie, ich weiß, dass es letztes Jahr ziemlich hart war, aber hab noch 'n bisschen Geduld. Da steht was Großes an. Ich kann dir noch nix erzählen, aber du vertraust mir doch, oder?«, sagte Washer.

»Natürlich, Kumpel ... aber ich will dich nich noch weiter runterziehen.«

»Wovon redest du?«, sagte Washer.

»Du bezahlst mir 'ne Vorabpauschale, die du dir nich leisten kannst. Und im Moment mach ich noch nich mal was dafür. Ich bin dein größter Fixkostenpunkt.«

»Das is doch Käse. Ich kümmer mich eben um meine Leute, Frankie. Und wenn dieser Deal erst mal kommt, dann braucht keiner von uns jemals wieder klein-klein spielen, verstehste?«

»Ach, ich weiß nich, Kumpel. Ich glaub, 'n Tapetenwechsel würde mir guttun.« Frankie Fusi klang so, als hätte er sich bereits entschieden.

Washer sog die Luft durch seine Zähne ein und spitzte die Lippen. Er schaute in die Ferne. Frankie spürte, dass jetzt etwas Wichtiges kam.

»Ich hab da an 'nem Geheimprojekt gearbeitet«, sagte Washer. »Aber ich konnt niemandem davon erzählen, verstehste?«

»Lass mich raten«, sagte Frankie. »Du bist der neue James Bond?« Beide lachten.

»Nee«, sagte Washer. »Könnt ich aber sein. Moore, der olle Fotzkopp, is älter als ich!«

Zwei weitere Selbstgedrehte wurden angesteckt. Tiefe Züge folgten. »Is 'ne Sache mit Don McAllister.«

»Was? Die Bullen?«, sagte ein überraschter Frankie.

»Aye.«

»Biste jetzt etwa ... verdeckter Ermittler, oder was?«, sagte Frankie. »Muss ich dich nach 'nem Mikro abtasten?«

»Erzähl keinen Scheiß! Hat damit nix zu tun. Is mehr so 'ne Vereinbarung im Sinne von ›Ich helf ihm, er hilft mir‹.« Es war offensichtlich, dass Washer nichts Konkretes preisgeben wollte.

»Pass auf, Washer, wenn du mir nix sagen kannst, dann lass es. Versteh ich doch. Ich werd mich so oder so aufn Weg machen ... außer, du willst mir auf die Art mitteilen, dass ich zur Zielscheibe geworden bin!« Frankies Ton hatte sich geändert. Nie wäre er auf die Idee gekommen, dass ein guter Freund wie Washer ihn in irgendeiner Weise beschuldigen oder belasten würde. Aber in der zwielichtigen, unsicheren Welt, zu der sie beide gehörten, konnte man sich nie vollkommen sicher sein. Frankie Fusi schaute seinem ältesten und besten Freund in die Augen und war sofort beschämt über diese Gedanken.

»Gibt nich viel auf dieser Welt, das mir wichtig is, Frankie. Da is Molly, da is der Hund ... und Gott steh mir bei, aber da is auch dieser Spinner von Sohn, den ich hab ... und da bist *du*!« Washer lachte und legte seinen Arm über Frankies Schulter. »Und das war jetzt nich unbedingt die korrekte Reihenfolge.« Washer stand auf. »Komm, lass uns was von dem Fish-and-Chips-Wagen da holen.«

Sie gingen über die Straße und stellten sich hinten an der Schlange an. Der aus dem kleinen Abzug auf dem Dach des Imbisswagens aufsteigende Qualm ließ einen akzeptablen Umsatz vermuten.

»Schon gehört, dass Crosshouse jetzt mit Las Vegas gleichgezogen hat?«, sagte Frankie. »Sind die einzigen beiden Orte auf der Welt, an denen man mit Chips für Sex bezahlen kann!«

Washer lachte. »Dann lass uns unsere Chips holen und sie zu Hause ausgeben«, sagte er.

Washer Wishart und Frankie Fusi gingen auf der Kilmaurs Road zurück nach Crosshouse – zurück in den kleinen Ort, in dem sie fast ihr gesamtes Leben lang gelebt, geliebt und, bis vor Kurzem jedenfalls, auch erfolgreich gearbeitet hatten. Auf dem Weg erzählte Washer Wishart seinem Freund von dem Deal, den er, Fat Franny Duncan und Nobby Quinn mit Don McAllister und Doc Martin vor einem Jahr in einer Scheune in Galston geschlossen hatten. Er erzählte ihm von den Bedingungen des Deals, von den nicht unerheblichen Risiken und dem potenziellen Lohn in Form eines komplett legalen Unternehmens. Er erzählte genug, um Frankie Fusi davon zu überzeugen, dass es Vorteile für ihn hatte, zu bleiben – vorerst zumindest.

*Im Allgemeinen lief's eigentlich spitzenmäßig zu dieser Zeit. Ich bin jeden Morgen mit 'ner Riesenlatte unter der Bettdecke aufgewacht, weil sich alles von selber geregelt hat. Ich konnt Hairy Doug 'n neues Mischpult bezahlen, Doc Martin 'n paar große Scheine für die Renovierung von seinem Laden rüberschieben und sogar Grant davon überzeugen, den Wochenlohn für die Bandmitglieder auf vierzig Steine anzuheben.*

*Der Mistkerl kam mit 'nem Hammersong nach dem nächsten an. Und ich dacht nur noch: Wenn das so weitergeht, wird unser Debütalbum besser als Parallel Lines!*

*Irgendwann stellte sich raus, dass er so 'n Heft mit lauter selbstgeschriebenen Gedichten aufbewahrt hatte, aus der Zeit, wo er fünfzehn war. Vieles davon war absoluter Scheiß, um ehrlich zu sein. »Ich liebe dich ... liebst du mich auch? Ach, unser Glück wird ewig dauern ...« Dreck in dem Stil halt, verstehste? Aber was soll's? Bei Lyrics wie »Club Tropicana, drinks are free ...« denkt auch keine Sau an Bob Dylan.*

*Wie dem auch sei, wir hatten jedenfalls 'nen Sack voller Hits, und seit Ewigkeiten zogen endlich mal alle am selben Strang. Dann hab ich von 'nem Kollegen von Washer 'nen Gefallen eingefordert, damit der uns mit seiner Kamera 'n paar neue Bandfotos schießt und so ... und außerdem hab ich 'nen Termin in 'nem kleinen Studio in der Nähe vom Glencairn Square klargemacht. Shabby Road hieß der Laden.*

*Gab bloß einen Haken an der Sache ... 'nen verdammt fetten Haken, verstehste? 'Nen Haken so groß wie der von 'nem verschissenen Baukran. Das Geld ging uns nämlich aus. Das Konto der Band war schneller leer als die Buckfast-Regale der Spirituosenabteilung kurz vor Hogmanay. Klar, das war hauptsächlich die Kohle, die Grant reingeschossen hatte, weil wir zu dem Zeitpunkt noch nix verdient haben. Also beschlossen wir einfach, die gesamte Kohle vom Konto zu holen. Ich weiß, das hört sich ziemlich durchgeknallt an, aber wir haben der beschissenen Bank einfach nich übern Weg getraut. Heutzutage vertraut keiner mehr irgend 'ner Bank. Vielleicht waren wir einfach nur unserer Zeit voraus.*

*Ich hab Washer dann von der Misere erzählt und eigentlich gedacht, er würd mir in den Arsch treten oder drei Tage lang Standpauken halten ... aber Fehlanzeige. Der Alte meinte doch tatsächlich, dass er uns gern helfen würde. Sprich: in die Band investieren und unser »finanzieller Partner« werden!*

*Ich war natürlich vollkommen geplättet von seiner Ansage. Kannste dir ja vorstellen. Der Kerl hat nie auch nur das geringste Interesse gezeigt, und plötzlich macht er einen auf Richard Branson! Ich war zu der Zeit 'n bisschen auf Pilzen unterwegs und hab Speed genommen ... zusätzlich zu den Pillen für die Schizoscheiße* natürlich ... aber ich hab trotzdem gedacht, ich würd verdammt nochmal halluzinieren!

Washer hat die Sache dann echt durchgezogen. Und als die Kohle kam, hab ich Biscuit Tin Records gegründet.

# KAPITEL 34

## 2. August 1983

Wullie der Maler war kein schlauer Mann im konventionellen Sinn. Er hatte keinerlei Schulzeugnisse, keine Aus- oder Weiterbildungsdiplome und war 1972 sogar durch die Fahrradprüfung gefallen. Nein, Wullie war nicht intelligent, dafür mit allen Wassern gewaschen und mit Straßenschläue gesegnet. Zudem war er überzeugt, ein ausgetüfteltes Komplott entdeckt zu haben, in dem er dummerweise nur ein Bauer war. Wullie hatte viel *Columbo* geschaut. *Dieser abgerissene kleine Wichskopp löst echt jeden Fall und braucht noch nich mal 'ne Stunde dafür*, erklärte er Des Brick, bevor er seine Theorie zu der von ihm entdeckten Verschwörung darlegte. Sicher, Wullie selbst hatte ein bisschen länger gebraucht, aber der TV-Detektiv mit dem Exhibitionisten-Trenchcoat zählte ja auch auf jahrelange Erfahrung ... *und auf ein Team von Drehbuchautoren*, wie Des anmerkte. Im Vergleich dazu war Wullie der Maler natürlich ein Anfänger.

»Recht haste, Des. Pass auf, ich erklär dir, wie's läuft«, sagte Wullie. Bevor er seine Version präsentierte, erläuterte er kurz seine Recherchemethode – persönliche Treffen und detaillierte Gespräche mit Terry Connolly, Benny Donald und Ged McClure. Die Unterhaltung mit Letzterem hatte mit

einem Kopfstoß geendet und Wullie zwei blaue Augen eingebracht.

»Was zum Henker is'n mit dir passiert?«, hatte Des Brick
später beim Anblick von Wullies Gesicht gefragt und dem
Maler damit eine Steilvorlage für dessen theoretischen Ex-
kurs geliefert. Über seine Rolle als Don McAllisters bezahlter
Undercover-Informant bewahrte Wullie jedoch Stillschweigen. Gewisse Einzelheiten, davon war er überzeugt, behielt
man besser für sich.

»Also: Connolly lässt oben in Onthank die Eiscremewagen
durch die Gegend fahren. Und das läuft absolut spitzenmäßig. Du würdest es nich glauben, Des! Diese Eiscremewagen
sind nur 'ne Fassade, um allen möglichen illegalen Scheiß zu
verticken.«

»Verdammt, Wullie ... das is ja wohl kaum 'ne wirkliche
Neuigkeit, oder?«, sagte Des.

»Aye, aber er bezieht den Stoff von den beschissenen
McLartys, und der Fatman schert sich 'nen Dreck drum! Das
kapier ich einfach nich«, sagte Wullie. »Und Connolly spricht
ganz offen drüber, sogar mit mir. Scheiße, Mann, ich schieb
hin und wieder sogar selber 'ne Schicht in den Eiscremewagen.«

»Na ja, dann versteh ich nich, was dein Problem is. Du pro-
fitierst doch davon, nich wahr? Bisschen spät fürn morali-
sches Dilemma, oder?«

»Darum geht's nich, Des«, sagte Wullie. Es kostete ihn einige Anstrengung, seine Tarnung aufrechtzuerhalten und sich
nicht zu verplappern. Dass seine Arbeit in den Eiscremewagen im Grunde von der örtlichen Polizei beauftragt und
bezahlt wurde, sollte Des dann doch nicht wissen. »Die
ganze Angelegenheit is viel komplexer, als du denkst. Dieser

McClure von Quinns Stinktiermob, der bekommt die Shore-Pakete von diesem Rummelboxer Gregor aus Glasgow. Connolly sorgt für den Vertrieb, und dreimal darfste raten, wer die Kohle wäscht ... richtig, dieser Wichser von den Wisharts, Benny Donald drüben in Crosshouse.« Wullie der Maler holte tief Luft. »Das is 'ne voll durchorganisierte Nummer, und keiner von den drei Großen rührt auch nur 'nen beschissenen Finger deswegen«, sagte Wullie. Er konnte spüren, wie sein Blutdruck anstieg. Des Brick wirkte gleichgültig. Wullie wusste natürlich, dass Des gerade mit allerlei persönlichen Problemen zu kämpfen hatte. Dennoch war er ziemlich überrascht von dessen Gleichgültigkeit.

»Pass auf, Wullie. Ich hab keine Ahnung, was ich dir dazu sagen soll. Wenn du dir Gedanken um deine Sicherheit machst ...«, Des deutete auf Wullies Veilchen, »... dann zieh dich zurück. Ich hab's auch gemacht. Is nich wirklich schwierig. Versuch einfach, 'nen richtigen Job zu finden.« Kaum hatte er sie ausgesprochen, merkte Des, wie verrückt sich seine Worte anhörten.

»Um mich mit drei Millionen anderen um nich vorhandene Jobs zu prügeln?! Scheiße, Des ... is nich gerade so, als könnt ich 'nen Ordner voll mit Empfehlungsschreiben ausm Ärmel schütteln.«

Die Unterhaltung verlief nicht so, wie Wullie der Maler es sich vorgestellt hatte. Er hatte Des Brick als Mentor gesehen, als jemanden, zu dem er aufblicken konnte. Jetzt empfand er eigentlich nur noch Mitleid für ihn. Des war zu einem Schatten des Mannes geworden, der er vor einem Jahr noch gewesen war. Effie Brick würde nach dem Jahreswechsel nicht mehr viel Zeit bleiben. Die Pflege, die sie erhielt, hatte in erster Linie palliativen Charakter. Dennoch war sie, nach allem, was man so hörte, gut gelaunt und fröhlich. Des hingegen sah aus, als hätte er bereits aufgegeben. Die Belastungen hatten ihn schrecklich altern lassen. Sein Haar war dünn und grau geworden. Die Stufen in seinem Fassonschnitt waren ein klares Indiz dafür, dass er zu Auld Joe ging – einem achtzigjährigen Alleskönner, der Fenster putzte und sich gelegentlich als Friseur verdingte. Ein »Auld-Joe-Schnitt« galt in Onthank als ultimatives Zeichen ernsthafter finanzieller Schwierigkeiten. Ganze Familien liefen mit diesem Haarschnitt herum, sogar die Frauen. Des war ausgemergelt und blass. Seine Jacke hing an ihm herunter, als wäre sie zwei Nummern zu groß für ihn. Im Grunde war Des derjenige, der so aussah, als würde er an Krebs zugrunde gehen.

»Tut mir leid, Wullie. Ich bin ausgestiegen. War 'ne gute Zeit, aber Franny hat jetzt selber 'nen Haufen Probleme. Gut möglich, dass seine Zeit gekommen is. Weißt ja, Kumpel, nichts währt ewig.«

»Aye. Verstehe, Des. Nur noch eine Sache, wenn's dir nix ausmacht«, sagte Wullie.

»Klar doch, Kumpel, schieß los.«

»Wenn die McLartys wieder herkommen und hier Geschäfte machen, versteh ich nich, warum sich die Bullen nich auf die Sache stürzen.« Wullie hatte das Gefühl, die Antwort bereits zu kennen – wenn nicht sogar die kompletten Hintergründe. Aber er musste wissen, ob auch Des im Bilde war.

»Keine Ahnung, Wullie. Ich weiß nur, dass die Fotzköppe in Uniform ihre eigenen Arschlöcher nich mal mit 'nem Bullshit-Detektor finden würden. Warum sonst is nie jemand von uns ins Kittchen gewandert? Mag simpel klingen, aber ich denk, das is die Antwort.«

Nach diesem Gedankenaustausch wünschte Des Brick seinem ehemaligen Kollegen alles Gute, und der Maler machte sich ohne große Worte oder Anteilsbekundung auf den Weg. Wullie empfand zwar aufrichtiges Mitleid für Des und natürlich auch für dessen Frau und den Rest der Familie, aber er konnte es nicht entsprechend ausdrücken. Gut gemeinte Worte glitten bei ihm stets in Sarkasmus ab oder waren von zynischem Humor durchzogen. Er war sich im Klaren darüber, dass sich besorgte Worte aus seinem Mund gekünstelt angehört hätten, und deshalb beschloss Wullie der Maler, Des Brick nicht noch einmal aufzusuchen.

Sein nächster Schritt bestand in einem Treffen mit Charlie Lawson, um diesem seine Beobachtungen mitzuteilen. Er vermutete jedoch, dass sein Bericht den Polizeibeamten nicht wirklich überraschen würde und dass man ihn, Wullie den Maler, in Bezug auf die eigentliche Story weiterhin im Dunkeln tappen ließ. Wenn diese Story erst mal auf die große Leinwand kam, das wusste Wullie, musste er höllisch aufpassen, nicht im Licht der für die Hauptdarsteller reservierten Scheinwerfer zu stehen.

# KAPITEL 35

## 30. September 1983

»Euch is schon klar, wie verfickt schwierig das für mich is, hierherzukommen, oder?« Fat Franny Duncan keuchte. Er war gerade die alte Steintreppe im Turm des Dean Castle hinaufgestiegen. Zuvor hatte er sich – den Anweisungen anderer folgend – zwei Meilen durch das schottische Unterholz kämpfen müssen, um diesen entlegenen Ort zu erreichen.

»Wie bitte?! Das sind doch nur 'n paar Treppenstufen! Tut dir aber so oder so ganz gut, 'n bisschen abzuspecken.«

Die anderen Anwesenden lachten über den hämischen Kommentar von Charlie Lawson. Fat Franny Duncan lachte nicht.

»Ich sprech hier nich von *körperlichen* Anstrengungen, du Pappnase. Ich sprech von Schwierigkeiten wegen der beschissenen *Uhrzeit*!«, sagte Fat Franny, immer noch außer Puste.

Zeit und Ort dieses Notfalltreffens waren in der Tat sehr ungewöhnlich. Zehn Uhr abends an einem Freitag, dazu noch an einem historischen und öffentlich zugänglichen Ausflugsort, auch wenn dieser momentan geschlossen war … das erschien allen Beteiligten etwas seltsam. Dennoch saßen die fünf Männer – Fat Franny Duncan, Washer Wishart, Nobby

Quinn, Charlie Lawson und dessen Boss Detective Chief Superintendent Don McAllister – und die eine Frau, Magdalena Quinn, jetzt hier versammelt an einem Malertisch. Der sechste Mann – Doc Martin – war nicht anwesend, was allerdings nicht weiter erklärt wurde. Der vollkommen dunkle Saal, in dem das Treffen stattfand, wurde von den Taschenlampen der Anwesenden erhellt. Franny richtete den Lichtkegel seiner Lampe nach oben, auf die große Deckenwölbung über ihren Köpfen. Er hatte sein gesamtes Leben in Kilmarnock verbracht, war aber noch nie zuvor in diesem sechshundertdreißig Jahre alten Gemäuer gewesen. Es war ziemlich beeindruckend, das musste er zugeben. Sehr viel beeindruckender als die Ponderosie jedenfalls. Kurz war er versucht, nach dem Preis der alten Burg zu fragen, aber dann erinnerte Don McAllisters Stimme die Anwesenden wieder an den Grund für das Treffen.

»Außerhalb dieses Raums kennt keiner die Details von unserem Plan, und es sieht leider so aus, als würde das noch eine ganze Weile so bleiben müssen.«

Die vier Vertreter der Schattenwirtschaft stöhnten unisono. Die ganze Angelegenheit hatte etwas von einem Wiedersehen zwischen Enid Blyton und ihren Fünf Freunden – nachdem Alkoholismus, Scheidungen, Krankheiten und geplatzte Träume ihren Tribut gefordert hatten.

»Oben im East End nehmen die Dinge Fahrt auf. Unsere Operation is allerdings darauf angelegt, die Bosse zu kassieren und nich nur die Fußsoldaten. Das Ganze muss also absolut wasserdicht sein. Keine Schlupflöcher, keine Chance für Donald fucking Findlay, einfach in den Gerichtssaal zu tanzen und die alte Garde rauszupauken. Ihr müsst also noch 'n paar Monate durchhalten, in Ordnung?«

Nach Don McAllisters Erklärung war erst mal Ruhe. Irgendwann ergriff mit Washer Wishart der eloquenteste Mann der Gegenseite das Wort.

»Schau mal, Don, wir alle kennen uns schon seit Ewigkeiten. Und wir haben einander nie vertraut. Und genau aus diesem Grund is auch keiner von uns ... na, sagen wir ruhig mal ... *blauäugig* in diesen Deal reingegangen. Aber seit unserm Pakt hat sich viel verändert – sowohl persönlich als auch geschäftlich.«

»Versteh ich ...«, sagte McAllister.

»Bei allem Respekt, Don, aber ich glaub nich, dass du das verstehst!«, sagte Washer. »Vorn paar Jahren haben wir uns alle zusammengetan, um die McLartys aus Galston zu vertreiben. Von dir und deinen Leuten haben wir damals nich sonderlich viel Hilfe bekommen.«

Don McAllister las keine Bücher. Er las Menschen. Es war eine der wichtigsten Fähigkeiten in seinem Job. Er versuchte, die Motivation der Menschen zu verstehen, die auf der anderen Seite des Gesetzes standen. Als guter Bulle musste man in der Lage sein, Empathie für die Kriminellen aufzubringen. Wusste man, was sie zu ihren Handlungen antrieb, konnte man antizipieren, im richtigen Moment eingreifen und das fragile Vertrauen zum eigenen Vorteil nutzen. Natürlich gab es Individuen, an die kein Herankommen mehr war, aber Don McAllister hatte die Erfahrung gemacht, dass es sich dabei um Ausnahmen handelte. Die meisten Menschen drifteten in die Kriminalität ab, wenn sich zu schwierigen Verhältnissen noch Verzweiflung und Gelegenheit gesellten. Nur wenige entschieden sich ganz bewusst für ein Leben als Berufsverbrecher. Don McAllisters Ansicht nach wurde den Rekruten in der Polizeiausbildung heutzutage nicht mehr das Rüstzeug für eine derartige, auf den Menschen fokussierte Analyse vermittelt. Für seine Strategie war dieser Ansatz jedoch von zentraler Bedeutung. Er war überzeugt davon, dass in allen Anwesenden der mal schwächer, mal stärker ausgeprägte Wunsch nach Legitimität schlummerte. Er musste auf seine Instinkte vertrauen. Bisher hatten sie ihn noch nie im Stich gelassen. Doch es gab für alles ein erstes Mal. Die Lage war angespannt ... für jeden Einzelnen von ihnen.

»Das waren andere Zeiten, Washer«, sagte Don McAllister. »Aber ich hab seitdem oft weggeschaut, was viele eurer Aktivitäten angeht, oder?«

»Aye. Stimmt auch wieder«, schaltete sich Fat Franny ein, »aber jetzt sind's auch für uns andere Zeiten. Ich zum Beispiel kann wegen meiner Mum nich mehr so verdienen wie vorher. Ich muss mich breiter aufstellen. Aber dieses Business mit den Videokassetten, das du ins Spiel gebracht hast, Don, das kommt nich so richtig in die Gänge.«

»Und ich hab Bedenken, dass ich meine Geschäftspartner verliere«, fügte Washer Wishart hinzu. »Ich kann's einfach nich riskieren, diese Drogengelder durch die ganzen kleinen Betriebe bei uns im Ort fließen zu lassen. Das sind Familienunternehmen, die ich schon ewig und drei Tage kenne. ›Kein beschissenes Drogengeld‹, haben wir immer gesagt ... aber jetzt gibt's nix anderes mehr.«

»Und bei uns tut's so aussehen ...«, fing Magdalena Quinn an, deren Rededrang schon lange niemanden mehr überraschte, »... dass keiner mehr unsere Schutzdienstleistungen bezahlen kann. Die Wetten tun nach wie vor laufen, aber da musste natürlich sehen, dass ... na ja, die meisten von diesen armen Schluckern haben jetzt angefangen zu streiken. Bisher kam unsere Kohle ja auch aus Cumnock, Auchinleck und so weiter ... nich nur aus Galston.«

»Hört zu, das weiß ich doch. Momentan is das Leben für alle ziemlich hart. Was soll ich machen? Ich hab auch nich dafür gestimmt, dass Thatcher nochmal randarf!«, sagte McAllister. »Aber wir haben uns zusammen auf einen Plan verständigt. Wir haben uns die Hand drauf gegeben. Versprechen wurden gemacht. Und ich werd meine Versprechen halten. Jeder von euch bekommt Immunität und ein vollkommen legales Business, das ihr aufbauen könnt.« Er schaute zu den Quinns. »Magdalena und Nobby ... wir schieben gerade Geld in 'nen Fonds für eure Boxclubs in der Region. Das is 'ne sichere Sache. Noch bevor die Verdächtigen der McLarty-Operation einfahren, werden die Lizenzen ausgestellt. Keiner wird euch mit der Sache in Verbindung bringen. Es wird so aussehen, als hätte McClure vollkommen eigenmächtig gehandelt.«

Nobby Quinn zuckte mit den Schultern.

Don McAllister schaute nun Fat Franny an. »Du hast den wahrscheinlich besten Deal von allen abbekommen! Videokassetten und Filmverleih, das wird 'n Riesenmarkt. Wirst sehen ... bald schon geht's nich mehr nur um die Schmuddelfilme, die du jetzt in den Eiscremewagen anbietest. Wir haben nämlich mittlerweile auch die Abspielgeräte aufgetrieben, die du dann später verleihen kannst. Nachdem du dich beschwert hast, dass der Kumpel von Washers Junge ... dieser *Sänger* ... deine Kohle hat, haben wir dir was versprochen. Wir bringen das wieder ins Lot, haben wir gesagt. Und das haben wir auch getan. Bisher haben alle ihr Wort bei diesem Deal gehalten, oder etwa nich? Und im Gegenzug haben wir dich nur darum gebeten, die Klappe zu halten und nix wegen der Sache mit dem Sänger zu unternehmen. Wenn die Angelegenheit mit den McLartys durch is, kriegst du sogar 'nen richtigen Laden von uns. Dann kannst du ein vollkommen legales Geschäft führen, von zu Hause aus, und dich gleichzeitig um deine Mutter kümmern. Aber erst müssen wir nachweisen, dass Terry Connolly mit allen McLarty-Leuten in Kontakt steht und nich nur mit diesem glatzköpfigen Wichser Gregor Gidney.«

Washer schaute auf. Er war der Nächste.

»Und dir haben wir gesagt, dass du ein vollkommen sauberes Geschäft oder Unternehmen mit genügend Wachstumspotenzial finden musst, um das Geld der McLartys darin ›verschwinden‹ zu lassen«, sagte McAllister. »Irgendwann werden sie danach suchen, und wenn wir dann zuschlagen, können wir den ganzen Scheiß Benny Donald in die Schuhe schieben. Dadurch werden weder du noch dein Konsortium in die Sache reingezogen.«

»'N sauberes Business? In Crosshouse? In der heutigen Zeit? Da hab ich bessere Chancen, auf 'ner Party von den Young Farmers 'ne Jungfrau zu finden ... und zwar *nachdem* die Flaschen mit den Schenkelöffnern rumgegangen sind.«

Leises Kichern. Die Anwesenden erkannten, dass der Plan, den ihnen Don McAllister vor einem Jahr über seinen Mittelsmann Doc Martin präsentiert hatte, in den Grundzügen immer noch derselbe war. Nur der zeitliche Ablauf war gehörig aus den Fugen geraten.

»Und was passiert als Nächstes? Auf *eurer* Seite, mein ich«, wollte Washer wissen.

»Es dürfte klar sein, dass ich nich allzu viel über Glasgow sagen kann. Fakt is, dass es nahezu unmöglich scheint, in Vierteln wie Ruchazie 'ne ähnliche Undercover-Operation auf die Beine zu stellen. Die Leute haben zu viel Angst. Zu viele Einschüchterungsversuche und Drohungen durch die üblichen Verdächtigen. Alle Welt lässt sofort die Rollläden runter.« McAllister machte eine Pause und schaute kurz hinter sich. »Die ganze Aktion heißt jetzt *Operation Double Nougat*. Warum, könnt ihr euch ja sicherlich denken. Ursprünglich hieß sie *Single Nougat*, aber jetzt sind zwei Ziele anvisiert.« Don McAllister hatte das Gefühl, zu viel gesagt zu haben, aber ihm war klar, dass sie alle einen Pakt miteinander geschlossen hatten und nun auf Gedeih und Verderb im selben Boot saßen. »Wir arbeiten mit 'nem Insider, der die drei Verbindungsleute der McLartys hier unten beobachtet. Keiner von euch kennt den Typen, also fangt gar nich erst an rumzuschnüffeln, denn damit könntet ihr möglicherweise seine Tarnung auffliegen lassen.« McAllister verschränkte die Arme. »Am Ende des Tages geht's einfach ums Vertrauen. Wir alle müssen einander zu hundert Prozent vertrauen.«

Sie hatten einen Plan. Und auch wenn dieser nicht die weitreichenden Folgen des Manhattan-Projekts haben würde, so verfügten sie doch über ihren eigenen »Fat Man« und würden, sollte alles glatt laufen, die Landschaft in und um Kilmarnock für immer verändern. Fat Franny wollte vorschlagen, den Pakt mit einem Kreuzen der Schwänze zu besiegeln, verwarf die Idee dann aber schnell, da den anderen ein steifer Handschlag zu genügen schien.

# KAPITEL 36

## 2. Oktober 1983

Max Mojo war unsicher, was er vom Angebot seines Vaters halten sollte. Es war aus dem Nichts gekommen, und beinahe glaubte Max, dass Washer hellseherische Fähigkeiten besaß. Wie Darlinda vom *Daily Record*. Washer hatte über Investitionen in Biscuit Tin Records gesprochen, noch bevor Max die Fakten auf den Tisch legen und erklären konnte, dass sie unaufhaltsam auf die Pleite zusteuerten. Washers Angebot – eine Art Vorschuss auf zukünftige Plattenverkäufe – betrug fünfzigtausend Pfund. Angesichts der finsteren Mienen, die Max Tag für Tag in den Gesichtern der arbeitssuchenden Männer am Pfarrhaus sah, war er anfänglich ziemlich überrascht, dass Washer eine derartige Summe überhaupt lockermachen konnte.

Washer erklärte ihm die Investition mit allerlei buchhalterischen Fachbegriffen, die Max jedoch nicht verstand. Unterm Strich war sein Vater nun der neue Sugardaddy der Miraculous Vespas. Max behielt seine Position als Manager der Band und hatte weiterhin volle Kontrolle über alle musikbezogenen Entscheidungen. Er musste lediglich Washer und Gerry Ghee alle zwei Wochen über die geplanten Ausgaben informieren. Das reichte Max, in seinen Augen war das ein guter Deal. Zudem hatte er jetzt eine Antwort auf Grants besorgte Frage, wohin denn nun die Reise ihrer Band gehen würde. Sie lautete: zuerst einmal in die Shabby Road Studios am Glencairn Square, um mit dem Studiobesitzer, dem exzentrischen Plattenproduzenten Clifford X. Raymonde, ein Demo aufzunehmen.

Unter der Schirmherrschaft des Studiochefs mit dem aufgebauschten Haar entwickelte sich zu dieser Zeit eine Art Live-Bandwettbewerb in Kilmarnock, bei dem wöchentlich sehr unterschiedliche Gruppen auftraten. So spielten Penetration, So What!, Nyah Fearties und The Graffiti Brothers bei gut besuchten Gigs in Locations wie The Sandrianne, The Broomhill Hotel oder – wie es die Miraculous Vespas gerade getan hatten – in der Hunting Lodge. Die etablierteren Bands bekamen manchmal sogar die Chance, in der Grand Hall zu spielen, dem Theater von Kilmarnock. Da es 1973 in dieser Location bei einem Konzert der Gruppe Sweet zu legendären Ausschreitungen gekommen war, die unter anderem in deren Song »Ballroom Blitz« verewigt wurden, war der Stadtrat vorsichtig geworden und ließ nur noch selten Konzerte an diesem Ort zu. Für Max stand die Grand Hall ganz oben auf der Liste der kurzfristigen Ziele der Band. In Bezug auf das Label sah sein gegenwärtiger Plan vor, zunächst eine kleine kultige Operationsbasis für weitere Aktivitäten zu schaffen. Postcard Records hatte nach wie vor einen großen Einfluss, aber es war das einzige schottische Label da draußen. Zudem waren Orange Juice mittlerweile nach London gezogen und hatten bei Polydor Records angeheuert, womit die Zukunft der Plattenfirma aus Glasgow eher unsicher war. Max Mojo sah das vorhandene Potenzial. Vielleicht würde er die weniger auf Heavy Metal ausgerichteten Gruppen unter den

Lokalbands rekrutieren und zu einem Teil seiner Musikrevolution machen. Und vielleicht würde eine Labelphilosophie à la Tamla Motown, angepasst auf East Ayrshire natürlich, irgendwann in der Lage sein, die Aufmerksamkeit der Musikinteressierten von Glasgow in Richtung Südwesten zu lenken. Die Möglichkeiten schienen unendlich. Eines der größten Probleme war allerdings das Fehlen einer echten Szene, die das Label unterstützen konnte. Die für die Band in Frage kommenden Veranstaltungsorte der Gegend hatten eine eigene Identität und dadurch eine feste Klientel. Die unzähligen Lokalbands, von denen viele ebenfalls in den Shabby Road Studios aufnahmen, versuchten zwar, in den ihnen vertrauten Revieren zu bleiben, mussten aber alle irgendwann einmal den Schritt hinaus wagen und auf fremdem Territorium spielen. Der Angstgegner unter den Locations für Max Mojos Band war das Sandrianne. Im späten September hatte die Band im Rahmen einer einwöchigen Tour alle wichtigen Konzertorte in Kilmarnock abgeklappert. Nur der Gig im Sandrianne stand noch aus.

Das Sandrianne in der John Finnie Street war einstmals das erste seriöse Theater der Stadt gewesen. Als *The Opera House* bekannt, hatte es einige gute Jahre ungewöhnlich großer Beliebtheit genossen, bevor die Gäste irgendwann begannen, ihr kulturelles Amüsement an anderen Orten zu suchen. In der Zwischenzeit hatte sich das Sandrianne eher als Biker-Pub einen Namen gemacht und zog die härteren unter den lokalen Rockbands an. Eine Gruppe, die sich nach einem unter Mods beliebten Motorroller benannte, musste schon verdammt *mirakulös* sein, um dort punkten zu können. Dem wachsenden Selbstbewusstsein der Band und ihrem musikalischen Können sei Dank, waren toughere Auftritte wie der im Sandrianne nicht mehr die mit krampfenden Schließmuskeln einhergehende Tortur, die sie noch vor wenigen Wochen gewesen sein mochten. Ende September 1983, als das Konzert im Sandrianne anstand, hatten die Miraculous Vespas bereits zweiundzwanzig Gigs gespielt – darunter einen in einer Glasgower Studentenvertretung namens Queen Margaret Union als Support der Band Bourgie Bourgie. Das Konzert selbst war großartig gewesen. Dummerweise hatte Max anschließend die Gage der Vespas sowie den an diesem Tag mitgeführten Teil der Bandkasse in einem Trinkwettbewerb mit dem Headliner verzockt.

Am Tag des Gigs im Sandrianne trug Grant Delgado Leder. Maggie ebenso, auch wenn sich das Leder in ihrem Fall auf einen BH beschränkte. Sein Integralhelm und das Biker-Image machten den Motorcycle Boy schon zum Publikumsliebling, bevor er auch nur eine einzige Note gespielt hatte. Simon Sylvester hingegen machte keine Zugeständnisse an Veranstaltungsort oder Publikum und kam in seinen Alltagsklamotten. Den von seinem Manager empfohlenen, eher unkonventionellen Kleidungsstil lehnte Simon mittlerweile ab und trug stattdessen einen rot-schwarz gestreiften Pullover im *Dennis the Menace*-Stil und zerschlissene blaue Levi's. Rein optisch war Max Mojo die Hauptattraktion: hellbraune Doc Martens, rote Hose, ein weites weißes Hemd, graue Nadelstreifenweste. Dazu die schwarze Augenklappe plus Melone und neuer Gehstock. Die Anschaffung des Gehstocks hatte Max seinem Kumpel Grant gegenüber mit einem Verweis auf die lebensrettenden Qualitäten des Vorgängers gerechtfertigt. Der angestrebte Vibe: *Clockwork Orange* mit Crosshouse-Kante. Auch das Set der Band war auf das Pub-likum zugeschnitten. Grant führte die Vespas durch

Coverversionen von »Paranoid«, »Purple Haze« und Led Zeppelins »Ramble On«, allesamt angepasst an den harmoniereichen, gefühlvollen Stil der Band und ihren flirrend obertonlastigen Gitarrensound. »The First Picture« erklang in einer härteren Version, aber die dem Stück zugrundeliegende melodische Anmut blieb erhalten. Auch wenn die Band nicht derart enthusiastische Publikumsreaktionen erntete wie in ihren Stammrevieren, beispielsweise der Hunting Lodge, so ließ sich der Abend im Sandrianne unterm Strich doch als amtlicher Erfolg verbuchen. Leider versaute Max alles, als er am Ende des Konzerts auf dem Weg zu Jimmy Stevensons Kleinbus über seinen Gehstock stolperte und in ein Motorrad fiel. Es kippte um und löste bei den dahinterstehenden Maschinen, die parallel zueinander in einer langen Reihe am Straßenrand parkten, einen Dominoeffekt aus. Kurz darauf lagen alle Bikes am Boden. Das in Denim und Leder gekleidete Publikum des Sandrianne jagte den Kleinbus bis zu den Viaduktbögen der Eisenbahnstrecke. Als die Band entkommen war, verfasste Max Mojo eine mentale Notiz, dass die John Finnie Street von nun an unter allen Umständen zu meiden war.

»Halli-hallo, was haben wir denn hier?« Clifford X. Raymonde trat ein paar Schritte zurück, um einen besseren Blick auf die vier Bandmitglieder werfen zu können. Dabei war der Mann, der diese Frage stellte, selbst eine recht sonderbare Mischung. Seine Haut war so dunkel und ledrig, dass sie gut und gerne mit Teeröl hätte bestrichen sein können, sein Haar so lang wie das von Barry Gibb und ebenso fluffig frisiert, und sein sorgsam getrimmter Stoppelbart hatte was von Captain Black aus der TV-Serie *The Mysterons*. Er trug eine dieser an John Lennon erinnernden Omabrillen, allerdings mit zwei unterschiedlich gefärbten Gläsern. »Hilft mir, die Farbe deiner Seele zu erkennen«, erklärte er Maggie später. Ein lilafarbenes Hemd mit Paisleymuster, die Ärmel einmal hochgeschlagen, ein blaues Halstuch und eine beigefarbene Cordhose mit Knieflicken aus braunem Leder vervollständigten das Ensemble. Schuhe trug er keine, stattdessen hielt er sich an Sandie Shaw und ging barfuß. Am kleinen Finger der rechten Hand prangte ein gut zweieinhalb Zentimeter langer Fingernagel. Auch wenn viele Elemente seines Looks um den Titel »eindrucksvollstes Detail« wetteiferten, konnten sie nicht mit seinen Zähnen mithalten. Die waren einfach grauenhaft. Wenn er lächelte, was er eigentlich ständig tat, bekam man es mit der Angst, denn sein Gebiss sah aus wie der Hof einer Männerhaftanstalt nach einem amtlichen Gefängnisaufstand. Die Studioeinrichtung spiegelte den wirren Geschmack ihres Besitzers wider. An die Wände der Aufnahmeräume hatte er Teppichmusterfliesen genagelt, an denen Schimmelpilzsporen nach oben kletterten, und Maggie meinte, eine davonhuschende Kakerlake gesehen zu haben, als der Studioboss den Lichtschalter im »Lagerraum« betätigte, um eine blank von der Decke hängende Glühbirne zum Leuchten zu bringen.

»Hmm ... schöne Wangenknochen. Das Haar könnte vielleicht eine oder zwei Waves vertragen. Aber der Look gefällt mir, mein Hübscher. Sehr markant«, sagte der Studiobesitzer in reichlich affektiertem Ton zu Grant Delgado. »Und wen haben wir da unter diesem, ähm ... *Helm*?« Max Mojo drängelte sich nach vorn. »Wow! Eine Augenklappe ...

schmuckes Gimmick, Kleiner. Was spielst du für ein Instrument?«

»Ich bin der scheiß Manager. Und ganz nebenbei ... die vier brauchen keine Modetipps.« Er musterte den Produzenten einige Male von Kopf bis Fuß. »Was die brauchen, sind 'n paar gottverdammte Aufnahmen!«

»Na, du bist aber wirklich ein *ganz* helles Kerlchen, was?«, sagte Clifford. »Ich bin übrigens Clifford X. Raymonde, aber die Leute nennen mich meist nur X-Ray ... oder auch einfach nur X, wenn wir uns erst mal ein bisschen besser kennen, okay?«

Die Band nickte. Max Mojo spitzte die Lippen und sagte nach einigem Zögern »Aye. In Ordnung.«

Max war der Situation nicht gewachsen. Er hatte keine Ahnung von den Abläufen in einem Aufnahmestudio, aber er konnte es weder sich selbst eingestehen noch den anderen oder X-Ray gegenüber. Dem erfahrenen Studiobesitzer war diese Tatsache keinesfalls entgangen, und er hatte vor, diese Schwäche zu seinem Vorteil auszunutzen. Er hörte sich die Eigenkompositionen der Vespas an und gab sich unbeeindruckt. In Wirklichkeit jedoch hatte er etwas ganz Besonderes in ihnen entdeckt, und der taktische Teil seines Gehirns arbeitete auf Hochtouren.

»Okay, Leute«, sagte er. »Bringt euer Equipment rein und kommt erst mal an. Mein Assistent Colum wird euch dabei helfen.« X-Ray griff sich das sehr wahrscheinlich schmuddeligste, zerfleddertste Buch, das Max je gesehen hatte. Es besaß einen hellblauen Einband, auf der von unzähligen Klebebandstreifen zusammengehaltenen Vorderseite war die Songschreiber-Ikone Tony Hatch abgebildet. Das Buch war Max schon beim Betreten des Studios ins Auge gefallen, hauptsächlich wegen seines Titels: *So You Want To Be in the Music Business.* »Ich zieh mich mal eben in mein Büro zurück. Wir sehen uns«, sagte X-Ray. Dann zwinkerte er Max zu und ging zu einer Tür, auf der das Wort »Thronraum« gekritzelt stand.

»Scheiße, Mann, wie lang wird'n das dauern?«, fragte Max.

»Oh, ich lass mir eigentlich immer Zeit dabei. Um das Erlebnis richtig zu genießen, verstehst du? Manchmal bleib ich auch einfach sitzen und warte auf den nächsten Schiss.«

»Verdammt, Max ...«, flüsterte Grant. »Wie viel wird denn das alles kosten? Bezahlen wir den alten Hippie pro Song oder pro Stunde?« Grant klang ungewöhnlich nervös.

»Hauptsache, wir bezahlen ihn nich pro Schiss«, warf Simon Sylvester ein.

»Hört mal zu. Baut einfach euer Zeug auf und lasst uns loslegen, in Ordnung? Über die Kohle braucht ihr euch keine Gedanken machen. Darum kümmer ich mich. Ich will einfach nur 'n paar anständige Aufnahmen von hier mitnehmen«, sagte Max und hielt dabei den Motorcycle Boy am Arm fest, damit dieser nicht über eine am Boden stehende Topfpflanze stolperte.

Trotz seines bizarren Äußeren genoss Clifford X. Raymonde einen ausgezeichneten Ruf, wenn es darum ging, die verborgenen Qualitäten in den Aufnahmen der Bands herauszuarbeiten, die den Weg in die Shabby Road Studios – diese Ansammlung von vermüllten Zimmern in einer ausgebauten, hinter einem China-Restaurant versteckten Parterrewohnung – gefunden hatten. Alles begann in den Siebzigern, als Clifford das Wohnzimmer seines damaligen Apartments umbaute, um sich dort ein Studio mit Vierspur-Tonbandmaschine einzurichten. In jenem Jahrzehnt spielte er in vielen verschiedenen Bluesbands, die zwar nie landesweit erfolgreich, in ihrer Heimat jedoch sehr angesehen waren. Anschließend verfolgte er sein Interesse an Sound und Tonaufnahmen weiter und wandte die Einkünfte aus der Musik dafür auf, erst die Wohnung zu kaufen und sie anschließend zu einem Studio auszubauen und mit grundlegendem Recording-Equipment auszustatten. Sein Spaß am Experimentieren – sowohl mit Klang als auch mit Drogen – machte ihn zu einer festen Adresse in der lokalen Musikszene, sicherte ihm aber auch die Aufmerksamkeit der örtlichen Drogenfahndung. Max Mojo spazierte durch die sechs kleinen Räume, die zu den mittlerweile erweiterten Shabby Road Studios gehörten. X-Ray mochte ein bizarrer Kauz sein, schien jedoch den Respekt der Unterhaltungsbranche zu genießen. An den Studiowänden des fünfundfünfzigjährigen Produzenten hingen signierte Fotos von DJ und Moderator Jimmy Savile, Plattenproduzent Mickie Most, Bluesrockgott Alexis Korner und – sonderbarerweise – auch von STVs Kinderprogrammmoderator Glen Michael. Überall lagen Plattencover herum, und obwohl sich seine Assistentin Rhona, finanziert durch die Arbeitsbeschaffungsmaßnahme Youth Opportunity Scheme, alle Mühe gab, schien das Studio in einem ewig währenden Zustand des Chaos gefangen. Max wusste, dass in der jüngeren Vergangenheit eine Reihe akzeptabler Bands hier aufgenommen hatten. Hairy Doug zum Beispiel hatte ihm von Aztec Camera erzählt, die Gerüchten zufolge im Vorjahr in den Shabby Road Studios aufgenommen und dabei so viel Geld ausgegeben hatten, dass sie den Rückweg nach East Kilbride per Anhalter antreten mussten.

Am Ende des ersten Tages war X-Ray klargeworden, dass die willkürlichen Ausbrüche und nutzlosen Ratschläge des Managers die bandinternen Spannungen unnötig verschärften. Obwohl Max ständig gestört hatte, war dem erfahrenen Studioboss etwas ganz und gar Bemerkenswertes an der Band aufgefallen, als die vier sich mit spontanen Jams aufgewärmt hatten. Irgendwann im Laufe des Tages schlug Max vor, eine Hammond-Orgel ins Studio zu bringen, um den Refrain von einem der Songs etwas »aufzumotzen«. Er ging sogar so weit, den Fußgängerweg vor dem China-Restaurant absperren zu wollen, damit ein kleiner Kran die Orgel durch die Fenster der Wohnung hieven konnte. Als er dann X-Ray eine krakelige Strichzeichnung unter die Nase hielt, die ihm verdeutlichen sollte, welche Fenster wie demontiert werden müssten, um die Orgel in das Studio heben zu können, hatte der Produzent endgültig die Nase voll und erteilte Max Studioverbot.

Als Max aus dem Weg war, machte sich X-Ray an die Arbeit. Als Erstes legte er für jedes Bandmitglied eine Line Koks auf seinem Holzschreibtisch parat. Die vier standen in einer Reihe vor X-Ray und wirkten wie ein paar Kamikazepiloten, die nach Monaten der spirituellen Vorbereitung ihre finale Mission antreten.

»Das wird euch entspannen. Los, zieht's euch rein!«, sagte X-Ray Raymonde. Wie zu erwarten folgte Simon Sylvester der Einladung als Erster. Er zog eine zuvor von Max stibitzte Zehn-Pfund-Note aus der Tasche, drückte sie glatt und schaufelte mithilfe seiner rechten Handkante das feine weiße Pulver auf den Geldschein. Verwirrt sah X-Ray zu, wie Simon seinen Kopf in den Nacken legte und sich das Pulver vom Geldschein in die Nase rieseln ließ.

»Was für 'ne Scheeeeeeeeiße, Mann!«, fluchte Simon, als er mit einem weißen Pulverschnurrbart über der Lippe ein paar Schritte zurückwankte und zu würgen begann.

»Das Zeug muss man schniefen ... glaub ich zumindest«, sagte Grant und blickte auf der Suche nach Bestätigung für seine These zu X-Ray. Der nickte, und sofort machten sich Grant und Maggie über ihre Lines her. Dann schauten alle den Motorcycle Boy an. Dieser nahm den Geldschein, beugte sich nach vorn, öffnete das Visier, schniefte seine Line und hustete. Dann klappte er das Helmvisier wieder runter. Die anderen lachten, als der Gitarrist sich schüttelte und kurz darauf den Daumen in die Höhe streckte wie ein gesichtsloser Paul McCartney.

»Wow, was für ein komischer Kauz«, sagte X-Ray.

»Die richtig heftigen Sachen weißt du noch gar nich«, erwiderte Grant. »Der Junge hat sich 'ne Aggrophobie von 'nem Hypnotiseur eingefangen. Wir mussten das Innere von seinem Helm anmalen, damit's wie sein Zimmer aussieht.«

»Wie bitte? Wenn du jetzt schon so ein Zeug erzählst, muss das ja wirklich astreiner Schnee sein«, sagte X-Ray und löffelte seine Line mit seinem langen und extra für diesen Zweck stehen gelassenen Fingernagel von der Tischplatte. »So ... und jetzt ist es an der Zeit für ein bisschen Magie!«

Eine Stunde später sprangen die Miraculous Vespas wie die Irren zu den Klängen von New Orders »Blue Monday« durch die Studioräume. Colum Grabbe, der junge Tonassistent des Studios, hatte das Stück aufgelegt und den Regler bis zum Anschlag hochgedreht. Es folgte »Love Song« von den Simple Minds, und dieses Mal mischte sich auch X-Ray unter die Tanzwütigen.

»Na, könnt ihr es fühlen?«, schrie X-Ray. »Ist es schon in euch?«

»Ich will in *dir* sein!«, brüllte Grant Maggie ins Ohr. Sie nahm seine Hand und zog ihn in Richtung des improvisierten »Büros« von X-Ray. Der Studioboss lächelte wissend, als er die beiden hinter der Tür verschwinden sah.

Maggie hatte schon oft Dope geraucht, aber wie für die anderen auch war dies ihre erste Erfahrung mit Kokain. Mit raschen Bewegungen setzte sie sich auf Grants Schwanz und überstreckte den Rücken so weit ins Hohlkreuz, bis sie mit den Armen an den Boden des Spülkastens reichte. Auf diese Weise hatte sie das wundervolle Gefühl, komplett ausgefüllt zu werden, als Grant so tief er konnte in sie eindrang, und spürte dann das gleichermaßen herrliche Reiben, als er seinen Schwanz wieder herauszog. Sie wünschte sich, dass es nie enden und Grant sie ewig ausfüllen würde. Grant seinerseits hatte das Gefühl, tatsächlich *ewig* so weitermachen zu können. Noch nie zuvor hatte er einen derart heftigen Energieschub gespürt. Es war unglaublich intensiv. Grant kam vor Maggie, stieß aber, sobald er seinen Rhythmus wiedergefunden hatte, weiter in sie hinein. Kurz darauf erreichte auch Maggie diesen Zustand der Euphorie.

»Verdammt, ich liebe dich!«, keuchte sie.

»Und ich liebe die ganze scheiß Welt!«, brüllte er.

Grant hatte keine Ahnung, wie lang sie auf der Toilette waren. Es hätten Stunden sein können oder sogar Tage. Tatsächlich waren fünfundvierzig Minuten verstrichen. Als sie wieder rauskamen, hämmerte der Motorcycle Boy auf den Drums herum, als wäre er Keith Moon, und Simon Sylvester lag auf dem Rücken und trällerte »What a Wonderful World« in ein Mikro.

»Okay, da wir uns jetzt alle etwas entspannt haben, können wir loslegen, oder?«, sagte X-Ray. Grant fragte sich, ob der Studioboss all seine Kunden mit einem derart persönlichen Service verwöhnte, und glaubte, langsam eine Vorstellung davon zu bekommen, warum das Studio Shabby Road hieß.

Den Rest des Nachmittags und den Großteil des nächsten Tages experimentierte X-Ray Raymonde mit der Band und den vier Songs, die sie aufnehmen wollten. Er war äußerst beeindruckt von »The First Picture«, hatte jedoch das Gefühl, dass im Sound der Band etwas fehlte. Er ahnte, dass dieser Umstand für Probleme mit dem Teenage-Impresario sorgen könnte, wenn dieser wie vereinbart am Donnerstag wieder ins Studio käme. Doch X-Ray wusste, was er tat. Er war fest entschlossen, sich die zweitausend Pfund zu verdienen, die er, auf die realistische Gefahr einer Absage hin, riskanterweise verlangt hatte. Er benutzte die volle Kapazität seines Achtspurgeräts, um als Erstes die Tracks der Rhythmussektion einzeln aufzunehmen. Das war sein Modus Operandi: Für das Fundament der Songs nahm er die verschiedenen Instrumente auf separaten Spuren auf, eins nach dem anderen. Er wies die leicht reizbare Maggie an, das Schlagzeug im Aufnahmeraum aufzubauen, und stöpselte Simon Sylvesters Bassgitarre direkt in das Mischpult des Achtspurgeräts ein, um später für den einen oder anderen Song mit einem Reggae-Feeling experimentieren zu können. Da er ahnte, dass Max bei seiner Rückkehr etwas ungehalten sein würde, beschloss er, ihn zu besänftigen, indem er der Rhythmussektion auf einer Begleitspur noch eine Orgel hinzufügte.

Der Aufnahmeprozess war unheimlich inspirierend für Grant. Er stand direkt neben X-Ray und ließ sich erklären, wie die verschiedenen Schlagzeugspuren zu einer Spur konsolidiert wurden, um damit Platz für die Overdubs zu schaffen.

Grant nahm seine Gesangsparts mehrmals und auf unterschiedliche Weise auf: im Stehen, in der Hocke, auf der Toilette und auf dem Rücken liegend, wie Simon *und* Marvin Gaye es schon vor ihm getan hatten. Der gewiefte Produzent ließ sämtliche Signale durch seine selbst gebauten Equalizer und Kompressoren laufen, bevor sie in seinem Achtspurgerät auf ein Viertelzoll-Tonband gebannt wurden. Als alles im Kasten war, schnitt X-Ray die verschiedenen Songteile aus dem Band heraus, mischte sie einzeln ab und klebte anschließend das Tonband wieder per Hand zusammen.

Mit seinem Fachwissen hatte sich der Studiobesitzer Grants Vertrauen erarbeitet und setzte nun zum Angriff an. Zuvor, als Max und die Band davon ausgegangen waren, er würde den Guinness-Weltrekord für den längsten Schiss aller Zeiten knacken wollen, hatte sich X-Ray in Wirklichkeit nur auf die Toilette verzogen, um in aller Eile einen Musikverlagsvertrag für Grant aufzusetzen. Als Vertragspartner fungierte ein Tochterunternehmen des Studios namens Mondo Bongo Publishing, und der Vertrag sah vor, dass Grant gegen Zahlung eines Vorschusses zukünftig fünfundsechzig Prozent aller anfallenden Songwriting-Tantiemen selbst erhalten, den Rest aber an Mondo Bongo abtreten würde. Nachdem Clifford X. Raymonde ihm die Sache unter vier Augen erklärt hatte, schien Grant der Vertrag ein extrem guter Deal zu sein. Max war noch nicht wieder ins Studio zurückgekehrt, und so nutzte X-Ray die Gunst der Stunde, um Grant davon zu überzeugen, dass dieser Musikverlagsvertrag nur für ihn allein galt, da er schließlich derjenige war, der momentan und sehr wahrscheinlich auch in Zukunft alle Songs der Band schrieb. Was er dem Vespas-Sänger jedoch nicht en détail erklärte, war einerseits der Ablauf der Tantiemenauszahlung und andererseits die Tatsache, dass sich Grant – weil er das Kleingedruckte nicht komplett gelesen hatte – mit seiner Unterschrift einverstanden erklärte, die Rechte an seinen Songs auf Dauer an Mondo Bongo abzutreten. Grant bestand X-Ray gegenüber auf einer Aufsplittung seines Anteils nach folgendem Muster: fünfundachtzig Prozent für ihn und jeweils fünf Prozent für die anderen Bandmitglieder. Seiner Meinung nach war das nur fair. Anfänglich wollte er auch Max diese fünf Prozent zugestehen, aber X-Ray überredete ihn, es nicht zu tun. Max würde schon nicht schlecht abschneiden. Dafür wollte X-Ray selbst sorgen, indem er ihm mit dem Label half. X-Ray stimmte der von Grant gewünschten Aufsplittung zu, stellte aber heraus, dass diese Regelung höchst ungewöhnlich war, und bestand darauf, dass Grant vorerst Stillschweigen über die Vertragsbedingungen bewahrte. Der Vorschuss betrug zehntausend Pfund für Grant und jeweils eintausend Pfund für die anderen Bandmitglieder. Die Auszahlung an die anderen sollte jedoch erst nach Aufnahme und Produktion der ersten Single erfolgen.

Nach drei langen und überaus anregenden Tagen waren »The First Picture« und ein neuer Song namens »Take It, It's Yours« auf Tape gebannt. Die anderen beiden Stücke wurden vorerst zurückgestellt, aber X-Ray Raymonde hatte bereits Pläne für sie. »The First Picture« war ein musikalischer Türöffner für die Miraculous Vespas, und sowohl die Band als auch ihr leidenschaftlicher Manager waren verständlicherweise stolz auf dieses Stück. Grant wusste, dass es ein guter Song war. Und die anderen wussten es auch.

»Hat mir wirklich Spaß gemacht, Max«, sagte X-Ray. »Und wegen unserem holprigen Start ... Schwamm drüber, oder?«

»Also, ich war schon 'n bisschen sauer, muss ich dir ganz ehrlich sagen. Hab echt überlegt, nochmal zurückzukommen und dir den scheiß Laden abzufackeln!«, gab er mit ernster Miene zu.

X-Ray lachte lauthals los.

Max Mojo konnte nicht verstehen, warum.

»Pass auf, Max«, sagte er, nachdem die anderen gegangen waren. »Ich denke, du hast da was ganz Besonderes mit dieser Band an der Hand. Grant ist ein großartiger, feinsinniger Sänger, und seine Songs sind einfach wundervoll.«

Max stimmte mit einem Nicken zu. »Aye ... und?«

X-Ray lachte erneut, dieses Mal über das Gebaren, das er für jugendliche Geringschätzung gegenüber den Erfahrungen der Älteren hielt. Aber das war nichts Neues für ihn. Er hatte ein Alter erreicht, in dem er dieses Verhalten sogar fast schon charmant und liebenswert fand. »Mach einen Vertrag mit ihm. Binde ihn. Und dann lass uns eine richtige Platte machen«, sagte er.

Max überlegte.

»Wenn du aus der Veröffentlichung einer Independent-Platte eine gewinnbringende Angelegenheit machen kannst, dann gibt es nach oben keine Grenzen, Junge. Jeder, der eine Platte rausbringen kann, kann auch ein Label aus dem Boden stampfen. Produzier das Ding selbst, verkauf es selbst ... und vergiss die ganzen Zwischenhändler. So sicherst du dir den kompletten Gewinn!«

»Wen interessiert schon die scheiß Kohle?«, sagte Max. »Wir machen das nich, weil wir uns mit der Knete 'n sorgenfreies Leben machen wollen!«

»Ja, so denkst du jetzt, Max ... aber warte nur, bis du siehst, wer sich das Geld einsteckt, wenn du nicht zugreifst.«

»Wir haben ja noch nich mal 'nen Plattenvertrag«, sagte Max, als wäre dieser Umstand nicht allen Beteiligten bestens bekannt.

»Du verstehst mich nicht, Kumpel. Ich sage: Bring die Platte selbst raus. Du hast mir doch erzählt, dass dein Dad die ganze Chose finanziert. Biscuit Tin Records, hast du gesagt. Also los, Junge ... ran an die Buletten. Man lebt nur einmal.«

Erstaunlicherweise wollte Max Mojo darauf nichts Schlaues einfallen. Seine Gedanken überschlugen sich.

»Es geht nicht darum, ob du die Aufnahme, die Produktion oder den Vertrieb stemmen kannst. Jeder Trottel mit einer akzeptablen Erbschaft kriegt das hin ... es geht um eine Geisteshaltung, die es braucht, eine Einstellung, verstehst du? Und die Frage ist, ob *du* sie hast«, stichelte X-Ray.

Max sprang sofort auf die Herausforderung an. Fieberhaft nickte er mit dem Kopf. Es waren keine weiteren Worte mehr nötig. Sie besiegelten die Sache mit einem Handschlag. Auch wenn er Postcard Records bewunderte, hatte Max vor diesem Gespräch noch nie ernsthaft darüber nachgedacht, Gigs, Aufnahmen, Promotion und all diese Dinge selbst zu finanzieren. Zumindest musste er auf diese Weise nicht so oft wie geplant nach London reisen. Bald schon würden sie eine Dubplate haben und mit diesem acetatbeschichteten Unikat ihre Songs einflussreichen Leuten vorstellen können. Und dann, so hatte Max beschlossen, würde er seinen Sänger dazu verdonnern, noch einmal mit ihm in den Süden zu fahren, um Grants Connections zu Morrison Hardwicke und Boy George spielen zu lassen. Und da diese Reise voraussichtlich erst im nächsten Jahr stattfand, konnten sie sich in der

Zwischenzeit auf den Vertrieb konzentrieren und versuchen, die Platte bei Radio 1 unterzubringen. Max dachte auch über ein erneutes Treffen mit Billy Sloan nach, das aber dieses Mal definitiv bei McDonald's stattfinden würde.

Sie wussten es beide nicht, aber Clifford X. Raymonde und Max Mojo hielten nun den Schlüssel zur Unsterblichkeit in ihren Händen. Jetzt kam es darauf an, die richtige Tür zu finden.

# KAPITEL 37

## 24. Dezember 1983

Seit fast zwei Jahren war Fat Franny Duncan nicht mehr derart zufrieden gewesen. Er saß in der Ponderosie am Küchentisch, umgeben von haufenweise kompliziertem Papierkram und ungeöffneten Pappkartons. *Ehre, wem Ehre gebührt,* dachte er. Don McAllisters Prophezeiungen über die Wirtschaftlichkeit dieser Geschäftsidee waren allesamt in Erfüllung gegangen, am Ende sogar schneller, als sie es erwartet hatten. Fat Franny Duncan hatte eine Lagerhalle voll mit fabrikneuen Videoabspielgeräten von Philips in Empfang genommen und anschließend damit begonnen, diese gegen Entrichtung einer wöchentlichen Mietgebühr an die Bewohner von Onthank zu verleihen. An dieselben Kunden verlieh er auch Videokassetten mit Filmen, die größtenteils aus Amsterdam importiert und von pornografischer Natur waren, und konnte so seine Einnahmen nochmals steigern. Die Eiscremewagen – offiziell von Terry Connolly und neuerdings auch Wullie dem Maler betrieben – dienten als Vertriebskanäle für sein Geschäft. Die Kunden bestellten sich die Videos aus einer monatlich aktualisierten Liste, die von Zeitungsjungen auf ihren morgendlichen Touren in die Haushalte gebracht wurde, und erhielten dann die bestellten Filme vom Eiscremewagen. Ende 1983 besaßen rund zehn Prozent der Haushalte im Vereinigten Königreich ein Videogerät. In Onthank – einem verarmten Arbeiterklasse-Stadtteil, der schwer unter den Auswirkungen von Thatchers Politik zu leiden hatte – war dieser Prozentsatz vier Mal so hoch wie der landesweite Durchschnitt … nicht zuletzt dank Fat Frannys neuer geschäftlicher Ausrichtung.

All das war nur möglich durch die Kollaboration mit Don McAllister und die Teilnahme an der Operation *Double Nougat*. Der in Ayrshire ansässige Teil der Operation hatte die Aufgabe, den gefürchteten Malachy McLarty und dessen Gangsterfamilie aus Glasgow heraus und nach Süden zu locken, direkt hinein in eine komplexe Falle. Dazu sollte den McLartys der Eindruck vermittelt werden, verschiedene Geschäftsbereiche der örtlichen Schattenwirtschaft kontrollieren zu können, um harte Drogen und gestohlene Waren über ein Netzwerk mobiler Vertriebsstationen in den Gemeinden abzusetzen. Durch den erhöhten Druck im Glasgower East End – hervorgerufen durch einen Anstieg der Überwachungsmaßnahmen und Einschüchterungsversuche – war die Operation ins Stocken geraten, aber zum Jahresende hin schien es ganz so, als würde die Angelegenheit in und um Kilmarnock wieder an Fahrt aufnehmen. Der von zahlreichen Unterbrechungen geprägte Streik der Bergarbeiter begann an die Substanz zu gehen. Die anfängliche Entschlossenheit vieler Gemeinden in der Peripherie von Ayrshire, hart geprüft in einem äußerst entbehrungsreichen Arbeitskampf, verwandelte sich zu Beginn der Feiertage schließlich in Verzweiflung. Die Verantwortlichen der Operation *Double Nougat* gingen von einem Anstieg krimineller Aktivitäten in den ersten Monaten des Jahres 1984 aus. Im Glasgower East End waren Hoffnung und Verzweiflung seit jeher die Katalysatoren für Abhängigkeit und Sucht gewesen und damit auch verantwortlich für die damit einhergehende Gewalt und Ausbeutung. Don McAllisters Truppe hatte sich so gut vorbereitet, wie sie nur konnte.

Mit der Operation *Double Nougat* hatte sich Fat Franny Duncans Schicksal zum Guten gewendet. Wie Don McAllister es prophezeit hatte, war aus der Asche des »Eiscremewagen-Krieges« ein vollkommen legales Geschäft aufgestiegen: Fat Frannys Videogeschäft. Und Fat Franny war dankbar. Er war kein anständiger Mensch gewesen. Im Gegenteil, er hatte sehr viele Aufträge erteilt, auf die er alles andere als stolz war. So viele Verbrechen waren verübt, so viele Menschen auf sein Geheiß hin verletzt worden. In den letzten sechs Monaten war er oft durch die dunkle Nacht der Seele gewandert. Entschlossenheit zählte zu seinen Stärken, aber nun hatte er entschieden, diese anders als bisher einzusetzen. Fat Franny Duncan konnte zwar nicht behaupten, dass das Leben jetzt rundum wundervoll war, aber er war dankbar für seine zweite Chance.

Fat Franny stellte sich vor, eines Tages, nachdem der Staub sich gelegt hatte, eine ganze Reihe von Läden zu führen. Er wollte sein Geschäft nach der neuen Lieblingssendung seiner Mutter benennen: *Blockbusters*. Auch wenn sie von Mal zu Mal gebrechlicher wirkte und das Haus nicht mehr verlassen konnte, schien sich der geistige Zustand von Rose Duncan in den letzten Monaten stabilisiert zu haben. Fat Franny wusste, dass sie nie wieder die alte Rose sein würde. Aber die Möglichkeit zu haben, zumindest hin und wieder eine Unterhaltung mit ihr zu führen und zu sehen, dass sie sich an die Einzelheiten der vergangenen Tage und nicht nur an

Kindheitserlebnisse erinnerte, machte ihn unschätzbar glücklich. Sie sagte jetzt sogar Dinge wie »Kann ich bitte ein ›P‹ wie ›Pipi‹ haben, Bob?« und zitierte damit scherzhaft ihre Lieblingssendung, wenn Fat Franny ihr auf die Toilette helfen sollte. Er konnte es gar nicht abwarten, ihr Gesicht beim Anblick seiner Weihnachtsüberraschung zu sehen. Er hatte ihr einen Treppenlift gekauft, der an einer Schiene befestigt die Stufen hinauf- und herunterfuhr. Das würde sie unabhängiger machen, sodass sie sich jederzeit und ohne Fat Frannys Hilfe in ihr Schlafzimmer zurückziehen konnte.

Er legte den Papierkram beiseite und lächelte. Die Einnahmen waren in den vergangenen Wochen gestiegen. Die Profitabilität des Geschäfts wuchs stetig, und er musste noch nicht einmal das Haus dafür verlassen. Er hatte alles an Terry Connolly übergeben: die Listen mit den Deals, den Schulden und den Kontakten. Alles. Es war ganz einfach gewesen. Warum hatte er das nicht schon ein paar Jahre früher getan? Er lächelte bei dem Gedanken.

»Mum? Bist du bereit für deine Suppe?« Gleich würde eine Weihnachtsausgabe von *Blockbusters* laufen. »Kann ich bitte ein ›P‹ haben, Bob? Und eine Erbsensuppe mit Speck noch dazu!«, hatte sie ihm kurz vorher aufgetragen.

Fat Franny kam durch die Wohnzimmertür. Im Fernsehen lief bereits die Titelmelodie der Sendung. Den Kopf leicht zur Seite geneigt, sah Rose Duncan aus, als würde sie schlafen. Fat Franny jedoch wusste es besser. Er stellte das Tablett mit der Suppenschüssel und den Butterbroten, von denen er die Ränder abgeschnitten hatte, auf ihrem kleinen Klapptisch ab. Er nahm ihr die Brille von der Nase und wischte mit seinem Hemdärmel den Speichel beiseite, der ihr aus dem Mundwinkel lief. Dann beugte er sich nach vorn, küsste sie sanft auf die

Wange und wischte ihr die Tränen ab – seine Tränen, die ihr aufs Gesicht getropft waren.

»Mach ruhig ein kleines Nickerchen, Mum. Ich werd Bobs Sendung aufnehmen, und dann schauen wir sie uns später an, in Ordnung?«

Fat Franny ging zurück in die Küche und rief einen Krankenwagen.

# TEIL 5

## EVERYBODY'S ON TOP OF THE POPS ...

*Is dein Diktiergerät noch an? Aye. Also, im nächsten Teil geht's ganz schön rund. Anschnallen, bitte! Die Sachen, an die ich mich nich genau erinnern kann, erfind ich einfach, in Ordnung?*

*Sorry, Norma ... aber besser krieg ich's echt nich hin. Zu der Zeit hab ich mir dermaßen viel von diesem verdammten weißen Gold reingezogen, dass meine Fresse regelmäßig wie die Visage von diesem französischen Pantomimenheinz mit dem weiß gepinselten Gesicht ausgesehen hat, verstehste?*

*Es ging ganz gut los. Alle hatten sich lieb, es war wie in 'ner beschissenen Coca-Cola-Werbung. Har-fucking-monisch, weißte? The Smiths kamen mit »Charming Man« raus, und wir sind kollektiv ausgeflippt, als das in Top of the Pops lief. Ich kann mich heut noch dran erinnern, wie ich zur Band meinte, dass wir bald auf dieser Bühne stehen würden. Dieser Penner Simon wollte dann stänkern und hat was von wegen »Was meinste mit ›wir‹?« gelabert. Aber ich hab's ihm durchgehen lassen. Für 'ne Zeit lang wollt ich den Fotzkopp gegen den Kerl von The Fall austauschen ... diesen Bassisten, den Mark E. Smith aus der Band geschmissen hatte. Verdammt, ich komm grade nich auf den Namen.*

*Aber Simon, der Arsch, hat mir dann so 'ne Cabbage-Patch-Puppe zu Weihnachten geschenkt. Diese Puppen waren damals scheiße schwer zu bekommen. Bin mir ziemlich sicher, dass der Penner das Ding irgend 'ner armen Göre unterm Weihnachtsbaum weggeklaut hat. Aber was soll's ... is die Geste, die zählt, nich wahr?*

# KAPITEL 38

Nach einer Reihe lautstarker Auseinandersetzungen im Nachgang der Beichte zum Thema Campingbus entschied Grant Delgado, aus der Wohnung seiner Mutter auszuziehen. Der Vorschuss aus dem Verlagsvertrag, still und heimlich ausgezahlt von Clifford X. Raymonde, machte den Großteil der sechzehntausend Pfund aus, die er für den Kauf einer Wohnung im ersten Stock eines Gebäudes in der Barbadoes Road hinlegen musste. Der nach Südsee klingende Name barg eine gewisse Ironie, denn die Straße wurde regelmäßig von den Wassermassen des über die Ufer tretenden Kilmarnock Water geflutet. Das brachte immer wieder Probleme für die Bewohner der Erdgeschosswohnungen, aber der erste Stock war stets verschont geblieben. Grant machte sich die niedrigen Eigentumspreise in der Gegend zunutze und sagte dem Reihenhaus in Onthank, in dem er aufgewachsen war, in der ersten Woche des neuen Jahres Lebwohl. In der Zeit zwischen seiner Entscheidung und seinem tatsächlichen Auszug hatte sich die Beziehung zwischen Senga und ihm verbessert. Er mochte stets locker und entspannt wirken, war im Grunde aber doch ein junger Mann mit eigenen Ideen und einem gehörigen Dickschädel. Er war äußerst leichtsinnig mit Fat Frannys Geld umgegangen, aber die Gefahr einer ernsthaften Vergeltung hatte sich mit dem Verlust der Reputation und der Reichweite des Fatman in Luft aufgelöst. Senga ihrerseits sah mittlerweile ein, dass die Band mehr als nur Spinnerei und Zeitverschwendung war und Grant tatsächlich musikalisches Talent besaß. Ein weiterer Anlass für ständigen Ärger war Grants Entscheidung gewesen, nicht aufs College zu gehen. Senga konnte die Gründe ihres Sohns nun besser nachvollziehen. Zudem hatte das Wissen, dass Maggie nicht automatisch mit in Grants neue Wohnung einziehen würde, ihr dabei geholfen, sich mit dem Auszug ihres Ältesten anzufreunden. Senga war zwar ein bisschen überrascht gewesen, aber die Beziehung der beiden schien oft genauso eigenartig und unvorhersehbar wie das Mädchen selbst.

Ähnlich wie ihr Sohn hatte auch Senga vor Weihnachten große Entscheidungen getroffen. Sie hatte einen Witwer aus Saltcoats kennengelernt und zaghaft eine Beziehung mit ihm aufgebaut. Jetzt, da Grant bald aus dem Haus sein würde, hatte sie beschlossen, den nächsten Schritt zu wagen. Kennengelernt hatten sich die beiden in einem Club für klassische Musik in einem Museum in Kilmarnock, dem Dick Institute. Sein Name war Peter, er war ein pensionierter Anwalt und gut zehn Jahre älter als sie. Er schien sehr interessiert, und anfänglich war Senga ein wenig überfordert von seiner Aufmerksamkeit und seinem Eifer. Auch die Art und Weise, wie er sich ausdrückte, war ihr fremd. Ihre anfänglich abwehrende Haltung basierte allein auf der Angst, ihre Herkunft würde sich als unvereinbar mit der seinen erweisen und irgendwann unweigerlich mit einer Blamage enden. Peter jedoch schien keinerlei Probleme damit zu haben. Im Gegenteil, er amüsierte sich prächtig mit ihr und fand es toll, dass sie ihre Meinung sagte und ihre Gedanken nicht erst durch einen Filter falschen Anstands presste, bevor sie sie aussprach. Senga brauchte eine gewisse Zeit, um mit der ganzen Angelegenheit einigermaßen entspannt umgehen zu können. Aber jetzt war es so weit: Sie zog ernsthaft in Erwägung, Onthank hinter sich zu lassen. Am Weihnachtstag hatte Peter sie gefragt, ob sie und ihre zwei halbwüchsigen Kinder nicht zu ihm nach Saltcoats ziehen wollten. Er besaß dort ein Haus, das viel zu groß für einen Witwer war. Zu dem Haus gehörte ein weitläufiger, von Bäumen gesäumter Garten, der hinter dem Zaun einen wundervollen Blick auf die Insel Arran bot. Sophie und Andrew waren zu Beginn etwas zögerlich, da sie fürchteten, den Kontakt zu ihren Freunden zu verlieren. Doch als sie sahen, wie groß ihre jeweiligen Zimmer in dem neuen Zuhause sein würden, lösten sich ihre Vorbehalte nach und nach in Luft auf.

Alle gingen sie neue Wege, entwickelten sich. Vergangene Leben und alte Erinnerungen wurden nach und nach in mentalen Schließfächern abgelegt. Grant war gegangen, und so gab es nichts mehr, das Senga Dale noch in Onthank hielt.

## 12. Januar 1984

Eine Vorstellung von »The First Picture«, das mittlerweile als Dubplate vorlag, im *New Music*-Programm von Radio Clyde war der neue feuchte Traum der Miraculous Vespas. Die Sendung lief am späten Donnerstagabend – genau genommen schon Freitagfrüh, von Mitternacht bis zwei Uhr morgens. Sie war Teil des äußerst eklektischen Wochenprogramms des Senders, das in unterschiedlichen Abendformaten Folk, Country & Western sowie Jazz brachte und auch Dr. Dick's *Midnight Surgery* sowie der *Soul Show* des charismatischen Dr. Superbad am Samstagabend einen Platz einräumte. Tom

Russells Rocksendung, in der Metalbands wie Anthrax und AC/DC liefen, komplettierte die dynamische Mischung von Radio Clyde. Max Mojo jedoch hatte es nur auf einen Moderator abgesehen: Billy Sloan. Der DJ hatte sich einen gewissen Ruf erarbeitet, weil er auch den neuen, kantigeren Bands und ihrer Musik ein Forum im Radio gab. Das war ihm schon in seiner Kolumne »Disco Kid« in der *Sunday Mail* ein Anliegen gewesen, in der er den Aufstieg schottischer Bands wie The Associates und Big Country begleitet hatte.

Max wusste, dass die Unterstützung eines Experten vom Format eines Billy Sloan den Vertrieb der noch zu pressenden Platte um ein Vielfaches vereinfachen würde – ganz besonders, wenn die Reaktion seiner Hörerschaft positiv ausfiel. Die Sendungen von Sloan beschäftigten sich stets mit einem eng umrissenen Thema, aber Grant war aufgefallen, dass der DJ in der Mitte des Programms eine Sektion mit dem Titel »Bands, die man im Auge behalten sollte« eingeführt hatte. Das war ihre Chance. Max hatte die zwei von Clifford X. Raymonde produzierten Songs auf eine C90 aufgenommen, von der Grant wiederum vier Kopien erstellte. Leider war das ursprüngliche Tape verloren gegangen, weil keiner der beiden die Kassette beschriftet hatte. Und so sammelten sie die vier Kopien zusammen, stopften sie in einen braunen Umschlag und machten sich Gedanken über das weitere Vorgehen.

»Also, was is der Plan?«, fragte Grant.

»Wir fahren heut Abend zum Sender hoch. Sloan hat da diesen DJ-Gig im Night Moves. Da quatsch ich mit dem Wichser und geb ihm das Tape«, sagte Max.

»Bist dir deiner Sache ja ziemlich sicher.«

»Na hör mal, mit Billy Sloan bin ich richtig dicke. Hab dem Penner mal 'n Steak spendiert. Der schuldet mir noch was!«

Sie fuhren mit dem Bus nach Glasgow und kehrten dort für ein paar Pints in die Horseshoe Bar ein. Anschließend liefen sie im windverwehten Regen die Renfield Street hinauf. Als sie in die Sauchiehall Street einbogen, schwanden Grants Hoffnungen. Vor dem Eingang stand eine lange Menschenschlange. Das Wetter an diesem Abend war keines, bei dem man übermäßig viel Zeit im Freien verbringen wollte. Zum Glück hatte Grant einen langen Mantel angezogen. Die Bomberjacke von Max hingegen saugte das Regenwasser auf wie ein Schwamm, und seine Frisur – ein aufwendig mit Orangensaft und Zucker in Form gebrachtes Kunstwerk – zerfloss zu einer süßen Paste.

»Max, komm, lass uns abhauen, Mann! Das is doch scheiße«, sagte Grant mit kläglicher Stimme. »Außerdem isses schweinekalt.«

»Du verschissene Heulsuse! Wo is dein Wille, dein Einsatz für die Sache?« Ein Stück die Straße hoch hatte Max eine Möglichkeit entdeckt, doch noch in den Club zu gelangen. »Komm mit, du Memme«, sagte er und zerrte den missmutigen Grant Delgado hinter sich her in Richtung des benachbarten China-Restaurants.

»Sollen wir dir helfen, das Zeug die Treppen hochzuschleppen, Kumpel?« Max griff sich einen Gitarrenkoffer.

»Verpiss dich«, erwiderte ein stämmiger Roadie.

»Ich geb dir 'nen Zwanni, wenn du uns mitanpacken lässt!«, sagte Max Mojo hoffnungsvoll.

»Lass mich zufrieden, du Penner!«, erwiderte der Roadie.

»Pass auf, Kumpel, wir haben 'ne Band und ...«

»Wow! Und weiter? Wer zum Teufel hat denn heutzutage keine Band?«

»Wir brauchen bloß 'ne Chance, Mann«, bettelte Max. »Ich hab hier 'n Tape, das ich Billy Sloan geben will, damit der Typ das in seiner Sendung spielt.« Max wirkte verzweifelt, und fast schien es Grant so, als weine der Manager seiner Band gerade.

»Scheiße, Mann«, sagte der Roadie. »Wenn's dir wirklich so wichtig is ... gib mir vierzig. Dann könnt ihr euch jeder 'nen Schlagzeugkoffer schnappen und die Treppen hochmarschieren.«

»Vierzig, Mann?! Und ich dachte, alle Wegelagerer und Halsabschneider würden 'ne Maske tragen!« Max reichte dem Roadie die Geldscheine.

»Wenn euch jemand anhält, dann sagt ihm, dass ihr für Kenny arbeitet«, sagte Kenny der Roadie.

Vorsichtig stiegen Max und Grant die gefährlich nassen Stufen der Feuertreppe hinauf. Unter ihnen wurden in einem schmalen Durchgang neben dem China-Restaurant gerade diverse Hühnchen vom macheteschwingenden Küchenpersonal enthauptet. Als sie im Club waren, stellten sie die Schlagzeugkoffer neben der Bühne ab. Niemand hatte sie angehalten. Niemand hatte gefragt, für wen sie eigentlich arbeiteten. Sie schauten sich um und entdeckten Billy Sloan neben dem DJ-Pult.

»Da, schau mal«, sagte Max. »Da is der Wichser ja!« Billy Sloan stand mit drei Männern zusammen und unterhielt sich. Max drängelte sich durch die Gruppe und sprach ohne Umschweife den DJ an.

»Na, erinnerste dich, Billy?«, sagte Max mit einem breiten Lächeln. Billy schaute sich nach der Security um, seine Gesprächspartner wichen instinktiv einen Schritt zurück.

»Aye. Sicher doch, Kumpel. Natürlich erinnere ich mich«, sagte er, sah aber ganz so aus, als hätte er keine Ahnung, wer da vor ihm stand.

»War vor sechs Monaten. Irgend so 'n Wichser hatte mir die Schuhe geklaut, und ich hab dir 'n Steak spendiert. Deins war gut durch, meins hat noch geatmet. Hab mir an dem Abend noch die Seele aus dem Leib gekotzt wegen dem Ding, aber egal.« Max griff in seine Hosentasche. Die vier Männer traten noch einen Schritt zurück. »Hey, Leute, keine Bange«, sagte Max. »Is kein Messer. Nur 'n scheiß Demotape.«

Alle wirkten erleichtert. Nur der durchnässte Grant sah so aus, als wäre ihm die ganze Angelegenheit etwas peinlich.

»Wie heißt ihr denn?«, fragte Billy Sloan.

Max sagte es ihm.

Billy Sloan war das Gebaren aufdringlicher Möchtegern-musiker gewohnt, die ihm Kassetten zusteckten. Der Groß-teil dieser Tapes war jedoch Mist. Nichts an den zwei tropf-nassen Draufgängern vor ihm deutete darauf hin, dass es dieses Mal anders sein würde. Wie alle Beschäftigten in der Musikbranche war Sloan allerdings stets auf der Suche nach dem nächsten großen Ding. Und so nahm er das Tape und versprach, es sich anzuhören. Nicht mehr und nicht weniger.

Max Mojo stieß einen gegrunzten Fluch aus, während Grant Delgado sich höflich bedankte.

Die beiden blieben noch eine Weile in dem Club und schauten sich die neue Band des Frontmanns der Stiff Little Fingers an, eine Formation namens The Big Wheel, die je-doch ein ziemlich uninspiriertes Set hinlegte. Grant wusste, dass die Miraculous Vespas jetzt schon bessere Songs hatten und zudem auch mehr Präsenz besaßen. Eigentlich sollten sie, die Vespas, hier in Glasgow spielen, anstatt skrupellosen Roadies Unsummen in den Rachen zu schmeißen und sich über rutschige Feuertreppen in die Clubs zu schleichen. Max und Grant hatten nur noch Geld für ein Pint, das sie sich teilten. Sie verpassten den letzten Bus zurück nach Kilmarnock und mussten mit klappernden Zähnen die Nacht in den finsteren Schatten der Anderston Bus Station verbringen, wo sie den Zuhältern und Prostituierten Gesellschaft leisteten. Grant warf seine letzten Münzen in den Schlitz einer Telefonzelle und schaffte es irgendwann gegen Morgen, Maggie an die Strippe zu bekommen. Die Schlagzeugerin setzte sich in den Campingbus und fuhr hoch nach Glasgow, um die beiden abzuholen. Als sie die Argyle Street hinunterfuhren, starrte Max mit elender Miene aus dem Heckfenster in das dumpfe Grau hinaus. Es goss immer noch. Und er zitterte immer noch.

# KAPITEL 39

## 18. Januar 1984

Fat Franny Duncan füllte sechs Müllsäcke mit den alten Sachen seiner Mutter. Einem Gefühl folgend hatte er anfänglich alles so lassen wollen, wie es war, und das Zimmer seit dem Tod von Rose nicht mehr betreten. Entsprechend muffig roch es jetzt. Er öffnete die Vorhänge, dann die Fenster. Als er sich umdrehte, sah er all die Dinge, die ihm so vertraut waren, dass sie sich fast in einen Teil von *ihr* verwandelt hatten. Mit jedem einzelnen von diesen Gegenständen verband Fat Franny eine Geschichte, die er sich sofort bildhaft in Erinnerung rufen konnte. Die ausgefranste blaue Decke zum Beispiel, in die Rose ihn eingewickelt hatte, als er im Eis des Teichs im Kay Park eingebrochen und vor Kälte bibbernd nach Hause gekommen war. Da musste er ungefähr acht gewesen sein. Die gerahmten Bilder, die Frannys Werdegang zeigten – vom Kind zu dem Mann, der er heute war. Ihr ganzer Stolz, ihre ganze Freude. Das nicht fertiggestellte tausendteilige Puzzle vom Kilmarnock Cross, das er ihr gekauft hatte, damit sie sich wieder erinnerte. Die vielen Vasen mit den Blumen von Paper Roses, dem neuen Floristen in der Stadt, die nach ihrem Tod allesamt verwelkt waren.

Fat Franny Duncan saß im Sessel seiner Mutter und grübelte über die Einsamkeit in seinem Inneren nach. Rose war ohne Schmerzen gestorben und friedlich gegangen – im Frieden mit sich selbst und wahrscheinlich auch mit der turbulenten Vergangenheit ihres Ehelebens. Zum Ende hin war Fat Franny derjenige der beiden gewesen, der der Situation hilflos und angespannt gegenübergestanden hatte. Er wusste mittlerweile, dass es bei seinen Gefühlen im Zusammenhang mit dem Verfall seiner Mutter in Wirklichkeit nicht um sie gegangen war. Diese Gefühle hatten sich um ihn gedreht – um den Mann, der er hätte sein können, hätte er einen anderen Weg eingeschlagen.

Er hatte drei Wochen gebraucht, um ihr Zimmer betreten zu können, denn er wusste, dass ihn dort die Auseinandersetzung mit seiner eigenen Vergänglichkeit und den Entscheidungen in seinem Leben erwartete. Die Auseinandersetzung mit den Dingen, die, hätte *sie* von ihnen gewusst, ganz sicher ihre Gefühle für ihn verändert hätten. Er war dankbar, dass sie nie davon erfahren hatte, und gleichzeitig fest entschlossen, das nun in ihm wohnende Gefühl der Schande und der Reue als Antrieb für Veränderungen zu nutzen.

Die Ponderosie, ein vor Jahren aus der Verbindung von zwei Doppelhaushälften entstandenes Haus, war riesig. Eigentlich brauchte er ihr altes Zimmer nicht, auch wenn jede Woche neue Kisten mit zwielichtigen Videokassetten bei ihm eintrafen. Das Haus jetzt leerzuräumen und von den Spuren seiner Mutter zu bereinigen, kam Fat Franny respektlos vor. Als er jedoch genauer darüber nachdachte, wurde ihm klar, dass Rose keinerlei emotionale Bindung zu diesem Ort gehabt hatte. Sie war in einem benachbarten Dorf aufgewachsen, in Fenwick, wenige Meilen die A77 hoch. Sicher, sie hatte mit Abie in Onthank gelebt, allerdings nicht in diesem Teil der Stadt. Als sich die Möglichkeit zum Hauskauf bot, war Fat

Franny in erster Linie von dessen gut geschützter Lage am Ende einer Einbahnstraße begeistert gewesen. Jetzt, da Rose nicht mehr da war, schien ebenjene Lage seine Isolation zu verstärken und seine Einsamkeit zu verschlimmern. Der eine Woche zuvor eingetroffene Brief vom Stadtbauamt hatte das Fass zum Überlaufen gebracht. In dem Schreiben wurden Zwangsmaßnahmen angekündigt, weil er weder Planungs- noch Baugenehmigungen eingeholt oder gar beantragt hatte, um die zwei Doppelhaushälften zu einem großen Einfamilienhaus umzubauen. Fat Franny hatte nicht vor, sich mit diesem Thema auseinanderzusetzen, sondern stattdessen entschieden, das Haus gegen Bares zu verkaufen. Sehr wahrscheinlich an Terry Connolly, der durch den Erfolg des Eiscremewagengeschäfts – was nicht zuletzt an den Drogen lag – äußerst liquide war. Für Fat Franny stand außer Frage, dass Terry einen Teil des Geldes der McLartys in die eigene Tasche steckte, aber es war ihm egal. Er kannte den übergeordneten Plan und wusste, dass er *jetzt*, da Terry dick im Geschäft und obenauf war, Nägel mit Köpfen machen musste. Denn Terry, so viel war sicher, stand ein verdammt tiefer Fall bevor – wenn nicht durch die Hand von Malachy McLarty, dann durch die Handschellen von Don McAllister.

Fat Franny Duncan öffnete die Haustür. Vor ihm stand Theresa Morgan.

»Hallo, Francis«, sagte sie.

»Hallo, du«, antwortete er.

»Ich wusste nicht, ob ich klopfen sollte«, gab sie zu. »Schon seit fünfzehn Minuten steh ich hier und überlege, ob es nicht besser wäre, einfach wieder zu gehen.« Sie reichte Fat Franny eine Beileidskarte. »Die Sache mit Rose tut mir wirklich leid. Ich weiß, wie viel sie dir bedeutet hat.«

»Danke«, sagte er. »Und, wie geht's dir so?«

»Ganz gut. Nachdem wir ... na, du weißt schon ... da bin ich zurück und hab mich fürs College beworben.« Sie machte eine Pause. »Betriebswirtschaft. Dachte mir, ist vielleicht doch besser als ein Leben als Friseurin. Und es gefällt mir sehr gut.«

»Das is toll«, sagte Fat Franny. »Pass auf, ich muss jetzt wirklich los und die Sachen hier in die Reinigung bringen, bevor die zumachen.«

»Ich hab dich vermisst«, sagte Theresa und berührte mit den Fingern sein Handgelenk.

Fat Franny schaute nicht auf. Er hatte Angst, sie direkt anzusehen. »Hab ewig gebraucht, um über dich hinwegzukommen, Theresa«, sagte er.

»Hör zu, Francis, ich wäre nie im Leben mit all den Sachen klargekommen, die Rose durchgemacht hat. Nachdem wir uns verlobt hatten, habe ich nur die Opfer und Entbehrungen gesehen, die ich für dich bringen sollte.«

»Und jetzt is sie unter der Erde, und du würdest gern da weitermachen, wo wir aufgehört haben, oder wie?!« Seine Worte klangen verbitterter, als er beabsichtigt hatte. Nach dem Urlaub in Margate hatte er sich Des Brick anvertraut und ihm erzählt, dass er sehr wahrscheinlich zu egoistisch gewesen war, als er davon ausging, dass Theresa einfach so bei ihm einziehen würde. Ihm hätte klar sein müssen, dass eine Neunzehnjährige ihre berufliche Zukunft nicht unbedingt in einem unbezahlten Job als Pflegekraft für eine demente alte Frau sah. Aber die Umstände hatten ihn in eine emotionale Zwickmühle manövriert. Er liebte Theresa und hatte trotz aller Widrigkeiten das Gefühl, dass auch sie ihn liebte. Aber er hatte sich um seine Mutter kümmern müssen.

Sie in ein Heim abzuschieben, sie wie einen alten Köter in eine Hundepension zu stecken – aus den Augen, aus dem Sinn –, war für ihn nicht in Frage gekommen. Später musste er sich eingestehen, dass er die Angelegenheit nicht gut gehandhabt hatte ... wie so viele andere Situationen in seinem Leben auch.

»Ich sollte wohl besser gehen«, sagte Theresa und war im Begriff, sich umzudrehen. »Ich dachte nur, da heute unser Jahrestag wäre und so ...«

Fat Franny hatte vollkommen vergessen, dass sie sich vor genau einem Jahr verlobt hatten und dass außerdem heute Theresas zwanzigster Geburtstag war.

»Scheiß die Wand an, wie schnell die Zeit vergeht, was?«, sagte er. Eine lange Pause stellte sich ein. Keiner von beiden wusste, was er als Nächstes sagen oder tun sollte. Irgendwann durchbrach Fat Franny das Schweigen: »Ich hab dich auf der Beerdigung gesehen, ganz hinten. Danke, dass du da warst.«

»Es war eine wunderschöne Trauerfeier«, sagte sie. »Und es waren ganz viele Leute da.«

»Aye«, sagte Fat Franny, auch wenn er vermutete, dass sie über die Gründe Bescheid wusste. Viele seiner ehemaligen Geschäftspartner, so glaubte Fat Franny zumindest, waren nicht gekommen, weil sie sich Rose verbunden fühlten, sondern weil sie es als ihre Pflicht betrachteten. Sie hatte nicht viele Freunde gehabt und war zudem aufgrund ihres Gesundheitszustands nicht in der Lage gewesen, den Kontakt in dem Maße aufrechtzuerhalten, wie sie es vielleicht gewollt hätte.

»Und ... haste schon jemand anders gefunden?«, fragte Fat Franny.

»Nein ... was denkst du denn von mir? Ich trage immer noch *deinen* Verlobungsring, Francis.« Dieses Mal war sie die

Verletzte. »Ich bin auch hergekommen, um zu sehen, ob's noch so etwas wie eine Zukunft für uns beide gibt. Wir sind ja nie wirklich auseinandergegangen ... nach Margate ist einfach alles im Sand verlaufen. Weißt du, ich habe diesen Urlaub gehasst, aber ich konnte mich nicht einfach so von uns trennen. Und mich auf was Neues einlassen, ohne sicher zu wissen, dass die Sache zwischen uns beiden ein für alle Mal beendet ist, konnte ich auch nicht.«

»Okay. Und wie soll's jetzt weitergehen?«, sagte Fat Franny. Er vermisste sie auch, aber er hatte in den letzten sechs Monaten gelernt, ohne sie klarzukommen.

»Ich weiß es nicht, Francis.«

»Ich verkauf übrigens das Haus«, sagte er und war selbst ein wenig überrascht, dass er die Worte laut ausgesprochen hatte.

»Wirklich?« Sie war ebenso überrascht. »Und ich dachte, du würdest ewig hier bleiben.«

»Dinge verändern sich, Tre ... nix bleibt so, wie's mal war. Ich brauch 'ne neue Umgebung, und über Onthank denk ich mittlerweile auch anders.«

»Vielleicht hast du demnächst ja mal Lust auf einen Drink ... einfach so, ganz ungezwungen ... vielleicht im Coffee Club?«

Fat Franny dachte darüber nach. Er warf einen Blick auf die schwarzen Plastiksäcke mit den alten Sachen seiner Mutter. »Aye. Das wär schön.«

»Ich lad dich auch auf ein Gammon-Steak mit Pommes ein«, sagte sie lächelnd.

Dieses Lächeln. Er hatte es vermisst. »Nee, ich bin jetzt 'n anderer Mensch, Tre. Nur noch Salat für mich.« Auch er lächelte jetzt.

Als sie sich umdrehte und ging, hatten sie kein Datum ausgemacht. Dafür war es noch zu früh. Und Fat Franny war sich nicht einmal sicher, ob diese neuerliche Verbindung zwischen ihnen zu mehr als gelegentlichen Gesprächen führen würde. Trotzdem war er froh, dass sie vorbeigekommen war. Ihr Besuch erinnerte ihn daran, dass er nicht vollkommen allein dastand. Und dafür war er dankbar. Alles andere konnte warten.

Keiner von uns hat's gehört, aber Billy Sloan oben in Glasgow hat tatsächlich das Demo in seiner Radiosendung gespielt. Und danach haben jede Menge Leute gefragt, wo sie die Platte kriegen konnten, verstehste? Diese ganzen A&R-Wichser haben auf einmal bei mir zu Hause angerufen, und die arme Molly hat jedem einzelnen von denen gesagt, dass sie sich verpissen sollen. Sie hat gedacht, das wären irgendwelche Versicherungsfritzen. Wir sind dann zurück zu dem alten Hippie X-Ray und haben 'ne Platte von den Mastertapes gemacht. 'N Presswerk in Cumbernauld hat uns tausend verfickte Singles gepresst. Katalognummer BT 001. War 'n verdammt geiler Moment. Hat uns aber auch um die zwei Riesen gekostet.

Ich hab mir dann die Füße plattgelaufen, um die Scheibe in den Geschäften unterzubringen. Im The Card & Pop Inn bei uns in Kilmarnock und in Plattenläden wie Bruce's oben in Glasgow und Edinburgh. Auch im 23rd Precinct in Glasgow haben wir 'n paar Scheiben verkauft. Die Besitzer wollten sogar, dass wir 'nen Promogig im Laden spielen. Sind dann aber nur sechs beschissene Hanseln aufgetaucht. Wenn man Jimmy und Hairy Doug mitzählt, waren mehr Leute von der Band als Zuschauer da! Einer von den sechs war aber der Bassist von Lloyd Cole and the Commotions ... Lawrence irgendwas. Kann mich nich mehr an den Namen erinnern. Der war jedenfalls auch in dem Laden, weil er sich irgend so 'nen beschissenen Dance-Import abholen wollte.

Unsere Platte hat sich ganz gut verkauft, denk ich, und durch das Treffen mit diesem Lawrence konnten wir 'ne Schottlandtour als Support von Lloyd Cole landen. Gab fünfzig Mäuse pro Abend. Zu dem Zeitpunkt hatt ich Anteile an alle möglichen

Leute verscherbelt, und so haben alle was von der Bandkohle gekriegt. Jimmy Stevenson hat was gekriegt, Cliff der Hippie war dabei, Hairy Doug und Hairy fucking Fanny haben auch 'n kleines bisschen was abbekommen. Hab's den Leuten quasi hinten und vorn reingesteckt. Außerdem gab's für alle Bandmitglieder nochmal fünfzig Mäuse pro Woche extra. Aber egal, denn dann ging's erst richtig los ... durch die Decke ging's dann!

# KAPITEL 40

## 2. Februar 1984

Gregor Gidney beförderte die Schwarze ins Loch. Das schnalzende Geräusch der versenkten Kugel hallte durch das gewölbeartige Kellergeschoss der Crown Billiards Rooms.

»Was fürn Stoß, Meister«, sagte Ged McClure.

»Aye, ich weiß!«, sagte Gregor. »Und jetzt her mit dem Zehner.« Er streckte seine große Hand aus.

Ged McClure fingerte einen braunen Schein aus seiner Gesäßtasche. *Hoffentlich tauchen diese beiden Wichsfrösche bald hier auf,* dachte er. Langsam wurde das Geld knapp. Die aus taktischen Gründen verlorenen Partien hatten ihn bereits vierzig Mäuse gekostet, und es war noch nicht mal Mittag.

Benny Donald und Terry Connolly umkurvten die leeren Billardtische wie zwei synchronisierte Pac-Man-Figuren, die einer Spur unsichtbarer Futterkügelchen folgten. Irgendwann erreichten sie den am weitesten entfernten Tisch, an dem Gregor Gidney seinen Untergebenen Ged McClure schröpfte. Seit dem Vorfall in London, bei dem ihm ein Unbekannter mit einem Toilettenspülkasten den Schädel eingeschlagen hatte, war Ged noch ungehaltener und brannte darauf, gewissen Leuten endlich eine monumentale Lektion erteilen zu können. Die beiden nichtsnutzigen Teenager, die ganz oben auf seiner Liste mit den Personen standen, die er zu Brei zu kloppen beabsichtigte – so hatte man ihn informiert –, waren jedoch fürs Erste tabu. Gregor Gidney, sein direkter Vorgesetzter, hatte ihm empfohlen, die Geschichte abzuhaken und als Erfahrung zu verbuchen.

»Wo zum Teufel habt ihr scheiß Wichsfressen gesteckt?«, platzte es heftiger als geplant aus Ged heraus. »Gregor wartet schon seit neun hier!«

»Sorry, Kumpel. Die Kiste wollte nich anspringen ... und die Sauchiehall Street mit einem der Eiscremewagen hochtuckern kam ja wohl nich in Frage, oder?!« Terry Connolly lachte über seinen Kommentar. Es hatte ein Witz sein sollen, aber er lachte allein.

Auf ein Nicken von Gregor Gidney hin baute Ged McClure mit einem unterdrückten Schnauben die roten Kugeln wieder auf, wohlwissend, dass er bald schon Schuldscheine ausgeben musste.

»Also, Jungs, es wird bald richtig zur Sache gehen. Euer Onkel Malachy will, dass ihr bereit seid. Die Lage hier oben wird langsam brenzlig, und wie's aussieht, müssen wir unsere Geschäfte runter zu euch grün-weißen Kartoffeldieben in eure erbärmlichen Kuhkäffer verlagern«, sagte Gregor. Er stieß die Spielkugel an, und die im Dreieck aufgebauten roten stoben in alle Richtungen auseinander, sodass es aussah, als hätte jemand eine Tränengasgranate in einen gut organisierten Streikposten geworfen. Die Weiße knallte gegen drei Banden, bevor sie hinter der Grünen zum Stillstand kam. Ein Stoß von Gregor, und es sah ganz danach aus, als würde Ged McClure in Kürze den nächsten Zehner abdrücken müssen.

Malachy McLarty war einer der meistgefürchteten Namen in Schottland. Um mit anderen zu kommunizieren, benutzte er handgeschriebene Postkarten. Auf der Vorderseite waren stets Wahrzeichen von Glasgow zu sehen, auf der Rückseite standen in krakeliger Schrift und knappen Worten verschlüsselte Nachrichten. Malachys Handschrift sah nicht deshalb wie die eines Erstklässlers aus, weil er ungebildet war, sondern weil er mit links schrieb. Bei einem Angriff auf sein Auto im Jahr 1964 hatten Patronensplitter seine Hand verletzt. Aufgrund der daraus resultierenden Nervenschäden war er gezwungen gewesen, fortan mit der schwachen Hand zu schreiben. Gregor Gidney hatte an diesem Morgen drei von Malachys Postkarten mit zu dem Treffen in der menschenleeren Billardhalle seines Chefs gebracht. Jeder der Anwesenden bekam eine.

Auf der Karte von Terry Connolly war ein Bild des George Square in Glasgow. Auf der Rückseite stand: »DIE KLEINEN BRAUCHEN MEHR EISCREME.« Terry verstand die Botschaft. Vertriebsmenge erhöhen, Verkäufe steigern und – auch wenn es nicht explizit gefordert wurde – Fat Franny Duncan komplett aus der Gleichung streichen.

Die Karte von Benny Donald war direkter: »DU MUSST ÖFTER WASCHEN, MEIN JUNGE.« Gregor Gidney fand, dass es sich um einen Hinweis handelte, der zwei Interpretationen zuließ. Die Abbildung auf der Vorderseite zeigte das berühmte Stadtwappen von Glasgow. »Der Vogel, der niemals flog; der Baum, der niemals wuchs; der Fisch, der niemals schwamm; die Glocke, die niemals läutete ... *und der Mann, der niemals wusch.*« Benny Donald war unaufrichtig, und er kam nicht gut damit klar. Seit er sich regelmäßig an dem Geld vergriff, das Terry Connolly ihm zur Wäsche zuschob, um damit seine wachsenden Spielschulden zu begleichen, hatte er allen Grund, mehr zu schwitzen als die anderen. Die großen dunklen Flecken unter den Achseln seines pastellfarbenen T-Shirts verrieten seine Angst. Zweifelsohne ein schlechter Look für einen Mann, der bis zum Hals in die Geschäfte der McLartys verwickelt war.

Ged McClure hatte Malachy McLarty bereits einmal enttäuscht, als er den untergetauchten Tony Viviani aus Galston finden und auf diese Weise das Geld wiederbeschaffen sollte, das bei einem manipulierten Boxturnier der Quinns gestohlen worden war. Tony Viviani saß mittlerweile in einer vergleichsweise sicheren Zelle im Gefängnis Wormwood Scrubs ein, und so war der Weg zu dem gestohlenen Geld vorerst blockiert. »ES GIBT NUR EINE SORTE EISCREME. BAU BESSER KEINE SCHEISSE MEHR!«, lautete die handgeschriebene Order für Ged McClure.

Die Puzzleteile von Malachy McLartys langfristigem Plan fügten sich allmählich zusammen. Die bisherigen Aufklärungsexpeditionen nach Ayrshire hatten das Ziel gehabt, die allgemeine Lage auszukundschaften und die Entschlossenheit der im Zielgebiet tätigen Akteure zu ermitteln. Malachy war ein geschickter Beobachter und analysierte alle möglichen Szenarien. Er studierte die Menschen, mit denen er zu tun hatte, und machte sich ein genaues Bild von ihrem Mut und ihren Ängsten, um zeitnah abwägen zu können, welcher Gefühlszustand dominierte und die Handlungen seines Gegenübers leitete. Auf Grundlage der Berichte seines Sohns Marty hatte er mittlerweile eine ziemlich detaillierte Vorstellung von den Charakteren seiner Gegenspieler im Süden – von Washer Wishart, Fat Franny Duncan und den Quinns, in erster Linie Magdalena. Schnell war er zu einer Einschätzung der Situation in Ayrshire gekommen. Ebenso wie der Joker, der Pinguin und Poison Ivy hatten auch die Akteure in

Ayrshire individuelle Schwächen, die sich strategisch ausnutzen ließen. Wenn man es schaffte, sie alle im Rahmen eines vorgetäuschten Bündnisses zu einer harmonischen Zusammenarbeit zu bewegen, würde die schrittweise Übernahme ihrer jeweiligen Geschäftsbereiche ein Kinderspiel sein. Washer Wishart war definitiv zu weich, zu sehr um das Wohlergehen anderer besorgt. Fat Franny hatte eine verzerrte Eigenwahrnehmung und lebte zudem in einer von naiven Vorstellungen beherrschten Fantasieblase. Nobby Quinn konnte keine Entscheidung fällen, die seine Frau nicht vorher abgesegnet hatte. Sie alle waren reif. Reif, um jetzt – fünf Jahre nach dem Rückzug der McLartys aus Kilmarnock – von Malachy aus dem Weg geräumt zu werden.

Gregor Gidney gab den drei Männern noch einige zusätzliche Hinweise mit auf den Weg. Es gab nach wie vor keinen genauen Zeitplan, aber in den kommenden Monaten würden die McLartys ihre Offensive im Osten beginnen und von dort aus Ayrshire übernehmen. Das Geld, das Terry Connolly einnahm und Washer Wishart überlassen wurde, musste umgehend und möglichst diskret aus den verschiedenen Wäschereien abgezogen und wiederbeschafft werden. Das war der Job von Benny. Parallel dazu sollte die Konkurrenz ausgeschaltet werden. Wenn der Befehl dazu kam, war das Ged McClures Aufgabe. Um der alten Zeiten willen würde das Emporio Viviani ganz oben auf der abzuarbeitenden Liste stehen. McClure hatte eine Reihe junger Schläger rekrutiert und aus ihnen ein neues Team zusammengestellt. Zudem berichtete er, dass die Übernahme der Geschäfte der Quinns leichter vonstattengegangen war, als er angenommen hatte. Die Leute unten in Ayrshire, so erklärte er, hatten einfach nicht die Eier für eine direkte Auseinandersetzung.

Als die drei Kartenempfänger aus den Kellergewölben der Crown Billiards Rooms in das strahlende Tageslicht der Sauchiehall Street emporstiegen, tobte in ihren Köpfen eine brutale Schlacht zwischen Hoffnung und Angst. Jeder Einzelne von ihnen dachte über seine unmittelbare Zukunft nach.

# KAPITEL 41

## März 1984

Nachdem er alle infrage kommenden Vertriebswege ausgelotet hatte, entschied Max Mojo widerwillig, sich einmal mehr auf den Weg Richtung Süden zu machen. Eigentlich war er davon ausgegangen, dass der landesweite Erfolg von »The First Picture« reine Formsache wäre. Von schottischen Musikexperten in höchsten Tönen gelobt, hatte sich die Platte bisher jedoch nur vierhundertfünfzig Mal verkauft. X-Ray Raymonde kritisierte Max Mojos Naivität und sah den Grund für die geringen Verkaufszahlen in dessen Arroganz und dem daraus resultierenden Versäumnis, einen Vertriebsdeal mit einer Firma wie Rough Trade abzuschließen. Rough Trade Records hatte bereits eine Reihe bahnbrechender Platten herausgebracht, darunter »Alternative Ulster« von Stiff Little Fingers, und bereitete gerade die erste LP der Smiths zur Veröffentlichung vor. Max hatte herausgefunden, dass das Plattenlabel Rough Trade und dessen Vertriebsabteilung Cartel nun zwei voneinander unabhängige Unternehmen waren, und war fest entschlossen, dem Labelchef Geoff Travis einen Besuch abzustatten.

Bewaffnet mit einer Tüte selbst finanzierter Singles, das Blut angereichert mit jeder Menge Lithium und den Kopf voller Hoffnungen und Träume, bestieg Max Mojo den morgendlichen Flieger vom Glasgow Airport nach London Heathrow. Es war sein erster Flug überhaupt, aber ein paar Gin Tonic und ein Zehnerpäckchen Embassy Club würden seine eventuell blank liegenden Nerven sicherlich beruhigen.

Auch Grant Delgado war an jenem Tag unterwegs, allerdings in die entgegengesetzte Richtung. Maggies unangekündigte Ausflüge hatten zugenommen und wiesen inzwischen eine spontane Regelmäßigkeit auf. Wenn es wieder mal so weit war, packte sie einfach ein paar Sachen in den Campingbus und verschwand ohne Vorwarnung oder Erklärung. Seinen Fragen zu diesen Reisen begegnete sie mit Schweigen. Und so tat Grant das, was jeder besorgte Freund getan hätte: Er mietete sich einen Wagen und folgte ihr.

Simon Sylvester verbrachte seine Nachmittage im Gefängnis. Nach einer weiteren Anzeige wegen Gelegenheitsdiebstahl hatte ein von Max bezahlter Anwalt beim Gerichtsprozess eine Strafminderung für ihn ausgehandelt. Der Richter hatte sich Plädoyers anhören müssen, in denen argumentiert wurde, dass eine Haftstrafe diesen talentierten jungen Mann von seiner einen großen Leidenschaft fortreißen würde: seiner Band, The Miraculous Vespas. Und so wurde Simon Sylvester zu einhundertfünfzig Stunden gemeinnütziger Arbeit verdonnert, abzuleisten im Rahmen eines Musikprogramms für die Insassen des Knasts in Carstairs. Er konnte zwar weder Noten lesen noch anderen das Spielen eines Instruments beibringen, aber es schien allen Beteiligten eine akzeptable, wenn auch etwas naive Form der Strafe zu sein.

Der Motorcycle Boy verbrachte Anfang 1984 viel Zeit mit seiner Therapeutin, die für die Sitzungen stets in das Haus der Familie in Caprington kommen musste.

\* \* \*

Max rauchte während des Fluges eine Zigarette nach der anderen. Die Luft im hinteren Teil der Kabine mochte trübe und rauchverhangen sein, die Vision im Kopf von Max Mojo jedoch war kristallklar. Was die Band brauchte, war mehr Öffentlichkeit. Sie brauchte ein Event. Max landete genau zu dem Zeitpunkt in London, als Arthur Scargill, der Präsident der Bergarbeitergewerkschaft National Union of Mineworkers, die sporadischen Ausstände in verschiedenen Zechen zu einem landesweiten Streik erklärte. Während Max mit der U-Bahn durch die Hauptstadt fuhr, schrien ihm die Titelseiten unzähliger *Evening Standards* das Wort »STRIKE!« entgegen. Je nach Perspektive des Lesers war das entweder ein Vorbote des Untergangs oder ein Ruf zu den Waffen. Max verstand es in erster Linie als Absichtserklärung. Er war auf dem Weg zu Rough Trade in der Ladbroke Grove, wo er, wie er optimistischerweise annahm, Geoff Travis treffen würde. Am U-Bahnhof Notting Hill Gate stieg er aus. Er lief die pulsierende und farbenfrohe Portobello Road hinauf und fantasierte dabei über eine Tour durch die am stärksten vom Streik betroffenen Städte. Die Miraculous Vespas würden eine Protestband werden und einen Prozentsatz der Einnahmen von ihrer nächsten Single an die Familien streikender Bergarbeiter spenden. Als Finale der Tour schwebte ihm ein riesiger Open-Air-Gig in Ayrshire vor. Er lief unter dem Westway entlang, den schon Joe Strummer besungen und der The Jam als Kulisse für das Coverfoto von *This Is the Modern World* gedient hatte. Auf den Pfaden dieser Legenden zu wandeln, inspirierte Max. Das Benefizkonzert für die streikenden Bergarbeiter würde mindestens so bedeutend werden wie die

Show von The Clash für »Rock against Racism« im Victoria Park. Es würde die Miraculous Vespas als eine Band mit Herz und einem sozialen Bewusstsein etablieren. Außerdem könnten die Vespas als Headliner spielen, da Max Mojo der Geldgeber und Organisator des Festivals wäre. Sein Gehirn explodierte förmlich vor Ideen. Alle Größen der schottischen Musikszene könnten dabei sein – Simple Minds, Orange Juice, Aztec Camera, Lloyd Cole and the Commotions, The Bluebells. Zudem wäre das Festival auch eine Plattform für die neueren Bands: Friends Again, Fairground Attraction, The Trashcans ... Ganz sicher würden sie alle für eine sehr geringe Gage auftreten, immerhin hatten sie mit diesem Festival die Chance, Thatcher und ihrem neuen Schoßhündchen Ian MacGregor, dem Chef der Kohlebehörde, öffentlichkeitswirksam den Stinkefinger entgegenzustrecken. Er würde es *Louder in Loudoun* nennen. Mit einem Mal kam ihm seine London-Reise wie eine unnötige Ablenkung vor.

Grant Delgado parkte den Wagen an den Toren zu einem Komplex in der Nähe des Old Crookston Castle, südlich von Glasgow, der wie ein altes Schulgebäude im viktorianischen Stil aussah. Er starrte zur Spitze eines imposanten Uhrenturms hinauf, der einem Ausrufezeichen gleich aus den Gebäuden des weitläufigen College-Campus vor ihm herausragte. Grant nahm an, dass Maggie für einen Abschluss der Open University studierte und ihre heimlichen Besuche in dieser Einrichtung mit Prüfungen, Registrierungen, Kursarbeiten oder Ähnlichem zu tun hatten. Während Max und die anderen sich sehr wahrscheinlich lustig darüber gemacht hätten, konnte Grant einfach nicht verstehen, warum Maggie meinte, ihm nichts von ihrem Hunger nach Wissen und Bildung erzählen zu können. Er machte sich auf den Heimweg und war zufrieden mit dem Ergebnis seiner Nachforschungen: Ihre geheimen Aktivitäten gaben keinen Anlass zur Sorge. Als der Wagen vom Parkplatz rollte, erblickte Grant ein Schild, das er zuvor nicht bemerkt hatte. Darauf stand: PSYCHIATRISCHE KLINIK LEVERNDALE.

\* \* \*

Simon Sylvester hatte nichts erwartet, aber inzwischen fand er Gefallen an den Besuchen im Gefängnis. Er war Teil einer noch jungen Initiative zur Rehabilitierung von Gefängnisinsassen durch Musik. Sicher, anfänglich zwang ihn das Gerichtsurteil zur Teilnahme, mittlerweile ging er jedoch gern. Simon versprach seinen Schützlingen sogar, nach Veröffentlichung der ersten LP der Vespas mit der gesamten Band zurückzukommen und im Stil von Johnny Cash ein kostenloses Konzert für die Insassen zu spielen. Durch seine Arbeit im Gefängnis bekam Simon Sylvester einen Einblick in ein Schicksal, das unter geringfügig anderen Umständen sicherlich auch das seine hätte sein können. Die Miraculous Vespas hatten ihm einen anderen Weg eröffnet. Zuerst hatte er die Sache mit der Band nicht ernst genommen, in der Zwischenzeit jedoch war ihm bewusst geworden, dass er dankbar sein musste und eine Schuld zu begleichen hatte. Und so setzte er sich auf seine vier Buchstaben und lernte – erst Klavierspielen, dann Gitarre für Fortgeschrittene. Als sein gerichtlich verordneter Sozialdienst zu Ende ging, hatte er zehn wissbegierigen Kids die komplette *Sound Affects*-LP von The Jam beigebracht.

\* \* \*

Eddie Sylvester – oder Motorcycle Boy, wie ihn alle außer seiner Therapeutin nannten – erging es weniger gut. Im Rahmen seiner Therapiesitzungen sollte geklärt werden, ob er tatsächlich unter Agoraphobie litt oder ein anderes, noch zu bestimmendes Problem für seinen Zustand verantwortlich war. Sein kindliches Verhalten bei Erwähnung des Namens seiner Mutter deutete darauf hin, dass er das ein Jahrzehnt zuvor erlittene Trauma nicht verarbeitet hatte. Wie sich herausstellte, litt Eddie Sylvester unter einer psychischen Störung, bei der er ständig auf die Anerkennung anderer angewiesen war. Er hatte keine Agoraphobie im eigentlichen Sinne, funktionierte in größeren Menschenmengen jedoch nur noch, wenn er die Personen in seiner Umgebung ausblendete und sich auf seine tote Mutter als die oberste Instanz für all seine Handlungen fixierte. Sein Vater wurde informiert, dass extremes Lampenfieber der ursprüngliche Auslöser für seinen gegenwärtigen Zustand war. Eddies Therapeutin war jedoch nicht der Meinung, dass der Junge Auftritte mit der Band meiden sollte. Er bräuchte die Band als eine Art Ventil, sagte sie. Gleichzeitig müsste er sich aber auch öffnen und mehr über seine Gefühle in Bezug auf den Verlust seiner Mutter sprechen. Eddies Vater hatte eine ähnliche Bewältigungsstrategie wie sein Sohn gewählt und die Erinnerungen an seine Ehefrau einfach verdrängt. Am Tag des Unfalls hatte er mit ihr über das Thema Rasenmähen gestritten. Nun musste er mit der schrecklichen Schuld seiner letzten an sie gerichteten Worte leben – einer Beleidigung, die sie veranlasst hatte, hinauszugehen und die Arbeit zu erledigen, die eigentlich zu seinen Aufgaben gehört hatte. Jetzt über dieses Thema zu sprechen, würde für ihn genauso schwierig sein wie für seinen Sohn. Und so lag es an Simon und seinem erst kürzlich entdeckten Mitgefühl für andere, den überbordenden Schmerz in dem gebrochenen Herzen seines Bruders zu lindern und ihm zu helfen, in einer Welt voller verständnisloser und voreingenommener Menschen so normal wie eben möglich zu funktionieren.

*  *  *

Grant Delgados Gesicht brannte von dem Treffer, den Maggie in selbigem gelandet hatte. Er hatte versucht, sie auf beiläufige, aber sensible Art nach den Besuchen in dem psychiatrischen Krankenhaus zu fragen, jedoch dabei offensichtlich nicht die richtigen Worte gefunden. Nun warf sie ihm vor, ihr nachzuspionieren und ihre Individualität zu ersticken. Sie war außer sich vor Wut, und ihm blieb nichts anderes übrig, als ihre Entrüstung auszuhalten. Grant war beschämt darüber, dass er ihr gefolgt war. Als er zu erklären versuchte, dass er es aus aufrichtiger Liebe und Sorge heraus getan hatte, klangen seine Worte jämmerlich, kontrollierend und verzweifelt. Bevor Maggie ihn anschrie, dass sie ihm nun nicht mehr vertrauen könne und die Beziehung zu Ende sei, informierte sie ihn mit knappen Worten über den Hintergrund ihrer Besuche in dem Krankenhaus. Sie war nach Leverndale gefahren, um ihre Mutter zu besuchen, ihre leibliche Mutter, die sie nach langer Suche und Jahren der Ungewissheit, ob sie überhaupt noch lebte, endlich gefunden hatte. Seit ihrem fünfzehnten Lebensjahr war Maggie Abernethy in einer Pflegefamilie in Shortlees aufgewachsen. Es war die erste Familie gewesen, in der sie sich wohl und zugehörig gefühlt hatte. In den zwölf Jahren davor hatte sie bei acht verschiedenen Familien gelebt, sieben Mal den Wohnort und die Schule wechseln müssen. Keine langfristigen Freundschaften. Keine konventionellen Beziehungen. Irgendwann hatte sie damit begonnen, den Leuten Geschichten über ihre Eltern aufzutischen, alle detailreich, alle erfunden. Darüber, wie sich die beiden kennengelernt hatten und wie ungewöhnlich ihr ethnischer Background war. Es war ein Schutzschild. *Bindungsängste und fehlendes zwischenmenschliches Vertrauen.* Es war ungeheuer schwierig für Maggie, sich in der Gegenwart anderer zu entspannen, und noch schwieriger, sich geliebt zu fühlen. Vom ersten Blickkontakt an hatte sie bei Grant das Gefühl gehabt, dass es anders sein, dass sie etwas *anderes* mit ihm empfinden könnte. So etwas wie Sicherheit. Irgendwann hätte sie ihm bestimmt von ihrer psychotischen Mutter erzählt, aber dazu musste sie selbst erst mal alles verarbeiten. Und jetzt war er ihr nachgeschlichen und hatte alles kaputtgemacht, der bescheuerte, egoistische Wichser.

Max Mojo fühlte sich wie der King. Die beiden gut dreißig Zentimeter langen Lines, die er sich in der winzigen Toilette der Boeing 737 reinpfiff, hatten den Grundstein gelegt. Mittlerweile durchflutete ihn jedoch eine natürliche Euphorie. London war die großartigste Stadt des Planeten. Es war Sinatras New York, Bowies Berlin und The Blue Niles Tinseltown – alles in einem. Er hatte sich sogar vorgenommen, noch einmal in die Bar in Soho zu gehen, wo die Kerle miteinander rummachten. Die Sache mit Morrison Hardwicke allerdings war reine Zeitverschwendung gewesen. Wie zu erwarten hatte der sich nämlich nicht daran erinnern können, im Vorjahr mit Max telefoniert zu haben. Dummerweise hatte Max die Losung von Boy George vergessen und konnte Hardwicke die Abfuhr deshalb nicht allzu übelnehmen. Er hatte die Telefonnummer des Managers in sein kleines schwarzes Buch geschrieben, nicht aber die Parole. Das spielte allerdings keine Rolle mehr, denn Max Mojo träumte mittlerweile davon, unabhängig von anderen Akteuren im Musikgeschäft Erfolg zu haben. Er würde es selbst machen und mit Biscuit Tin Records triumphieren. Die Majorlabel konnten ihn alle mal kreuzweise. Do it yourself, verdammt. Der personifizierte Punk-Spirit.

Geoff Travis war sehr entgegenkommend. Er mochte die Platte und bot an, die restlichen Exemplare der Erstpressung zu verkaufen. Er machte auch Andeutungen hinsichtlich eines umfassenderen Vertriebsdeals für zukünftige Veröffentlichungen. Max behielt vier Singles von dem Stapel, den er mit nach London gebracht hatte, und ließ den Rest bei Rough Trade. Er fuhr mit der Tube zurück nach Oxford Circus und marschierte dann zielstrebig zum Broadcasting House, dem Hauptquartier der BBC. Er war viel zu früh dran, um John Peel auf dessen Weg zur Arbeit abzupassen, aber Geoff Travis hatte ihm von der neuen Single der Smiths erzählt und wie er das allmächtige Playlist-Komitee von Radio 1 dazu gebracht hatte, der Scheibe ordentlich Airplay zu verschaffen. Dieses »Komitee« war erst kürzlich in den Nachrichten gewesen, nachdem der Radio-1-DJ Mike Read den Song »Relax« von Frankie Goes To Hollywood aus den Playlisten des Senders verbannt hatte. Max hatte bis dato nichts von der Existenz eines derartigen Komitees geahnt. Jetzt war er jedoch im Bilde, und dank Geoff Travis wusste er auch, wo es seinen Sitz hatte.

Am BBC-Gebäude angekommen, bezahlte Max Mojo den Fensterputzern fünfzig Kröten, damit sie ihn in ihre Gondel steigen ließen und an der zur Portland Street gewandten Seite des Gebäudes nach oben fuhren. Im anvisierten fünften Stock standen vier Fenster offen, durch die Max Mojo jeweils eine Vespas-Single in die dahinterliegenden Büros warf. Einer dieser Räume musste der des Playlist-Komitees sein.

Unterm Strich war es ein – in jeder Hinsicht – großartiger Trip gewesen.

# KAPITEL 42

## April 1984

Es war Zeit für ein weiteres Geschäftstreffen der Gesellschafter von Biscuit Tin Records – keine leichte Aufgabe für Max Mojo. Zwischen Grant und Maggie herrschte nach wie vor Eiszeit, aber die Tatsache, dass die Schlagzeugerin immer noch zu den Proben auftauchte, gab Anlass zur Hoffnung. Für Max war der direkte Umgang mit Maggie in etwa so erquicklich, wie mit einem Toaster in die Badewanne zu steigen, bei dem man nie so recht wusste, ob er eingestöpselt war oder nicht. Es gab nur Risiken, keinerlei Lohn, Dank oder Respekt. Er versuchte, eine andere Ebene mit ihr zu finden, aber allzu oft stand ihm seine jugendliche Ungeduld dabei im Weg. Der Motorcycle Boy war noch tiefer in den Abgrund gerutscht und ließ sich neuerdings bei Bandangelegenheiten von seinem Bruder vertreten, der ebenfalls eine Art Wesensveränderung durchgemacht zu haben schien. Hairy Doug war anwesend, ebenso Hairy Fanny. Die beiden gab es mittlerweile nur noch im Doppelpack. Wenn es um die Band ging, war *sie* quasi omnipräsent. Und da Hairy Doug nicht nur Anteile an den zukünftigen Tantiemen der Band besaß, sondern auch an Biscuit Tin Records beteiligt war, übte sie einen Yoko-Ono-ähnlichen Einfluss auf die anderen aus. Der erst kürzlich zum

Gesellschafter gewordene Jimmy Stevenson war nach jahrelanger Plackerei, bei der er undankbare Bands, DJs und normales Partyvolk durch die Gegend gekarrt hatte, einfach nur happy, in die Liga der Eigentümer aufgestiegen zu sein. Als Gesellschafter war er zwar ein kleines Licht, und seine Meinung interessierte die anderen nicht wirklich, aber immerhin konnte er hin und wieder bei einer Abstimmung den Arm heben. Es gab ihm ein gewisses Mitspracherecht, und Jimmy liebte es. Jetzt fehlten nur noch Clifford X. Raymonde und der Vater von Max, Washer Wishart, damit die Runde vollzählig war.

Max hatte zwar eine Tagesordnung vorbereitet, dachte aber nicht daran, sich an selbige zu halten. Zentrales Thema des Meetings sollten ohnehin Aufnahme und Veröffentlichung der nächsten – noch nicht identifizierten – Single und der Debüt-LP der Band sein.

»Ich denke, es macht keinen Sinn, hier 'ne große Vorstellungsrunde abzuhalten, da ihr Typen euch ja eh schon alle kennt ...« Max sah, dass Fanny sich meldete. »Aye. Was gibt's?«

»Also *den* Typen da drüben kenn ich noch nich!«, sagte sie höflich.

»Jimmy Stevenson, darf ich vorstellen, Hairy Fanny. Hairy Fanny ...«

»Hey, du!« Hairy Doug sprang auf und warf dabei seinen Stuhl um. »Wag es ja nich, Fanny so zu nennen, du kleiner Bastard!«

»Scheiße, Mann! Ich kenn doch noch nich mal ihren richtigen Namen. Is das denn wirklich so wichtig?«, sagte Max. Es war kein guter Auftakt für das Meeting. Er hatte einen Eklat beim Tagesordnungspunkt »Buchhaltung« erwartet, aber nicht schon bei der Vorstellungsrunde.

»Pass einfach auf, was du sagst. 'N bisschen mehr Respekt wär ja wohl angebracht, oder?!«, schimpfte Hairy Doug und setzte sich wieder.

»Mann, Mann, Mann ... aber wie du meinst. Können wir jetzt weitermachen?«

»Mein Name is übrigens *Fantasia*«, sagte Fanny. »Fantasia Bott.«

»Fanny Bott?!«, platzte Simon Sylvester heraus. »Fanny wie *Fotze* und Bott wie *Arsch*? Das'n Witz, oder?«

»Noch ein Wort, und ich prügel dir die Scheiße ausm Leib, Junge!« Hairy Doug sprang wieder auf. Wieder flog sein Stuhl durch die Gegend. Max seufzte. Das Meeting schien ihm wie ein Treffen der Anonymen Alkoholiker unter Beteiligung von George Best, Oliver Reed und Giant Haystacks.

»Gottverdammte Scheiße! Jetzt setzt euch wieder auf eure verschissenen vier Buchstaben. Tagesordnungspunkt zwei ... die neuen Platten.«

Grant warf Maggie ein beiläufiges Lächeln zu. Sie schaute weg.

»Also, Delgado, wo sind wir da?«, fragte Max und war froh, einer anderen Person als Fanny der Hippiebraut und Doug dem Biker das Wort erteilen zu können.

»Aye. Läuft bestens, Kumpel. Hab schon einige Sachen am Start. Sobald X-Ray auftaucht, kann ich welche vorspielen. Aber bisher sind's erst 'ne Handvoll Ideen mit der Akustikgitarre«, sagte Grant leise, während er an den Stimmmechaniken seiner Gitarre herumspielte.

»Okay, aber denk dran, Grant ... Anfang Mai brauchen wir 'nen Song«, mahnte Max an.

»Sicher doch. Kein Problem, Mann«, sagte Grant. Er war die Gelassenheit in Person. Manager und Sänger bildeten dieser Tage einen eindrucksvollen Kontrast. Eine benebelte, sorgenfreie Lakonie bei Grant. Aufgedrehte Rastlosigkeit und pulsierende Energie bei Max. Zwei grundverschiedene Charaktere, ins Extrem gesteigert durch den Konsum unterschiedlicher Drogen.

Als gerade Kopien mit den Einnahmen und Ausgaben der Band verteilt wurden, gesellte sich Washer Wishart zu der Runde. Es war keine angenehme Lektüre. Wenn Max die finanzielle Entwicklung der Band in einem Diagramm hätte darstellen können, hätte die Kurve wie die rechte Seite des Mount Everest ausgesehen. In diesem Business, argumentierte Max, musste man etwas riskieren, um Profit zu machen. Er war verwundert über Washers zustimmendes Nicken, als er hinzufügte, dass Ausgaben dieser Höhe ein ganz normaler Bestandteil des Musikgeschäfts waren. Max nahm an, dass sein Vater, wie alle anderen auch, sich von dem großen Traum hatte anstecken lassen. Der Manager der Miraculous Vespas hatte keine Ahnung, dass dieser Traum mit Geldern finanziert wurde, die man dem gefährlichsten Gangster Schottlands entwendet hatte.

Keine halbe Stunde nach dem zänkischen Auftakt war der offizielle Teil der Versammlung beendet. Für Ende April waren einige Gigs in Glasgow geplant, und Max drückte den Wunsch aus, dem Publikum auf diesen Konzerten das Material für die neue LP vorzustellen. Mit einem angedeuteten Militärgruß signalisierte Grant seine Zustimmung. Maggie hatte den Großteil des Treffens über auf ihre Schuhe gestarrt und verschwand, ohne mit den anderen zu sprechen. Simon Sylvester, der Mann mit dem umgekrempelten Wesen, verzog sich in den hinteren Teil des Gemeindesaals, um seinem Bruder per Telefon Bericht zu erstatten. Hairy Doug notierte sich die Konzertdaten und

verließ das Treffen zusammen mit seiner Begleitung, von der
nun alle wussten, dass sie *Fanny Bott* hieß. Jimmy Stevenson
bot dem Pärchen an, sie nach Hause zu fahren, was die beiden
dankend annahmen. Nur der später eingetrudelte Clifford X.
Raymonde blieb. Er wollte die neuen Stücke von Grant hören,
von denen ihm Max schon Wochen zuvor erzählt hatte. Max
hatte sie zwar selbst noch nicht gehört, aber er wusste mittlerweile, dass die Musikbranche zu vierzig Prozent aus Hype, zu
vierzig Prozent aus Bullshit und nur zu zwanzig Prozent aus
ernstzunehmendem Inhalt bestand.

\* \* \*

In der Einfahrt der Wisharts stand ein nervöser Benny Donald. Washer hatte ihn bereits erwartet.

»Onkel Washer«, sagte Benny. Washer fielen die Schweiß-
perlen auf Bennys Oberlippe auf. Von körperlicher Anstrengung konnten sie nicht herrühren, denn Benny schien nicht
außer Atem. »Zeit fürn kleines Schwätzchen ... unter vier Augen, mein ich?«

»Spring rein, Junge. Ich muss los und Frankie abholen. Wir
fahren runter nach Ayr. Kannst gern mitkommen, wenn du
magst«, sagte Washer, der wusste, dass Benny das Angebot
ablehnen würde.

»Fünf Minuten. Länger wird's nich dauern. Schmeiß mich
einfach am Haus von Frankie Fusi raus«, sagte Benny.

Als sie an der Casa Fusi ankamen, stieg Benny aus dem
Wagen, weiß wie eine Wand.

»Scheiße, Mann«, sagte Frankie Fusi. »Kauf dir besser 'ne
Sonnenbank. Gibt Gespenster, die gesünder aussehen als
du.«

Benny Donald schlich davon, ohne auf Frankies Kommentar zu reagieren.

»Was'n mit der Schnarchnase los?«, fragte Frankie.

»Lange und interessante Geschichte«, sagte Washer Wishart.

Auf der Fahrt an die Küste berichtete Washer seinem Freund Frankie davon, wie Benny Donald ihm stetig wachsende Summen zugeschoben hatte – das Drogengeld der Eiscremewagen aus dem Revier von Fat Franny Duncan in Onthank. Washer erklärte auch, dass Benny ganz offensichtlich angenommen hatte, das Geld würde von Washers Konsortium in Crosshouse gewaschen.

Frankie Fusi wusste, dass dies nicht der Fall war. Viel zu viele Leute fragten ihn, wie die Geschäfte im Hause Washer liefen. Falls der Laden brummte, das war nur allzu offensichtlich, blieb beim Fußvolk in Crosshouse nichts hängen. Frankie Fusi verschlug es die Sprache, als sein ältester Freund ihm offenbarte, dass er das Drogengeld der McLartys in die Band seines Sohns investierte. Es schien ihm eine äußerst riskante Strategie, und auch wenn er Washer für einen alten Fuchs hielt, konnte Frankie nicht gleich den Nutzen dieser Maßnahme erkennen. Tatsache war: Durch diese Entscheidung waren die Suchscheinwerfer der McLartys nun auf sie alle gerichtet. Frankie Fusi war ein harter Kerl, aber nicht so hart, um sich der vereinten Schlagkraft der McLarty-Familie entgegenzustellen. Er kannte Malachy McLarty von einer früheren Begegnung. Vor fast fünfzehn Jahren hatte der Alte versucht, ihn zu rekrutieren. Frankie hatte Nein gesagt. Irgendwann nahm Gregor Gidney die Position ein, die ursprünglich für Frankie gedacht war. Malachy McLarty sagte zwar, er würde Frankies Loyalität gegenüber Washer bewundern und dessen respektvolle Ablehnung des Angebots akzeptieren. Die ganze Angelegenheit setzte Frankie jedoch derart zu, dass er noch ein Jahr später aus Furcht vor einer Vergeltungsmaßnahme aus Glasgow – sehr wahrscheinlich eine monumentale Tracht Prügel, gekrönt von einer Ladung Schrot in den Hintereingang – äußerst wachsam war. Malachy McLarty hielt jedoch Wort.

Washer erklärte Frankie, dass Benny die Situation um einiges verschlimmert hatte, indem er einen Teil der Drogengelder einbehielt, um Spielschulden zu begleichen. Spielschulden bei Organisationen, die von den McLartys kontrolliert wurden. Nun war Benny zu Washer gekommen und hatte ihn gebeten, ihm diesbezüglich Rückendeckung zu geben, worauf Washer ihm sagte, dass er das nicht tun könne. Auf Bennys Frage, was Washer mit den Drogengeldern gemacht hatte, antwortete der alte Mann kryptisch, dass er sie sicher verwahrte, in einer »Biskuitdose«.

Es waren die frühmorgendlichen Schlagzeilen von BBC Scotland gewesen, die Benny Donald mit Angst und Schrecken erfüllt hatten. Den Berichten zufolge waren im Glasgower East End mehrere Mitglieder einer Verbrecherfamilie im Rahmen eines Bandenkrieges um lukrative Verkaufsrouten für Eiscremewagen ermordet worden. Plötzlich schaute eine ganze Nation auf das East End, und Benny wusste nur zu genau, dass die McLartys ihre Geschäfte mit sofortiger Wirkung ein Stück die A77 runter Richtung Süden verlagern würden.

Benny Donald lief die Zeit davon.

# KAPITEL 43

## Mai 1984

Der erste Song, den er ihnen vorspielte, war großartig. Aber der zweite war unglaublich. Und alle wussten es. X-Ray Raymonde verschlug es die Sprache. Max brach in Tränen aus. Die beiden Sylvester-Brüder umarmten Grant Delgado, als das Demoband durchgelaufen war. Selbst Maggie war nicht immun. Das Ende ihrer Beziehung hatte ihn ins Schleudern gebracht. Er verkroch sich in seiner Wohnung und gab sich der von Dope induzierten Reflexion hin, die seine Kreativität entfesselte. Verschiedene Stücke entstanden, sowohl für als auch über Maggie. Mit den auf trügerische Weise einfachen Texten wollte Grant jedoch das wundersame Echo der Liebe ganz allgemein feiern. Unbemerkt von den anderen war er mehrere Male in die Shabby Road Studios zurückgekehrt und hatte dort mithilfe des jungen Tonassistenten Colum diese Demos aufgenommen. »The First Picture« war hervorragend, aber jetzt, da er die Demoversion eines Songs mit dem Titel »It's a Miracle« hörte, verstand Max sofort, warum ihre erste Single der Band nicht zum landesweiten Durchbruch verholfen hatte. Die beiden neuen Stücke klangen sowohl modern als auch vertraut, traditionell und doch unverwechselbar eigen. Grants Gesang war das Element, das am meisten überraschte. Hatte er sechs Monate zuvor noch zerbrechlich und zart geklungen, sang er nun mit einer melancholischen Crooner-Stimme voller Melodie.

Er spielte noch einige andere neue Songs vor. Alle waren fantastisch – ein Quantensprung in puncto Tiefe und Komplexität – und von einer lyrischen Qualität, die sich keiner von ihnen erhofft hatte. Max war ekstatisch. Er bat Grant, ihnen »It's a Miracle« noch einmal vorzuspielen.

»Grant, du verdammter Mistkerl ... dieser Song is ja wie 'n Bastard aus ›Penny Lane‹, ›Suspicious Minds‹ und ›Hand in Glove‹.«

Es war ein erstaunliches Stück, aber gleichzeitig auch unglaublich simpel: lang gehaltene Noten in lang gestreckten Parts und dazu ein Refrain, der im Gegensatz zu vielen Indiesongs, die auf Mollakkorde und absteigende Melodien setzten, nach oben ging. Max hob seine Augenklappe an und wischte die Tränen beiseite.

»Das ist großartig, Junge. *Wirklich* großartig«, sagte X-Ray Raymonde. »Und dieses andere Stück, ›Beautiful Mess‹ heißt es, oder? Das ist auch fantastisch. Wenn wir erst mal eine mehrspurige Bandbegleitung für ›Miracle‹ aufgenommen haben, wird es sich einfach nur unglaublich anhören. Wie eine Phil-Spector-Platte mit Gitarren.«

»Maggie, wie findest du's?«, fragte Grant.

»Ich liebe es, Grant ... alle beide«, sagte sie leise. »Wirklich.«

Er hatte sie glücklich gemacht, zumindest für die Spieldauer des Demotapes. Wahrscheinlich war das für den Moment genug. Er vermisste sie mehr, als er sich je hätte vorstellen können, aber am Ende hatte ebenjene Sehnsucht diese Handvoll ungeschliffener Songdiamanten hervorgebracht, die irgendwann den Kern der ersten LP der Miraculous Vespas bilden sollten. Auch Grant wusste, dass »It's a Miracle« brillant war. Der Song hatte einen ganz bewusst banalen und klischeehaften Titel bekommen, der jedoch seinem Charakter sowie seiner zeitlosen Coolness nichts anhaben konnte. Grant hatte ihn spät am Abend geschrieben, als er auf dem harten Fußboden der Wohnung saß, mit Akkorden herumexperimentierte und darüber nachdachte, was Maggie wohl gerade tat. Er war in einem Kontext von Einsamkeit und Isolation entstanden. Eine Muse ist eine starke und potente Triebfeder für die Kreativität. Und manchmal ist sie am effektivsten, wenn sie gerade unerreichbar scheint. Als Grant »It's a Miracle« schrieb, wusste er, dass Maggie seine Muse war.

»Spiel's uns vor, Mann«, sagte der Motorcycle Boy.

»Okay. Los geht's.« Grant begann zu spielen.

*In the streets and houses, lines are being drawn,*
*There's ghosts in the towers, smearing honey on the lawn,*
*While the winds are blowing, and the leaves are growing,*
*From green to gold, it's a miracle.*
*Here comes love ...*
*The miracle of love.*
*All my doubts and demons fall at your feet,*
*Like a bee dreams of flowers, you reach to me,*
*Now my mouth's betraying what I'm really saying,*
*If the truth be told, it's a miracle.*
*Here comes love ...*
*The miracle of love.*
*It's the miracle ... The miracle of love.*

Max entschied auf Anraten von X-Ray Raymonde, die Veröffentlichung von »It's a Miracle« zu verschieben. Der erfahrene Produzent war der Ansicht, dass selbst großartige Stücke Gefahr liefen, in der Masse der Neuerscheinungen unterzugehen – sowohl in der Urlaubssaison mit ihren Beachsongs über die Costa del Sol als auch in der Vorweihnachtszeit. Für Max klang dieses Argument einleuchtend. Und so wurde der frühe August als Veröffentlichungszeitpunkt anvisiert. Das verschaffte den Labelmachern Zeit, eine Werbekampagne auf die Beine zu stellen. Mit dem Vertriebsnetzwerk von Geoff Travis im Rücken plante Max bereits eine Erstpressung von fünftausend Exemplaren.

Das Konto des Labels wurde von Washer in atemberaubendem Tempo aufgestockt, nennenswerte Beschränkungen hinsichtlich der Ausgaben gab es keine. Max nahm an, dass Washer seiner Expertise vertraute. Der neue Buchhalter der Band – dessen Aufgabe darin bestand, diese Bargeldeinzahlungen und finanziellen Täuschungsmanöver in wasserdichte Steuererklärungen zusammenzufassen – war diesbezüglich weniger überzeugt. Da aber auch er zu einem Teilhaber geworden war, biss er sich ein ums andere Mal auf die Zunge.

Sogar Frank Fusi war mittlerweile zum Gesellschafter aufgestiegen. Max mochte Frankie, dessen Engagement in Bandangelegenheiten war jedoch rein dienstlich und basierte auf einer Anweisung von Washer. Dieser hatte Frankie mit der Rolle des Tourmanagers betraut, was in erster Linie bedeutete, dass Frankie für die Sicherheit von Max sorgen sollte, wenn die Band außerhalb von Ayrshire unterwegs war. In Anbetracht der Herkunft des in die Band investierten Geldes wusste Washer natürlich, dass die momentan noch nichts von ihrem Glück ahnenden Investoren irgendwann zu wissenden Geldgebern werden würden. Und er wusste auch, dass Frankie Fusi allein dem Mobs von Malachy McLarty auf Dauer nicht Paroli bieten konnte. Vorerst mussten seine Kräfte jedoch ausreichen – zumindest so lange, bis Don McAllisters Truppe beginnen würde, diesen menschlichen Unrat zusammenzukehren.

Schon auf der ersten Tour, mit der die Vespas die heimatlichen Gefilde verließen, schien Gewalt ein ständiger Begleiter zu sein. Der direkte Kontakt zwischen Band und Publikum in diesen kleinen, verschwitzten, fast schon klaustrophobischen Veranstaltungsorten schien aggressives Verhalten zu fördern, als wäre Gewalt ein unverzichtbarer Bestandteil eines großartigen Konzertabends. Man bezahlte seinen Eintritt, hörte sich gute Live-Musik an, ließ sich volllaufen und spuckte die Band an – oder verprügelte sie. Ein Abend, an den man sich gern erinnerte. Ein Abend, von dem man noch seinen Kindern erzählen würde. Bei jedem Konzert stieg Grant tropfnass von der Bühne, Gesicht und Haar von Speichel, Bier und – wenn dieses alle war – Urin besudelt. Als es zum ersten Mal passierte, bei einem kurzfristig organisierten Gig in Glasgows Rock Garden, ging Grant nach zwei Songs von der Bühne. Die Band wurde nicht bezahlt. Nun musste Max ihn Abend für Abend aufs Neue überreden, trotzdem weiterzumachen. Der Manager argumentierte, dass alle aufsteigenden Bands auf diese Weise drangsaliert wurden. Sein einziger Trost: Nur die wirklichen Pechvögel unter ihnen fingen sich eine Hepatitis ein.

Der größte Gig in der noch relativ kurzen Karriere der Miraculous Vespas fand Mitte des Monats statt. Sie spielten im Tiffany's in der Sauchiehall Street in Glasgow. Kein Geringerer als Billy Sloan hatte Max angerufen und gefragt, ob die

Vespas sich vorstellen könnten, eine Band mit dem interessanten Namen The Jesus and Mary Chain zu supporten. Der Gig war Teil der von Radio Clyde veranstalteten Newcomer-Woche, in der der Sender sieben Tage lang neue Bands bei Live-Konzerten vorstellte, und Billy hatte Max erklärt, dass es an diesem Abend nur so von A&R-Leuten, Vertriebsmanagern und Produzenten aus London wimmeln würde.

Es war eine großartige Möglichkeit, auch wenn die Vespas als eine der allerersten Vorbands spielen mussten. Die Gruppe verbrachte den Nachmittag vor ihrem großen Test auf einer nahe gelegenen Bowlingbahn. X-Ray Raymonde hatte für etwas kolumbianisches Marschierpulver gesorgt, Simon Sylvester stellte den Wodka zur Verfügung. Als der Auftritt beginnen sollte, war die Band – mit der ehrenwerten Ausnahme des Motorcycle Boy – vollkommen hinüber. Sie schleppten sich förmlich auf die berühmte Bühne des Tiffany's. Ein paar Monate zuvor erst hatten sie hier U2 gesehen und mit offenen Mündern darüber gestaunt, wie Bono auf die Lautsprechertürme geklettert war. Nun schien sich in ihren Köpfen die Erkenntnis breitzumachen, dass sie auf denselben Brettern standen. Während des ersten Songs fiel Maggie vom Schlagzeughocker. Im dritten taumelte Simon Sylvester quer über die Bühne und riss das Gitarrenkabel seines Bruders aus dem Verstärker. Grant Delgado, normalerweise cool und ruhig wie niemand sonst, sah, wie jemand am Bühnenrand eine vulgäre Geste in seine Richtung machte, und drehte vollkommen durch. Anstatt den Provokateur zu ignorieren, stürzte sich der vom Koks aufgeputschte Vespas-Frontmann auf den Übeltäter und zettelte eine Massenschlägerei an. Kurz entschlossen eilte Max Mojo der Band zu Hilfe und übernahm sowohl Mikro als auch Grants Gesangsparts. Am Ende hatten die Miraculous Vespas die vier Songs gespielt, zu denen man sie eingeladen hatte – allerdings mit einem anderen Sänger als zu Beginn des Sets und ohne Leadgitarre beim letzten Song, da der Motorcycle Boy die Buchse für sein Gitarrenkabel nicht finden konnte.

Nach dem Gig verkündete X-Ray Raymonde in der Garderobe, er habe soeben die beste Show seines Lebens gesehen. Die immer noch komplett neben sich stehende Band prustete kollektiv los und krümmte sich in von Schluckauf begleiteten Lachkrämpfen.

Die Vespas tourten in Jimmy Stevensons Kleinbus durch Westschottland. Der Innenraum des Vans versiffte mit jedem Tag mehr. Jimmy hatte entschieden, dass es sinnlos war, den Bus nach jedem Gig zu säubern. Eine professionelle Komplettreinigung am Ende der Tour – bezahlt von Max Mojo – schien ihm ein besserer Plan zu sein. Er hatte allerdings ernsthafte Sorge, dass der im Wagen schwebende Gestank von Simon Sylvesters Fürzen nie wieder verschwinden würde.

Drei Abende später spielten die Miraculous Vespas schließlich als Support von Orange Juice. Vor dem Gig luden die kultivierten Jungs aus Glasgow ihre Entourage und die Vorband zum Abendessen ein und mussten entsetzt mitansehen, wie die Vespas das Wasser aus den Fingerschalen schlürften und den Inhalt der Gewürzschälchen leerten, weil sie annahmen, es würde sich dabei um Vorspeisen handeln.

Neben derartigen, zum Berufsrisiko einer Rockband gehörenden Schnitzern gab es auf der Schottland-Minitour der Vespas im Sommer 1984 nur einen bemerkenswerten Zwischenfall. Und dieser wurde von den Bandmitgliedern selbst verursacht. Die Band hatte im Fat Sam's in Dundee gespielt und war anschließend auf Sauftour gegangen. Ohne den

Motorcycle Boy. Der hockte, wie jede Nacht, wenn die anderen sich nach dem Gig noch vergnügten, in einem schuhkartongroßen Hotelzimmer und langweilte sich. Es war ein schäbiges Doppelzimmer im Zentrum von Dundee, das er sich mit seinem Bruder teilte. Während des Auftritts hatte Simon auf der kleinen Bühne des Fat Sam's dem Motorcycle Boy einen Hieb mit seinem Bass verpasst. Obwohl Simon beteuerte, dass es ein Unfall gewesen war, entbrannte eine Schlägerei zwischen den Brüdern. Frank Fusi musste einschreiten, und Grant beendete den Gig mit ein paar Solonummern.

Die Band war gegen zwei Uhr morgens ins Hotel zurückgekehrt. Kurz darauf standen die Gäste im zweiten Stock senkrecht in ihren Betten, so laut waren die Schmerzensschreie von Simon Sylvester. Von Schlaflosigkeit geplagt, hatte der Motorcycle Boy eine halbe Stunde damit verbracht, mit den zwanzig zuvor aus einem Automaten gestohlenen Bic-Feuerzeugen die Türklinke des gemeinsam mit seinem Bruder bewohnten Hotelzimmers von der Innenseite zum Glühen zu bringen. Simon Sylvester wurde mit schweren Verbrennungen an vier Fingern und der Handfläche ins Ninewells Hospital eingeliefert. Die Band cancelte daraufhin sowohl die restlichen drei Gigs als auch die für Juli geplanten Studioaufnahmen und kehrte nach Ayrshire zurück.

Max Mojo bestrafte den Motorcycle Boy, was nach mehreren Drohungen die erste Disziplinarmaßnahme von Managerseite war.

Da Simon Sylvester weder auftreten noch proben konnte, gab Max der Band eine Woche frei. Wie ein Gewerkschaftsvertreter bei Vertragsverhandlungen stellte der verletzte Bassist im Namen der Band die Bedingung, dass dieser »Urlaub«

für alle außer seinen Bruder ein bezahlter sein musste. Max sagte zu. Die Brüder blieben in Caprington, und Simon war hochzufrieden, dass er nun bis zum Nachmittag in den Federn liegen konnte, während der Motorcycle Boy sich den Großteil der Woche in der Garage verkroch und sich selbst das Klavierspielen beibrachte.

Zwischen Grant und Maggie herrschte ein brüchiger Waffenstillstand. Seine neuen Songs brachten ihr Herz zum Schmelzen. Sie wusste, dass die Stücke von ihr handelten und dass er versuchte, ihr durch die Texte mitzuteilen, wie leid ihm alles tat. Aber er hatte eine Grenze überschritten, und normalerweise gab es keinen Weg zurück. Für Maggie war es unheimlich schwierig, sich anderen gegenüber zu öffnen, ganz besonders Männern. Sie musste sich einmal mehr klarmachen, dass fünf Jahre zwischen ihnen lagen. Er war, in vielerlei Hinsicht, immer noch ein dummer kleiner Junge. Das allein schon wäre Grund genug für einen Schlussstrich gewesen, aber jedes Mal, wenn sie den Entschluss zum endgültigen Ende der Beziehung fasste, erinnerte sie sich daran, dass Grant über eine äußerst sensible Seite verfügte. Er konnte sich in sie hineinversetzen und war in der Lage, die richtigen Dinge im richtigen Moment zu sagen. Wie jetzt zum Beispiel, als er vorschlug, für ein paar Tage wegzufahren ...»ein Tapetenwechsel, um unserer Beziehung die Möglichkeit zu geben, zu atmen, zu genesen und sich zu erneuern«. *Woher hat er nur all diese sonderbaren, aber wunderschönen Formulierungen?*, fragte sie sich. Sie stimmte dem Vorschlag zu und lud ein paar Sachen in den Campingbus, ohne jemandem zu erzählen, wohin die Reise ging. Sie wusste es nämlich selbst nicht. Grant wollte, dass es eine Überraschung war.

* * *

Die erste Strecke des Weges, die fünfunddreißig Meilen bis nach Largs, fuhren sie in relativer Stille. Maggie machte eine Bemerkung darüber, dass das Hunterston-Kraftwerk am Meeresarm Firth of Clyde wegen der unverantwortlichen Politik von Ronald Reagan zu einem Nuklearziel geworden war, aber davon abgesehen herrschte bis auf die Musik aus dem Autoradio überwiegend Schweigen. Grant hatte eine selbst aufgenommene C90 mitgebracht: *Purple Rain* von Prince auf der einen, *Ocean Rain* von Echo and the Bunnymen auf der anderen Seite. Da der Wetterbericht Regen voraussagte, schienen ihm diese beiden Platten thematisch sehr passend.

In Largs angekommen, hielten sie bei Nardini's, wo Maggie die Art-déco-Fassade des berühmten Cafés bewunderte. Sie bezeichnete es als *pittoresk*, ein Wort, das Grant noch nie zuvor gehört hatte und zum Zweck der späteren Verwendung in sein Notizbuch schrieb. Maggie hielt Ausschau nach einem Souvenirladen, um eine Ansichtskarte von dem Gebäude zu kaufen, die sie ihren beiden Müttern zeigen wollte. Grant sagte, das sei nicht nötig, und gab ihr ein Päckchen. Es war eine rechteckige Schachtel, eingewickelt in einen von Max designten Flyer für die »First Picture«-Single. Grant hatte darauf bestanden, dieses Design nicht zu verwenden, da er es für eine Geschmacksverirrung ersten Grades hielt – selbst für jemanden wie Max Mojo. Auf dem Flyer stand: THE FIRST PICTURE: DON'T DIE OF IGNORANCE.

»Don't die of ignorance« – Stirb nicht aus Ignoranz – war der Wortlaut einer Aufklärungskampagne des Gesundheitsministeriums zum Thema Aids, das Design des Flyers eine 1:1-Kopie der in Stein gemeißelten Buchstaben jener Werbespots und

Anzeigen, die von vielen als angsteinflößend und geschmacklos empfunden wurden.

Maggie ließ sich Zeit beim Auswickeln. In der Schachtel war eine Kamera. Ihre erste. Sie gab ihm einen zärtlichen Kuss, nahm die Kamera aus der Verpackung und legte mit Grants Hilfe Film und Batterien ein. Dann machte sie ihr erstes Bild: die klassische Frontalaufnahme einer touristischen Sehenswürdigkeit in North Ayrshire. Im Gegenzug schenkte Maggie ihm den goldfarbenen Ring, den sie am Finger trug. Er passte perfekt an den kleinen Finger seiner rechten Hand. Grant wusste, dass der Ring wertlos war. Aber er wusste auch, dass er Maggie sehr viel bedeutete.

Maggie Abernethy war noch nie zuvor auf einer Fähre gewesen und freute sich darauf, Zeit auf einer kleinen Insel verbringen zu können. Grant warnte sie zwar, dass unzählige Glasgower dort sein würden, aber das spielte für Maggie keine Rolle. Sie hatte einen anderen Blick auf diese kleine Insel namens Bute als die Großstädter, die den River Clyde auf ihrem Trip »doon the watter« hinunterfuhren. Auch den Vespas-Frontmann sah sie nun mit anderen Augen. Grant hatte ihr wiederholt gesagt, wie leid es ihm tat, ihr gefolgt zu sein, und irgendwann hatte sie ihm versichert, dass die Sache vergessen war.

Als Prince dann noch über die »Beautiful Ones« sang, konnte er damit eigentlich nur das junge Pärchen aus Kilmarnock meinen, das gerade kurz davorstand, seine Träume Wirklichkeit werden zu lassen. Später am Abend lagen sie im Campingbus und schauten auf das schmale Wasserband hinaus, das sie zuvor überquert hatten. Maggie lag auf dem Bauch, Grant hatte es sich in Rückenlage bequem gemacht und ließ Rauchringe aus seinem Mund aufsteigen. Er hatte gute Erinnerungen an Rothesay, die kleine Hauptstadt der Isle of Bute ...

Es war 1972 gewesen, im einzigen Urlaub, den sie je als Familie unternommen hatten. Er erinnerte sich an eine lachende Senga und an einen ausgelassenen Hobnail. Daran, wie sein Dad zum zigsten Mal mit albernen Bewegungen die Strandpromenade hinuntersprintete, um den Tischtennisball einzufangen, den der Wind wieder und wieder von der Platte wehte. In diesen Erinnerungen waren sie glücklich gewesen. Sie hatten zusammen gelacht und miteinander gesprochen, anders als zu Hause. In der Vergangenheit hatte sich Grant häufig gefragt, wie viele Worte wohl insgesamt im Reihenhaus der Familie in Onthank gesprochen worden waren. Manchmal vergingen Tage, ohne dass irgendwer irgendetwas sagte. Diese Episoden endeten für gewöhnlich mit zerschlagenem Geschirr ... und einem wahren Schwall an Worten, allesamt laut, aggressiv und mit der Absicht vorgetragen, beim Gegenüber einen möglichst großen emotionalen Schaden anzurichten.

Grant Delgado liebte Worte, aber manchmal hatte er das Gefühl, dass sie ihn nicht liebten. Er drehte die Kassette um. Die Stimmung änderte sich. Ian McCulloch bestimmte nun den Ton. Jetzt war Maggie an der Reihe zu erzählen. Sie berichtete von Annie, ihrer achten Pflegemutter, der einzigen Person, der sie jemals wirklich vertraut hatte. Die beiden waren einander sehr ähnlich. Eigensinnig und kontrollierend und immer kurz davor, ohne Vorwarnung zu explodieren, tief im Inneren aber sehr liebevoll. Maggie konnte sich nicht vorstellen, dass ihre leibliche Mutter ihr jemals so viel Schutz und Wärme hätte bieten können. Annie war auch diejenige gewesen, die Maggie ermutigte, mehr über ihre Geschichte herauszufinden, ganz besonders über ihren Vater. Sie war besorgt über die Tatsache, dass Maggie Einzelheiten über ihre Vergangenheit erfand und diese in Abhängigkeit von ihrer Stimmung, ihrem Maß an Langeweile und ihrer momentanen Lust auf ein doppeltes Spiel variierte. Maggie war nach Vollendung ihres achtzehnten Lebensjahres bei Annie geblieben, auch wenn sie eigentlich ausziehen und das Erwachsenenleben allein hätte beginnen sollen. Annie hatte eine starke Bindung zu der wunderschönen, aber streitlustigen jungen Frau aufgebaut. Aus Erfahrung wusste sie, dass Maggie – so wie all die anderen Jugendlichen, die ständig weiterzogen, rastlos, von einem Zwischenstopp zum nächsten – im Grunde keine Wurzeln hatte. Und deshalb befürchtete Annie, dass Maggie irgendwann abdriften könnte, sehr wahrscheinlich in Richtung der dunklen Ränder der Gesellschaft. Aber Maggie war lustig und clever und kreativ. Sie unterschied sich in vielerlei Hinsicht – nicht nur durch ihr attraktives Äußeres – von den rund dreißig anderen Pflegekindern, um die Annie sich im Laufe der Jahre schon gekümmert hatte. Manchmal fühlte sie sich schuldig, wenn sie sich eingestehen musste, dass Maggies Schönheit sie dazu bewogen hatte, sie mehr und intensiver zu beschützen als die anderen, weniger aus der Masse herausstechenden Kinder. Aber sie wusste, dass diese besondere Fürsorge berechtigt war. Und so setzte sich Annie dafür ein, dass Maggie weiter bei ihr bleiben konnte.

Das war vor fast fünf Jahren gewesen. Keine der beiden Frauen hatte es bereut, aber Annie hatte Maggie überzeugt, mehr über ihre echte Mutter herauszufinden, da es ihrer Meinung nach der einzige Weg war, sich der Zukunft zu stellen.

Maggie erzählte Grant alles, was sie wusste: die schmerzhaften und schwierigen Wahrheiten über den gewaltsamen

Tod ihres Vaters und dessen Auswirkung auf die Psyche ihrer leiblichen Mutter. Als sie fertig war, wischte sich Maggie mit der Hand übers Gesicht und lächelte. »So ... jetzt weißte den ganzen Scheiß«, sagte sie. »Immer noch interessiert?« Grant antwortete nicht. Er zog sie einfach näher an sich heran und hielt sie fest umarmt. So lagen sie auf dem Bett des Campingbusses, angezogen und mit »The Killing Moon« im Ohr, und starrten hinauf zum glänzenden Mond. Grant dachte darüber nach, wie einzigartig es war, dass jeder der vier Vespas unter tragischen Umständen einen Elternteil verloren hatte. Ohne dass es ihnen wirklich bewusst war, hatte sich die Band für sie alle in eine Ersatzfamilie verwandelt – eine Ersatzfamilie, die sehr wahrscheinlich genauso dysfunktional und konfliktreich war wie die zurückgelassenen Familien.

# KAPITEL 44

## Juni 1984

»Danke, dass ihr gekommen seid, Jungs«, sagte Des Brick.

»Hey, das wollt ich mir auf keinen Fall entgehen lassen«, sagte Wullie der Maler und fügte sofort hinzu:»Scheiße, Des, das is jetzt vielleicht etwas komisch rübergekommen. Ich meinte damit nich, dass ...«

»Schon in Ordnung, Wullie«, sagte Des lächelnd.»Ich weiß, was du sagen wolltest.« Er drehte sich um, denn er spürte, dass hinter ihm jemand stand.»Gut, dich zu sehen, Franny.«

»Aye, ich freu mich auch, dich zu sehen, Des. Wünschte, es wär unter anderen Umständen«, sagte Fat Franny Duncan.

»Aye. Wie geht's Theresa?«, fragte Des.

»Hält sich prächtig. Die Morgenübelkeit müsste jetzt eigentlich durch sein. Hoffentlich. Und diese Seeluft, Des, ich schwör's dir, die wirkt Wunder«, sagte Fat Franny.»Was is mit dir, Malermeister? Lässte fein die Finger von den krummen Dingern?«

»Aye, Franny. Kann nich klagen. Also, ich könnt schon, aber würd eh keiner zuhören«, sagte er.»Siehst echt gut aus, Franny.«

»Aye, 'n paar Kilo sind runter ... hauptsächlich, weil ich den Pferdeschwanz abgeschnitten hab«, sagte Fat Franny und kicherte.

Fat Franny Duncans Veränderung war bemerkenswert. Nicht nur hinsichtlich seines Äußeren, sondern auch in Bezug auf sein Gebaren. Die argwöhnische Art eines Mannes, der stets mit dem Eingreifen der verantwortlichen Behörden rechnete, schien sich in eine gelassene, selbstgewisse Zuversicht verwandelt zu haben. Wullie war zu Ohren gekommen, dass Fat Franny jetzt sogar Steuern zahlte, aber das hatte der Maler ganz schnell als Gerücht abgetan, als eine dieser verleumderischen urbanen Mythen. Eine derartige Veränderung konnte er sich beim besten Willen nicht vorstellen.

Des Brick drehte sich um und nahm die Beileidsbekundung eines Familienangehörigen von Effie entgegen, an dessen Namen er sich allerdings nicht mehr erinnern konnte.

Fat Franny nahm den Maler ein Stück beiseite. »Pass auf, Wullie«, flüsterte er. »Ich weiß, was ihr vorhabt, du und McAllister.«

Wullies Gesichtsausdruck war eine einstudierte Mischung aus Argwohn und Verwirrung. Seine Züge lockerten sich erst, als Fat Franny Duncan in kurzen Worten seine eigene Rolle in der Ayrshire-weiten Undercover-Aktion erklärte.

»Mach dir um mich keine Sorgen. Ich bin raus aus der Nummer«, versicherte er. »Aber du musst auf dich aufpassen, mein Junge. Demnächst wird's hier richtig heiß hergehen. Und ich hoffe, du manövrierst dich dann nich selber in 'ne Lage, aus der du nich wieder rauskommst. Wenn's ihnen gelegen kommt, lassen McAllister und Lawson dich nämlich fallen wie 'ne heiße Kartoffel.«

Wullie der Maler erkannte den neuen Fat Franny Duncan mit seiner besorgten und mitteilsamen Art kaum wieder. Er sah anders aus, vor allem gesünder als früher. Und er klang auch anders. Seine Stimme war weicher, der Umgebung besser angepasst, als hätte sie zwei Jahre in einem Eichenfass gelegen, um zu reifen. Hatte Franny früher Ähnlichkeiten mit einer zu heftig geschüttelten Dose Vimto-Beerenlimonade, erinnerte er jetzt am ehesten an eine feine Flasche Rotwein. Und so verrückt es auch klingen mochte, die Veränderung stand ihm gut. Wullie der Maler freute sich für ihn. Das ehrliche Geschäft, das Fat Franny sich immer ersehnt hatte, passte gut zu ihm.

»Des wird demnächst mit mir zusammenarbeiten«, sagte Fat Franny. »Und wenn die ganze Scheiße vorbei is, hätt ich gern, dass du auch mit uns arbeitest.« Auch die Formulierung »mit mir zusammenarbeiten« anstelle von »für mich arbeiten« war ungewohnt aus Frannys Mund. »Ach ja, hier, nimm ...« Fat Franny reichte Wullie dem Maler einen Umschlag mit Polaroid-Fotos. »Das sind alle«, sagte er.

»Danke, Franny«, sagte der Maler. »Danke fürs Angebot, Kumpel ... und für die Abzüge!« Wullie erzählte seinem ehemaligen Boss, dass er – auch wenn die Strathclyde Police sein Einkommen aufstockte – es satthatte, seinen Unterhalt mit den Krumen zu bestreiten, die von Terry Connollys Tafel fielen.

»Ärger dich nich wegen diesem Wichser«, sagte Fat Franny. »Der Kerl is nur 'n Bauer im großen Spiel, dem man gerade genug Seil gibt, damit er sich selber aufknüpfen kann. Wenn alles vorbei is, kannste ja seine Polaroids an die Klatschpresse schicken.«

Wullie musste lachen, als Fat Franny ihm erzählte, dass er die Ponderosie an Terry Connolly verkauft hatte – Vorkasse, in bar und ohne Fragen. Connolly hatte daraufhin großspurig herumerzählt, er hätte das Haus für ein Viertel unter dem offiziellen Marktwert erstanden. Von den angekündigten

Zwangsmaßnahmen des Bauamts, denen zufolge die Ponderosie wieder zu zwei voneinander getrennten Doppelhaushälften umgebaut werden musste, hatte Fat Franny dem neuen Eigentümer allerdings ebenso wenig berichtet wie von den nachträglich zu stellenden Bauanträgen, die er bearbeiten und genehmigen lassen musste, wollte er die Ponderosie in ihrer jetzigen Form erhalten. Weder die eine noch die andere Option würde besonders kostengünstig, geschweige denn angenehm für den neuen Besitzer ablaufen. Und der Rechtsweg war aus allzu offensichtlichen Gründen ausgeschlossen.

Es lief gut für Fat Franny Duncan. Das Leben war ruhiger und weniger stressig. Wenn er sich langweilte und befürchtete, die alten Zeiten zu vermissen, machte er einfach einen langen Spaziergang am Strand – mit seiner schwangeren Verlobten und dem Hund – und füllte seine Lungen mit frischer, sauberer Meeresluft. Mittlerweile besaß er drei neue Blockbusters-Videotheken. Alle im letzten Vierteljahr eröffnet, alle mit prächtigen Umsätzen. Don McAllister hatte recht behalten. Die Verkaufszahlen von Videorekordern gingen durch die Decke, und die Mitgliederlisten seiner Videotheken wuchsen schneller als Thatchers Arbeitslosenzahlen. Es gab ganz offensichtlich eine Korrelation zwischen den beiden Größen, die Fat Franny anfangs nicht gesehen hatte. Aber da war er nun: fit, happy und mit einem Haus in Troon, weit weg von all dieser Scheiße in Onthank, von der er vor nicht allzu langer Zeit noch geglaubt hatte, ohne sie nicht existieren zu können. Das Leben ging manchmal tatsächlich seltsame Wege.

»Danke, Franny. Für alles, mein ich. Allein hätt ich mir die Trauerfeier, das Buffet und den Rest hier gar nich leisten können. Dafür bin ich dir wirklich dankbar, Kumpel«, sagte Des Brick mit Tränen in den Augen. Er hatte gerade zehn Minuten lang mit den beiden Hospizschwestern geredet, die sich in den letzten zwei Wochen vor ihrem Tod um Effie gekümmert hatten.

»Mir musste nich danken, Des«, sagte Franny. »Sondern deiner Schwester. Sie hat sich um alles gekümmert. Sie wollte es so.«

# KAPITEL 45

## Juli 1984

Max Mojo und Grant Delgado standen vor dem Gebäude von Radio Clyde. Jeder hatte ein paar Exemplare der »It's a Miracle«-Single mitgebracht, insgesamt neun Stück. Der Titel trug jetzt den Zusatz »(Thank You)«, sodass er ein wenig an »(White Man) In Hammersmith Palais« erinnerte. Ursprünglich hatten sie zehn Singles dabeigehabt, aber Max hatte ein Exemplar an eine Frau verschenkt, von der er glaubte, dass sie die berühmte Popsängerin Lulu war. Obwohl die Dame es vehement abstritt – und als Kellnerin im Bluebird Café arbeitete –, bestand Max darauf, dass sie die Single annahm. »Hör's dir einfach mal an, Lulu«, sagte er zu ihr. »Und vielleicht spielst du's ja dann auch Elton und den anderen vor.«

Wieder einmal hatten sie sich auf den mittlerweile wohlbekannten Weg Richtung Norden in die große Stadt gemacht, wo Billy Sloan neben seiner eigentlichen Sendung jetzt auch ein Abendprogramm moderierte. Es handelte sich um eine zweistündige Show, in der Billy gemeinsam mit geladenen Größen der Popmusikszene die besten Singles der Woche besprach. Diese Woche war der Gast von Billy Sloans *The Music Week* kein Geringerer als Boy George, was sogar Grant als eine möglicherweise glückliche Fügung anerkennen musste.

Die Miraculous Vespas hatten gerade erst die Songs für ihre Debüt-LP aufgenommen. Obwohl Max die Aufnahmen noch nicht gehört hatte, stand der Name des Albums für ihn bereits fest: *The Rise of the Miraculous Vespas*. Den Titel schleppte er schon seit seinem Aufenthalt im Crosshouse Hospital vor zwei Jahren mit sich herum. In letzter Zeit hatte er des Öfteren an jene fiebrigen Tage zurückdenken müssen und daran, was für ein unerträgliches Arschloch er damals gewesen war. Zuweilen konnte er immer noch derart intolerant und ganz bestimmt in gleichem Maße taktlos und vulgär sein, aber er hatte das Gefühl, sich mehr im Griff zu haben. Zudem wurde er jetzt ernst genommen. So hatte Alan Horne *ihn* angerufen, nachdem »The First Picture« auf seinem Plattenteller gelandet war. Max kam mittlerweile für umsonst in viele Konzerte und stand automatisch auf der Gästeliste der bekannteren Glasgow-Bands, wann immer diese in Ayrshire spielten. Zudem waren die Vespas in einem Artikel über aufstrebende Bands im *Melody Maker* erwähnt worden. Und Molly hatte diverse Anrufe mit Rückrufbitten von einem gewissen Morrison Hardwicke entgegengenommen. Aber der Kerl konnte ihn jetzt mal kreuzweise. Max Mojo brauchte die scheinheilige und ausschließlich auf London fokussierte Musikindustrie nicht. Wie Malcolm McLaren vor ihm wollte auch er seinen eigenen Weg gehen und auf seine Weise triumphieren.

Max und Grant liefen auf dem erhöhten Bürgersteig entlang, der das Albany Hotel mit dem Gebäude von Radio Clyde verband. Es war erst nachmittags, Billy Sloan würde noch nicht da sein. Die beiden waren allerdings überzeugt davon, dass er sich ihre Platte anhören und bei Gefallen auch Boy George vorspielen würde, damit dieser seine Meinung dazu kundtat. Sie betraten das kleine Foyer des Senders. In der

Nähe der Eingangstür stand eine schwarze Rillentafel mit weißen Steckbuchstaben:

HEUTE ZU GAST BEI RADIO CLYDE:
CULTURE CLUB UND HAYSI FANTAYZEE

»Wow, die ganze Band wird hier sein!«, sagte Max begeistert.

»Aye, dummerweise auch diese Idioten, die ›John Wayne Is Big Leggy‹ verzapft haben«, sagte ein nicht ganz so enthusiastischer Grant.

»Na und? Je größer die Runde, desto besser die Stimmung, oder nich?«, erwiderte Max mit einem Schulterzucken.

»Das hab ich nich gemeint ... ich meinte, dass *wir* in der Sendung mit Boy George sitzen könnten. Dieser John-Wayne-Song is doch absolute Scheiße!«

Max lachte. Er brauchte einen Moment, bis er verstand, dass Grant es ernst meinte.

»Du musst dich einfach mehr anstrengen, Max, damit wir in solche Shows eingeladen werden.«

»Hey, jetzt halt mal 'ne Sekunde die Luft an, Kumpel. Ich häng momentan ständig an der gottverdammten Strippe. Wer besorgt euch denn all die Auftritte? Und wer bezahlt eure Gehälter, hä? Was zum Henker is dein Problem, Mann?«

»Schon gut«, sagte Grant missmutig. »Lass uns eben die Platten abgeben und dann wieder verschwinden.«

»Was bist du nur für 'ne elende Heulsuse in letzter Zeit?«, schimpfte Max.

»Ach, verpiss dich doch!«

»Nee, verpiss du dich doch!«

»Ich hab 'ne Idee«, sagte die Frau hinter dem Empfangstresen. »Warum verpisst ihr beide euch nicht einfach, bevor ich die Bullen rufe?«

Max und Grant stellten das Geschubse ein und schauten zu Grace, Radio Clydes vorderster Verteidigungslinie gegen dreiste Nervensägen ohne Termin.

»Könntest du die Platten hier bitte Billy Sloan und ›Tiger Tim‹ geben?«, sagte Max.

»Ähm, *nein*? Ich glaub eher nicht«, sagte Grace.

»Kriegst auch was Leckeres, wenn du's machst«, sagte Max.

»Was denn?«, fragte Grace.

»Weiß nich. Was vom Inder? Lamm Bhuna?«

»Bringt mir ein Biryani, und ich denk drüber nach«, sagte Grace.

»Na los, Grant, du hast's gehört. Hol ihr ein Chicken Biryani. Und bring mir auch eins mit«, sagte Max.

»So weit kommt's noch«, schnaubte Grant gereizt. »Du kannst mich mal.«

»Entschuldige uns mal kurz«, sagte Max zu Grace und zog Grant hinaus in den Flur. »Was fürn Riesenfurz sitzt dir denn bitte schön quer, du Knalltüte?«, schnauzte Max. Er war sauer, denn diese Art Komplettabfuhr passte ganz und gar nicht zu Grant.

»Gar keiner. Halt einfach die Fresse, okay?!«

»Machste solche Zicken, weil Biscuit nich bei dir einziehen will, oder was? Reiß dich verdammt nochmal zusammen und hör auf mit dem Drama und dieser Aggro-Tour. Wird langsam langweilig, die Nummer.«

Max schubste Grant, aber dieses Mal reagierte Grant nicht. Er drehte sich einfach um und trottete zurück zur Anderston

Bus Station. Max ließ ihn gehen, ohne etwas zu sagen. Er brauchte über eine Stunde, um ein indisches Restaurant mit Takeaway-Gerichten zu finden. Als er zum Radiosender zurückkehrte, war »Grace« von »Suzi« abgelöst worden. Glücklicherweise mochte auch sie indisches Essen.

\* \* \*

Am Abend hockte Grant in seinem Wohnzimmer. Er hatte vier Dosen Pale Ale intus. Wie immer lief das Radio. Billy Sloan hatte ein paar hervorragende neue Platten vorgestellt. Das Highlight war eine Scheibe von The Blue Nile gewesen. Unter den Studiogästen schien es Spannungen zu geben, denn alles, was Boy George und Jon Moss lobten, wurde von Jeremy Healy und Kate Garner verrissen und umgekehrt. Und dann, plötzlich, passierte es:

»Jetzt kommt eine neue Platte von einer noch recht unbekannten Band aus Ayrshire: The Miraculous Vespas«, sagte Billy Sloan.

»Oh, von denen habe ich schon mal gehört«, sagte Boy George. »Kann mich bloß nicht mehr genau erinnern, in welchem Zusammenhang«, fügte er hinzu.

»Vielleicht weil sie deinen Look geklaut haben?«, stichelte Jeremy Healy.

Billy Sloan legte die Platte auf. Grant Delgado hatte Tränen in den Augen. Als der Song zu Ende war, hob Billy Sloan die Nadel an und spielte die andere Seite der Single.

»Das ist eine absolut fantastische Platte«, sagte Billy. Zum ersten Mal an diesem Abend waren die Gäste in seiner Sendung einer Meinung. Boy George erzählte, dass er den Sänger der Band in London kennengelernt und ihm den einen oder anderen Tipp gegeben hätte. Angesichts dieser Platte, so fügte er hinzu, bräuchte ein Frontmann wie Grant Delgado allerdings keine Tipps.

Auf ihrem Ausflug nach Rothesay, so fühlte es sich für Grant zumindest an, hatten er und Maggie beziehungstechnisch einen Riesenschritt nach vorn gemacht. Sie hatten sich einander geöffnet, und zwar auf eine Art und Weise, wie es ihnen zu Hause nicht möglich gewesen war. Aber sobald sie zurück in Kilmarnock waren, in der Gesellschaft anderer Menschen, war Maggie wieder auf Abstand gegangen und hatte ihn kühl und distanziert behandelt. Grant frustrierte die Angelegenheit. Er wünschte sich Verbindlichkeit, wollte, dass sie sich auf die Beziehung einließ ... dass sie sich endlich sicher genug fühlte, um den Schutzpanzer abzulegen. Doch es sah so aus, als könnte sie es nicht.

Es klingelte. Als er öffnete, stand Maggie vor der Tür. Sie hatte einen kleinen Koffer dabei. Er lächelte und flüsterte ihr zu: »Meine Mum sagt, ich darf nich mehr mit dir spielen.«

# KAPITEL 46

## August 1984

»Zwei beschissene Runden!« Ein verärgerter Malachy McLarty schaute von seiner Zeitung auf. Er hatte einen amtlichen Haufen Scheine bei einer Wette auf den Boxkampf am Vorabend verloren. Hearns gegen Duran. Der *Daily Record* behauptete nun hochnäsig, dass jeder, der wie Malachy auf den grobschlächtigen Straßenkämpfer Roberto Duran und gegen den technisch brillanten Thomas Hearns gesetzt hatte, einen Dachschaden gehabt haben musste. Malachy war überzeugt gewesen, dass brutale Kraft über handwerkliche Finesse triumphieren würde. Es war sein Erfolgsrezept, seine Lebensmaxime, das Fundament seines Rufs. Er kannte diese geschickten Wichser nur zu gut, sie waren raffiniert. Ließ man ihnen heute ein wenig Raum, hatten sie einen morgen bis auf die Knochen ausgeraubt.

Der zweite Grund für seine Verstimmung war die Truppe in Ayrshire. Der Druck der Polizeiermittlungen in den Vierteln Ruchazie und Provanmill im Glasgower East End stieg von Tag zu Tag. Eigentlich hätte der Umzug des McLarty-Imperiums in die verschlafenen Städtchen der Westküste sehr viel schneller und geschmeidiger ablaufen sollen.

Malachy gab sich – wenn auch nicht öffentlich – zum Teil selbst die Schuld. Er war in seinen Sechzigern und hatte anderen vertraut. Wenn man wollte, dass etwas erledigt wurde, musste man es verdammt nochmal selbst machen. Denn diese ausgefuchsten Wichser waren einfach überall. Man konnte dieser Arschbande einfach nicht trauen.

»Also ... schieß los«, sagte er.

Gregor Gidney, den McLarty mit der Ayrshire-Kampagne beauftragt hatte, war gerade in das große Wohnzimmer gekommen, und was er dort sah, behagte ihm nicht allzu sehr. In der Ecke stand ein lautlos gestellter Fernseher, auf dessen Mattscheibe Dickie Davies seine Sportsendung moderierte. Obwohl draußen die Sonne schien, knisterte ein Haufen Holzscheite im Kamin und sorgte für tropische Temperaturen. Gregors Boss hatte nur eine Unterhose an, darüber trug er einen losen, mit Tiermotiven bedruckten Seiden-Kimono, der allerdings viel zu klein war, um tatsächlich ihm zu gehören. Drei massive Sovereign-Ringe glitzerten im Licht des Feuers an seinen Fingern. Auf seiner schiefen, deformierten Nase thronte eine dickrandige Brille. Er lehnte sich in den mit braunem Leder bezogenen Ruhesessel zurück und steckte sich eine Zigarre von der Größe eines kleinen Teleskops an.

Anschließend legte Malachy einen Finger auf seine Lippen und stellte den Fernseher mithilfe der Fernbedienung so laut es ging. Dickie Davies' normalerweise recht sanfte und beruhigende Stimme dröhnte nun aus den Lautsprechern des Geräts und hallte donnernd vom gefliesten Boden und den kahlen Wänden des Raums wieder. Gregor sah hoch zu dem großen, fein gearbeiteten Kronleuchter an der Decke über ihm, der nun leicht zitterte. Malachy winkte Gregor näher zu sich heran und bedeutete ihm zu flüstern.

»Boss, tut mir leid, dir das sagen zu müssen, aber Marty lässt da unten die Zügel schleifen.« Für Gregor war das ein sonderbares Eingeständnis. Nicht nur machte er damit auf einen Makel aufmerksam, den er selbst mitverschuldet hatte, sondern er schob dem nachlässigen Sohn seines Bosses die Hauptschuld zu.

»Wie das?«

»Eigentlich läuft die Sache wie geplant. TC und McClure haben ihre jeweiligen Reviere übernommen. Aber Crosshouse is abtrünnig geworden.« Gregor achtete auf subtile Veränderungen im Gesicht des größeren Mannes. Es gab keine. Und so fuhr er fort. »Das Geld fließt, alle Regionen liefern. Der Hauptteil kommt aus Onthank. Dieser Fat-Franny-Typ hat sich zurückgezogen und spielt keine Rolle mehr«, sagte Gregor. »Aber Malky und seine Jungs sollten langsam mal die Erträge wiederbeschaffen ... meiner Meinung nach.«

»Wo is das Problem?« Malachy McLarty zwang Gregor dazu, endlich Klartext zu reden, wenn auch im Flüsterton.

»Dieser kleine Wishart-Pisser, Benny Donald, greift kräftig in die Kasse, und Malky lässt ihm das aus irgendeinem Grund durchgehen«, sagte Gregor. Dieser Sache war er sich ziemlich sicher. Das sollte er auch besser sein.

Malachy McLarty ließ eine Rauchwolke aufsteigen, die so groß und dicht war, dass Gregor den alten Mann für einen Moment nicht mehr sehen konnte.

Als sich der Qualm verzogen hatte, sprach er. »Schnapp ihn dir. Und bring ihn runter in den Schuppen«, sagte Malachy. »Und gib Marty Bescheid. Er soll seinen verdammten Arsch herbewegen, und zwar pronto.« Malachy zog einen aus einem Wettbüro mitgenommenen Kugelschreiber aus der Tasche seines Kimonos und eine Postkarte aus dem Seitenfach des Ruhesessels. Auf der Vorderseite der Karte war das Foto

einer Keksdose zu sehen. Auf die Rückseite schrieb Malachy:
»JUNGE, DEIN TEE WIRD KALT!«

**\* \* \***

»Scheiße, den Song hab ich ja ewig nich gehört.« Der Sound
war blechern. Er kam aus einem winzigen Transistorradio,
das in der Ecke eines dunklen Geräteschuppens irgendwo auf
dem Land stand.
»Wer is das nochmal?«, fragte Ged McClure.
»Was für 'ne Frage, Mann! Marc Bolan und T. Rex.«
»Echt jetzt? Ich dachte, Mott the Hoople oder so was in der
Art«, sagte Ged leise.
»Also, wie sieht's aus, Junge? Gefällt dir das? ›Get It On‹
und so? Kriegste das nochmal hin?« Gregor Gidney lachte. Er
sprach mit Benny Donald. Doch Benny antwortete nicht, er
konnte nicht. Es war der letzte Song, den er je hören sollte.

Benny Donald lag am Boden, die Handflächen von fünfzehn Zentimeter langen Stahlbolzen durchbohrt und an eine
Eisenbahnschwelle genagelt. Der Schmerz war unerträglich
gewesen, und er hatte das Bewusstsein verloren. Mit einer
Mischung aus Riechsalzen und Kaltwasserduschen hatten
seine Peiniger ihn wieder aufgeweckt. Der anfängliche Schrecken war dem Schock gewichen. Jetzt zitterte er nur noch. Er
hatte sich besudelt und lag beziehungsweise steckte – buch-
stäblich und metaphorisch – in einem von ihm selbst produzierten Haufen Scheiße. Er hatte bereits zugegeben, sich an
dem Geld aus Onthank bedient zu haben, um alte Spielschulden an Marty McLarty zurückzuzahlen. Benny konnte jedoch
nicht begreifen, dass dieses Vergehen allein eine derartige
Verhörmethode rechtfertigen sollte. Als man ihn herbrachte,

gefesselt und mit verbundenen Augen, in diesen Ackerschuppen mitten im Nirgendwo, war er von einem weitaus größeren Problem ausgegangen.

»Wo zum Teufel is das Geld, Junge?«, hatte Gregor Gidney reichlich lustlos begonnen.

»Scheiße, Mann ... ich hab's dir doch schon gesagt. Malky hat alles. Ich hab mir nur ... hab mir nur 'n bisschen was geborgt. Um's zurückzuzahlen, Mann ... ich mein ... Kacke, was soll das werden?! Nein, nich, mach das nich ...«

Der erste Nagel wurde eingeschlagen.

»AAAAAAAAHHHHH!«

»Das Geld. Wo steckt es?«, sagte Gregor. »Ich frag nich noch einmal, Kumpel.«

»Aaaaaah, hab ich ... hab ich dir doch schon gesagt, Maaaaaaaaaann!«

Gregor nickte Ged McClure zu.

»AAAAAAAAAHHH! Ihr Wiiiiiichser!«

»Scheiße, der Penner hat sich gerade in die Hose geschissen«, rief Ged angeekelt aus. »Los, ihr zwei, stellt ihn auf.«

Ged schaute zu, wie seine beiden jungen Handlanger die Eisenbahnschwelle mit dem nun darauf festgenagelten Benny hochhievten. Benny jedoch hatte das Bewusstsein verloren. Ged, Gregor und ihre beiden Helfer ließen ihn im Schuppen zurück.

\* \* \*

»Also, wie sieht's aus, Junge?«, sagte Gregor Gidney, als er mit seiner Mannschaft eine Stunde später zurückkehrte. »Gefällt dir das? ›Get It On‹ und so? Kriegste das nochmal hin?« Gregor Gidney lachte. »Eine Runde noch, mein Bester. Dann ziehen wir die Nägel raus und setzen dich bei der Notaufnahme ab. Das Ganze hier is nur 'ne Lektion, verstehste? Heißt nich, dass du aus dem Geschäft raus bist. Es gibt immer 'nen Weg zurück. Schau, hier ... wenn du mir nicht glaubst!«

Benny Donald hatte Schwierigkeiten, seinen Kopf zu bewegen. Er öffnete eines seiner geschwollenen Augen und sah in der Mitte von Gregor Gidneys massiver Hand eine kreisrunde Narbe. Benny schluchzte. Er winselte. Es hörte sich an, als würde er nach seiner Mutter verlangen.

»Wo is das Geld, mein Junge?«, fragte Gregor. Fast schon zärtlich hielt er Bennys Kopf und führte sein Ohr nah an den Mund des Befragten heran. Ged McClure wirkte angespannt. Er konnte nicht hören, was Benny gerade murmelte. Gregor allerdings schien zufrieden mit der Antwort, wie auch immer diese ausgefallen sein mochte. Sanft strich er über Bennys Kinn und tätschelte dann dessen Nacken, während er selbst den Kopf schüttelte, wie Pontius Pilatus es getan hätte.

»Bringt es zu Ende. Und dann weg mit ihm«, befahl er.

Der erste Bolzen aus der Armbrust von Ged McClure blieb in Bennys Seite stecken. Trotz der Erschöpfung heulte er vor Schmerz, seine Augen traten aus ihren Höhlen.

»Was soll die Scheiße, Mann?! Ich hab gesagt, *bringt es zu Ende.* Wir sind doch hier nich der beschissene Vietcong!«, schimpfte Gregor.

»Tut mir leid, Boss. Is das erste Mal, dass ich das Ding benutze. Braucht 'ne Weile, bis man das Zielen raushat«, sagte Ged. Er legte einen neuen Bolzen ein und zielte auf die Postkarte mit Glasgows Stadtwappen auf der Vorderseite, die man Benny gerade in Herzhöhe auf die Brust geklebt hatte.

»Komm mir vor wie bei *The Golden Shot* oder so was.«

Geds jüngere Handlanger lachten. Es war ihre erste richtige Mission. Noch ein Jahr zuvor waren sie davon ausgegangen, ihr Leben unter Tage verbringen zu müssen und ihre Lungen mit jeder Menge schwarzem Kohlenstaub zu füllen. Der Karriereweg, den Ged McClure ihnen gerade aufzeigte, war jedoch sehr viel aufregender. Und lukrativer.

Der zweite Bolzen traf sein Ziel und beendete Benny Donalds Leben. Wenig später bohrte sich ein dritter Bolzen in den Genitalbereich des Opfers. Geds Männer zuckten kurz zusammen und lachten dann los. Benny Donalds Körper jedoch bewegte sich nicht mehr.

»Was zum Teufel, Ged?!«, sagte Gregor. »Ein klein bisschen Respekt für das arme Schwein, okay?«

»Aye, sorry. Legt ihn hin, Jungs«, sagte Ged.

»Und dass ihr ihn anständig entsorgt!«, mahnte Gregor. »Keine Lust, dass da irgendwelche scheiß Blagen die Einzelteile am Irvine Beach ausm Wasser fischen, als wär's 'n beschissenes Remake vom *Weißen Hai*, kapiert?«

»Aye, Gregor ... wir kümmern uns. Der Penner verschwindet auf Nimmerwiedersehen!«, sagte Ged.

\*　\*　\*

»Vielleicht hätten wir doch die Nägel rausziehen und den Wichser von der Eisenbahnschwelle nehmen sollen«, sagte Ged McClure. »Ach, scheiß drauf. Jetzt sind wir auch schon da.«

Es war äußerst schwierig gewesen, Benny Donalds Leichnam in den Wagen zu laden. Die Männer hatten seine Beine nach oben und auf die Brust drücken müssen, um ihn seitlich in den Wagen schieben zu können. Ged war sich ziemlich sicher, dass sie dabei eins der Beine gebrochen hatten. Der Schienbeinknochen hatte zwar nicht die Haut durchstoßen, aber die Fraktur war unter der blutverschmierten Oberfläche nur allzu offensichtlich. Sie waren zu einem entlegenen Tal in der Nähe von New Cumnock gefahren. Zwei Stunden hatte die Fahrt gedauert. Nun standen sie an einem Wasserfall, der sich über eine lebensgefährliche, steil nach unten abfallende Felskante in einen ehemaligen Steinbruch ergoss. Die untere Hälfte der Leiche hatten sie in ein weißes Handtuch gewickelt, um beim Transport nicht in Benny Donalds Scheiße zu greifen. Es sah jetzt aus wie eine benutzte Windel. Sie schoben die Eisenbahnschwelle über die Kante und schauten gebannt zu, wie sie den Wasserfall hinunterglitt. Unten krachte die Schwelle auf die Felsen, der geradlinige Fall endete mit einer Reihe unkontrollierter Saltos. Die drei Männer sahen, wie das Gewicht der Eisenbahnschwelle den an ihr befestigten Körper tief unter die Oberfläche des trüben, braunen Wassers im Steinbruch zog.

»Scheiße, haste das gesehen? Das war ja Wahnsinn«, sagte einer von Geds Männern.

»Aye, kannste laut sagen«, meinte der andere. Anschließend kletterten die drei den baumbewachsenen Abhang hinunter zu der Stelle, wo sie den Wagen geparkt hatten. »Hört mal, Leute. Ich brauch mal euren Rat. Wenn so 'ne kleine Hure fremdgeht, dann isses doch okay, ihre Mum zu vögeln, oder?«

Die leblose, geschundene Hülle von Benny Donald sank langsam auf den achtzehn Meter unter der Wasseroberfläche liegenden Grund, wo sie neben einem alten Lkw, einigen Küchenherden und zwei weiteren beschwerten Leichen ihre Reise beendete. In etwa zur gleichen Zeit machte sich Gregor

Gidney auf den Rückweg nach Glasgow. Er hatte die Informationen, die sein Boss wollte. Wie schon so viele Generäle vor ihm kämpfte nun auch Malachy McLarty einen Krieg an mehreren Fronten. Es sah so aus, als hätten die Mächte im Südwesten ihn herausgefordert. Gregor Gidney informierte Malachy, dass Washer Wishart das Geld aus Onthank nicht durch die üblichen Kanäle fließen ließ, um es zu waschen, sondern es in ein neu gegründetes Plattenlabel investierte und zu großen Teilen in eine *beschissene Trottelband* steckte, die von dessen gleichermaßen *beschissenem Trottelsohn* gemanagt wurde. Die Information stammte von Benny Donald, der im Büro seines Onkels herumgeschnüffelt hatte. Die Einzahlungsbeträge auf den Kontoauszügen der Band stimmten mit den von Benny abgelieferten Summen aus Onthank überein.

Malachy McLarty wusste nicht genau, ob er es mit einem genialen Schachzug von Washer Wishart zu tun hatte oder einfach nur aufs Derbste beschissen worden war. Sein Instinkt legte letzteres nahe. Er brauchte eine Versicherung. Postkarten wurden geschrieben. Gregor Gidney sollte den Boten spielen. Alle Karten enthielten die gleiche Botschaft: »THE BOY« – der Junge – sollte geschnappt und als Verhandlungsmasse und zur Lösegelderpressung festgehalten werden.

*Schuld an der ganzen Misere is natürlich der Segelohrprinz. Klar, der hat den Kleinen ja schließlich gezeugt. Andrerseits sah der Bengel immer wie 'n Kuckuckskind aus, sodass man Charles vielleicht doch keinen Vorwurf machen kann.*

# KAPITEL 47

## September 1984

Das Telefon stand nicht mehr still. Molly Wishart war kurz davor, durchzudrehen. Zeitungen, Musikjournalisten und die A&R-Leute zahlloser Plattenfirmen aus London wollten alle unbedingt und sofort mit Max sprechen. Dank der anerkennenden Worte von Boy George hatte es »It's a Miracle (Thank You)« in die unteren Regionen der landesweiten Charts geschafft. Von der Qualität der neuen Songs überzeugt, hatte X-Ray Raymonde eine Doppel-A-Seiten-Single mit »Beautiful Mess« auf der Flipside gepresst, in deren Auslaufrille Max den Sinnspruch »We are nothing, and yet we are everything!« verewigen ließ. X-Ray hatte Grants Gesang sehr weit nach vorn gemischt und eine Version in einer ungewöhnlich hohen Tonlage für die Platte benutzt. Beim ersten Durchlauf nahm Max fälschlicherweise an, dass Maggie bei diesem Mix gesungen hatte.

Die von Rough Trades Vertriebsarm Cartel belieferten Plattenläden orderten große Stückzahlen, und Biscuit Tin Records hatte alle Hände voll zu tun, um sämtliche Anfragen bedienen zu können. X-Ray Raymonde kümmerte sich um die Bestellungen beim Presswerk und hatte zudem noch dafür zu sorgen, dass im Oktober komplett abgemischte

LP-Aufnahmen vorlagen. Für das Design des Albumcovers hatte Max sogar den gefeierten Künstler Peter Blake angefragt, den Mann hinter dem legendären Artwork von *Sergeant Pepper*. »Er denkt drüber nach«, hatte Max stolz auf der letzten Gesellschafterversammlung verkündet.

Trotz all der positiven Ereignisse waren in letzter Zeit wieder Spannungen zwischen Max und Grant zu Tage getreten. Ein alkoholisierter X-Ray Raymonde hatte Max gegenüber Details des Musikverlagsvertrags ausgeplaudert, den er mit dem Vespas-Sänger geschlossen hatte. Max hatte den Songwriter nicht darauf angesprochen, diesen Schachzug aber umgehend erwidert, indem er im Namen der Band einen Plattenvertrag mit seinem eigenen Label Biscuit Tin Records unterzeichnete. Auch wenn die prozentuale Verteilung der Tantiemen fair und vernünftig geregelt war, galt Grant die ganze Angelegenheit als ein weiteres Beispiel dafür, wie der Bandmanager im Alleingang Entscheidungen fällte, die sie alle betrafen. Nach Beschwerden der anderen Bandmitglieder legten die Streithähne ihre Differenzen vorerst bei.

Die Single erhielt mehr und mehr Aufmerksamkeit und fuhr jede Menge Kritikerlob ein. Mit Ausnahme von Grant Delgado schien die Band diese Entwicklung relativ locker zu nehmen. Sie spielten eine Reihe von Gigs in verschiedenen Plattenläden, und selbst der in seiner eigenen Welt lebende Motorcycle Boy schien den Rummel zu genießen. Max hatte sogar eine ziemlich bizarre Lizenzanfrage bekommen, bei der es um die Herstellung einer Actionfigur nach dem Vorbild des Motorcycle Boy ging. Ob es sich dabei um ein ernsthaftes Angebot handelte, musste er erst noch herausfinden.

Mitte September dann gingen die Vespas durch die Decke. Die Platte schnellte achtundvierzig Chartpositionen nach oben und landete auf Platz vier der UK-Hitparade. Max war sprachlos: Niemand verstand, wie das passiert war. Biscuit Tin Records verfügte nicht über Horden von A&R-Leuten, die in London herumflitzten, die Musikredakteure der Radiosender bearbeiteten und die Angestellten in den HMV-Läden schmierten, damit diese die Strichcodes manipulierten. Es war wirklich erstaunlich. Die Independent-Platte einer lediglich regional bekannten Band, billig aufgenommen, irgendwo am Arsch der Welt, verkaufte mehr Einheiten als die aktuellen Singles von David Bowie, George Michael und Shakin' Stevens zusammen.

In den zwei Stunden nach Bekanntgabe der Charts hatte das Telefon im Pfarrhaus mehr als fünfzig Mal geklingelt. Der Großteil der Anrufe stammte von Gratulanten, einige andere von Plattenfirmen und einer von der BBC, die The Miraculous Vespas für einen Auftritt bei *Top of the Pops* am folgenden Donnerstag buchen wollte. Grant konnte es nicht fassen. Es schien wie eine surreale Folge von *Jim'll Fix It*, nur dass er sich nicht daran erinnern konnte, jemals einen Brief mit einem Wunsch an die Sendung geschrieben zu haben. Die Miraculous Vespas trafen sich kurz nach zehn Uhr abends im Gemeindesaal. Am Anfang sprach keiner von ihnen. Aber als sie sich dann hinsetzten, brachen alle fünf – sogar Grant – in ungläubiges Gelächter aus.

Sie hockten auf der Bühne, stießen mit Bier an und spielten die eine oder andere Vinylscheibe auf dem tragbaren Plattenspieler ab, der mittlerweile zu einem festen Bestandteil der Einrichtung geworden war. Max lächelte zufrieden, und ein Gefühl der Genugtuung breitete sich in seinem Inneren aus.

Grant war auch happy, schwieg allerdings. Er war sich nicht sicher, ob es jemals wieder so gut sein würde.

Eine Stunde später kreuzte X-Ray Raymonde auf. Er gesellte sich zu der Band und erzählte Geschichten von berühmten Combos und deren Tourabenteuern. Max vermutete, dass die meisten davon erfunden waren.

»Mit den Smiths wird sich für die Indieszene alles ändern. Demnächst wird man ihre Platten im Boots oder im gottverdammten RS McColl kriegen«, sagte X-Ray.

»Aye ... früher oder später verkaufen sie sich alle«, meinte Simon Sylvester. Er schleuderte eine »This Charming Man«-Single durch den Saal, als würde er am Irvine Beach Frisbee spielen. Die Platte knallte gegen die Wand und zerbrach in mehrere Stücke.

»Das war 'ne beschissen limitierte Auflage, du Penner!«, schrie Max. »Das gibt 'ne Strafe. Eine Woche kein Gehalt.«

»Kannst ruhig noch 'n paar kaputt kloppen, Simon«, sagte Grant. »Fang am besten mit dieser bekackten Queen-Platte an ... ich zahl auch dafür.«

Simon entschuldigte sich und argumentierte, er habe nicht gewusst, dass sich die Platte tatsächlich in der Hülle befand. Angesichts der Masse an coverlosem Vinyl, das auf der Bühne herumlag, war es eine akzeptable, wenn auch unwahrscheinliche Ausrede. Max beließ es dabei. Er besaß vier Exemplare der Smiths-Single. Für den Fall der Fälle.

Auch Washer Wishart hatte sich die Charts angehört. Er wusste, dass die Aufmerksamkeit für die Band jetzt ins Unvorstellbare steigen und schon bald die massive Gestalt von Gregor Gidney an die Tür der Wisharts führen würde. Washer hatte den Verdacht, dass der Anstieg fremder Gesichter in den Pubs der Gegend mit dem hartgesottenen Muskelberg aus Glasgow zu tun hatte. Gidney, dessen war sich Washer sicher, wusste sehr viel mehr über das plötzliche Verschwinden von Benny Donald, als er zugab. Kürzlich war Frankie Fusi zu Washer gekommen und hatte auf einem Vieraugengespräch mit Gregor Gidney bestanden. Washer war nicht wohl bei der Sache, aber sein alter Freund wollte in diesem Fall kein Nein akzeptieren. Beide wussten, dass die Konfrontation mit den McLartys unmittelbar bevorstand. Don McAllister würde noch Wochen brauchen, um endlich zuzuschlagen, und Washer war sich nicht sicher, ob sie so lange durchhalten würden.

Tatsache war, dass Washer Wishart nicht alle Konsequenzen bedacht hatte, als er die McLartys um den Lohn ihrer illegalen Machenschaften erleichterte. Benny Donalds Vermisstenstatus bewies nun zumindest die Herkunft des Geldes. Der Junge tat Washer leid, sicher, aber sein Dilemma hatte Benny größtenteils selbst verschuldet. Wenn es hart auf hart kam, konnte Washer immer noch abstreiten, jemals Geld von Benny erhalten zu haben. So sah es zumindest der Plan von Don McAllister vor. Es brauchte allerdings unumstößliche Beweise, damit die vereinten Kräfte der örtlichen Polizei handeln und das Syndikat der McLartys hochnehmen konnten. Ein Corpus Delicti und/oder ein glaubwürdiger Zeuge mit Insiderwissen und genug Mumm, um vor Gericht auszusagen, fehlten der Staatsanwaltschaft leider nach wie vor.

Während eines Anrufs von der *Sun* erfuhr Max, dass, basierend auf den Verkaufszahlen des Wochenanfangs, »It's a Miracle (Thank You)« sehr wahrscheinlich auf Platz eins der

Charts steigen würde. Max wurde informiert, dass ein DJ von Radio 1 die Single zu seiner Platte der Woche erkoren hatte. In einer Zeit von heftigen Arbeitskämpfen und IRA-Anschlagsserien hatte der DJ »die fröhliche und optimistische Grundstimmung der Platte« gelobt, die doch »so hervorragend zum aktuellen Anlass passt«. Alle Welt, so erzählte man Max, hatte dieser Tage den Song der Vespas auf den Lippen. Wiederholt wurde er nach seiner Einstellung zur Königsfamilie gefragt. Waren alle in der Band Anhänger des Königshauses? Oder nur Grant Delgado? Max Mojo war einigermaßen überrascht, aber da er momentan ohnehin mit allerlei merkwürdigen Anfragen bombardiert wurde, schienen ihm diese Fragen nicht komplett abwegig. Als Sprecher der Band hatte er bereits die unmöglichsten Fragen beantworten müssen: Wie sah es mit der sexuellen Orientierung der Bandmitglieder aus? Und wie mit seiner eigenen? War Maggie eine illegale Immigrantin? War der Motorcycle Boy ein Außerirdischer? Fragen nach seinen Gedanken zum Nachwuchs in der Königsfamilie erschienen vergleichsweise logisch. Max Mojo kam allerdings nicht darauf, dass »It's a Miracle (Thank You)« fälschlicherweise als Lied über und für Prince Harry, das neugeborene Baby der Royals, interpretiert wurde. Radio-1-Moderator Mike Read hatte live auf Sendung sogar das Wort »Boy« in den Text eingebaut und über den eigentlichen Refrain gesungen. Unabhängig von seinem tatsächlichen Hintergrund passte der Song damit in den unionistisch geprägten Freudentaumel um die Königsfamilie und traf nicht zuletzt den Nerv der konservativen Hörerschaft. Folglich ließ er die Band als Royalisten dastehen. Max war verwirrt, aber euphorisch. Er hoffte, dass Grant die ganze Sache erst nach dem Auftritt bei *Top of the Pops* kapieren würde.

Die Miraculous Vespas sollten am Donnerstag zur Mittagszeit in den BBC Studios in Shepherd's Bush eintreffen. Nach einem kompletten Probedurchlauf sollte dann am Abend live gesendet werden.

Inzwischen versuchte Max Mojo, Zeit für die Organisation des Benefizgigs zugunsten der Bergarbeiter zu finden und, was vielleicht noch wichtiger war, einen Abstecher in die Shabby Road Studios zu machen, um sich das Band mit den LP-Aufnahmen anzuhören.

\* \* \*

»Wie geht's, Frankie? Is 'ne ganze Weile her, was?«, sagte Gregor Gidney.

»Aye, mein Junge, könnte man sagen.« Die Formulierung »mein Junge« war eigenartig. Frankie Fusi war einige Jahre jünger als Gregor Gidney.

Beide wussten, dass ihr kurzfristig verabredetes Treffen in Gewalt enden würde. Die Gelassenheit des anfänglichen Smalltalks war eine Vorbereitung auf den Tanz, der ihnen bevorstand.

»'Nen Drink?«

»Whisky ... kein Eis«, sagte Frankie.

»Cheers«, sagte Gregor, als er Frankie das Glas reichte. »Wär besser, wir hätten dieses Treffen vermeiden können, was?«

»Ich musste dich persönlich sprechen. Hat kein Weg dran vorbeigeführt«, sagte Frankie gelassen.

»Wenn Typen wie wir sich unterhalten müssen ... auf diese Weise, also von Angesicht zu Angesicht ... gibt's meistens nichts mehr zu bereden«, sagte Gregor Gidney.

»Manchmal is man einfach auf Kollisionskurs, wie diese kleinen Scalextric-Autos. Man merkt, dass man zu schnell unterwegs is, hat aber den Drücker nich mehr in der Hand. Verstehste, was ich mein?«

»Aye. Versteh ich«, sagte Gregor. Er stand auf und schob den Glastisch in der Mitte des Zimmers zur Seite. Frankie Fusi erhob sich ebenfalls und zog seine Jacke aus. Dann standen sie sich gegenüber – zwei massive Blöcke, hartgesottene Männer mittleren Alters. Italiener. Schotte.

Und es hieß: Ring frei!

Fünfundvierzig Minuten später trat einer der Männer aus der Tür des Mehrfamilienhauses im Süden von Glasgow. Er war übel zugerichtet: ein zugeschwollenes Auge, ein ausgeschlagener Zahn, eine Stichverletzung in der Seite. Trotzdem war er in besserer Verfassung als sein Gegner. Frankie war nach Howwood gefahren, und er stand noch. Ein etwas glücklicher Uppercut, geführt von einer beschlagringten rechten Faust, hatte den Kiefer seines Kontrahenten zertrümmert. Besser so, denn Gregor Gidney hatte den anfänglich fairen Faustkampf durch den Einsatz eines Messers vorzeitig beenden wollen. Die Stichwunde war nichts Ernstes, musste aber genäht werden. Frankie humpelte die Straße entlang, bis sein verschwommener Blick eine Telefonzelle ausmachte. Die Chance, dass sie funktionieren würde, war gering, aber er hatte Glück, dieses Mal zumindest. Er wählte eine Nummer. Es klingelte sechs Mal. Dann die Antwort:

»Ich höre.«

»Washer, ich bin's ...«

»Alles klar bei dir?«

»Aye, mir geht's gut. Die Fotze hatte 'ne Klinge, aber is nur 'n Kratzer. Haste jemanden an der Hand, der mir das nähen kann?«

»Aye. Komm wieder runter, ich kümmer mich drum«, sagte Washer.

»Hör zu, ich hab 'nen Stapel Postkarten vom alten McLarty gefunden. Ich glaube, die sind hinter deinem Jungen her!«

»Is der Endspurt vorm großen Finale, Kumpel. In 'ner Woche oder so ist's vorbei. McAllisters Truppe braucht nur noch eine Sache, dann haben sie den Alten am Arsch und können ihn hochnehmen.« Washer Wishart kritzelte etwas auf einen Zettel. Was für ein Glück, dass Max und die Band am folgenden Tag Richtung England aufbrachen. Max hatte diverse Angebote für Grant Delgado angenommen: einerseits ein Shooting für das Teenie-Magazin *Smash Hits*, andererseits eine bizarre Fotoabenteuerstory für die Zeitschrift *Look-in*, bei der auch der »Freund der Band« Boy George mitwirken sollte. Diese Termine – und weitere Anfragen für Interviews und In-Store-Gigs – würden dafür sorgen, dass Max und die Band fern der Heimat waren, unterwegs, mindestens bis Mitte kommender Woche. Washer konnte seinen Sohn nicht in die tatsächlichen Hintergründe der für ihn bestehenden Bedrohung einweihen. Und so musste vorerst ein zusammengeflickter Frankie Fusi als Schutzschild herhalten.

# KAPITEL 48

Am 20. September 1984 gaben die Miraculous Vespas ihr Live-Debüt bei *Top of the Pops*. In Kilmarnock hielten unzählige Videorekorder dieses Ereignis für die Nachwelt fest. Die Sendung wurde von den Radio-1-DJs Andy Peebles und Steve Wright moderiert, deren Nachmittagsprogramm ein absoluter Favorit des Motorcycle Boy war. Max Mojo hingegen, der einen Großteil seines neuen Lebens von diesem Moment geträumt hatte, fand die ganze Sache ein wenig langweilig und gekünstelt, als er mitbekam, wie die tanzenden Zuschauer in wenig respektvollem Ton in dem kleinen Studio hin und her kommandiert wurden, als wären sie Statisten in einer Daily Soap.

Die drei Stunden zwischen dem Ende der Proben und dem Beginn der Livesendung verbrachte die Band damit, Gegenstände aus dem Fenster ihres Green Room zu den darunter ausharrenden Teenagern zu werfen. Cliff Richard, der im benachbarten Raum untergebracht war, beschwerte sich über den Lärm der Vespas, worauf Simon Sylvester allerlei Unflätigkeiten auf Papierzettel kritzelte, mit »Max Mojo« unterschrieb und dem christlichen Sänger unter der Tür hindurchschob.

Adam Ant verbrachte vor dem Auftritt der Miraculous Vespas etwas Zeit mit der Band und machte Maggie schöne

Augen. Jimmy Somerville hingegen schien mehr an Max interessiert, und Simon Sylvester frönte dem immer noch tief in ihm verankerten Drang und stahl einer der Sister-Sledge-Schwestern eine Armbanduhr.

Bei der Ankunft der Vespas hatte Grant erfahren, dass David Bowie Teil der Sendung sein würde. Als er später herausfand, dass dies nur in Form eines Promovideos geschah, war seine Enttäuschung so groß, dass man sie ihm noch während der Live-Performance von »It's a Miracle (Thank You)« anmerkte. Es war ein unheimlich mitreißender Song, aber Grant Delgado präsentierte sich Millionen von Zuschauern im ganzen Land wie das personifizierte Elend.

Grant hatte Bedenken geäußert, dass die Band noch nicht bereit war, den Song live zu spielen, aber seine Einwände wurden nicht gehört. Live-Performance oder gar nichts, sagte man ihm. Die Nachlässigkeit von Max in Bezug auf dieses wichtige Thema verschlechterte die Laune des Frontmanns zusätzlich. Er vermutete, dass Max diese Information schon Tage zuvor erhalten hatte, es aber nicht für notwendig hielt, sie an den Rest der Gruppe weiterzuleiten. Und so spielte die Band den Song live. Hinter ihnen hing ein wahnwitziger Bühnenvorhang, auf dem das lächelnde Gesicht eines rothaarigen Säuglings zu sehen war, und während des Auftritts hampelten zwei Tänzerinnen der Formation Hot Gossip links und rechts neben Grant herum. Ohne ausreichende Vorbereitung und die bandeigenen Instrumente hörte sich der Song für Grant komplett anders an als die aufgenommene Version, und er machte sich Sorgen, dass sie im Vergleich zur Platte wie Amateure klangen.

So surreal die ganze Angelegenheit auch gewesen sein mochte, so half sie den Miraculous Vespas doch, am

23. September 1984 in den UK-Charts auf Platz eins zu klettern und »I Just Called To Say I Love You« – Interview-O-Ton Max Mojo: *ein in Liedform gepresster Haufen Scheiße mit abartig süßer Zuckerglasur* – von der Spitzenposition zu verdrängen. Diese Doppel-A-Seiten-Single, aufgenommen von einer Bande Außenseiter mit einem zwanzigjährigen, an einer schizoaffektiven Störung leidenden Manager, herausgebracht von einem Independent-Label namens Biscuit Tin Records mit Sitz in einem Tonstudio, das Shabby Road Studios hieß und sich in einer ausgebauten Erdgeschosswohnung hinter einem China-Restaurant in einem schottischen Kaff namens Kilmarnock, Ayrshire befand ... diese Single hatte fast 275.000 Einheiten verkauft. Die ganze Welt lag ihnen zu Füßen. Sie mussten nur noch zugreifen.

## 24. September 1984

Frankie Fusi war wieder zur Band gestoßen. Sein Gesicht war bis auf ein lilafarbenes Veilchen verheilt. Er kam gerade von seinem Zimmer im ersten Stock des etwas außerhalb von Blackpool gelegenen Buxton Manor Hotel in den Speisesaal hinunter zum Frühstück.

Grant und Maggie saßen an einem Tisch am Fenster. Die anderen drei waren noch nicht aufgetaucht. Als Frankie sich ihnen näherte, prustete Maggie los. Grant hatte Frankie nicht kommen sehen. Er drehte sich um und brach bei dessen Anblick ebenfalls in lautes Gelächter aus. Frankie Fusi trug ein T-Shirt mit der Aufschrift: »FRANKIE SAYS RELAX«. Er hatte es in London gekauft, um es hin und wieder aus Jux zu tragen. Der Aufdruck stand zwar im kompletten Widerspruch zu seiner momentanen Gemütslage, aber es war das einzige noch saubere Hemd, das er dabeihatte.

Frankie und die Band hatten sich einen geräumigen Kombi gemietet, um von London nach Blackpool und wieder zurück zu kommen. Sie hatten die Hauptstadt zwei Tage zuvor verlassen und waren nach Cambridge gefahren, für das Band-Shooting von *Smash Hits*. Selbiges hatte auf einem Stocherkahn in der Mitte des Cam stattgefunden, und wie zu erwarten, war der Motorcycle Boy dabei ins Wasser gefallen.

Frankie hielt ständigen Kontakt mit Washer, indem er ihn immer wieder von Telefonzellen aus anrief. Aus den Schilderungen Washers ging hervor, dass es schlecht in der Heimat stand, und es wurde immer schlimmer. Wie er vorausgesehen hatte, krempelten die Leute von Malachy McLarty, angeführt vom mächtig unter Druck stehenden Ged McClure, gerade Ayrshire um. Max Mojo – und auch die anderen Bandmitglieder – waren potenzielle Entführungsopfer, und auf Frankie Fusi war ein Kopfgeld ausgesetzt. Washer hatte Molly und die sich ständig vergrößernde Familie von Gerry Ghee fortgeschickt. Er war überzeugt, dass sie als Nächstes ins Visier der Glasgower Gang geraten würden, denn die McLartys schienen die Liste der verfügbaren Ziele systematisch von oben nach unten abzuarbeiten.

Frankie Fusi sagte höflich »Guten Morgen« zu den ihm anvertrauten Jugendlichen. Er bestellte sich ein komplettes englisches Frühstück mit vier Scheiben Toast und einem Kännchen Tetley. Dann entschuldigte er sich, um an der Hotellobby einen Telefonanruf zu tätigen.

»Frankie, sie haben uns am Arsch«, meldete sich Washer Wishart. Noch nie hatte Frankie seinen Freund derart nervös gehört. »Die verfickten McLartys haben letzte Nacht das

Studio der Band abgefackelt. Is komplett in Rauch aufgegangen. Drinnen hat man die Leiche von irgend 'ner armen Sau gefunden.«

»Bist du definitiv sicher, dass *die* es waren?«, fragte Frankie, da ihm sonst nichts Gescheites einfallen wollte. Er wusste natürlich, dass die Chancen für einen Unfall als Ursache – bei einem von den Wisharts genutzten Gebäude und zu einem Zeitpunkt, da Gangster aus Glasgow die Straßen von Kilmarnock nach Max durchkämmten – bei eins zu einer Million standen.

»Haben mir 'ne Postkarte unter der Tür durchgeschoben. ›DISCO INFERNO‹ stand drauf. Können nur die gewesen sein«, sagte Washer. »Der alte Wichser mit seinen verschissenen Postkarten. Er weiß natürlich, dass ich nich zu den Bullen renne, wenn ich nur das und sonst nix hab. Uns läuft die Zeit davon, Kumpel. Sogar mit all dem Geld, das von der Single reinkommt, lässt sich das nich mehr geradebiegen.«

»Und McAllister?«, fragte Frankie.

»Der kann nix machen, bis seine Chefs in der Pitt Street grünes Licht geben. Und die meinen, er hätte noch nicht genug Material, um Malachy dranzukriegen. Alle Zeugen, die sie hatten, widerrufen nach und nach ihre Aussagen.«

»Was soll ich machen, Washer?«

»Keine Ahnung, Kumpel. Ich bin durch. Ich sitz hier im Pfarrhaus und warte drauf, dass sie mir 'nen verschissenen Molotow-Cocktail durchs Fenster schmeißen«, sagte er.

Frankie war erschüttert. Washer Wishart, sein bester Freund, klang verzweifelt.

»Sieh einfach zu, dass Max erst mal da unten bleibt«, sagte Washer. »Vielleicht geben sie sich ja zufrieden, wenn sie mich kriegen. Kann sein, dass sie dann Max, Molly und dich in Ruhe lassen.«

»Washer, hör zu ... diese Wichser werden niemals Ruhe geben. Das Geld von den Platten und so weiter, das werden sie alles an sich reißen. Malachy wird dieses Mal keine halben Sachen machen und sich mit 'n paar Skalps zufriedengeben.« Es stellte sich eine lange Pause ein. »Wir müssen sie zu Fall bringen, Kumpel.«

»Ich weiß nich, wie, Frankie. Hab keinen Masterplan mehr.«

»Überlass das mir, Washer. Ich denk mir was aus. Sieh zu, dass dir nix passiert, in Ordnung, Kumpel?! Halt den Kopf unten, okay? Ich bin morgen wieder zurück.«

Beide Männer legten auf. Keiner von ihnen wusste, ob er den jeweils anderen noch einmal wiedersehen würde. Frankie Fusi ging in den Speisesaal des Buxton Manor zurück. Mittlerweile saß die Band vollzählig und samt Manager am Tisch. Frankie schlang das lauwarme Frühstück hinunter und schlürfte anschließend seinen Tee. Er schaute aus dem Fenster und ließ den Blick über die wunderschöne Hotelanlage schweifen. Die Bäume hatten eine anmutige messinggoldene Farbe. Die ersten Blätter lagen bereits am Boden, aber noch war das Laub nicht vollkommen heruntergefallen. Frankie wünschte sich zurück in die idyllische Hügellandschaft der Toskana, um sich die schillernden Sonnenuntergänge über den Olivenhainen ansehen zu können. Er wusste jedoch, dass dies vorerst keine Option mehr für ihn war.

Die Vespas quetschten sich in den Wagen. Frankie saß am Steuer, der behelmte Motorcycle Boy wurde zusammen mit Grants Gitarre – dem einzigen Instrument, das sie mitgenommen hatten – in den Kofferraum gesteckt. Während sie aus Blackpool hinausfuhren, vernahmen sie hinter sich das gedämpfte Flehen des Motorcycle Boy, doch bitte auf dem Weg am Freizeitpark Pleasure Beach anzuhalten, was sie jedoch ignorierten. Die Handlung der Fotostory von *Look-in* enthielt eine eher unrealistische Begegnung zwischen Grant Delgado, dem Frontmann der angesagtesten Nachwuchsband des Königreichs, und Boy George, dem Leadsänger der berühmten Band Culture Club. Die beiden sollten am Ende einer Story über den Geburtstag eines jungen Fans in Erscheinung treten und »live« für den Teenager auf der Bühne des Cavern Club in Liverpool performen.

Grant hatte sich zu diesem Shooting bereit erklärt, um einerseits Max zu besänftigen und andererseits von den Annäherungsversuchen verschiedener Majorlabelvertreter abzulenken – allen voran Morrison Hardwicke –, die an ihm als Solokünstler interessiert waren. Max hatte zu diesem Thema eindeutig Stellung bezogen, indem er erklärte, dass die Miraculous Vespas ihr Label Biscuit Tin Records niemals verlassen würden, ganz egal, welche Summen im Raum stünden. Anfänglich hatte Grant die Unbeirrbarkeit von Max bewundert. In letzter Zeit jedoch erschien sie ihm eher als Halsstarrigkeit. Ohne die anderen zu konsultieren, fällte Max Entscheidungen mit weitreichenden Konsequenzen für die gesamte Band. Am Anfang, als niemand von ihnen wirklich wusste oder sich überhaupt dafür interessierte, wohin die Reise ging, hatten diese Dinge keine Rolle gespielt. Jetzt allerdings landete ein Angebot nach dem anderen auf ihrem Tisch. Angebote, über die es sich nachzudenken lohnte: großzügige Vorschusszahlungen für Plattenverträge über fünf Alben; Ideen zu Videodrehs in San Francisco oder Tokio; die Chance, mit Produzenten wie Steve Lillywhite oder Stephen

Street an einer Neuaufnahme ihres Debütalbums zu arbeiten. Grant sehnte sich mittlerweile nach solchen Möglichkeiten. Er wusste, dass dies Max gegenüber unfair war. Der Manager war seinem ursprünglichen Ideal treu geblieben. Grant jedoch war fasziniert von den neuen Optionen.

Es gab noch einen weiteren Aspekt zu bedenken. Maggie war schwanger. Sie hatte es gerade erst herausgefunden, aber Grant machte sich bereits Gedanken über die Zukunft und die Möglichkeiten einer Solokarriere. Die Halbwertszeit von Bands mit einer derartigen Fülle an zwischenmenschlichen Problemen war nur allzu begrenzt. Die Vespas waren schließlich nicht die Beatles, und ihre zugegebenermaßen brillante, aber sehr wahrscheinlich einzige Hitsingle schien in einer ähnlichen Schublade wie »Come on Eileen« gelandet zu sein.

Das Shooting für die Fotostory war schnell beendet. Boy George verhielt sich distanziert. Er grüßte Grant zwar höflich, aber der Vespas-Sänger fragte sich, ob er den Culture-Club-Star unwissentlich gekränkt hatte – oder, was sehr viel wahrscheinlicher war, ob ein aufgedrehter Max schuld an dessen Verstimmung war.

Während alles für die abschließenden Nahaufnahmen vorbereitet wurde, kam Frankie Fusi zu Max und nahm ihn beiseite. Grant konnte sehen, wie die beiden sich aufgeregt unterhielten. Max fuchtelte mit den Armen herum, Frankie blieb eher passiv. Dann beugte sich der große, ältere Mann zu Max vor, legte ihm die Bärenpranke auf die Schulter, und plötzlich war Max ruhig. Es war, als hätte Frankie Fusi einen

Schalter umgelegt und den Manager der Vespas in eine unterwürfige Stepford-Frau voll passiver Demut verwandelt.

»Was zum Henker war'n das eben?«, sagte Grant. »Ich mein, du und Frankie?«

»Ähm ... gar nix. Is nur, dass wir wieder nach London runter müssen, und von da aus später mitm Zug weiter. Aber da unten wartet 'n Hotel auf uns, in dem wir erst mal 'ne Woche oder so bleiben«, sagte Max. Er wirkte verschlagener, undurchsichtiger als sonst, wobei Grant sich eingestehen musste, dass es mittlerweile nahezu unmöglich war, im Fall von Max Mojo zu definieren, was normal und was nicht normal war.

»Scheiße, Max, ich fahr nach Hause. Ich bin echt fertig, Mann«, sagte Grant.

»Nein. Wir fahren nach London. Befehl is Befehl.«

»Deine Befehle kannste dir sonst wohin schieben. Du hast mir gar nix zu sagen.«

»Die kommen nich von mir, Grant, sondern von Washer«, sagte Max.

»Max ... was zum Teufel is eigentlich los?«, fragte Grant.

Max seufzte. »Is wegen dem Studio ... is abgefackelt worden.«

Grant lachte. Dann merkte er, dass Max es ernst meinte. »Was? Abgefackelt? Von wem?«

»Washer is sich noch nich sicher. Er denkt, es waren irgendwelche Gangster, die sauer auf ihn sind.«

»Wer denn? Fat Franny Duncan? Erzähl keinen Scheiß, Mann. Der hat sich doch zurückgezogen.«

»Nee ... irgendwelche Typen aus Glasgow. Miese Gestalten. Washer will, dass wir erst mal den Kopf unten halten«, sagte Max.

Grant schüttelte den Kopf. »Und wie soll das funktionieren, Max? Unsere Platte is auf Platz eins der Charts und unsere Visagen auf den Titelseiten von jedem verdammten Klatschblatt.«

Max schaute weg.

»Was is mit X-Ray? Geht's ihm gut? Was is mit den Bändern für die LP?«, sagte Grant.

»Sie haben 'ne Leiche gefunden, denken aber nich, dass es X-Ray is. Vielleicht dieser junge Tonassistent ...«, sagte Max.

»Scheiße, Mann. Der Bursche is tot? Wir müssen zu den Bullen gehen, Max!«

»Nein, Grant. Du musst jetzt auf mich hören, kapiert? Wir müssen nach London, von der Straße runter.«

»Ohne mich, Max«, schrie Grant. »Ich bin durch mit dieser Scheiße. Mags und ich kratzen die Kurve. Du kannst machen, was du willst.«

Max stand unter Strom. Es war, als würde ihn jemand mit einem Viehtreiber vor sich her scheuchen. Das Speed und das Kokain hatten ihn fast vier Tage nicht schlafen lassen. Er hatte zahllose Telefoninterviews gegeben und mit Journalisten gesprochen, an deren Namen und Arbeitgeber er sich nicht mehr erinnern konnte. Jetzt hatte er das Gefühl, kurz vor dem Zusammenbruch zu stehen und die Kontrolle zu verlieren.

Grant Delgado ging es ähnlich. Es war unglaublich, wie schnell der Druck des Rampenlichts ihnen allen zu schaffen gemacht hatte. Paradoxerweise schien der Motorcycle Boy gerade der Einzige zu sein, der das neue T-Shirt von Frankie Fusi zu recht hätte tragen können.

Sie standen in einem dunklen Gang im hinteren Teil des Cavern Club herum. Boy George war verschwunden, und seine

Leute suchten fieberhaft nach ihm. Frankie Fusi schien ebenfalls wie vom Erdboden verschluckt. Da Maggie und die Sylvester-Brüder nicht Teil des Shootings waren, hatten sie sich auf den Weg zum Pier Head im Stadtzentrum gemacht, um nach der Mersey-Fähre – oder im Fall des Motorcycle Boy nach Yosser Hughes aus der TV-Serie *Boys from the Blackstuff* – Ausschau zu halten. Nur Grant und Max waren in den finsteren Eingeweiden des Clubs, der spirituellen Heimstätte der Beatles, zurückgeblieben.

In der Dunkelheit konnte Grant sehen, wie Max ihn anstarrte. »Was?«, blaffte Grant, der inzwischen fast genauso stark zitterte wie Max.

Max blinzelte einmal. Dann beugte er sich nach vorn und küsste Grant auf den Mund.

»Was ... zum ... Geier?!«, schnaubte Grant.

»Verdammt ... sorry, Grant. Sorry, Mann. Ich wollte nicht ...«

»Du scheiß Wichser, du!«, schrie Grant ihn an. »Was sollte das denn jetzt? Verdammte Kacke!«

»Grant.« Max legte seine Hände auf Grants Schultern. Doch Grant schlug zu. Der unkontrollierte Schlag traf Max am Kehlkopf und warf ihn gegen die Wand hinter ihm.

»AAAAH, Scheiße! Mein Handgelenk, Mann. FUCK, tut das weh!« Grant schaute zu Max hinunter. »Mir reicht's. Ich hab die Schnauze endgültig voll! Wir beide sind fertig miteinander!«, blaffte er und ging.

Die Tür eines Notausgangs öffnete sich, und blendend helles Licht strömte in den dunklen Flur. Die Augen von Max konnten sich nicht schnell genug anpassen. Die Tür krachte wieder zu, und Max Mojo lag zusammengekauert auf dem Boden des weltberühmten Kellers, in dem zwanzig Jahre zuvor vier junge Männer eine längere Zwischenstation auf ihrem Weg zu Unsterblichkeit und nahezu unerreichtem Ruhm eingelegt hatten. Er war allein, er hatte Schmerzen, und er weinte. Obwohl alles gerade erst begonnen hatte, wusste Max tief in seinem Inneren, dass sein Traum gestorben war.

*Saying silly things that made no sense at all. Tried to sort out the problems, but there were so many of them ... You say you love me ... through my rise and fall.*

# EPILOG:
# AUFSTIEG ... UND FALL

## 24. September 2014

Danke, Max. Das ist ja eine unglaubliche Geschichte. Allerdings würde ich gern wissen, warum der Film Mitte 1982 beginnt und dann abrupt im September 1984 endet? Du hast ja erwähnt, dass euer Auftritt bei der Fernsehsendung *The Tube* gecancelt wurde. Aber es gibt doch bestimmt noch mehr über die Zeit danach zu sagen, oder?

*Tja, Norma, wie ich schon versucht hab, dir klarzumachen, kann ich mich an nix mehr erinnern, was vor dem scheiß Krankenhaus passiert is. Das konnt ich also nich in den Film packen, selbst wenn ich gewollt hätte. Und was später nach dem Split passiert is, weiß ja sowieso schon jeder. Ich wollt die Leute da draußen nich mit Scheiß langweilen, den sie auch im Internet nachlesen können.*

Gut, aber ich glaube, was fehlt, ist *deine* Perspektive des Ganzen.

*Aye, kann sein ... damals, als alles rauskam, hab ich mir aber geschworen, dass ich die Fresse halten würde. Die Leute sollten sich selber 'n Bild machen, verstehste? Ob das dann falsch oder richtig war, wer weiß das schon? Aber so war's dann halt ... que sera ...*

Ich muss dich das einfach fragen, Max. Kannst du uns erzählen, was passierte, nachdem Grant gegangen war? Das könnte eine Möglichkeit sein, die wahre Geschichte zu erzählen und die Sache richtigzustellen. Wenn der Film rauskommt, wird das die Frage sein, die alle interessiert.

*Hmm. Da bin ich nich so sicher.*

Warum nicht diese Chance nutzen? Wo bist du nach der Sache im Cavern Club hingefahren?

*[Lange Pause] Ich bin nach London. [Eine weitere Pause] Also die Scheiße mit Grant, weißte? Da war ich einfach komplett durch. Drei Tage wach, ohne Schlaf. Kann sein, dass da 'n paar Sicherungen durchgebrannt sind. An dem Abend von Top of the Pops hab ich aus den High Heels von der Miami-Sound-Machine-Tante beschissenen Champagner gesoffen! Verstehste? War alles vollkommen durchgedreht. Und dann bin ich auch noch mit Malcolm losgezogen, Drogen kaufen.*

Malcolm McLaren?

*Aye ... er hat gewusst, dass ich viel von ihm gehalten hab, und wollt sich mit mir treffen. Und was fürn großartiger Typ der war! Bin sogar auf seiner Beerdigung in Golders Green gewesen, vor vier oder fünf Jahren. Aber ich hab mich ganz hinten hingestellt. Nich wie diese ganzen verlogenen Penner, die unbedingt auf den Fotos in der Presse sein wollten.*

Also ... du bist dann zurück nach London gegangen, richtig?

*Aye. Hab da unten 'n paar Wochen rumgehangen. Wir haben uns dann irgend 'nen Scheiß von wegen Trauerfall in der Familie ausgedacht, damit die Band nich bei diesen bekackten Promogigs auflaufen musste. Ich hatte keine Ahnung, was ich machen sollte. Grant konnt ich jedenfalls nich erreichen. Der hat sich mit Maggie ausm Staub* gemacht, zur Insel Mull oder irgend so 'nem anderen scheiß Felsbrocken oben im Westen. Der Typ und seine beschissenen Inseln, was? Is einfach drei Wochen von der Bildfläche verschwunden. Wenn du in Schottland untertauchen willst, das weiß jedes Kind, dann musste nur auf eine dieser kleinen Inseln fahren. Paul McCartney kann da 'n Lied von singen.

Und die Sylvester-Brüder?

Die zwei Einfaltspinsel haben in ihrer Bude gehockt und auf 'nen Anruf von mir gewartet. Die haben nichts gerafft, bis die Sun irgendwann bei ihnen auf der Matte stand.

Wann genau war das, Max?

[Eine weitere Pause] Als die Sache mit Boy George rauskam, meinste? So ungefähr drei Wochen nach Liverpool.

Wie siehst du die Boy-George-Story inzwischen? Warst du in die Pläne von Frankie Fusi eingeweiht?

Was meinst du?

In welchem Maße wusstest du über das Bescheid, was Frankie Fusi tat?

[Lange Pause] Na ja ... er meinte zu mir, dass er Boy George kidnappen würde, und hat mich gebeten, 'n bisschen Stress mit Georges Leuten anzufangen, die beim Shooting dabei waren, um sie abzulenken. Er meinte, er würde Washer damit helfen. Also hab ich's halt gemacht. Frankie schnappt sich jedenfalls den Typen und packt ihn in den Kofferraum ... Mund geknebelt, Hände gefesselt, klar.

Was ist dann passiert ... deiner Meinung nach?

*Frankie fährt zum Lake District, hängt da rum, bis es dunkel is, und macht sich dann aufn Weg, weiter die Straße hoch, nach Ayrshire. Irgendwann nach Mitternacht kommt ihm 'ne Karre entgegen. Er sieht, wie der Fahrer die Kontrolle verliert und gegen die Mittelleitplanke rast. Der Wagen wird zurück auf die Fahrbahn geschleudert und landet aufm Dach. Frankie is als Erster an der Unfallstelle ... weit und breit kein Schwein zu sehen. Also steigt er aus und zieht 'ne Frau aus der Karre, bevor das Ding in Flammen aufgeht. Er schleppt sie die Böschung hoch und läuft wieder runter, um sein eigenes Auto wegzufahren. Da liegt schließlich immer noch der gekidnappte Fotzkopp im Kofferraum. Dann ruft er die Bullen und 'nen Krankenwagen. Verdammter Held, oder?*

Glaubst du, Frankie Fusi hat absichtlich an der Unfallstelle gewartet, bis die Polizei eintraf? Wollte er geschnappt werden?

*Aye ... denke schon. Frankie war Washer gegenüber absolut loyal. Washer hat dem Kerl das Leben gerettet, als die zwei zu Armeezeiten drüben in China oder bei irgendwelchen anderen Reisfressern waren. Jedenfalls hört der Boy-George-Vogel die Sirenen und fängt an, wie 'n Irrer von innen gegen den Kofferraum zu trampeln. Frankie muss gewusst haben, dass das Spiel aus war.*

Aber es war nicht der Culture-Club-Sänger, den er entführt hatte ...

*Nee, war er nich. Is wahrscheinlich auch besser so gewesen. Culture Club waren 1984 einfach riesig. Größte Band in ganz Großbritannien, verstehste? Das Plattenlabel hat irgendwann Doppelgänger für die ganzen Termine angeheuert, bei denen der echte Boy George weder reden noch singen musste ... oder auf die er ganz einfach keinen scheiß Bock hatte. Frankie Fusi hat also einen von den Doppelgängern entführt.*

*Geniestreich, eigentlich. Bei seiner Verhaftung erzählt er den Bullen nämlich, dass er die Nummer im Auftrag von seinem Chef durchgezogen hat ... Malachy McLarty!*
[Pause]

*Und er zeigt denen diese ganzen Postkarten ... mit so krakeliger Erstklässler-Handschrift drauf. Und auf den Dingern stehen Sachen wie »SCHNAPP DEN BOY, G!« oder »G, KRALL DIR DEN BOY WEGEN LÖSEGELD«. Verstehste?*

Was ist danach passiert?

*Anstatt mit 'nem Anwalt zu sprechen, verlangt Frankie 'ne Unterhaltung mit Don McAllister, einem der Chefbullen in Ayrshire. Der kannte Washer natürlich auch. Und bevor du »Willste 'n Flake in dein 99er haben?« sagen kannst, nehmen die Bullen alle Wichser hoch, die irgendwas mit McLarty zu tun haben. Und Frankie Fusi wird zum Hauptzeugen der Staatsanwaltschaft bei dem Prozess rund um den »Eiscreme-wagen-Krieg«. Frankie behauptet dann, er wär der Kopf hinter McLartys versuchter Übernahme von Ayrshire und hinter den Drogendeals von dem Alten gewesen.*

Frankie Fusi hat dieses Opfer für deinen Vater gebracht?

*Aye, da bin ich mir ziemlich sicher. Diese ganzen McLarty-Wichser ... McClure, Terry Connolly und dieser glatzköpfige Bastard Gidney, der uns nach Wembley runter ge-folgt is ... die sind alle zwanzig Jahre und länger eingefahren. Die Sunday Sport hat irgendwann sogar Fotos von Connolly gebracht, wie er seinen Schwanz in die Kame-ra hält. Schätze mal, das hat ihn unter der Dusche im Barlinnie besonders populär gemacht!*

*Der alte Mann, Malachy, hat im Knast den Löffel abgegeben. Marty McLarty, sein Sohn, hat zehn Jahre bekommen, is aber schon in den frühen Neunzigern wieder rausgekommen. Da war allerdings nix mehr übrig vom McLarty-Syndikat. Also hat er bei null angefangen ... später hat er's dann sogar in der Politik versucht, der Volltrot-tel.*

*Frankie hat drei Jahre für die Verschwörung zur Entführung von Boy George be-kommen. Die Strafe is dann reduziert worden, weil er die Frau aus dem verunglück-ten Wagen gezogen hatte. Und der Rest is ihm wegen 'nem Empfehlungsschreiben von McAllister erlassen worden ... wegen den Beweisen quasi, die er gegen die*

McLartys geliefert hat. Nachdem er ausgesagt hatte, kamen noch 'ne Menge anderer East-End-Typen aus dem Unterholz gekrochen. Irgendwann hatten die Strafverfolgungsbehörden mehr Beweise, als sie brauchen konnten. Nich mal Donald Findlay konnte den Fotzen noch den Hals retten.

Der falsche Boy George hat dann 'n Buch geschrieben und sich 'ne goldene Nase verdient. Auftritte im Frühstücksfernsehen und die ganze Tour. Die Entführung war echt das Beste, was dem Kerl in seinem Leben passiert is.

Wohin ist Frankie Fusi anschließend gegangen?

Kann ich dir nich sagen. Ich kann dir nur sagen, dass Frankie Fusi mit der Kohle von unserer Hitsingle 'n neues Leben begonnen hat. Belassen wir's dabei, in Ordnung?

Und die Miraculous Vespas?

Tja ... der letzte Nagel im Sarg der Band war der beschissene NME-Artikel. Danach gab's kein Zurück mehr. Die Platte is in den Charts nach unten gerauscht, als hätten wir darauf Kinderpornografie angepriesen.

Erinnerst du dich an das Interview?

Nee.

Überhaupt nicht?

Null. Der Artikel kam Anfang November raus. Grant hat mich angerufen. Da war ich schon wieder bei meinen alten Herrschaften, im Pfarrhaus. War unser erstes Gespräch seit ... seit Liverpool, verstehste? Ich sag zwar »Gespräch«, aber tatsächlich hab ich keinen einzigen Ton gesagt. Bin einfach nich zu Wort gekommen. Grant hat mich für alles verantwortlich gemacht und mich angeschrien, ich hätte alles ruiniert ... er meinte natürlich seine Chance auf 'nen Deal als Solokünstler, klar.

Und den Artikel hattest du zu diesem Zeitpunkt noch nicht gelesen?

*Nee, hatt ich nich. Als ich ihn dann gelesen hab, dacht ich, hier will dich jemand nach Strich und Faden verarschen. Foto von mir auf der Titelseite, dazu Exklusivstory unter der Überschrift: »IST DAS DER ABSCHEULICHSTE MANN DES LANDES?«*

*Du hast's bestimmt gelesen ... alle haben's gelesen. In dem Artikel steht, ich hätte behauptet, Leute mit Aids hätten's nich anders verdient, die streikenden Bergarbeiter wären 'ne Bande arbeitsfauler Regierungsgegner, die nur blaumachen wollen, um noch mehr in den Kneipen und Wettbüros rumzuhängen, und ich selber hätte alle Songs der Vespas geschrieben ... und nich etwa Grant. Ganz egal, wie durchgeknallt ich wegen dem ganzen Schnee in meiner Nase gewesen sein mag, solche Sachen hätt ich nie gesagt. Verdammt, ich hab ja sogar versucht, 'nen Benefizgig für die streikenden Bergarbeiter auf die Beine zu stellen. Aber jetzt pass auf ... jetzt kommt der Hammer. Geschrieben hatte diesen Artikel ein gewisser Stevie Dent. Hat sich aber am Telefon mit 'nem anderen Namen vorgestellt, der Kerl. Muss ich noch was dazu sagen? Erinnerste dich noch an den Wichskopp am Anfang der Story? Der Typ, dem der Arsch tätowiert wurde? Der Typ, der sehr wahrscheinlich für meinen Krankenhausaufenthalt verantwortlich war? Tja, der bekloppte Wichser is tatsächlich 'n freiberuflicher Musikjournalist geworden. Kann sich echt keiner ausmalen, das Pech, das ich da hatte! [Lacht ...] Aber eins muss man dem Penner lassen: Was Rache angeht, war diese Nummer top. Tausendmal besser, als das Lieblingshaustier von deinem ärgsten Feind in 'nen Topf mit kochendem Wasser zu schmeißen.*

Warum hast du nicht geklagt, wenn das alles gelogen war?

*Na ja ... zum einen isses ja so: Hat einer erst mal genug Scheiße gegen 'ne Wand geschmissen, kann's regnen, wie es will, das kriegste nie wieder komplett ab. Und dann war da ja noch dieses Band-Aid-Desaster. Nachdem ich die Kiste in den Sand gesetzt hatte, ging absolut gar nix mehr. Ich war komplett gefickt.*

Warum bist du überhaupt zu der Aufnahmesession gegangen?

*Keine verfickte Ahnung, Mann. Echt jetzt. Ich weiß es nich.*

Aus Verzweiflung, um Grant zu sehen?

*Ich wusst ja noch nich mal, dass Geldof und dieser andere ... der Kumpel von Mary and Mungo ... ihn gefragt hatten.*

Bist du da sicher, Max? Vor ein paar Jahren hast du behauptet, die Einladung zu der Session wäre in deinem Briefkasten gelandet.

*Keine Ahnung. Wen zum Geier interessiert'n das noch? Wenn du meine Version der Geschichte nich hören willst, kannste gern Grant anrufen und ihn fragen.*

Tut mir leid. Erzähl bitte weiter.

*Ich bin zurück nach London und hab mich in 'nem anständigen Hotel einquartiert ... das Grosvenor oder so. Alles zu Lasten vom Bandkonto, logisch. Sonntagmorgen bin ich dann früh los. Zum Frühstück hab ich mir 'n paar fette Lines gelegt ... Selbstbewusstsein pushen, verstehste? Das Studio war drüben in Notting Hill. Ich war der Erste vor Ort. Musiker sind ja allesamt 'ne arschfaule Bande, aber das nur nebenbei.*

*Jedenfalls will Geldof mich nich reinlassen, aber dann kommt Jimi Bronski Beat raus und deichselt die Sache. Ich bin also drin, aber Grant is noch nich da. Sie spielen den Song vor, und ich hör ihn mir an ... totaler Dreck, aber das nur nebenbei. Is jedenfalls ziemlich offensichtlich, an welcher Stelle die Keyline kommt, und weil ich helfen will, versuch ich, den Part für Grant klarzumachen. Aber dieser Blindgänger Midge Ure meint zu mir, dass die Passage schon für Bono von U2 reserviert is. Darauf sag ich den Leuten da, und Bono ganz besonders, dass er Grant nich mal im Traum das Wasser reichen kann. Und dann versinkt alles irgendwie im Chaos. Die haben danach behauptet, ich hätte Geldof 'nen Kopfstoß verpasst, was aber nich stimmt. Ich bin einfach nur nach vorn gefallen, und dabei is mein Kopf mit seiner Birne* zusammengestoßen. Kannst dir gar nich vorstellen, wie viele Leute mir später gesagt haben, sie hätten sonst was dafür gegeben, um dem Kerl mal 'nen anständigen Headbutt verpassen zu können! Jedenfalls schmeißen die Vögel mich dann raus auf die Straße, und genau in dem Moment kommt Grant zusammen mit Paul Weller an. Die beiden gehen an mir vorbei, und ich sitz da aufm Boden in 'ner scheiß Pfütze ... weißer Anzug und alles. Grant sagt kein Wort. Weller auch nich, aber gut, der Kollege hatte wahrscheinlich keinen Schimmer, wer ich überhaupt war.

Hast du in dieser Situation dann tatsächlich das gesagt, was später in der *Sun* stand?

*Aye, wahrscheinlich. Aber ich war stinksauer, Mann. Die hatten mich rausgeschmissen, meinen Arsch auf die Straße gesetzt. Ich hab ausgesehen wie 'n Penner, der gerade die Klamotten von John Travolta aus 'ner Mülltonne gefischt hat.*
    *Dann kommt der Wichser von der Sun und meint: »Ein paar Worte für die Menschen in Äthiopien, Max?« Und ich sag: »Aye, sicher doch. Sorry, dass wir euch auf dieser Tour nich erwischt haben, Leute, auf der nächsten klappt's bestimmt!«*
    *Dann war game fucking over, verstehste?*

Lass uns ins Jahr 1995 springen. Da hat sich ja alles geändert ...

*Verdammt richtig, Mann. [Lange Pause] Ich bin runter nach Ibiza, zu Bobby Cassidy. Erinnerste dich noch an den, vom Anfang der Story? Der hatte zu der Zeit 'nen Club auf der Insel und hat jede Menge Asche als DJ gemacht. Jedenfalls komm ich bei dem Kerl unter. Irgendwann krieg ich da wie ausm Nichts 'ne Postkarte, aber 'ne anständige zur Abwechslung. Von X-Ray Raymonde! Ich bin natürlich geplättet, denn nach dem Feuer in der Shabby Road war der gute X-Ray komplett abgetaucht. Alle Welt hat damals gedacht, er hätte das Feuer gelegt. Der verspulte Alte is jedenfalls super aufgeregt und will mich unbedingt treffen. Er fliegt runter zu uns, und Cassidy und ich setzen uns mit ihm zusammen. Du wirst es nich glauben, aber X-Ray hatte tatsächlich die Mastertapes der Miraculous-Vespas-LP dabei! Ich konnt's nich fassen. Die Platte war absolut magisch ... und vielleicht sogar relevanter als noch in den Achtzigern.*

*X-Ray hat mir dann erzählt, dass er untertauchen musste, weil er die Versicherung für das Studio nich bezahlt hatte. Dem ging die Muffe, dass die Familie von dem jungen Tonassistent, diesem Colum, ihn verklagen würde. Außerdem meinte er, nach dem ganzen Scheiß mit Grant und Band Aid und dem NME hätte sowieso keiner die Platte hören wollen. Kann gut sein, dass er recht damit hatte. Was der alte Bastard mir aber nich erzählt hat, war der wahre Grund, warum er die Mastertapes erst so spät rausgerückt hat: Und zwar hatte er die Bänder im Kofferraum von 'nem scheiß Mietwagen liegen lassen und dann drei verdammte Jahre gebraucht, um die Dinger wieder zu besorgen. Verpeilter alter Wichser.*

Es hat bestimmt nicht geschadet, dass Noel Gallagher die Band als großen Einfluss bezeichnete, oder?

*Geschadet hat's nich, stimmt. Jahrelang lief ja nur dieser »Ich hasse mich und würd am liebsten sterben«-Scheiß von Nirvana und Konsorten. Aber dann kam Britpop mit diesem Elan und diesem Optimismus, und Bands wie unsere … ich meine, wie die Vespas, waren wieder angesagt. Heute is dieses Album 'n verdammter Klassiker. Und das, obwohl Grant wie 'n Einsiedler lebt! Wahrscheinlich war das für seinen Status sogar förderlich … auf 'ne eigenartige Weise.*

Und dieser Smash-Hit? Dieser Remix von der Single?

*Alles Cassidys Werk. Der Kerl hat sich »It's a Miracle« vorgenommen und 'nen Remix von der Nummer gemacht. Mehr Tempo, 'n Haufen Effekte drauf und so weiter. Klang unglaublich, kann ich dir sagen. An dem Abend, als ich das Teil zum ersten Mal gehört hab, war ich voll auf E. Der Remix war komplett anders als das Original, aber trotzdem noch wiederzuerkennen. Ich meinte zu den beiden, die Nummer würde sich anhören wie »Be My Baby«, »I Feel Love« und »Blitzkrieg Bop« in einem Song. War 'n fetter Erfolg … weltweit. Hab das Haus, in dem ich jetzt wohne, damit bezahlt.*

Max, wann hast du zum letzten Mal mit Grant Delgado gesprochen?

*Du meinst ohne Anwälte, von Angesicht zu Angesicht? Das war an dem Tag vom Band-Aid-Desaster. Das letzte Mal, dass wir uns richtig unterhalten haben, war im Cavern Club.*

Ziemlich traurig, oder?

*So is nun mal das Leben ... gibt 'ne Menge Typen da draußen, die sehr viel beschissener dran sind als Grant oder ich.*

Hast du ihn geliebt?

[Lange Pause. Dann lacht Max Mojo.] *Ich hätt mir 'ne Kugel für ihn eingefangen.*

Das ist ziemlich kryptisch. Hast du ihn geliebt?

*Gibt's noch andere Fragen, oder sind wir durch?*

Ja, eine habe ich noch. Du hast jede Menge Geld verdient und jetzt einen großartigen Film gemacht. Gibt es irgendetwas, das du bereust?

*Es ging nie ums Geld, Norma, immer nur um die Unsterblichkeit.*

Max Mojo, es war mir ein Vergnügen, dieses Gespräch mit dir zu führen. *Aufstieg und Fall der Miraculous Vespas* läuft an diesem Freitag in den Kinos an. Zeitgleich wird die bahnbrechende LP der Band wiederveröffentlicht, inklusive einer Special-Edition-7-Inch der Original-Hitsingle.

# NACHWORT:
# WAS IST AUS IHNEN
# GEWORDEN?

**Franny Duncan** verkaufte 1986 seine fünf Blockbusters-Filialen an die amerikanische Videothekenkette Blockbuster. Der Deal machte ihn zum Millionär. Er kaufte ein Bed & Breakfast in Troon, wo er immer noch mit seiner Partnerin Theresa lebt. Ihr gemeinsamer Sohn Matthew führt zusammen mit Theresa das beliebte Gästehaus. Franny selbst leidet an Alzheimer.

**Wullie Blair** (der Maler) lebt immer noch in Onthank. Dank einer Empfehlung durch hochrangige Beamte des Strathclyde Police Department bekam er einen Job als Sozialarbeiter und kümmerte sich in dieser Funktion um Suchtkranke in Nordwest-Kilmarnock. 1992 wurde er für die Labour Party als Vertreter dieser Region in den Stadtrat gewählt. Unter anderen hatte Detective Superintendent Charles Lawson seine Nominierung unterstützt.

**Des Brick** beging im Januar 1989 Selbstmord. Es war der fünfte Todestag seiner Frau Effie Brick. Die Eheleute sind zusammen auf dem Grassyards Road Cemetery beerdigt. In den vergangenen fünfundzwanzig Jahren hat der in Kilmarnock ansässige Blumenhändler Paper Roses wöchentlich Grab und Grabstein mit frischen Blumen geschmückt. Die Rechnungen schickt der Florist an ein Postfach in Troon.

**Nobby und Magdalena Quinn** starben 1996 bei einem Autounfall. Sie waren gerade auf dem Weg von Ayrshire nach Birmingham, als ihr Wagen frontal mit einem entgegenkommenden Viehtransporter zusammenstieß. Nobby saß am Steuer, Magdalena auf dem Beifahrersitz. Beide waren sofort tot.

**Rocco Quinn** machte aus dem familieneigenen Amateur-Boxclub in Galston eine landesweit respektierte Talentschmiede. Bisher konnten fünfhundert Kinder und Jugendliche aus der näheren Umgebung in diesem Club den Grundstein für ihre Box- und Kampfsport-Karriere legen. Unter den ehemaligen Mitgliedern finden sich vier schottische Commonwealth-Games-Medaillengewinner und ein olympischer Bronzemedaillen-Gewinner.

**Don McAllister** zog sich 1985 aus dem aktiven Polizeidienst zurück und ging in Rente. Er erhielt zahlreiche Auszeichnungen für seine Schlüsselrolle bei der Beendigung der Revierkämpfe rivalisierender Gangs, die Mitte der Achtzigerjahre in Westschottland gewütet hatten. 1986 fand sich sein Name in der jährlich zum Geburtstag der Queen veröffentlichten Ehrenträgerliste, und er wurde zum Ritter geschlagen. Er starb 2001 friedvoll in seinem Cottage auf der Insel Arran.

**Charles Lawson** wurde zum leitenden Chief Superintendent der Polizeistation von Kilmarnock befördert, in der er schon unter Don McAllister gearbeitet hatte. Der jetzt 67-jährige

Beamte berät die schottische Regierung zum Themenkomplex Gewalt und Gewaltprävention in sozial benachteiligten Gebieten.

**James »Washer« Wishart** nutzte das verbleibende Drogengeld der McLartys, um einen Hilfsfonds zur Unterstützung der Bergleute in Ayrshire einzurichten. Dieser Fonds bietet nach wie vor finanzielle Hilfe für die Familien arbeitsloser und an Pneumokoniose leidender Bergleute.

1988 ließ er das Dach des Gemeindesaals reparieren und baute das Gebäude zu einem Nachtclub mit Live-Musik um. Die kostspieligen Entwürfe des Umbaus stammten von Joey Miller, einem Architekturstudenten aus der Gegend. Der Club wurde unter dem Spitznamen »Biscuit Tin« bekannt und musste 1990 schließen, nachdem eine Lokalzeitung über den ausufernden Ecstasy-Konsum in der Location berichtet hatte.

Während einer Urlaubsreise nach Italien im Jahr 2007, wo er einen engen Freund der Familie besuchte, erlitt Washer einen tödlichen Herzinfarkt. Er wurde 76 Jahre alt. Seine Frau **Molly** lebt mit ihrem Sohn in dessen Villa in Südfrankreich.

Der jetzt 84-jährige **Frankie Fusi** erfreut sich bester Gesundheit und lebt in ... tja, niemand weiß genau, wo.

**Annie**, das jüngste Kind von **Gerry Ghee**, gewann 2010 sieben Millionen Pfund in der National Lottery. Nach Jahren der Entbehrung führen Gerry, seine Frau und ihre Kinder nun ein in finanzieller Hinsicht sorgenfreies Leben.

Die von **Malachy McLarty** geleitete Verbrecherorganisation wurde durch die zahlreichen Verhaftungen und die darauffolgenden Gefängnisstrafen während der Operation *Double Nougat* zerschlagen. Malachys Sohn **Marty McLarty**, der die mildeste Strafe aller Hauptverdächtigen erhielt, versuchte in den frühen Neunzigern, das Syndikat wiederzubeleben. Er wurde 1994 wegen der Ermordung von Robert Souness, einem Geschäftsmann und Politiker aus Shettleston im Glasgower East End, angeklagt, aber aus Mangel an Beweisen freigesprochen. Der Name seiner Familie schien jedoch seine beängstigende Wirkung endgültig verloren zu haben. In den frühen Morgenstunden des Neujahrstages 2000 wurde Marty McLarty bei einer scheinbar durch Streitigkeiten im Straßenverkehr bedingten Auseinandersetzung im Glasgower Stadtzentrum erstochen. Es kam nie zu einer Anklage.

**Stevie Dent** schreibt eine wöchentliche Celebrity-Klatschkolumne für die *Daily Mail*. Er hat sich nie am Telefon unter falschem Namen ausgegeben, um Interviews zu führen. Das behaupten zumindest seine Anwälte.

**Farah Nawaz** heiratete sechs Monate nach dem Treffen mit Max Mojo. Jetzt heißt sie Farah Khushi und ist Mitbegründerin einer aktiven Gruppe einflussreicher Frauen namens The Scottish Circle, die sich für die Förderung von Frauen einsetzt und gegen Armut kämpft – in Schottland und dem Rest der Welt. 1995, zu ihrem dreißigsten Geburtstag, bekam sie ein anonymes Geschenk. Es war ein Motorrad, eine 1964er Triumph Tiger.

**Clifford »X-Ray« Raymonde** zog 1995 nach Ibiza. Dort investierte er die ihm zustehenden Anteile aus den Tantiemenzahlungen der Miraculous Vespas in den Aufbau eines

Tonstudios. Das Ministry of Sound und andere Superclubs wie das Cream haben dort von Kritikern gefeierte Alben aufnehmen lassen. X-Ray Raymonde starb im Sommer 2008 eines natürlichen Todes. Sein Gesicht war der Sonne zugewandt.

**Die Sylvester-Brüder** gründeten 1988 eine neue Band, die mit ihrer viel gelobten Debüt-LP einen bescheidenen Erfolg genoss. Simons Verurteilungen machten es jedoch unmöglich, in den USA zu touren. Nach einem Rückfall von Eddie Sylvester, der wieder unter chronischer Bühnenangst zu leiden begann, löste die Band sich nach nur zwei Jahren auf. Simon ist gegenwärtig stark in das Projekt »Jail Guitar Doors« involviert, eine von Billy Bragg gegründete Initiative, die Gefängnisinsassen Instrumente zur Verfügung stellt und Musikunterricht anbietet.

1994 – also ein Jahr vor der extrem verspäteten Veröffentlichung der LP *The Rise of the Miraculous Vespas* – traten die beiden Brüder für fünfzigtausend Pfund ihre Rechte an zukünftigen Vespas-Tantiemen ab. Der Deal wurde von einem für Biscuit Tin Records tätigen Anwalt auf den Weg gebracht. Später meldete sich Max Mojo bei den Brüdern, und die beiden stimmten zu, in der 1995er Weihnachtssendung von *Top of the Pops* aufzutreten. Sie bekamen jeweils eintausend Pfund für diesen Auftritt.

**Grant Delgado** und Maggie Abernethy trennten sich 1991 nach einer schwierigen Phase, die von Grants Depressionen und Alkoholabhängigkeit geprägt war. Wie die Sylvester-Brüder stimmten auch sie 1995 dem Live-Auftritt in der bekannten Fernsehsendung zu, knüpften ihre Zusage allerdings an die Bedingung, dass sie Max Mojo weder treffen noch sprechen mussten. 1997 wurde Biscuit Tin Records aufgelöst, und Maggie ging mit ihrem zwölfjährigen Sohn Wolf in die USA, wo sie sich schließlich in Portland, Oregon niederließ. Mittlerweile ist sie eine gefeierte Fotografin.

Ein Jahr nach Veröffentlichung distanzierte sich Grant Delgado in einem seltenen Interview mit dem Magazin *The Face* vom Album der Miraculous Vespas. Für zehn Jahre verschwand er komplett aus dem öffentlichen Leben. Eine Reihe widersprüchlicher Gerüchte machte die Runde. Er leide an Muskelschwund. Er arbeite an einem unglaublichen Album. Er sei tot. Nichts davon entsprach der Wahrheit. Stattdessen lebte er im West End von Glasgow und schrieb einen Roman mit dem Titel *The First Picture*. Das wurde allerdings erst bekannt, als in einer Klatschzeitung Fotos erschienen, die ihn auf der Beerdigung seiner Mutter **Senga Dale** zeigten. 2012 wurde sein Debütroman auf die Shortlist des Man Booker Prize gesetzt. Wie zu erwarten war, blieb Grant Delgado der in London stattfindenden Preisverleihung fern. Er war drei Jahre zuvor nach Portland gezogen. Grant Delgado gilt inzwischen als das Bindeglied zwischen New Wave und Britpop.

2010 setzte der *Rolling Stone* die LP der **Miraculous Vespas** auf Platz 86 ihrer Liste der besten Alben aller Zeiten.

**Boy George** hat nach wie vor nicht die geringste Ahnung von seiner Rolle beim Aufstieg und Fall der Miraculous Vespas.

Keiner der folgenden Songs musste beim Erzählen dieser Geschichte leiden:

»Where Were You?«
The Mekons
(Written by Jon Langford)
Fast Product Records, 1978

»The Model«
Kraftwerk
(Written by Hutter, Bartos, Schult)
EMI Capitol Records, 1981

»Should I Stay or Should I Go«
The Clash
(Written by Headon, Jones, Simonon, Strummer)
CBS Records, 1982

»I Can't Help Myself«
Orange Juice
(Written by Edwyn Collins)
Polydor Records, 1982

»Let's Stick Together«
Bryan Ferry
(Written by Wilbert Harrison)
E.G. Records, 1976

»Thirteen«
Big Star
(Written by Alex Chilton and Chris Bell)
Ardent Records, 1972

»The Message«
Grandmaster Flash & the Furious Five
(Written by Ed »Duke Bootee« Fletcher, Grandmaster Melle
Mel and Sylvia Robinson)
Sugarhill Records, 1982

»Beat Surrender«
The Jam
(Written by Paul Weller)
Polydor Records, 1982

»House of Fun«
Madness
(Written by Mike Barson and Lee Thompson)
Stiff Records, 1982

»September«
Earth, Wind & Fire
(Written by Maurice White, Al McKay and Allee Willis)
Columbia Records, 1978

»Run, Run, Run«
The Velvet Underground
(Written by Lou Reed)
Verve Records, 1967

»Roadrunner«
Jonathan Richman & The Modern Lovers
(Written by Jonathan Richman)
Beserkley Records, 1972

»B-Movie«
Gil Scott-Heron
(Written by Gil-Scott Heron)
Arista Records, 1981

»I'll Never Fall in Love Again«
Bobbie Gentry
(Written by Burt Bacharach and Hal David)
Capitol Records, 1970

»Galveston«
Glen Campbell
(Written by Jim Webb)
Capitol Records, 1969

»What Difference Does It Make?«
The Smiths
(Written by Morrissey and Marr)
Rough Trade Records, 1983

»Do You Really Want To Hurt Me?«
Culture Club
(Written by Culture Club)
Virgin Records, 1982

»Stoned out of My Mind«
The Chi-Lites
(Written by Eugene Record and Barbara Acklin)
Brunswick Records, 1973

»Relax«
Frankie Goes to Hollywood
(Written by Gill, Johnson, Nash, O'Toole)
ZTT Records, 1983

»Love Song«
Simple Minds
(Written by Simple Minds)
Virgin Records, 1981

»Blue Monday«
New Order
(Written by Gilbert, Hook, Morris, Sumner)
Factory Records, 1983

»Perfect Skin«
Lloyd Cole and the Commotions
(Written by Lloyd Cole)
Polydor Records, 1984

»The Beautiful Ones«
Prince and the Revolution
(Written by Prince)
Warner Brothers Records, 1983

»Get It On«
T. Rex
(Written by Marc Bolan)
Fly Records, 1971

»I'm Falling«
The Bluebells
(Written by Robert Hodgens & Ken McCluskey)
London Records, 1984

# DANKSAGUNG

Den folgenden Menschen bin ich äußerst dankbar für ihren Rat und ihre Unterstützung: Kevin Toner, Stuart Cosgrove, Colin McCredie, Theresa Talbot, James Grant, Ian Burgoyne, Clark Sorley, Billy Sloan, Farah Khushi, Billy Kiltie, Lawrence Donegan, Bruce Findlay, Iain Conroy, Hardeep Singh Kohli, Muriel Gray, Christopher Brookmyre, Nick Quantrill und John Niven.

Wie immer war all das hier nur möglich dank dieser unglaublichen Naturgewalt namens Karen Sullivan, meiner Freundin und Verlegerin, die mich daran glauben lässt, dass die von mir aneinandergereihten Wörter andere Leute interessieren.

Ein weiteres Mal möchte ich auch meiner Familie und meinen Freunden danken. Meiner Missus Elaine, die mir stets den Rücken stärkt, unseren beiden Kids Nathan und Nadia sowie meiner Mum und meinen Schwestern Marlisa und Susan. Sie alle bringen ein ungeheures Maß an Geduld und Verständnis für mich auf.

Des Weiteren stehe ich tief in der Schuld von Robert Hodgens, vielen von Ihnen besser bekannt als Bobby Bluebell. Der Song »It's a Miracle (Thank You)« von den Miraculous Vespas wurde von Bobby geschrieben, eingespielt und produziert. Der Text wurde mit freundlicher Genehmigung von 23rd Precinct Music/Notting Hill Music abgedruckt.

Um die Audiodateien zu hören, bitte den nachstehenden Links folgen: www.heyne-hardcore.de/schottenrock

»It's A Miracle (Thank You)« von The Miraculous Vespas
»Interview mit Max Mojo« (mit Colin McCredie als Max Mojo und Theresa Talbot als Norma)

# Teil 1 der Schottland-Trilogie

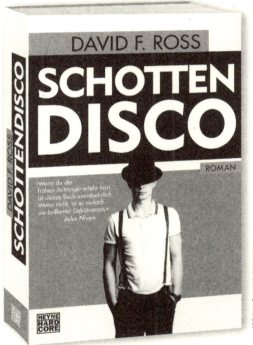

»David Ross' Debütroman reckt die Faust in die Luft und haut dir dabei in die Fresse. Irrsinnig witzig und rasant wie eine umherfliegende Discokugel.«
*Sunday Mail*

eseproben unter heyne-hardcore.de